Desejos Imortais

CHLOE GONG

Desejos Imortais

TRILOGIA CORPOS E FALSOS DEUSES

LIVRO 1

TRADUÇÃO DE GIOVANNA CHINELLATO

ALTA BOOKS
GRUPO EDITORIAL
Rio de Janeiro, 2024

Desejos Imortais

ALTA NOVEL é um selo da EDITORA ALTA BOOKS do Grupo Editorial Alta Books (Starlin Alta e Consultoria Ltda.)

ISBN: 978-85-508-2282-2

Translated from original Immortal Longings. Copyright © 2023 by Chloe Gong. ISBN 9781668000229. This translation is published and sold by arrangement with Triada US, the owner of all rights to publish and sell the same. PORTUGUESE language edition published by Starlin Alta Editora e Consultoria Ltda., Copyright © 2024 by Starlin Alta Editora e Consultoria Ltda.

Impresso no Brasil — 1ª Edição, 2024 — Edição revisada conforme o Acordo Ortográfico da Língua Portuguesa de 2009.

Dados Internacionais de Catalogação na Publicação (CIP)
(Câmara Brasileira do Livro, SP, Brasil)

Gong, Chloe
Desejos imortais / Chloe Gong ; [tradução Giovanna Chinellato]. -- Rio de Janeiro : Alta Books, 2024.

Título original: Immortal longings
ISBN 978-85-508-2282-2

1. Ficção chinesa I. Título.

24-194230 CDD-895.13

Índices para catálogo sistemático:

1. Ficção : Literatura chinesa 895.13

Eliane de Freitas Leite - Bibliotecária - CRB 8/8415

Produção Editorial: Grupo Editorial Alta Books
Diretor Editorial: Anderson Vieira
Vendas Governamentais: Cristiane Mutüs
Gerência Comercial: Claudio Lima
Gerência Marketing: Andréa Guatiello

Coordenadora Editorial: Illysabelle Trajano
Produtoras da Obra: Beatriz de Assis & Luana Maura
Tradução: Giovanna Chinellato
Copidesque: Sara Orofino
Revisão: Ana Beatriz Omuro
Diagramação: Joyce Matos

ALTA BOOKS
GRUPO EDITORIAL

Rua Viúva Cláudio, 291 — Bairro Industrial do Jacaré
CEP: 20.970-031 — Rio de Janeiro (RJ)
Tels.: (21) 3278-8069 / 3278-8419
www.altabooks.com.br — altabooks@altabooks.com.br
Ouvidoria: ouvidoria@altabooks.com.br

Editora **afiliada à:**

ASSOCIADO

Para Laura Crockett.

Se publicar livros fosse uma arena de batalha,

você seria a minha aliada mais fiel.

A idade não a pode esmaecer, nem o costume cessar
Sua infinita variedade. Outras mulheres saciam
Os apetites que alimentam, mas ela gera fome
Onde mais satisfaz. Pois as coisas vis
Se formam nela, e até os sacerdotes sagrados
Abençoam-na em sua sensualidade.

— Shakespeare, *Antônio e Cleópatra*

I

Uma coisa viva, quando se quebra ou se machuca, é compelida a curar a si mesma. Um corte cicatrizará a partir do coágulo do sangue, prendendo o *qi* de uma pessoa. Um osso se alisará, costurando novas linhas a cada rompimento. E os prédios de San-Er, quando uma inconveniência é identificada, se apressarão a reparar a ferida, localizando cada fratura e brandindo remédios com vigor. Do topo do palácio, tudo o que se pode ver são as estruturas amontoadas que compõem as cidades gêmeas: interdependentes e entrelaçadas umas nas outras, algumas conectadas a uma vizinha no térreo e outras ligadas apenas nos andares mais altos. Todos no reino de Talin querem viver na capital, nessas duas cidades que se mascaram como uma. Logo, San-Er precisa crescer de maneira mais densa e mais alta para acomodar as pessoas, cobrindo suas ofensas e seus odores com total incoerência.

August Shenzhi aperta com mais força o parapeito da sacada, arrancando o olhar do horizonte de telhados. Sua atenção deveria estar no mercado abaixo, que borbulha a altos volumes dentro dos muros do coliseu. Três gerações atrás, o Palácio da União foi construído ao lado do massivo coliseu de San, ou, talvez seja mais adequado dizer, foi construído *no* coliseu — o lado norte do palácio elevado se intrinca com o muro ao sul, e as torres e os terraços separam pedras e se apertam entre elas para fechar os vãos. Todas as janelas do lado norte têm uma vista perfeita do mercado, mas nenhuma é melhor do que esta sacada. No passado, quando ainda aparecia em público, o Rei Kasa ficava ali para fazer seus discursos. O mercado era desocupado, e os súditos vinham se reunir no único pedaço de área aberta dentro de San-Er, aclamando seu monarca.

Nenhum lugar se compara ao coliseu. A própria San-Er é apenas uma pequena protrusão de terra na beirada do reino: a fronteira com a parte rural de Talin é marcada por uma muralha imponente, e o resto do perímetro tem o mar como borda. Mesmo assim, apesar de seu tamanho, San-Er funciona como um mundo próprio, com meio milhão de habitantes abarrotados em cada quilômetro quadrado, de novo e de novo. Os becos finos como agulhas entre cada prédio inclinado, o chão de terra sempre enlameado porque transpira pelo excesso de esforço. Prostitutas e sacerdotes do templo compartilham a mesma soleira; viciados em drogas e professores escolares cochilam sob o mesmo toldo. Faz sentido que o único espaço protegido dos construtores e das ocupações seja o coliseu, debaixo do olhar vigilante da realeza e intocado pela expansão desesperada que pressiona seus muros. Eles poderiam demolir o coliseu e construir dez, talvez vinte, novas ruas na terra liberada, espremer ali mais centenas de complexos de apartamentos, mas o palácio não permite, e a palavra do palácio sempre prevalece.

— Permita-me estrangular seu tio, August. Cansei dele.

Galipei Weisanna entra no cômodo a passos largos, a voz ecoando até a sacada lá fora. Ele fala como sempre: direto, preciso, sincero. Galipei raramente está disposto a contar uma mentira, mas, mesmo assim, considera de suma prioridade abrir a boca, até quando o silêncio é uma opção melhor. August inclina a cabeça para trás a fim de olhar seu guarda-costas, e a coroa frouxa em seu cabelo balança, tombando para a esquerda. À luz do palácio, o brilho vermelho se parece com fragmentos de sangue que envolvem seus cachos loiros clareados. A posição da coroa é tão precária que uma brisa instável arrancaria totalmente o arco de metal.

— Cuidado — responde August, indiferente. — Alta traição na sala do trono tende a ser vista com maus olhos.

— Então imagino que também deveriam olhar para você com maus olhos.

Galipei se junta a ele na varanda, então empurra a coroa de August de volta ao lugar com familiaridade praticada. Sua presença é dominadora, os ombros largos e a postura alta, em contraste com a leveza graciosa de August. Vestido com seu usual uniforme escuro de trabalho, Galipei parece parte da noite, se esta estivesse decorada com fivelas e tiras que seguram várias armas que, do contrário, não se fixariam no couro pesado. Há um tilintar melódico quando o corpo dele faz contato com o parapeito revestido de ouro, descansando os braços no topo para imitar August, mas o som facilmente se perde no clamor do mercado abaixo.

— Quem ousaria? — pergunta August, inexpressivo.

Não está se gabando. São apenas os modos profundamente confiantes de quem sabe com precisão o quanto seu pedestal é alto, porque escalou até o topo sozinho.

Galipei solta um murmúrio vago. Ele desvia os olhos do muro do coliseu, tendo procurado por ameaças sem encontrar nada fora do comum. Em vez disso, sua atenção se volta para a linha de visão de August: uma criança, que chuta uma bola ao lado da fileira mais próxima de barracas do mercado.

— Ouvi dizer que você assumiu a organização preliminar dos jogos. — A criança se aproxima cada vez mais da sacada. — O que está planejando, August? Seu tio...

August pigarreia. Embora Galipei revire os olhos, prossegue com a correção:

— ... seu *pai*, perdão, já está irritado o bastante com o palácio esses dias. Se deixá-lo nervoso, ele vai renegar você num instante.

Uma brisa quente sopra do sul contra a sacada, engolindo o bufar cético de August. Ele puxa a gola para cima, deslizando os dedos contra a seda, um tecido fino o suficiente para que o frio lhe atinja a pele. Deixe que o Rei Kasa enfie os documentos de adoção numa fragmentadora. Logo não fará mais diferença. Nos últimos anos, manobrar para fazer a papelada existir fora apenas a primeira parte do plano. Não é nem de perto a mais importante.

— Por que você está aqui? — pergunta August em resposta, desviando do assunto. — Achei que Leida tivesse pedido sua ajuda esta noite.

— Ela me mandou de volta. Está tudo certo na fronteira de San.

August não comunica sua imediata descrença, mas franze a testa. Além do coliseu, a borda mais distante de San, bem ao lado da muralha, é o outro único lugar dentro de San-Er em que os civis têm espaço para se reunir e causar perturbações, aglomerando-se entre os montes de lixo e tecnologia descartada. Nunca dura muito. Os guardas se espalham e os dispersam, então os civis podem ou passar uma quantidade indeterminada de tempo nas celas do palácio, ou correr de volta para o denso labirinto de ruas.

— Fascinante — diz August. — Não me lembro da última vez em que não tivemos tumultos antes dos jogos.

Mais alguns passos e a criança estará diretamente abaixo deles. Ela não presta atenção aos arredores, costurando com a bola entre os compradores e vendedores, sapateando os solados finos contra o chão irregular.

— Os jogos devem ser rápidos este ano. Foram poucos os inscritos que se voluntariaram para o sorteio.

Com *poucos*, Galipei quer dizer centenas em vez de milhares. No passado, os jogos costumavam ser um evento muito maior, quando havia dois reis que esvaziavam um pouco seus cofres para contribuir com o grande prêmio. O pai de Kasa os criara em seu reinado, e o que começou como uma luta de um-contra-um até a morte eventualmente cresceu e se transformou em uma disputa com múltiplos competidores, expandindo-se para além do coliseu e usando San-Er inteira como campo de batalha. Assistir a lutadores habilidosos despedaçarem uns aos outros na arena já foi mero entretenimento, algo distante dos civis ordinários. Agora, os jogos são um evento empolgante, do qual qualquer um pode participar, uma solução para um reino que ferve de reclamações. *Não se preocupem se seus bebês caírem mortos de fome como receptáculos vazios,* declara o Rei Kasa. *Não se preocupem se os idosos precisam dormir em gaiolas porque não há mais espaço nos apartamentos, nem se a luz de neon do clube de strip do outro lado do beco os mantém acordados noite após noite. Coloque seu nome na loteria, mate apenas oitenta e sete de seus confederados cidadãos e seja premiado com riquezas além de seus maiores sonhos.*

— Ele sorteou a lista, então? — questiona August. — Todos os nossos oitenta e oito participantes sortudos?

Oitenta e oito, o número da sorte e da prosperidade!, declaram os cartazes de propaganda dos jogos. *Registre-se antes do final do prazo para ter uma chance de estar entre nossos estimados competidores!*

— Sua Majestade está muito orgulhoso de si mesmo. Processou os nomes em tempo recorde.

August bufa. Não é eficiência o que fez o Rei Kasa terminar tão depressa. Desde que August sugeriu uma taxa de inscrição, dois anos atrás, o sorteio aleatório encolheu de maneira significativa. Era de se supor que as condições, cada vez piores ultimamente, significassem mais pessoas apostando em uma chance de ganhar, mas os habitantes de San-Er estão cada vez mais aterrorizados com a ideia de que os jogos sejam uma farsa, de que seja por meio de trapaça que o vencedor conquiste o grande prêmio, assim como as cidades gêmeas insistem em trapacear ao recompensar os cidadãos. Não estão errados. Afinal, August *realmente* mexeu alguns pauzinhos este ano para garantir que um nome fosse sorteado.

Torcendo o nariz, ele recua do parapeito da sacada, liberando a tensão no pescoço. Por apenas dois dias distintos no ano, o coliseu à sua frente é esvaziado e usado como a arena para a qual foi originalmente construído. Hoje, continua sendo um mercado. Um mundo compacto e concentrado de vendedores ambulantes de comida sujos de óleo, ferreiros martelando lâminas e técnicos consertando pesados computadores para revender. San-Er passa cada momento apagando os incêndios do momento anterior. Não há outra forma de sobreviver.

— August.

Um toque em seu cotovelo. August olha de relance, encontrando os olhos prateados como aço de Galipei. Há um alerta na forma como o guarda lança o nome de seu príncipe por aí, descartando título e posição. August não liga, apenas sorri. Com um leve repuxar da boca, mal altera seu semblante, e Galipei hesita, tomado de surpresa pela expressão rara.

August sabe exatamente o que está fazendo. Oferece essa breve distração e, quando a atenção de Galipei se desvia, decide seu próximo passo.

— Leve meu corpo para dentro.

Os lábios de Galipei se abrem em protesto. Ele se recupera depressa do encantamento.

— Quer parar de saltar como um...

Mas August já partiu, focando o olhar na criança e entrando com tudo, abrindo seus novos olhos com um movimento rápido. Ele precisa se ajustar à mudança de altura, desequilibrando-se por um segundo enquanto as pessoas próximas se viram, surpresas. Elas sabem o que aconteceu: o clarão de luz entre saltos é inconfundível, marcando o arco do antigo corpo ao novo. Embora o palácio tenha tornado os saltos ilegais há muito tempo, ainda é uma prática tão comum quanto um mendigo roubar um bolinho de arroz de uma barraca mal vigiada. Os civis aprenderam a ignorá-la, especialmente quando o clarão brilha tão perto assim do palácio.

Eles só não esperam que seja o príncipe herdeiro saltando.

August olha para o palácio acima. Seu corpo caiu como uma pedra, tombando nos braços de Galipei para entrar em estase. Sem o *qi* de uma pessoa, o corpo é apenas um receptáculo. Mas um receptáculo que pertence ao herdeiro do trono é um bem incrivelmente valioso. Quando o olhar de Galipei encontra os olhos pretos como piche de August no corpo da menina, ele mexe os lábios silenciosos, no que parece uma ameaça de estrangulá-lo também.

Mas August já está andando na direção contrária, sem dar a Galipei alternativa a não ser guardar ferozmente seu corpo de nascença, para o caso de alguém chegar a menos de três metros e tentar invadi-lo. De qualquer forma, não seria difícil para ele chutar um intruso para fora. O *qi* de August é forte. Se seu corpo fosse duplicado, ele facilmente recuperaria o controle da outra pessoa na marra, a forçando a encontrar outro hospedeiro ou a sujeitando a se perder. Quando se trata de duplicar outros corpos, não há receptáculo nas cidades gêmeas que ele não possa invadir, desde que tenham a idade mínima: 12, talvez 13 anos, quando o gene de saltar se manifesta.

O problema não é tanto a questão de alguém usar seu corpo por prazer ou poder. São os baderneiros que podem invadi-lo com o objetivo de destruí-lo como protesto, jogando-se rapidamente de um prédio antes que o príncipe possa saltar de volta.

August quase colide com alguém e recua, encolhendo-se para encontrar um caminho menos movimentado pelo mercado. Ele sempre leva um tempo para se acostumar com o rápido ataque contra seus sentidos: os sons mais altos, as cores mais vibrantes. Talvez tenha anestesiado demais os sentidos em seu corpo de nascença, e essa seja a verdadeira normalidade. Quando um engraxate grita com ele de trás de uma barraca e estica a mão com algumas moedas, August simplesmente as pega, sem saber por quê. A criança deve ser algum tipo de mensageira. Melhor ainda. Pouquíssimos civis são fortes o suficiente para saltar para dentro de crianças, o que faz delas as mais confiáveis; podem correr entre prédios e em cada canto de San-Er sem serem notadas.

August sai rápido do coliseu, emergindo na única rua principal, que age como uma passagem do norte ao sul de San. Ele também conhece bem as esquerdas e as direitas de sua cidade bizantina, então sai da rua principal e entra nas rotas menos povoadas, apressando-se sob cabos elétricos frouxos e mal reagindo quando a água dos canos acima pinga em seu pescoço. Mas a umidade fria irrita sua pele depois de um tempo e, com um suspiro, August entra em um prédio, decidindo, em vez disso, se locomover por escadarias e passagens entre edifícios. Não há o suficiente neste corpo para tirar nenhuma conclusão sobre sua identidade, embora isso seja, por si só, uma resposta. Nenhuma marca ou tatuagem, então nenhuma fidelidade às Sociedades Crescentes.

— Ei! Ei, pare!

August, sempre solícito, para. Uma idosa o chama — parada à porta de seu apartamento, é o retrato perfeito da preocupação, com um balde de água apoiado na cintura.

— Onde estão seus pais? — pergunta. — Não é bom ficar nesta área. As Sociedades Crescentes vigiam aqui. Você vai acabar invadida.

— Eu dou conta.

Do corpo da menina, a voz dele sai alta, suave e doce. Só que o tom é confiante demais. Reverbera realeza demais. A mulher percebe, e sua expressão se transforma em suspeita, mas August já está andando de novo. Ele segue as direções pintadas com spray nas paredes e percorre outro corredor para entrar em um prédio vizinho. Gemidos baixos atravessam o gesso fino. Hospitais particulares são abundantes nesta área, instalações repletas de práticas nada higiênicas e ferramentas sujas, embora recebam um fluxo constante de pacientes mesmo assim, porque cobram bem menos do que os lugares adequados em Er. Metade dessas instalações particulares são com certeza esquemas de tráfico de corpos. Ainda assim... se um corpo desaparece aqui e ali, ninguém liga o suficiente para descobrir por quê. Certamente não o palácio, não importa o que August faça.

Ele vira a curva seguinte. A atmosfera se transforma imediatamente. A fumaça de cigarro permeia os tetos baixos com tamanha densidade que a luz fraca dos bulbos mal a penetra. San é uma cidade da escuridão. A noite já caiu, mas, mesmo quando o sol nasce, os prédios são tão densamente amontoados que as ruas continuam cobertas pelas sombras. Ele conta as portas ao passar: *uma, duas, três...*

Bate na terceira, passando o pequeno punho com facilidade entre as barras de metal da grade externa. Quando a porta interna de madeira se abre, surge um homem com o dobro de sua altura, olhando para baixo por cima do nariz, bufando.

— Não temos restos...

August salta de novo. Do lado de fora, ele sabe que o ato é instantâneo, tão rápido quanto o clarão, mas toda vez *parece* devagar, como se estivesse se forçando através de uma parede de tijolos. Quanto mais perto o salto, mais fina a parede. Da maior distância possível, no absoluto limite de três metros, a sensação é sempre de estar se lançando contra um quilômetro de pedra sólida. Aqueles que se perdem entre corpos ficam presos ali, condenados a perambular por esse espaço incorpóreo para sempre.

Quando abre os olhos, August está olhando para a menininha de novo, e os brilhantes olhos alaranjados dela estão arregalados e confusos. Nem todos em Talin podem saltar, e mesmo entre aqueles que têm o gene para isso, muitos têm habilidades tão fracas que não arriscam, para o caso de tentarem invadir um corpo e perderem a luta pelo controle. Mas a qualquer instante, com gene ou sem gene, um corpo que contém o *qi* de uma única pessoa pode ser invadido, especialmente por alguém como August. A menina entende rápido o que deve ter acontecido.

— Vá embora — instrui August, fechando a porta interna da casa de apostas.

As pessoas lá dentro viram o clarão de luz, e estão cientes de que o segurança foi ocupado. Felizmente, August é esperado.

— Vossa Alteza!

O dono do lugar corre até ele e, embora tenha um rosto diferente desde a última vez em que esteve ali, August sabe que é a mesma pessoa. Corpos podem ser trocados, mas os pálidos olhos roxos do homem continuam iguais.

— Você a encontrou? — pergunta August.

— Bem na hora, bem na hora! — exclama o homem, ignorando a pergunta. — Venha comigo, por favor, Príncipe August.

August o segue, tomando cuidado ao andar. Este corpo é grande, musculoso. Ele não quer ir rápido demais ou pode acabar se desequilibrando e tropeçando. Ele cerra os punhos e franze a testa, circulando ao redor das mesas de cartas e de *mahjong*, sem quase nenhum espaço para manobrar entre elas. Seu sapato esmaga o que pode ser uma seringa cheia de heroína. Uma mulher em uma das mesas estica o braço para tocar a jaqueta dele, sem motivo nenhum a não ser acariciar o requintado exterior de couro.

— Por aqui. As fotos já devem estar reveladas.

O homem segura a porta aberta e August entra, olhando ao redor sob a luz vermelha. Três varais de secagem se cruzam ao nível de seus olhos, cheios de fotografias em vários tons penduradas. O homem solta uma. Seus dedos tremem ao deixar a linha chicotear de volta para o lugar, protegendo a fotografia com as mãos. Entretanto, antes que possa entregá-la a August, ele hesita, os olhos focados na foto.

— Algum problema?

— Não. Não é nada. — O homem balança a cabeça, apagando qualquer aparência de dúvida. — Nós vasculhamos os registros do sistema inteiro. Não faltou revirar nenhum banco de dados. É ela, Vossa Alteza. Eu prometo. Aprecio muito sua confiança e seu patrocínio.

August ergue uma sobrancelha. É difícil com este corpo. Ele aponta para a fotografia em vez disso, e o homem a entrega depressa. Toda a câmara escura parece prender a respiração. Os exaustores rangem até parar.

— Então — diz August —, bom trabalho.

Embora a luz acima só brilhe em um tom, tingindo a foto na tonalidade errada e escondendo os olhos da pessoa, não há dúvidas. A mulher na fotografia está saindo de um prédio, o corpo inclinado em movimento nos degraus de entrada, o nariz e a boca cobertos pela máscara, as mãos em luvas de couro... Mas August a reconheceria em qualquer lugar. Ela não é do tipo que abandona o corpo, mesmo nessas circunstâncias. Em vez disso, ostenta o que conseguiu manter, vivendo na cidade por cinco longos anos bem debaixo do nariz dele.

— Ah, prima — fala August para a fotografia —, você não pode mais se esconder.

A Princesa Calla Tuoleimi, enfim, foi encontrada.

2

Uma gota d'água pinga do teto. Então outra. Calla Tuoleimi lança um olhar irritado para cima, mas não faz nada a fim de impedir as gotas de caírem em seu pescoço. Tudo o que pode fazer é desviar dois centímetros para a esquerda, pressionando-se mais perto da parede empoeirada.

— Que inferno! Por que está demorando tanto? — murmura em voz baixa.

Ela espera no começo da escadaria de seu prédio, guardando a entrada para o hall enquanto os dedos trançam três folhas de dionela em uma pulseira. Seu apartamento fica do outro lado de um longo corredor sinuoso: um arranjo no térreo, escuro e sujo, com quartos apertados e alvos para prática de balestra colados nas portas. Na maioria dos dias, ela odiaria estar aqui fora, nos corredores e nas escadarias onde crianças órfãs e desabrigados ficam agachados nos cantos para mendigar ou gritar coisas sem sentido. Não há motivo para mais ninguém estar enrolando no corredor, a não ser que haja algo para se interceptar na entrada. Calla chuta uma pedra no canto com a bota e fica de cócoras.

Hoje, há algo a ser interceptado. Do contrário, todos se perdem tentando encontrar o apartamento dela. Então Calla espera, trançando o bracelete para se manter ocupada. Uma única arandela fixada na parede ilumina a tarde abafada, o bulbo piscante prestes a se apagar a qualquer momento. A rede elétrica está sempre além de sua capacidade. Moradores roubam das várias linhas e painéis, assim como roubam água, conectando canos caseiros onde quer que haja uma bomba subterrânea. San cheira persistentemente a podridão e a roubo — a poças de lama cheias de sacos de lixo descartados, bacias plásticas abandonadas nos becos para que vagabundos as estufem com seus dejetos. Os andares mais baixos sempre sentirão o cheiro mais forte. Apartamentos mais altos, que se elevam acima da linha do horizonte, irão, no horário certo do dia, receber uma leve brisa fresca vinda do mar.

Sofrer em San-Er não é uma punição, apenas um estilo de vida. Qualquer murmúrio de seus habitantes se mescla de imediato ao zumbido das fábricas. As cidades estão perpetuamente cobertas por uma manta de barulho: nada em particular a ser ouvido, mas nada que possa ser totalmente abafado.

Calla para de trançar, erguendo a cabeça ao escutar passos se aproximarem. Há muitas outras entradas para o prédio, seja pelo telhado ou pelos complexos vizinhos, que demoliram as paredes exteriores para compartilhar um corredor mais conveniente em determinados andares. Mas os mensageiros que o palácio envia nunca sabem muito bem como transitar por essas ruas: esse poço de obscenidades disfarçado de cidade, essa metade de San-Er que vive, respira, incha. Eles tomarão as rotas do chão, apertando os olhos para as marcas desbotadas do lado de fora das portas principais de cada bloco de apartamentos, antes de se espremerem entre becos e forjarem caminhos mais profundos. Oitenta e oito pacotes devem ser dispersos pelas cidades gêmeas hoje, carregando oitenta e oito braceletes. Um deles é para Calla, mesmo que não seja isso o que está no registro oficial.

— O que você está fazendo?

A cabeça de um menino surge repentinamente debaixo da escada e Calla se vira, torcendo o nariz. Ele está coberto de sujeira, as calças descascando com flocos marrons. Quando ele chega mais perto, os passos que se aproximam enfim chegam à porta. Calla aperta os olhos sob a luz difusa. Velhos demais. Sacolas de compras demais. Não é um mensageiro. Ela se inclina para o lado e os deixa passar para que cheguem ao seu apartamento no térreo.

— Você não sabe? — Ela espia a criança de novo. — Se ficar se metendo muito na vida dos outros, um deus vai subir pelo seu nariz e roubar seu corpo.

O menino franze a testa.

— Quem disse?

— Não acredita em mim? — pergunta Calla, terminando a pulseira. — Lá fora, nas províncias, eles têm tanto medo dos deuses que nem olham uns para os outros. Uma única pergunta atrevida pode ser o suficiente para um deus sorrateiro entrar correndo e acabar com o seu *qi*.

Ela amarra um lacinho ajeitado no final da pulseira. Trançar dionelas — ou mesmo *ter* uma dionela — também é um hábito das crianças rurais das províncias. A confecção de pulseiras de Calla é um contraste gritante com o resto de sua aparência cultivada: a franja reta que cai sobre os olhos, a cortina preta de cabelos que cresce até a cintura, a máscara preta amarrada na metade inferior do rosto, abafando sua voz.

A Princesa Calla Tuoleimi tem uma aparência muito diferente agora, mas ainda usa o mesmo corpo, o que é inesperado quando ela tem uma vasta possibilidade de escolhas para uma troca fácil. Está mais magra sem as ricas refeições do palácio, o rosto mais afinado, quase ossudo. Perdeu as bochechas rechonchudas depois do primeiro mês se escondendo, e se assustava cada vez que via no espelho o quanto parecia mais magra. Então imaginou que poderia muito bem abraçar a nova aparência de fugitiva, e pegou uma tesoura para cortar uma franja em linha reta sobre a testa — só *um pouco* longa demais, para obscurecer seus olhos. Agora nunca a apara até que esteja uma catástrofe total para enxergar. Sempre há a possibilidade de que alguém irá reconhecê-la. Uma chance pequena, dada a ínfima atenção que as pessoas dispensam a rostos em uma cidade em que eles estão sempre mudando, mas uma chance que existe mesmo assim.

Se for para acreditar no palácio, é claro, Calla está morta. Naquela noite, eles a pegaram escalando a muralha em uma tentativa de fuga e fizeram justiça, então San-Er pode descansar tranquila sabendo que nenhuma princesa assassina se esconde em suas ruas. Alguns membros das Sociedades Crescentes argumentaram o contrário. Eles questionam por que um cadáver diferente foi usado no funeral de Calla, por que o Rei Kasa continua com tanto medo de sair do palácio. Mas as Sociedades Crescentes sempre questionaram como o Palácio da União governa o reino, e elas são apenas uma pequena maioria.

— Você não é muito legal — diz a criança com tom de reprovação.

— Eu pareço legal para começo de conversa? — Calla chuta com a bota de novo, empurrando outra pedra pelo chão de brita. Na última hora, a maioria dos moradores do prédio passou direto por ela sem fazer contato visual, captando um vislumbre de sua aparência pelo canto dos olhos e decidindo que preferiam não ser assaltados. — Seus pais deveriam dar uma bronca em você por falar com estranhos.

— Meus pais estão mortos.

As palavras são ditas com desinteresse. Não há oscilação no tom, nenhuma pontada de emoção.

Calla suspira. Ela estica o braço, oferecendo à criança a pulseira que acabou de terminar, junto a uma moeda do bolso de seu casaco.

— Tome. Um presente. Talvez eu *seja* legal, no fim das contas.

O menino avança correndo e pega a pulseira e a moeda. Assim que sua mão se fecha ao redor do dinheiro, ele se vira e sai correndo pela porta do prédio com um gritinho animado, pronto para gastá-lo em alguma barraca ou cibercafé. Na ausência da criança, há outros passos lá fora, aproximando-se pela ponta mais distante do beco. Esses são mais suaves, mais leves.

Por algum instinto, Calla avança depressa, inclinando-se no batente para olhar. Assim que põe a cabeça para fora, um garoto aparece à sua frente, parando de súbito, apertando um pacote nos braços. Ele é alto, mas não tem mais de 15 anos. O palácio, na esperança de evitar que os mensageiros sejam invadidos e seus bens valiosos roubados para o mercado clandestino, sempre envia adolescentes, porque é difícil invadi-los até atingirem a total maturidade. Mas enviar jovens não é exatamente um plano infalível quando qualquer bandido dedicado pode apenas apontar uma faca para eles e pronto, trabalho feito. Ninguém nunca disse que o palácio era esperto.

— Olá — diz o mensageiro.

Calla sorri. Seu rosto todo se transforma naquele momento, os olhos delineados a lápis enrugando-se de maneira predatória. Ela aprendeu há muito tempo que, quanto mais firme sorrir, com mais facilidade evitará análises de sua identidade. A expressão não precisa carregar nenhum calor genuíno, não precisa nem parecer feliz, desde que engula o amarelo de seus olhos, brilhante como um bulbo sobrecarregado. Há tons de amarelo o suficiente em San-Er para fazer a visão ser comum a um vislumbre despreparado, mas só há uma outra pessoa com o tom idêntico ao dela, e é o rei. Por três gerações, o amarelo-real tem sido a marca hereditária que define os Shenzhi em San e os Tuoleimi em Er, escurecidos por um anel marrom-queimado que se espalha a partir do centro. Mas agora Kasa tem um filho adotivo, August, e não resta mais ninguém da linhagem de Calla, não desde que seus pais pereceram e o trono de Er se despedaçou.

— Você é um amorzinho. — Calla estica o braço para o pacote. — Apartamento 117, bloco 3, lado norte?

O garoto olha para baixo, lendo a pequena etiqueta impressa do lado de fora do embrulho.

— Olhe só! — diz. — É exatamente isso. Tome.

Ele entrega o pacote. Os braços estão esticados, não exatamente cobrindo a distância entre eles. O beco está tão cinzento quanto em qualquer outro dia, mas, quando Calla vai pegar a entrega, sua atenção foca o rosto do garoto, tentando captar detalhes na penumbra. É estranho que ele não olhe diretamente para ela. Que em vez disso esteja encarando os próprios sapatos.

Os dedos de Calla passam reto pelo pacote e se fecham ao redor do pulso dele.

O rosto do garoto se ergue depressa. Embora a iluminação seja horrível, é o suficiente para que os olhos dele brilhem, para ela perceber seu tom prateado como aço.

Em San-Er, há outro termo para olhos assim. Depois do amarelo-real, o segundo tom mais infame é o prateado Weisanna.

Calla golpeia de imediato o pacote das mãos dele. Ele cai em uma poça próxima, espirrando água. Antes que o garoto possa pensar em reagir, ela já o empurrou forte o suficiente para que ele caia no chão, a sola de sua bota no peito dele, mantendo-o preso.

— Quem diabos é você? — grita ela.

Esse não é um adolescente. É um membro da família Weisanna, a única linhagem na cidade, talvez em todo o reino, cujos corpos de nascença são inacessíveis para todos os intrusos.

— Eu? — O garoto, o Weisanna, está ofegante. — Princesa Calla, talvez devesse se preocupar consigo mesma.

Calla congela. O ar fica preso em sua garganta, tornando seus pulmões frios como gelo.

Ela foi descoberta. Alguém sabe.

— É melhor você começar a falar imediatamente — ordena. — Antes que eu...

O punho dela já está cerrado, os dedos apertados com tanta força que os nós gritam de dor contra o tecido áspero das luvas. Então uma mulher aparece no fim do beco e se assusta com a cena à sua frente, trocando o cesto de compras de um braço para o outro.

— O que está acontecendo...

— Não! — grita Calla, estendendo o braço.

Tarde demais. A mulher chegou perto o bastante, e um clarão de luz ilumina o dia escuro, viajando do garoto para a desconhecida. Antes que Calla possa focar a visão, piscando com força para se livrar das silhuetas queimadas em sua retina, a mulher já disparou para dentro do prédio e escada acima, o cesto abandonado. De todas as horas para uma boa samaritana aparecer, *tinha* que ser justo agora?

— O que aconteceu? — pergunta o verdadeiro mensageiro no chão, piscando os olhos agora de cor magenta.

Enquanto outros corpos só são impenetráveis quando já estão invadidos, os Weisanna nascem como se já fossem duplicados, embora tenham apenas um *qi*. Mesmo que possam ocupar outros com facilidade, ninguém pode ocupá-los de volta, nem se um Weisanna abandonar totalmente o corpo de nascença e deixar o receptáculo vazio em estase no chão. Eles formam o conjunto da guarda real e boa parte da guarda do palácio. Esse tipo de proteção manteve, com facilidade, a família real de San no trono, espantando ameaças à segurança antes que pudessem emergir.

Calla murmura um xingamento, pegando o pacote caído.

— Compre mais talismãs de proteção. Você acabou de ser invadido! — grita para o entregador.

E logo está correndo até as escadas também, capturando o mais breve vislumbre do Weisanna, antes de ele desaparecer pelo corredor do segundo andar que dá para um prédio vizinho. San é quase completamente interconectada por ligações e passagens, por paredes que um dia já deram para o exterior, mas agora são meros divisores entre espaços de construções. Quando Calla para em uma intersecção, vê o Weisanna de novo através de uma das janelas inúteis que se espalham por todos os andares. Essas janelas são o único indício de que já houve algum espaço entre os prédios da cidade, antes de eles começarem a se mesclar uns aos outros.

— Ei! — exclama Calla.

O Weisanna continua correndo e ela o persegue, entrando de supetão em outro andar com o pesado batucar de suas botas. Há uma multidão ali. Pessoas demais olhando as lojas, reunidas para inspecionar as carnes penduradas pelos açougueiros. Calla se pressiona mais contra as fachadas, na esperança de avançar pelas beiradas, mas então pisa numa pilha de cabelo descartado do lado de fora de uma barbearia e quase cai. Com tremendo nojo, só lhe resta voltar ao centro, murmurando xingamentos enquanto se esquiva para não ser golpeada por um casal que carrega um pesado computador pessoal para reparo.

Seria tão mais rápido se ela saltasse. Mas Calla não o faz, ela se recusa. Apenas mantém o passo ágil, o pacote molhado ainda enganchado no cotovelo, os olhos focados no alvo. É quase como se o Weisanna estivesse brincando com ela. A cada vez que pensa ter perdido o rastro, misturando-se entre compradores demais ou empurrada para trás de um grupo de empreiteiros que ergue imensas tábuas entre eles, ela captura um vislumbre de novo, só o suficiente para seguir por um lance de escadas ou outro corredor. O ambiente muda de comercial para residencial, as frias paredes de pedra de cada lado espaçando-se para acomodar as lojas ou encolhendo-se para deixar mais espaço para os apartamentos. Ela também sobe cada vez mais, até que, de súbito, o Weisanna está à vista, e Calla corre para o lance de escadas absurdamente verticais, subindo três degraus a cada pulo e se lançando contra a porta ao final.

A luz natural do sol quase a deixa cega. Seus raios são fracos, mas é um choque para se ajustar mesmo assim. Calla coloca a mão agitada sobre o rosto, batalhando contra a onda de náusea, antes de ver seu alvo de pé na beirada do telhado.

— Você...

Ela coloca uma das mãos sobre os ombros dele e o gira, porém não é mais o Weisanna. A mulher pisca os olhos de um vermelho desbotado, que estão embaçados de confusão. *Droga.* O Weisanna saltou de novo sem Calla perceber. Em algum ponto da perseguição, ele olhou para um novo corpo e se transferiu.

— O que estou fazendo aqui? — pergunta a mulher, a voz fina.

— Você não deveria ter interferido — responde Calla, sem empatia. Ela aponta um dedo para a porta que leva de volta ao prédio. — Pode ir.

Por um breve momento, a mulher corre os olhos por Calla de cima a baixo, tentando reconhecer a metade descoberta de seu rosto. Quando a tentativa falha, ela desvia os olhos e se apressa a partir, sem precisar de uma segunda ordem. A porta do telhado se fecha com um baque, e o eco é alto.

Calla arranca a máscara do rosto, inspirando pesadamente.

Princesa Calla, talvez devesse se preocupar consigo mesma.

Ela dá um grito alto. Os pombos que se empoleiravam em uma antena de televisão ali por perto voam assustados. Se o Rei Kasa a encontrou, então ela está morta. Nada de jogos. Nada de justiça. Vão fazer com que os Weisanna a arrastem para um cômodo e enfiem seu pescoço debaixo de uma lâmina.

Um pombo solitário arrulha, soando descontente com Calla quando ela chuta o lixo espalhado pelo telhado. É imundo aqui. O local é usado como parquinho para as crianças durante o dia, e esconderijo para os drogados ao cair da noite. Chaleiras descartadas e vasos sanitários quebrados decoram o centro como ornamentos; estrados de madeira de construção e pernas de cadeiras de plástico se espalham ao redor para finalizar o arranjo. Calla fica de cócoras, mas suas pernas reclamam de exaustão e ela simplesmente se senta, mais incomodada com seu humor do que com qualquer sujeira que grudará na calça. De qualquer forma, assim como metade da cidade, ela rouba a própria água: vai ligar as torneiras depois e mergulhar a calça na pia até ficar limpa, ou até que os canos no hall tremam com um pouco de vigor demais e os vizinhos comecem a ficar desconfiados.

Por um longo minuto, Calla fica sentada ali, fumegando, os dentes cerrados e os punhos apertados ao redor do pacote. Então ela xinga em voz baixa e rasga uma ponta, balançando o plástico com força até um bracelete cair. O entregador havia sido invadido por um Weisanna, mas ele realmente vinha do palácio. Então quantas pessoas sabem? Por que lhe dar acesso aos jogos?

O bracelete se fecha com facilidade ao redor de seu braço, o fecho magnético puxando as duas tiras para o lugar. Calla estende o braço, preparando-se para o alto bipe que toca assim que a tela liga. Depois de um minuto de display cinza, o bracelete vibra e a cor dá lugar a um cursor que pisca contra uma luz azul, os números de um a nove aparecendo na parte inferior.

— Como vim parar aqui? — murmura Calla para si mesma. — Participando dos jogos como um moleque de rua faminto?

É quase injusto. Outros jogadores não cresceram cercados de táticas do palácio e treinamento com armas. Eles não praticaram implacavelmente por cinco anos, escondidos em um pequeno apartamento, tudo para dar o golpe mortal perfeito. Lutar com eles será como eliminar insetos. Lutar com eles não é o propósito. É no objetivo final que seus olhos estão focados: na vitória, e na pessoa a quem Calla terá acesso quando for recebida como a vencedora dos jogos.

O Rei Kasa, dentro do palácio de San. Nos últimos cinco anos, ele não deixou suas dependências uma única vez. E, se ele não vai sair para que Calla o mate, então ela será convidada a entrar pelo próprio rei.

Ela passa o dedo pelo topo do bracelete. Há uma entrada vazia de chip na lateral, mas estes serão distribuídos quando os jogos começarem. Assim que são inseridos, os chips não podem ser removidos, e, no que diz respeito a San-Er, removê-los é o jeito mais entediante de ser eliminado. Puxar o chip ou não conseguir enviar sua localização a cada 24 horas — pelo menos é um bom jeito de sair sem perder a vida.

Calla finalmente encontra os botões, embora sejam teimosos e difíceis de ativar. O da esquerda movimenta uma moldura amarela pelos números, e o da direita seleciona. Ela assistiu ao suficiente dos clipes dos jogos e dos vídeos televisionados das câmeras de segurança para saber que o bracelete está pedindo seu número de identidade — único para cada cidadão de San-Er. Em vez de fechaduras e chaves, as portas em San-Er se abrem com esses números; em vez de senhas, os bancos são acessados com os mesmos números. Em um lugar onde corpos podem ser tomados num piscar de olhos, é fácil se parecer com outra pessoa, mas é impossível viver por muito tempo com uma identidade falsa. Nada pode impedir Calla de se lançar para dentro do corpo de um membro rico do conselho, mas no segundo em que tentar entrar na casa dele, será pega. No segundo em que alguém olhar para ela e ver uma cor diferente em seus olhos, acabou a festa.

Além disso, a ocupação a longo prazo de um corpo duplicado é arriscada. Se o invasor tiver um *qi* mais fraco e não for, logo de início, forçado a sair pelo ocupante original do receptáculo que segue resistindo, é só questão de tempo até as coisas darem errado. Alucinações, ouvir vozes, ver fantasmas. Memórias se misturam, duas pessoas se mesclam em uma só. Um civil ordinário com o gene de saltar jamais se demoraria no corpo de outra pessoa, por conta do risco de ser pego, mas também porque não tem como saber se esse corpo será sua própria morte. É necessário ser uma pessoa muito confiante para acreditar ser forte o suficiente a ponto de não ser arrastada para as profundezas por alguém. E por mais que Calla *seja* devastadoramente confiante, não está muito disposta a testar a teoria.

O bracelete emite outro bipe, aceitando seu número. Não é seu número verdadeiro, mas é aceito mesmo assim. A tela pisca. Uma. Duas. Três vezes.

12:00:02

12:00:01

12:00:00

Calla se levanta, chutando o pacote descartado para junto do restante do lixo. Ela precisa de uma ducha. Pode muito bem ficar limpa antes de caminhar direto para um banho de sangue.

◇◇◇◇◇

Em outro lugar em San-Er, Anton Makusa finalmente recebe seu bracelete. A culpa é dele mesmo por ter precisado correr para cima e para baixo nas cidades gêmeas atrás de mensageiros, mas está injustificadamente irritado ainda assim. Eles haviam encontrado a residência registrada em seu número de identidade, mas o apartamento em San é tão pequeno, apertado e ensurdecedor, graças à música eletrônica do bordel três andares abaixo, que ele raramente fica lá. Aquelas ruas sempre fedem com um cheiro impregnante, próximas demais do poluído Canal Rubi, que separa San de Er.

Anton fecha a porta com um chute, soltando o ar dos pulmões e batendo o controle na cornija da lareira ao mesmo tempo. No canto, a televisão acende e as paredes começam a zumbir. Segurança, enfim, longe dos mensageiros do palácio, antes que percebam que este corpo não lhe pertence. É um tanto ilegal sequestrar jovens banqueiros e mantê-los afastados do trabalho por dias a fio. Cedo ou tarde, alguém no banco suspeitará de uma situação de invasão e os guardas do palácio vão arrombar a porta deste apartamento luxuoso em Er.

Até lá, porém, Anton já terá ido embora.

— Por favor, por favor, contenham seus aplausos — declara ao apartamento vazio. — Não consigo lidar com tanta adoração de uma vez.

A voz dele ecoa. A sala de estar à sua frente tem três vezes o tamanho de sua verdadeira casa, e até uma varanda na lateral. É um dos maiores espaços residenciais nas cidades gêmeas inteiras, o que Anton sabe porque pesquisou. Ele deu uma olhada rápida no que estava disponível nas plantas arquitetônicas de San-Er, no breve período em que considerou roubar os ricos. Isso não durou muito; ele não é bom em negociar no mercado clandestino depois de confiscar bens valiosos. Agora só perambula por aí, mudando-se por San-Er. Quando vencer os jogos, poderá ter uma casa assim também. Quando vencer os jogos, não haverá mais motivo para espreitar pelos cantos e perseguir mensageiros para conseguir um ínfimo pacotinho.

Anton empurra as portas da varanda, abrindo-as. O calor ali fora é palpável apesar do crepúsculo que desce depressa. Faz sua pele coçar, acabando com seu desejo de diversão. Ele quer inspirar o verdadeiro topo de San-Er, fingir que tudo isso é seu, mas, se fosse fácil assim enganar a si mesmo, Anton estaria morto há muito tempo por mera estupidez.

— Curvem-se diante de mim — grita para o céu aberto.

Sua voz some aos poucos, a farsa perdendo a graça. É difícil imaginar uma multidão de adoradores se espalhando à sua frente quando a vista é apenas o telhado sujo do prédio vizinho, cheio de lixo. Em Er, há menos escória correndo pelas ruas e os prédios têm mais espaço para respirar. Ali ficam os distritos financeiros, os bancos, as escolas, os negócios com funcionários que têm algum poder no conselho ou alguma habilidade de sussurrar nas orelhas do rei. Cinco anos atrás, quando o trono de Er caiu e San-Er se tornou uma só, os habitantes dali reclamaram em alta voz por suas ruas ficarem mais caóticas com os depravados de San, mas não havia nada que pudessem fazer, não quando a própria realeza de Er foi assassinada e o rei de San ganhou o direito divino de engolir a metade do irmão. O Palácio dos Céus foi demolido após perder os governantes, substituído por complexos residenciais. Sem a outra metade para combinar, o Palácio da Terra foi renomeado Palácio da União.

No outro telhado, o grito de faz-de-conta de Anton chamou a atenção de três homens, agachados ao redor de uma mesa baixa de plástico, com cartas de baralho nas mãos e cigarros pendurados nas bocas. Eles o encaram por um segundo antes de ignorá-lo, dois deles voltando às garrafas de cerveja enquanto o terceiro, que parece mais novo, cospe o cigarro e faz um gesto rude.

De qualquer forma, os vencedores nunca escolhem viver como reis. Pegam as recompensas imensuráveis e escapam de fininho para uma das províncias talinesas, longe de olhares curiosos e conhecidos desesperados, esforçando-se ao máximo para esquecer o que fizeram nos jogos e conseguir alguma maldita paz e tranquilidade. Enquanto os fazendeiros caminham no sentido contrário, fugindo das províncias e vindo em massa para San-Er, a fim de se salvar da fome, um vencedor rico não se preocupa com nada além do sangue em suas mãos e das vozes dos mortos que os assombram até tarde da noite.

"E agora, para... relatório... esta noite..."

Lá dentro, a televisão virou estática. Anton se vira, os lábios já franzidos, mas a estática desaparece depressa, captando um sinal diferente e mudando para o noticiário. A confusão dele se transforma em raiva num piscar de olhos. O Rei Kasa aparece, adornado com joias e sentado em seu trono. Ele sorri, os olhos amarelos brilhantes, mas Anton pega um vaso de planta da sacada e o arremessa com toda força dentro da sala, despedaçando a tela. O rosto supersaturado do monarca desaparece.

O apartamento mergulha no silêncio. A noite envolve completamente a varanda. Com a televisão quebrada, a principal fonte de luz e o zumbido ao fundo também desaparecem.

Anton afasta o cabelo preto dos olhos. Vai ser um inferno consertar isso, mas não é dele de qualquer forma. Foi fácil entrar neste apartamento, neste corpo, e desfrutar de seus bens. Tudo o que ele precisou fazer foi ficar uma vez no corredor e fingir amarrar os sapatos, enquanto o banqueiro digitava a identidade na porta, e outra vez no dia seguinte, para pegar quaisquer números que não tivesse conseguido de primeira. Se Anton quisesse, poderia fuçar as contas dele neste exato momento, talvez ligar para alguns dos amigos do homem e pedir empréstimos. Mas são muitas camadas a desenterrar, muitas pessoas com quem falar, e ele arriscaria se expor à fúria do conselho. Melhor relaxar por um tempo, comer toda a comida do cara, depois sumir. Ele pode conseguir dinheiro de outro jeito.

Anton olha para o pulso.

`06:43:12`

Seis horas até o primeiro evento. Tempo suficiente para conseguir outro corpo antes de começar. Este aqui é muito mais frágil, mesmo que o rosto seja bonito. Anton Makusa é exigente quando se trata dos corpos que ocupa, e seu narcisismo é a maior prioridade. Ele gravita ao redor dos mais másculos, assim como o corpo no qual nasceu, mas não se incomoda quando esses não são uma opção. O que mais importa é que sejam bonitos. Sob os termos de seu exílio, seu corpo de nascença foi tomado pelo palácio. O mínimo que pode fazer é encontrar substitutos dignos.

Um bipe soa em seu cinto. Ele olha para baixo, inclinando a tela do pager para cima.

— Ah, mas que merda.

`Conta da paciente ainda não paga. Deve ser quitada até a semana que vem.`

A mensagem é do Hospital Nordeste, e está longe de ser o primeiro aviso que enviaram.

Seu braço fica subitamente pesado como uma pedra ao desafixar o pager, apertando-o com força na mão. Uma semana. Deve ser suficiente para Anton conseguir alguma coisa para a pessoa que quer salvar. Em San-Er, uma vida inteira pode se passar em uma semana.

Mesmo assim, ele deveria ir ao hospital, encontrar o médico responsável e dar um jeito de conseguir mais um pouquinho de tempo. Hospitais em San-Er são conhecidos por agir de maneira um tanto apressada, puxar os aparelhos da tomada e jogar os corpos dos pacientes pela porta dos fundos no instante em que as contas começam a acumular.

— Maldição — murmura. — Maldição, maldição, maldição...

Ele sai correndo até a varanda de novo, e desata o bracelete também. Depois, o mais forte que consegue, lança o bracelete e o pager para o telhado vizinho, chamando a atenção daqueles três homens.

— Qual é a sua? — grita um deles.

O homem fica de pé. Deixa cair o cigarro e anda até a beirada do telhado para pegar o bracelete. Uma brisa sopra pela noite, balançando os bulbos pendurados na fiação elétrica e perturbando a luz que pisca no rosto do desconhecido. O cabelo dele balança, grossas mechas pretas caindo nos olhos assim que ele se levanta.

Anton salta. É um risco: a beirada do telhado já está a quase três metros dele, e a distância se estende ainda mais até o ponto onde o homem está. Mas Anton sempre teve uma habilidade natural, nunca hesitou em situações que deixam outros em pânico. Para ele, saltar é como correr, como disparar pelo ar com seu *qi* e parar onde quiser.

Ele abre os olhos. Há um sorriso em seus lábios — talvez já estivesse lá quando chegou, talvez tenha sido ele mesmo. Os outros dois homens à mesa gritam em sua direção. Eles viram o clarão de luz e murmuram reclamações acerca da invasão. Anton acena agradavelmente antes de prender o bracelete em segurança ao redor do novo pulso, e o pager no cinto. Estes músculos lhe dão a sensação de força, de firmeza. Quando inspira e passa pela porta do telhado para descer as escadas, seus pulmões se expandem, como se ele pudesse inalar infinitamente.

— Tem um trocado?

No topo da escadaria, Anton enfia a mão no bolso sem parar de andar. Mendigos nunca se escondem nos prédios principais, não quando os guardas do palácio patrulham os mercados e os civis reportam clandestinos nos níveis residenciais. Enquanto isso, as ruas lá fora são tão estreitas que, no momento em que alguém se senta em um canto, ninguém consegue passar. Então, para aqueles sem ter para onde ir, restam as escadas e os corredores obscuros.

— Aqui, tome. — Anton cata todas as moedas do bolso da calça e as joga aos pés do mendigo. — Pode ficar com tudo.

Ele cruza as portas principais. O murmúrio das lojas invade seus ouvidos, e o zunido de brocas de dentista quase abafa o "*Obrigado!*" que vem da escada. Anton não para de andar, as mãos mergulhadas nos bolsos agora vazios.

Finalmente, *finalmente*.

Esta é a primeira vez que foi sorteado para os jogos anuais do Rei Kasa. Anton tem jogado números de identidade roubados no sorteio desde que foi exilado, apostando a vida para salvar o que — *quem* — perdeu. Ela continua naquela cama de hospital, ainda desacordada depois de sete anos. O palácio tem o poder de ajudar, mas August finge não receber nenhum dos comunicados de Anton. O Rei Kasa tem o poder de ajudar, mas não o fará. Ele os deixa sofrer na imundície e na miséria em vez disso, mesmo aqueles que já moraram sob seu próprio teto.

Anton pega uma maçã de uma barraca próxima, dá uma mordida e a joga com força em uma loja, acertando um calendário de parede no ângulo perfeito para derrubá-lo do prego. O dono do lugar grita, irritado, exigindo saber qual é o problema dele, mas Anton já está se afastando, procurando arruinar o próximo sinal de ordem. O Príncipe August fez de tudo para enfiá-lo nos poços mais profundos da cidade, para fazê-lo desaparecer como qualquer outro rosto em San-Er, como se Anton não houvesse controlado uma parte dela certa vez.

Mas Anton é um Makusa. Uma dinastia de nobres do palácio quase tão antiga quanto a dinastia real dos Shenzhi.

Ele não será descartado com tanta facilidade. Na verdade, destruirá qualquer um que tente.

3

O sol desce. A noite acomoda o ar úmido, levando um frio mínimo para as ruas. E, no escuro, um civil perambula por um beco secundário, tropeçando em seus passos. Seu nome é Lusi, mas ninguém o chama assim. O supervisor na fábrica onde ele trabalha grita com todos do mesmo jeito. Sua esposa não fala mais. Sua filha costumava gritar "*Baba!*" pelo apartamento. Só que agora ela está morta — três semanas de uma praga contagiosa, expulsa de seu leito no hospital porque eles não tinham como continuar pagando as contas. Ela parou de respirar antes de chegarem à casa, o corpo enrolado nos lençóis brancos roubados do hospital, o restante de seu *qi* desaparecendo.

— Vamos, mostre-se!

O grito súbito de Lusi penetra o beco vazio. Ele está quase delirante. A dor na lateral de seu corpo atingiu um pico insuportável, mas ele não voltará àqueles hospitais malditos. Sua dívida já está fenomenalmente alta, considerando o custo dos últimos dias miseráveis da filha. Tudo nesta cidade faz a dor piorar: os bebês chorando na casa vizinha, a umidade nos corredores, as cobranças de aluguel chegando em torrentes intermináveis.

Lusi não foi sorteado para os jogos. Era sua última esperança, e mesmo assim o palácio não pôde lhe fazer esse único favor.

— Leve-me! Desde quando você se importa com as regras?

Ele avança e tropeça, caindo de joelhos e mergulhando no lodo de uma poça.

Seu grito seguinte de frustração ecoa ainda mais alto. Talvez fosse melhor se San-Er simplesmente matasse seus habitantes *mais depressa*. Em vez disso, deixa-os apodrecer. Os idosos que não têm para onde ir vivem amontoados uns sobre os outros como animais em jaulas. As crianças inalam amianto nas escolas e armazenam veneno nos pulmões. Às vezes, durante os jogos, os enfermos e feridos vagam propositalmente pelas ruas, na esperança de serem invadidos. Os jogos tornam os saltos legais para os jogadores, afinal — e eles devem responder por isso oferecendo algum tipo de cuidado. Casualidades colaterais que estão gravemente feridas devem ser levadas sem custo ao hospital; casualidades colaterais cujos corpos são destruídos devem ser muito bem pagas e, se o *qi* também é destruído, os familiares recebem o dinheiro. Muitos se atiram na frente dos jogadores de propósito, fazendo um sacrifício para que seus entes queridos possam comer. A cada ano, os canais menores de televisão entrevistam crianças que se tornaram órfãs recentemente e foram deixadas com uma pequena indenização e um apartamento vazio. É difícil decidir se elas devem ser alvo de inveja ou de pena.

— Está me ouvindo? — grita Lusi. — Você...

Ele paralisa. Alguém aparece em seu campo de visão. O bulbo mais próximo no beco ilumina o suficiente para revelar a silhueta do recém-chegado, aproximando-se cada vez mais. Uniforme do palácio. Rosto mascarado.

— Não se desespere — diz, com calma.

Lusi tenta ficar de pé de novo. Embora estivesse chamando por ajuda, seu coração de súbito bate apressado, sentindo o perigo terrível.

— Quem é você? — pergunta. — Pare bem aí...

Há um clarão de luz ofuscante.

Quando Lusi se levanta, seus movimentos são precisos e controlados. Lusi não é mais Lusi; sua consciência ficou em segundo plano, fraca demais para resistir. Então seu corpo dá meia-volta e começa a andar.

ꝏꝏꝏ

Calla empurra a porta do restaurante Magnólia, abaixando-se sob a catraca e observando a contagem regressiva em seu bracelete. Está tarde agora, quase meia-noite. Quase hora de reportar ao coliseu. Lá fora, San-Er é uma série de batidas e tinidos, perpassando as janelas abertas do Magnólia. As cidades gêmeas continuam ativas a essa hora; os restaurantes recebem pedidos e os bordéis estão no pico do movimento, afunilando pessoas pelas ruas sem interrupção.

Praticamente todas as ruas em San levam ao coliseu, porque o Palácio da União está ligado a ele e, pelos céus, o palácio não pode sofrer inconveniências de nenhum tipo. O mercado que opera dentro do coliseu é o único ao ar livre em San-Er, anunciando ofertas dos bens mais baratos e as comidas menos saudáveis, e Calla simplesmente não chega perto dele. Passou um bom tempo evitando aquele lado da cidade. Todos esses anos, sabendo que o Rei Kasa estava perto e ela não podia agir... Uma raiva quente fervia dentro dela, a forçando a ficar longe dos guardas do palácio até que viesse o dia em que poderia revelar suas cartas. Ela não achava que alguém fosse reconhecê-la fora de seus arredores. Talvez devesse ter tomado mais cuidado.

Mas duvida que tenha sido ela mesma a se entregar.

— Yilas! — Calla arranca a máscara e chama de novo, sem o som abafado. — *Yilas*.

Os clientes do restaurante mal prestam atenção nela. Está tão lotado ali dentro quanto lá fora, nas ruas principais: homens mais velhos de camiseta regata fumam cigarros, pingando suor que se soma à imundície que deixa o chão melado. Há mesas com sofás por todas as paredes, transbordando de crianças em idade escolar sem supervisão dos pais, gritando por cima de jogos de cartas. Só Yilas olha para ela do outro lado do restaurante. Ela fecha o livro-caixa em que estava escrevendo e se impulsiona para longe da registradora com um revirar dos pálidos olhos verdes.

— Você podia ter entrado como uma pessoa normal, sabe? — Yilas aperta o nó do avental ao se aproximar, então afasta a franja tingida do rosto. Está vermelha hoje, o que conflita com seus olhos, mas ela é o tipo de pessoa que combina propositalmente uma jaqueta de couro com um vestido de seda. Calla pega emprestado metade do guarda-roupa dela, então parecem um par de jarras com seus casacos vermelho-escuros, um tamanho acima do ideal e caindo até os joelhos. — Por que está tão brava?

Calla lhe lança um sorriso largo.

— Brava? Eu? — Ela gira para ficar ao lado de Yilas e joga um braço sobre seus ombros. O gesto parece casual, mas a careta imediata de Yilas revela a realidade brutal. — Nunca fiquei brava na vida. Onde está sua namorada adorável? Tenho algumas coisas para discutir com vocês duas.

Yilas olha para Calla, o queixo inclinado para acomodar a diferença de altura entre as duas. É chocante que Calla consiga se misturar tão bem à cidade quando é uma cabeça mais alta do que a média. Embora Yilas aperte os lábios por um instante, pensativa, parecendo decidir se realmente é uma questão importante ou só encenação, ela avança e leva Calla consigo, passando pela porta da cozinha e então por outra, até o escritório abarrotado do restaurante.

— Calla! — cumprimenta Chami, animando-se com a chegada das duas.

Calla solta Yilas e bate a porta do escritório. Seu sorriso desaparece com uma rapidez assustadora; o cômodo parece esfriar também, em consonância.

— Sentem-se — pede Calla.

As sobrancelhas de Chami se unem com preocupação. Em silêncio, ela volta a se sentar na cadeira. Yilas é mais devagar, arrastando-se até a namorada e apoiando-se na mesa com um sutil balançar da cabeça quando Chami lhe lança um olhar questionador. Antes de deixarem o palácio, as duas eram criadas de Calla. E, três anos depois, quando Calla causou o banho de sangue que ensopou Er de vermelho, ela apareceu na porta delas pedindo ajuda. À época do massacre, Chami Xikai e Yilas Nuwa tinham se estabelecido confortavelmente como civis em San fazia muito tempo. Criados tendiam a ir e vir com frequência — o Palácio dos Céus era muito menos guardado do que o Palácio da União é agora. Centenas de serventes passaram por suas paredes nos três anos entre a partida das duas e o massacre de Calla, com uma fração considerável designada a atender pessoalmente a princesa. Ninguém sabia que Yilas e Chami haviam sido suas preferidas, então ninguém nas forças do Rei Kasa sabia que devia ir farejar ali — ainda. Calla tem vivido como Chami: escondida, mas usando o número dela quando necessário. A verdadeira Chami usa o número de identidade de Yilas, já que as duas vivem grudadas. Tire Chami de perto de Yilas por dez minutos, e pode ser que ela entre em combustão espontânea.

— Me dê uma lista de todos que perguntaram seu nome recentemente — pede Calla.

— O que aconteceu? — Os olhos de Chami se arregalam de maneira inacreditável, o rosa contrastando forte com o branco e ainda mais forte com a tinta preta que ela usa nos cílios inferiores. Mesmo no palácio, Chami sempre teve uma aparência impecável, como se embalasse sua maquiagem ao final de cada noite e vestisse seus esforços perfeitamente preservados na manhã seguinte. — Você pegou um empréstimo?

Calla joga a máscara nela, mas o braço de Yilas chicoteia para cima, pegando-a antes que atinja a namorada. Yilas lhe lança um olhar irritado.

— Não — sibila Calla. — Um Weisanna me *encontrou*.

A expressão de Yilas se transforma de irritação em horror instantaneamente, um reflexo preciso do pavor súbito que faz cair o queixo de Chami.

— Nós não falamos nada — diz Chami depressa, antes que Calla possa perguntar. — O restaurante também está funcionando normalmente. Os mesmos membros da Sociedade Crescente que aparecem em horários estranhos, os mesmos criminosos que vem trocar dinheiro. Tenho certeza de que ninguém perguntou...

Chami para, interrompida pela mão erguida de Calla, cujo olhar nem está mais na antiga criada. Está focado na mesa atrás dela.

— O que é isso? — Ela marcha para a frente, estreitando os olhos. — Isso é um *computador?*

Há uma batida na porta do escritório, interrompendo Chami antes que ela possa responder. Uma das garçonetes enfia a cabeça dentro do cômodo, gesticulando freneticamente pela atenção de Chami, que se vira para Calla com um olhar suplicante. Calla a dispensa com um gesto da mão e um suspiro.

— Eu repito — diz enquanto a outra se apressa a sair. — Por favor, não me diga que isso é um computador.

— Foi barato — responde Yilas, apertando o botão debaixo da mesa com o sapato.

A caixa retangular começa a zumbir. Quando a tela do monitor massivo pisca em verde, a caixa também começa a emitir um som, resmungando alto o suficiente pelo escritório até Calla ter certeza de que os clientes lá fora também conseguem escutar...

O barulho para. Ela joga no chão o plugue que arrancou da tomada, cuspindo uma mecha comprida de cabelo da boca. Todos em San-Er perseguem coisas reluzentes. Os pobres carteiros começaram a reclamar de correspondências eletrônicas, as quais Calla não vai usar já que é uma criminosa anônima, mas, mesmo se pudesse, *por que* confiaria no éter para encaminhar sua correspondência?

— Ei! — reclama Yilas. — Eu estava...

— Você ligou um alimentador de dados — interrompe Calla.

Ela tem um pager, e é o máximo de monitoramento que permitirá às torres tecnológicas. Os preços de todos os monitores maiores caíram nas cidades gêmeas; pessoas comuns se apressaram a comprar computadores pessoais em vez de entrar nos cibercafés que poluem todas as ruas, mas Calla não achava que Chami e Yilas fossem tolas o suficiente para fazer o mesmo.

— Eles vão saber que Chami não está registrada! Esse negócio é um rastreador...

A porta se abre de novo, interrompendo-a. Nessa fração de segundo, Calla se prepara para reassumir um sorriso, mostrando os dentes o máximo que consegue, mas é apenas Chami de novo. Seu rosto está pálido. Não há um único sinal de sangue em suas bochechas.

— Calla — sussurra. — Venha aqui fora, por favor.

Merda.

Calla agarra a primeira coisa pontuda que consegue encontrar — um molho de chaves — e fecha o punho. No Palácio dos Céus, foi treinada para usar tudo. Lâminas e flechas, explosivos e projéteis, até a ocasional arma de fogo quando conseguiam encontrar alguma pólvora, apesar de sua raridade em San-Er. Eles precisavam prepará-la para o caso de o reino entrar em guerra com seu vizinho no norte, quando Calla precisaria pegar um setor do exército de Talin e marchar pelas províncias.

Em vez disso, ela usou tudo o que a ensinaram contra eles mesmos. Culpa deles.

— Quem é? — pergunta ela a Chami, acompanhando-a. — A guarda do palácio? Leida Miliu?

Chami balança a cabeça, impotente. A capitã da guarda é conhecida por trocar de corpos com frequência, mas Leida iria pessoalmente atrás de Calla?

— Eu poderia chutar, mas... acho melhor você ver com os próprios olhos. Ele chamou você pelo nome e disse para eu não me fazer de boba quando neguei.

Calla para logo antes da porta da cozinha. As chaves cortam sua palma.

— Tudo bem — diz. — Fique aqui. Se eu gritar, se jogue imediatamente no chão.

Antes que Chami possa terminar de fazer um som engasgado, Calla já marchou para fora, preparada para lutar. O restaurante parece normal — fumaça, movimento e caos, *kuàizi* batendo contra tigelas de cerâmica e xícaras de chá tilintando contra tampos de mesas de vidro.

Então Calla vê a anomalia. Em uma das mesas mais distantes, um homem está sentado sozinho, o cabelo cortado rente ao pescoço, com uma cor incomum para as pessoas de Talin. É preciso um descolorante e horas de química para se atingir um loiro tão claro e reluzente. Dentro dos limites de Talin, onde o salto entre corpos é sinalizado por uma mudança na cor da íris, o cabelo escuro é a única consistência em oposição aos olhos de todos os tons.

Um moleque do palácio, então, decide Calla imediatamente. Ninguém de fora do luxo da nobreza teria os meios necessários para pintá-los. Yilas retoca sua franja com uma nova cor barata depois de algumas semanas; os mais velhos espalham uma grossa tintura escura em seus fios grisalhos. Mas a frequência de um tratamento de qualidade para atingir um *loiro* perfeito e reluzente é algo que só o palácio pode pagar.

Ela avança, notando a camisa vinho de seda, a coleção de anéis de jade que contorna seus dedos quando ele leva a xícara à boca. Observações materiais raramente levam a conclusões definitivas em uma cidade onde as pessoas podem trocar de corpos à vontade. Neste caso, entretanto, há detalhes o bastante para Calla ter uma suspeita infeliz.

Não um moleque qualquer do palácio.

Ela se aproxima da mesa. Desliza para a cadeira oposta. Quando os olhos de seu acompanhante se erguem, são pretos, contornados por um azul fraco que só é visível porque Calla está procurando por ele.

— August — diz ela, indiferente, colocando as chaves no bolso. — Faz um tempo.

— Cinco anos — responde o príncipe August, repousando a xícara no pires.

Sua voz é mais grave do que ela se lembra, os movimentos quase letárgicos. Se ela buscasse na própria memória, talvez tivesse se lembrado de que esse rosto que nunca sorri é o corpo de nascença de August, exceto pelo novo cabelo, mas não esperava que ele a abordasse com uma carga tão preciosa. Seu guarda-costas pessoal deve estar esperando lá fora. Ou dentro de um dos corpos próximos, pronto para correr em sua defesa ao menor sinal de perigo à sua segurança.

— Imagino que esteja tudo bem com você. — continua ele.

Calla se recosta no assento, apoiando o braço no sofá. Pegá-la de surpresa uma vez, tudo bem. Uma segunda... sem chances. Esse é August Shenzhi, o menino de ouro cujo único objetivo é subir na hierarquia do palácio, não importa em quem tenha de pisar para chegar lá. Eles não interagiram o suficiente na adolescência para se tornarem amigos, mas compartilharam visitas diplomáticas o bastante para Calla aprender como o príncipe herdeiro de San se comporta, para aprender a agir de forma cautelosa ao redor dele e não deixar nada ser usado contra ela mesma.

— Já estive melhor — responde. — Não se compara com a vida de herdeiro do trono, tenho certeza. Como está Galipei? Ainda apaixonado por você?

Os olhos de August se estreitam. Ele os baixa para examinar o bracelete dela, que pende totalmente à vista.

— Ousado da sua parte dizer essas palavras quando posso mandar executá-la.

— Ousado da sua parte ameaçar me executar quando posso arrancar suas tripas neste exato instante.

— Ah! — August suspira, pegando o bule de chá. Ele serve a xícara de Calla, mas ela não se movimenta para pegá-la. — E eu aqui pensando que sua sede de sangue desapareceria com o tempo.

Calla o encara em silêncio. Pelo contrário, está apenas mais insana agora.

August batuca o dedo na mesa. Recibos de pedidos e cardápios finos como papel tremem com o movimento, presos debaixo do tampo de vidro.

— Você achou mesmo que eu não reconheceria o registro de Chami Xikai na loteria? Ou que eu não lembraria que ela mal consegue trombar com uma parede sem pedir desculpa para os tijolos? Você cavou sua própria cova, prima.

— Eu cavei minha própria cova? — Calla se inclina sobre a mesa, os cotovelos apoiados no vidro. — Eu estou *morta*, por declaração do próprio Palácio da União. O funeral foi um pouco simples, devo admitir, mas foi bacana o Rei Kasa tê-lo transmitido em todas as estações. Mesmo tendo reconhecido o nome de Chami, por que ligá-lo a mim? Talvez minha antiga criada esteja interessada nos jogos. — Ela abre as mãos. — Não, minha cova está perfeitamente intocada. Alguém mandou você atrás de mim.

O único sinal da irritação de August é o tremular de seu maxilar quadrado. Antes que ele fale de novo, uma garçonete se aproxima com um bloquinho na mão, tirando farinha do nariz.

— Posso...

Calla balança a cabeça, e a garçonete aceita o gesto com naturalidade. Ela baixa os olhos castanhos alaranjados e enfia o bloquinho no avental, então se inclina para conferir o bule antes de levá-lo embora para enchê-lo de novo.

— Acredite ou não — começa August quando a garçonete sai do alcance de sua voz —, rastreei você por contra própria, não a pedido do palácio. O Rei Kasa certamente não reconheceria Chami na lista da loteria. A atenção dele nunca se prendeu a detalhes. — Ele ergue a xícara e dá um gole. — Eu tenho procurado sozinho por você, Calla. Desde que o Palácio dos Céus caiu.

É muito esforço empenhado quando ele sequer tinha garantias de que ela estava viva. Calla joga os pés em cima da mesa. August dá um pulo de susto, mas pisca e se recompõe depressa, observando-a cruzar os braços sobre o peito, a jaqueta farfalhando conforme Calla ajusta as botas de maneira confortável.

— Você não tinha medo de estar perseguindo fantasmas?

— Eu sabia que você estava viva — retruca August imediatamente. — Do contrário, o Rei Kasa não teria se trancado assim que você cometeu seu espetaculozinho sangrento. Do contrário, ele não teria medo de sair da segurança impenetrável do palácio. Ele pode ter enganado todo o resto das cidades gêmeas, mas pelo menos me dê algum crédito.

O amargor em seu tom é evidente. August não faz nenhum esforço para escondê-lo.

— Então por que você não contou para ele? — questiona Calla. — Vá fofocar e ganhar pontos como herdeiro.

— Porque eu quero sua ajuda.

Calla não consegue conter o bufar que lhe escapa. Ela descruza os braços, então se estica para cutucar August, só para ver se ele vai deixar. Suas unhas afundam na carne macia e vulnerável do braço dele. Talvez Galipei se revele como um dos clientes ao redor. Talvez ele invista por cima das mesas e a arraste para longe, antes que August possa soltar uma única reclamação.

— Com o que posso ajudar? — pergunta ela. O tom se torna de deboche, sarcástico. — Patricídio?

Silêncio. August não nega. Apenas a encara com firmeza, como se não fosse uma sugestão completamente ridícula. Calla deixa os pés caírem da mesa, ajeitando a postura na mesma hora.

— Puta merda. *É sério?*

— Está tão surpresa assim? — questiona ele. A voz fica mais baixa. — E não vá me dizer que não foi por isso que você se inscreveu nos jogos.

É claro que foi. Durante cinco anos, Calla Tuoleimi esperou e esperou, canalizando a fúria que queima sob suas costelas. Há apenas uma tarefa restante em sua vingança: a cabeça do Rei Kasa arrancada da coluna e lançada pelo coliseu. Essa imagem a mantém aquecida à noite, a impulsiona a seguir mesmo quando se sente desanimada e inútil, apenas outra engrenagem girando nas cidades gêmeas apesar do poder que seu título tem… ou tinha.

Não é mais uma princesa.

Ela se certificou disso quando matou os pais e inundou a sala do trono de Er com os corpos de seus guardas. O plano era destruir os dois tronos de uma vez e extinguir a linhagem real. As raízes estavam plantadas. O descontentamento civil havia atingido seu ápice. Protestos surgiam na muralha da cidade toda semana. Se lhes fosse dada uma oportunidade, as pessoas em San-Er poderiam marchar pelos palácios e destruí-los... Ela sabia, sabia que elas podiam.

Calla se força a interromper o pensamento, afastando a frustração que se forma toda vez que volta a pensar naquela noite. Ela não foi rápida o suficiente. O Rei Kasa correu para se proteger assim que a notícia do massacre começou a se espalhar, sabendo que seria o próximo. Calla não teve escolha a não ser correr, escapar para a cidade dele a fim de esperar enquanto a guarda real de San caçava a princesa traidora de Er. Agora, tão perto de sua segunda chance, não pode se afundar em sua raiva, ou talvez jamais emerja. Passou tempo demais compartimentando cada impulso e amaciando-os para serem palatáveis. Quando chegar a hora de confrontar os cacos ardentes que vivem dentro dela, precisará ser com um único grande gole.

— Primo — Calla dá um sorriso falso —, se Kasa cair morto, você se garante para subir ao trono? Você pode ser o herdeiro agora — ela estica o braço sobre a mesa, envolvendo a bochecha dele com a palma da mão —, mas não somos parentes de sangue. A coroa divina pode rejeitá-lo. Assuma o trono então, e o conselho se rebelará contra seu reinado antes que o povo o faça.

August estapeia a mão dela para afastá-la, a irritação crescendo visivelmente em seu rosto. Ele é August Shenzhi agora, mas nasceu August Avia, filho do dono de uma fábrica de borracha e de sua segunda esposa, uma costureira. Quando August tinha 8 anos, a irmã de seu pai se casou com o Rei Kasa, e eles foram todos levados ao palácio. Calla ainda se lembra. Ela tinha 10 anos, presente naquele casamento assustadoramente excessivo, em um vestido que pinicava e com um colarinho que arranhava seu pescoço.

O Palácio da Terra passou por um ano de tragédias quando August tinha 14 anos. Primeiro, o pai dele morreu, enfermo. Então sua meia-irmã pegou a febre *yaisu* e sua mãe deixou a cidade, pulando do topo da muralha para a morte. August começou sua lenta ascensão no palácio dali em diante: o favorito das multidões entre os parentes distantes — e, mais importante, o favorito do Rei Kasa. Pouco depois de Calla, aos 18 anos, causar o caos em seu lado da cidade, a tia de August também morreu, e o rei viúvo desistiu de ter filhos, nomeando August seu herdeiro.

— A coroa nunca rejeitou ninguém — diz ele, mantendo as palavras neutras, mas há certo esforço em sua voz.

— É. — Calla ergue uma sobrancelha. — Porque sempre foi passada para a mesma linhagem sanguínea, combinada com o mesmo *qi* familiar. Como foi criada para fazer.

Sempre houve uma única coroa de Talin, mesmo quando o reino era dividido entre dois reis. Está guardada no Palácio da União agora, sabe-se lá onde, em cima de uma almofada de cetim, com guardas posicionados ao seu redor. A cada coroação, ela é trazida para um posicionamento momentâneo — se um governante é justo e digno de usá-la, ela continua em sua cabeça; se ele for considerado inadequado, a coroa explode faíscas e se revolta. Embora eles tenham sido ensinados a acreditar que é uma escolha divina, Calla está quase totalmente convencida de que se trata apenas de ciência. Diz a lenda que houve uma tentativa de usurpar o trono durante o reinado anterior ao de Kasa. Um membro do conselho liderou uma revolta contra o Palácio da Terra, marchando com os batalhões de sua província com armas em riste. Mas, no momento em que ele colocou a coroa sobre a própria cabeça, foi derrubado instantaneamente, ajoelhando-se sem motivo aparente. Seus exércitos se dissolveram, e sua província foi repassada a outro membro do conselho. O reinado continuou em segurança.

— Não se preocupe com isso — garante August. — Ela vai me aceitar.

Calla ergue a sobrancelha de novo, mas o primo mantém o olhar firme. Está otimista demais para alguém se metendo no meio de centenas de anos de sucessão hereditária.

Como qualquer outro objeto físico no mundo, a coroa real tem uma pequena quantidade de *qi* — nem de perto o bastante para formar a alma de uma pessoa, mas o suficiente para fornecer um sopro de vida. Os crentes acreditam que foi feita com um poder de decisão, guiada pelos antigos deuses para buscar o membro real mais digno a ocupar o trono de Talin.

O mais provável é que, qualquer que seja a mágica antiga que tenha lhes dado o poder de saltar entre corpos, também tenha moldado a coroa, conectando-a às linhagens Shenzhi e Tuoleimi. O que significa, é claro, que todos os seus descendentes serão considerados dignos.

— E então...? — indaga Calla, ainda sarcástica. — Kasa cai morto, aí você assume a coroa? Não dá para você simplesmente esperar, jogar um pouco de veneno no chá dele por conta própria?

Seu primo balança a cabeça.

— Não posso ser nem minimamente considerado suspeito. Quero um assassinato público. Com um assassino bem definido, talvez uma princesa procurada, que planejou abrir caminho até o palácio com a vitória nos jogos. Dessa forma, ninguém poderá me acusar de ser parte disso, e eu posso fazer o papel do filho bom e enlutado. Quando você for levada embora, eu vou me instaurar e perdoá-la com a gentileza de meu novo reinado. Não soa maravilhoso?

— Não — diz Calla, direta. — Não quero ver outro reinado. Quero que isso termine. Além disso, você está delirando se acha que ter a coroa é o suficiente para governar. Mesmo que ela aceite você, o conselho ainda pode tomá-la — ela estala os dedos — *assim*.

Não é exatamente um sorriso o que orna o rosto de August, mas algo perto disso. O repuxar de um lábio numa diversão passageira. Como se estivesse achando engraçado que tal ideia lhe fosse apresentada.

— Você acha que ainda estaríamos vivendo assim se as pessoas não acreditassem na coroa? — pergunta. — Você não acha que os civis já teriam se erguido e exigido um novo governante a esse ponto? Eles acreditam, Calla. Precisam disso para ter ordem. Podem lamentar e reclamar do trono, dia após dia, mas uma parte inabalável deles decide que não merecem algo melhor até que a coroa diga o contrário.

Um sininho soa na porta do Magnólia e um grupo entra, cada um indo lentamente até a catraca enquanto seus dedos batucam o teclado. Quase pensativo, August os observa se amontoarem em um sofá.

— O conselho também. Aceitar a coroa é um mandato desta terra. Uma vez que estiver em minha cabeça, nenhum membro do conselho ousará arrancá-la. Negá-la seria o mesmo que negar Talin. Se eu não tiver o direito de ser rei mesmo depois que a coroa me aceitar, então aqueles no conselho também não têm direito aos seus pedaços de terra. Eles foram instaurados por reis, não foram? Reis escolhidos pela coroa.

Calla se recosta, apertando os lábios. Os recém-chegados estão se acomodando ali perto, e o volume das conversas sobe e desce pelo restaurante para se adaptar aos seus gritinhos altos e empolgados. Yilas vem dos fundos para anotar os pedidos e lança um olhar para Calla, mas não se intromete. Ela rabisca várias solicitações de *wontons* apimentados e volta à cozinha.

— Está bem — diz Calla. — Digamos que todas as outras variáveis se encaixem. Você poderia me abandonar em uma cela depois que eu fizer a minha parte. Por que devo confiar em você?

— Por que não deveria? — retruca August.

Ele arregaça as mangas, expondo os antebraços à luz branco-azulada. Todos os outros no restaurante parecem um pouco doentes sob seu brilho frio, a desnutrição usual da cidade mais acentuada do que nunca. August não teria como parecer desnutrido nem se tentasse. Suas características só se tornam mais salientes, assim como a pequena cicatriz em seu punho.

Em uma visita diplomática quando eram crianças, um servente havia quebrado um vaso perto de August e os cacos cortaram seu braço. O Rei Kasa apareceu, perguntando o que havia acontecido, e, em vez de deixar o servente ser levado embora, August mentiu. Disse que o vaso caíra sozinho, que o sangue escorrendo de seus dedos não era nada. Embora frio e monótono às vezes, ele não era uma pessoa detestável.

Se lhe dessem um trono, ele governaria bem. Não há reis bons, mas há reis justos.

— Qual é a sua alternativa, Calla? — pergunta ele, em voz baixa. — Você deve saber que não há outro jeito de sair viva de um regicídio. A guarda do palácio vai capturá-la assim que golpeá-lo. Você está assinando a própria sentença de morte.

— Se é esse o preço, estou disposta a pagá-lo. Minha sentença de morte em troca da liberdade de Talin.

— Então me escute. Você não precisa de sentença nenhuma. Você tem a mim. Vou libertá-la depois que você libertar o reino.

Há algo nisso tudo que soa conveniente demais para ser verdade. August sempre pareceu suspeitamente refinado demais. Metade dela está pronta para aceitar o plano do primo, enquanto a outra metade sabe que está desesperada demais pela salvação de Talin, e o desespero afasta os olhos da razão. Cinco longos anos se passaram, anos solitários, trabalhando sem uma promessa de sucesso. A armadilha que se abre agora para ela é tão reluzentemente óbvia, uma baita bandeira vermelha, que ela precisa se perguntar se August *está* sendo genuíno. Como alguém tentando enganá-la poderia elaborar um plano tão transparente assim?

— Você tem uma vida tão confortável como o herdeiro escolhido de Kasa. — Ela precisa escutar da boca dele. — Por que iria querê-lo morto?

— Você sabe a resposta — retruca ele com facilidade. — No passado, existiam dois herdeiros em San-Er. Por que você matou seus pais?

Os nós dos dedos de Calla ficam brancos. Suas palmas ardem com a memória dos mapas que ela pegou naquele dia, cinco anos atrás, depois de ter perambulado até as salas de guerra sem motivo nenhum e ter encontrado planos a lápis para as tropas que estavam enviando às províncias. Esse não foi o único motivo para ter agido, mas com certeza foi o empurrão final.

August assente.

— É por isso — responde ao silêncio dela. — Eu conheço você, Calla. Você não quer de verdade que a monarquia se despedace e queime até virar cinzas, você quer que essa versão dela acabe. Quer Kasa fora do trono. O Palácio dos Céus tinha bons tutores, tenho certeza. Sua educação formal deve ter abordado o tipo de caos que emerge quando se tem um vácuo no poder.

Calla lança um olhar congelante na direção dele.

— Talvez seja de caos que nós precisamos.

— Ah, não. — Ele mexe na manga de novo. — Eu sei que você é mais madura agora do que a menina de 18 anos que tentou extinguir os dois palácios. Você teve anos para pensar nos seus erros. No que poderia fazer diferente desta vez. Digamos que você *houvesse* tido sucesso. E então? Haveria uma capital de 200 milhões de pessoas, mergulhada em anarquia? Um reino de 300 milhões sem ordem? Não me diga que superestimei sua inteligência.

É isso o que August faz de melhor: crava os dedos na mente de alguém, cada vez mais fundo, até que suas próprias ideias sejam plantadas ali, como o verdadeiro curso de ação.

— Preste atenção — pede o príncipe August, sem lhe dar tempo para pensar numa resposta sarcástica. — Estou lhe oferecendo um futuro em que você sai com a cabeça intacta e consegue o que quer, o que *realmente* quer, não só uma imitação a curto prazo. O povo bem alimentado. As muralhas da cidade abertas. O reino prosperando. Você nasceu princesa, pode até ser minha conselheira, se quiser. Mas antes, eu preciso me sentar no trono. Temos um acordo?

O coliseu é perto o suficiente do restaurante para que eles possam escutar a mudança audível que ressoa por San. O beco lá fora se enche de barulho, levando espectadores em massa na direção do palácio para o Daqun, a abertura dos jogos. Esses jogos são entretenimento, seja no aparelho de televisão em casa ou nas arquibancadas da arena. Não importa que oitenta e sete de seus compatriotas sejam assassinados até o final. Morrer pela espada ou pela recusa do trono em salvar os mais vulneráveis da fome... que diferença faz? San-Er tem gente saindo pelo ladrão, o que faz de uma vida algo tão comum quanto uma barata, pronta para ser esmagada e esquecida sem remorso.

Calla desvia os olhos do primo, exalando ao inspecionar o bracelete.

— Você está me dando uma escolha?

— Claro que sim. — August inclina o queixo na direção das janelas do restaurante. Embora esteja escuro, embora esteja sempre escuro aqui embaixo, o movimento da multidão é visível, cada cabeça passando pelo vidro temperado como marionetes de sombras, controladas por cordas dos céus. — O coliseu aguarda. Eu não vou tirá-la dos jogos, mas você perde minha ajuda. Perde a chance de eu manter seu bracelete ativo, mesmo se você falhar em enviar a localização a cada 24 horas. Perde a chance de eu eliminar seus concorrentes, invadindo seus corpos e jogando-os de cima de prédios. É isso que você prefere: mais sangue nas mãos ao final de tudo?

Ela havia se esquecido de quão bom August era em convencer as pessoas de qualquer coisa. Calla não consegue se impedir de soltar uma risadinha. Os jogos estão começando. Essa é praticamente uma oferta de vitória garantida. Por essa lógica, talvez seja uma decisão fácil, afinal.

— Está bem — concorda ela, direta.

Sempre pode voltar atrás se precisar. Sempre pode matar August também, se ele estiver apenas tentando usá-la para depois descartá-la.

— Ótimo.

August põe a mão no bolso da camisa e aparece com um chip entre os dedos. Sem pedir, pega o braço dela com uma precisão clínica e o gira para ver a entrada vazia no bracelete. Ele insere o chip, segurando-o até a tela emitir um bipe. O número **57** pisca, brilhando.

— Aqui está meu primeiro presente para você — diz August, soltando o braço dela. — Vá pegar suas armas e corra.

4

Anton passa a última meia hora da contagem regressiva ficando bêbado.

Não faz muita diferença em relação à sua habilidade de participar dos jogos. Assim que deixar este corpo, deixará também a nébula agradável, e o ocupante original vai acordar e ter de lidar com os efeitos posteriores.

Assim que está dando os goles finais, sente dedos deslizando por seu ombro.

Anton congela. Ele gira na escuridão do bar, apertando os olhos para os borrões de cor e as manchas cinzentas.

— Compra uma bebida para mim? — pergunta a mulher.

Ela usa uma máscara vermelha amarrada ao rosto, que tem mais tecido do que ela está vestindo em todo o resto.

— Talvez outra hora. — Anton baixa o copo e aponta para o canto do bar, onde um grupo rouco tem falado mais alto. — Acho que eles podem estar interessados.

Graciosamente, a mulher inclina a cabeça e se afasta. As outras prostitutas à porta observam a conversa e descartam Anton como cliente em potencial. Ele já ficou por tempo o suficiente, já eliminou a degeneração do próprio sistema. Durante as semanas ou os meses seguintes, ou seja lá quanto tempo os jogos forem durar, precisará estar alerta a cada momento. Ele aperta a jaqueta ao redor do corpo e solta o bracelete, examinando os corpos pelos quais passa no caminho para a saída.

Uma bebida é derramada no chão à sua frente. Anton contorna a poça com suavidade, fazendo uma careta para o homem que a derrubou. Sua bússola moral até está do lado mais delicado se comparada à de outros com habilidades similares nas cidades gêmeas, mas isso não o impede de saltar inutilmente por aí. Em Talin, as pessoas não são apegadas a seus corpos. Ou melhor, corpos são meramente propriedades a serem roubadas, emprestadas ou cuidadas, como apartamentos e roupas.

Anton tromba com um prostituto à porta, fingindo tropeçar. Assim que o homem estica os braços para ajudá-lo, Anton desliza o bracelete por suas mãos à espera e salta. A luz brilha pelo bar, causando alguns gritos próximos, mas ele já saiu pela porta da frente, fechando os novos dedos ao redor do bracelete e limpando uma leve camada de suor da testa. Quando sai para a noite, ele tem a aparência de qualquer outro homem que caminha pela cidade antes de os jogos começarem.

O palácio sempre declarou que saltar era ilegal. Mas ter o gene para saltos é como receber o sentido do paladar: não se pode esperar que as pessoas não busquem comida boa. Aquelas que são pegas saltando são multadas e aprisionadas, mas isso não impede as milhares que o fazem todo ano. Aquelas que cometem crimes em outros corpos, ou alegam que foram tomadas antes de um crime, terminam em espirais legais, que perduram por tanto tempo que o júri eventualmente desiste de tentar encontrar o verdadeiro culpado e apenas enfia todas as partes envolvidas em uma cela por um ano ou dois para responder à tecnicalidade.

San-Er é definida por seu caos, por sua confusão e seu borrão de pessoas que se mescla e se engancha umas nas outras. Um corpo não pertence a quem nasceu nele. Corpos podem ser mudados, retirados de prateleiras. Corpos pertencem a todos menos a quem nasceu com eles, embora, se a pessoa tiver poder, talvez possa manter o seu por mais tempo.

Anton não tem contato com seu corpo de nascença desde o exílio, mas isso não importa muito para ele. Cada acontecimento miserável, cada pedacinho de trauma com que San-Er o presenteia, se prende à sua memória, fica com ele por causa dessa memória. Que bem faz se apegar a um corpo?

Quando o beco se torna mais estreito, Anton vira a curva seguinte para pegar um caminho mais amplo, andando em direção ao coliseu. Sua mente funciona com clareza agora, os pensamentos voando a centenas de quilômetros por hora. Há uma pulsação debaixo de seus pés, o *tum-tum-tum* das batidas do coração de San, ressoando logo abaixo das calçadas estreitas e despedaçadas, e dos becos enlameados sem pavimentação. No coliseu, os jogadores aparecerão com diversas aparências, porque sabem que o corpo com o qual entrarem não vai durar muito se quiserem jogar com as melhores chances. Quando Anton morde o interior das bochechas, não percebe como seus dentes são afiados, e eles quase cortam a carne antes que ele sinta o primeiro indício de sangue e alivie o maxilar. Ele confere o bracelete. A contagem regressiva se aproxima dos cinco minutos.

A pulsação da cidade ficou mais alta. Ela acompanha os passos pesados dos espectadores, que pingam por rotas sinuosas e afluem para sua mancha central: o coliseu, imponente ao lado do palácio. Embora não existam limites ou cordas para os espectadores nas laterais, eles estão parados a uma boa distância do centro, deixando imediatamente claro quem é jogador e quem não é.

É melhor a audiência manter distância do que ser acidentalmente empalada. Dessa forma, também pode fingir que tudo é apenas um espetáculo, esquecendo-se de que os jogadores que entram no coliseu estão prontos para despedaçar uns aos outros.

Anton ergue o olhar quando se aproxima do centro, observando uma das sacadas do palácio ao sul do coliseu. A sala do trono. O Príncipe August está lá em cima em algum lugar, os olhos nos jogos. Anton pode sentir. É difícil dizer se seu antigo melhor amigo discerniu sua participação, mas, depois que os jogadores são sorteados, não é possível voltar atrás. Ele não duvida que August tentaria mesmo assim. Naqueles anos que passaram juntos no palácio, não havia nada que o príncipe não estivesse disposto a fazer, desde que alcançasse seus objetivos. Ele era, ao mesmo tempo, o melhor amigo e o maior medo de Anton. Aquele em quem mais confiava, mas perto do qual jamais podia baixar a guarda. Quando passava tempo com August, ele nunca sabia se seria com o aluno sensato que queria alguma ajuda com a tarefa de história, ou com o menino frio e calculista que uma vez jogou ácido na mão de Anton só porque eles precisavam estar perto da enfermaria quando um membro do conselho estava doente.

— Qual é o seu problema? — Anton se lembra de ter chiado. Seu corpo de nascença carregou a cicatriz por meses depois daquilo. — Por que faria uma coisa dessas comigo?

— É tudo por um objetivo maior — respondeu August, indiferente, sem dar brecha para argumentação. — Preciso cair nas boas graças do Rei Kasa. Ou podemos esquecer nosso plano de ir embora.

— *Ei! Esse é o meu lugar!*

Ao ouvir o grito irritado, Anton volta ao presente, seu corpo desconhecido palpitando de tensão. Ele se vira, então solta o ar depressa, descobrindo que a voz não se dirigia a ele, mas sim a outro jogador à distância. O som viaja com facilidade pelo coliseu, trazendo a briga para mais perto do que está de fato. Um dos jogadores envolvidos empurra o outro e, embora eles estejam longe o suficiente a ponto de Anton não conseguir identificar suas feições sob as luzes douradas do coliseu, seus gritos ecoam com clareza.

— Você é dono da terra agora? Vá ficar em outro lugar.

— Eu...

O jogador ergue o braço. Os espectadores perto da entrada ficam imóveis, preparados para ver uma luta prematura, mas então outros três competidores próximos gritam um alerta, e os dois se separam com olhares ferozes, encontrando lugares próprios na arena para esperar. Quando o Daqun começa, não há nada que diga que os jogadores precisam machucar uns aos outros. Mas é o evento de abertura, o primeiro momento em que a matança pode começar, e se só pode haver um vencedor, quem perderia a oportunidade de eliminar seus concorrentes o mais cedo possível?

Anton olha para baixo. Seu bracelete começa a piscar os segundos do minuto final. Ele esperava sentir mais, estar nervoso, delirante, frenético. Em vez disso, uma calma mortal o atinge, inundando as pontas de seus dedos e tornando seus lábios frios. O objetivo do Daqun é distribuir chips para os braceletes, designando um número para cada um dos oitenta e oito jogadores. É a forma mais fácil de registrar quem está matando quem, de reportar os jogadores nos clipes sem precisar lembrar nomes, identidades e histórias. *Número Catorze lidera as estatísticas de hoje com um machado arremessado de maneira espetacular,* os clipes podem urrar, ou *Número Trinta-e-Dois é alguém em quem prestar atenção por seu desempenho no banho de sangue.* As câmeras de segurança veem tudo, e, embora a qualidade da imagem seja um lixo, as gravações podem ser disponibilizadas para as emissoras de televisão, desde que Leida Miliu as tenha liberado antes na sala de vigilância do palácio. Os canais correm para emitir notícias, arrancando o couro dos produtores para que trabalhem mais depressa enquanto tecem um conto único a partir das vastas gravações cruas que recebem do palácio todas as noites. É um espetáculo anual ao qual os moradores de San-Er sempre assistirão, um que os jogadores tornarão grandioso ao garantir que a matança aconteça na frente das câmeras.

Nós somos detestáveis, pensa Anton. Mas não há nada a se fazer.

Outra briga começa à sua esquerda. Desta vez, quando Anton se vira para o barulho, vê tanta gente daquele lado que sequer consegue decifrar de onde vêm as vozes, exceto por estarem se dissipando pela escuridão. Ele começa a contar. Faz uma breve análise dos grupos próximos e distantes. Quando restam três segundos em seu bracelete, não há tempo suficiente para outra contagem, mas ele também não acha que está enganado.

Oitenta e sete jogadores, incluindo ele mesmo.

Quem seria estúpido o suficiente para perder o primeiro evento? Não conseguir um chip significa eliminação imediata.

Seu bracelete treme. No palácio, os guardam aparecem na varanda da sala do trono. Em sincronia, eles lançam as bolsas em seus braços, deixando cair os oitenta e oito sacos beges idênticos como pesos mortos no chão do coliseu.

Tudo ao redor dele se torna um caos.

Os jogadores correm até as bolsas. São descuidados, despreocupados, e estão vindo de todas as direções, preenchendo os espaços que podem e empurrando onde não podem. O único ponto inerte é Anton.

Ele não se move, apenas observa.

Um dos jogadores é bem maior que o restante, avançando pesadamente em direção ao saco mais volumoso da pilha e segurando-o contra o peito. Ele não tem dificuldade alguma para tirar os outros do caminho, derrubando-os como pinos de boliche. O homem leva um corte na lateral do braço e simplesmente continua avançando, correndo até uma das saídas.

Anton arranca o bracelete do punho. Eles pedem, sem muita seriedade, para os jogadores não invadirem uns aos outros. Os saltos foram legalizados para os jogos; do contrário, os participantes o fariam da mesma forma, e o palácio acabaria preso entre chamar todos de criminosos ou fazer vista grossa para o bem do entretenimento do povo. Mesmo assim, precisam fazer sua parte a fim de estabelecer o exemplo para os espectadores. Eles alertam que saltar é perigoso, que os jogadores devem evitar fazê-lo pelo bem da própria saúde, porque o palácio se importa *muito* com ela. Eles alertam que a febre *yaisu*, resultado de sair e entrar rapidamente no mesmo corpo várias vezes seguidas, pode acometer qualquer um. Se um jogador é fraco e é lançado de volta para o próprio corpo depois de repetidas invasões malsucedidas, é um jeito garantido de se queimar: o corpo adoece e tranca o *qi* para a morte certa. O palácio fica ainda mais descontente se a nobreza for invadida por jogadores. Prostitutas e apostadores podem ser arrastados para dentro da luta se seus corpos forem duplicados. Quando é um deles, entretanto, o conselho se envolve, e a dor de cabeça é tão colossal que a maioria dos jogadores presta atenção em quem vai ocupar pelo bem da própria sanidade.

Anton arremessa o bracelete bem no meio do caminho do competidor. Ele o invade com tanta força e tão depressa, que tem quase certeza de que passou despercebido, mas então os gritos de protesto começam ao seu redor, e ele imagina que sua luz piscou afinal. Uma pena. Talvez devesse ficar agradecido por não ter quicado para fora do salto, o que o palácio alerta ser a norma e que foi o que quase matou Otta e a deixou comatosa no hospital. Mas ele já sabia que era mais forte do que qualquer um naquela arena, naquelas malditas cidades gêmeas.

— Mais sorte da próxima vez! — grita por sobre os ombros, pegando o bracelete no caminho.

Ele corre, sem perder tempo lutando ou assistindo aos jogadores rasgarem uns aos outros. Quando os espectadores do lado de fora da arena recuam para sair de seu caminho, Anton corta direto por eles, disparando para a rua mais próxima, e então faz outra curva acentuada.

Ele se vê em um beco estreito, cheio de salões de cabeleireiro. As pessoas ali não se espantam com sua súbita aparição. Depois do expediente, estão varrendo o chão ou plantadas em minúsculas cadeiras de plástico ao redor de uma mesa baixa, soprando chás e assistindo às telas de televisão nos cantos. A qualquer momento os relatos ao vivo dos jogos começarão, e as emissoras exibirão quaisquer filmagens iniciais nas quais consigam pôr as mãos.

— Ei, pega!

O dono do estabelecimento se vira ao chamado de Anton, franzindo a testa em confusão. Por instinto, estende os braços e pega os itens que Anton jogou. Os olhos roxos do homem se arregalam ao perceber o que está segurando. Mas Anton já está dentro, piscando depressa para focar a visão ruim do novo corpo, abaixando-se com rapidez para escapar do outro jogador quando ele retomar a consciência.

Anton abre o saco. Seu coração martela com força, os dedos vasculhando entre as moedas em busca de um chip perdido. Do outro lado do balcão, o jogador começa a gritar. Por um breve instante, Anton espia por cima do balcão, preocupado, mas o sujeito não parece estar olhando em sua direção.

— *Quem foi? Qual de vocês teve a coragem?*

O jogador musculoso bate o pé no chão, arrancando um grito de uma senhora idosa que está por perto, e, a seguir, um muxoxo que ela faz em reprovação. Sem memória do que seu corpo estava fazendo no tempo em que ficou ocupado, ele não tem como saber para onde o clarão do intruso foi a não ser que outra pessoa lhe aponte a direção. Ninguém o faz. Os outros donos de estabelecimentos o encaram em silêncio, sabendo que os jogos começaram com o badalar da meia-noite. Anton continua escondido atrás do balcão, ainda tateando o interior do saco. É tarde demais para o homem voltar atrás de um chip. Quaisquer bolsas restantes terão sido levadas pelos que ficaram e lutaram. Mesmo que só precisem de um chip, eles querem as moedas que vêm em cada uma. Esse jogador foi eliminado. Deveria estar contente; nunca conseguiria vencer, de qualquer forma, então teve a vida poupada.

Pelo rugido que faz antes de ir embora batendo os pés, ele claramente discorda.

Anton enfim encontra o chip e solta um suspiro de alívio. O beco voltou às conversas em voz baixa. Quando ele puxa o chip, suas linhas metálicas reluzem com a luz acima de sua cabeça, parecendo deslocadas entre as moedas rústicas e o tecido desfiado do saco. Ele vira o bracelete para lá e para cá até perceber que a entrada fica do lado, na vertical. Anton pressiona o chip na abertura.

A tela pisca em branco antes de **86** aparecer em seu lugar.

— Certo — murmura Anton em voz alta. Ele pega o restante do conteúdo da bolsa. — Vamos jogar.

A porta dos fundos está emperrada, selada pelo mofo e pela sujeira que se acumulou nos cantos.

Calla apoia uma bota no batente e aperta a maçaneta com as duas mãos. Seu bracelete terminou a contagem da meia-noite segundos atrás. Os outros jogadores já terão começado a se dispersar por San-Er. Ela puxa com mais força.

Quando a porta finalmente se abre, o movimento é tão vigoroso que ela cambaleia alguns passos para trás, e sua jaqueta farfalha quando ela atinge a parede.

— O que é isso? — Um homem idoso vira a cabeça por cima dos ombros para examinar quem acabou de arrombar sua porta dos fundos, segurando uma flanela de limpeza em uma das mãos e um cachimbo na outra. — Estou sendo roubado?

— Não, você está sendo monopolizado — diz Calla, sem fôlego, abrindo um sorriso e entrando apressada. Ela arranca a flanela da mão do homem e desliza uma cédula de valor alto por sua palma. — Tome. Só peço que feche a loja por cinco minutos.

Armas são estritamente controladas em San-Er. Isso significa que só há três lojas nas cidades gêmeas que as vendem de maneira exclusiva para os guardas do palácio — exceto nas 24 horas após o Daqun, quando as lojas também oferecem provisões aos oitenta e oito participantes dos jogos, se eles mostrarem os braceletes para fazer uma única aquisição. Embora o Daqun seja o primeiro banho de sangue, as três lojas de armas das cidades sempre serão palco das lutas seguintes. Mesmo assim, é de conhecimento geral que esses estabelecimentos frequentemente colaboram com as Sociedades Crescentes, distribuindo itens pelo mercado clandestino quando os lucros estão baixos. Se os competidores perderem sua única arma no meio dos jogos e reaparecem com outra, os apresentadores irão se abster de comentar a troca em favor do decoro do palácio.

O idoso segura a cédula contra a luz e resmunga, então desce o portão de segurança na frente da loja. Outros jogadores logo chegarão à fachada do prédio, costurando por suas numerosas passagens e corredores.

— Depressa, depressa — diz Calla, batendo a mão no balcão.

O homem estreita os olhos cinzas desbotados, ajustando o boné na cabeça.

— Qual é o seu número?

— Cinquenta-e-Sete.

— Bracelete?

Calla lhe mostra o pulso. Ele franze a testa.

— Hum...

— *Hum?* — repete ela, a voz uma oitava mais alta. — Anda *logo*!

O homem finalmente chega às gavetas ao redor da mesa. Ele continua se movimentando numa velocidade tranquila ao expor as mercadorias raras, uma após a outra. Para os jogos, uma mera adaga ou espada comum não servem. Eles exigem um diferencial, uma arma que os outros não saberão combater ao serem pegos de surpresa.

— Todos os meus produtos garantem boa velocidade e cortes profundos — diz ele. — O que lhe parece bom? Uma *Yanyue dao?* — Ele apresenta uma lâmina curva engastada na ponta de uma lança de madeira, com um fitilho vermelho pendendo no final. — Tenho uma réplica das míticas. — Ele grunhe, puxando um conjunto pesado de espada e sabre. — *Yitian jian* e *Tulong dao*. Isso se você der conta de usar as duas ao mesmo tempo, claro, porque não vou vendê-las separadas. Ou até...

A mesa treme quando uma marreta gigante é colocada ao lado das lâminas, o cabo decorado em ouro. Muito exagerada. Muito brilhante.

Calla olha de relance para o relógio digital sobre as prateleiras.

— Que tal uma espada fina?

— Fina? — O homem franze a testa, parecendo quase ofendido. — Você quer uma coisa fina?

— Me dê o que você tiver de mais estreito e afiado.

Ele murmura algo em voz baixa, inclinando-se com cuidado para olhar uma gaveta diferente. Depois de alguns segundos, traz outra espada, tão magrinha que quase parece circular. Quando a gira, deixando o metal refletir a luz, Calla vê que a lâmina é um pouco achatada, não mais do que uns dois centímetros, afinando-se para criar dois gumes afiados e permitir cortes.

Perfeita. Calla estende a mão, aceitando-a sem falar mais nada.

— Tem certeza? Não é muito...

O portão de segurança treme. No mesmo instante, o olhar de Calla se volta para o som e seu braço age por conta própria, sacando a espada da mão do vendedor. O portão é arremessado para cima e uma figura entra. Antes que o jogador tenha dado três passos dentro da loja, Calla avança e crava fundo sua lâmina nas entranhas dele. Ela gira. Puxa para o lado até que a espada saia.

O competidor tomba. Seu bracelete bate no chão de linóleo com um som discordante, seguido por seu corpo.

E Calla cambaleia, perdendo o equilíbrio.

Pelo bem do reino. Pelo bem do reino.

Ela se recupera depressa, apoiando a mão na parede antes que caia na poça de sangue. O jogador a encara, os olhos de um amarelo pálido e opaco. Se houvesse escapado rápido o suficiente, o corpo ficaria meramente abandonado. Ficaria ali, vazio, um receptáculo sem sangue com um corte no meio, pronto para ser reutilizado e ocupado por outro quando o corte lentamente se costurasse de volta. Receptáculos vazios sabem como se consertar, assim como o broto de uma planta pode crescer outra vez. Mas, se o *qi* morrer lá dentro primeiro, o corpo segue o mesmo destino, logo adquirindo o odor de podridão, e a pele se solta dos ossos.

O vendedor suspira.

— Este não é o primeiro ano que trazem a luta aqui para dentro, mas eu queria que você tivesse sido mais cuidadosa com a sujeira.

Calla olha para a espada. O sangue já escorreu, deixando a mais imperceptível mancha vermelha sobre a lâmina. Ela se força a engolir o caroço que se formou em sua garganta e respira fundo, até ter exalado todo o peso de seu peito. O homem está esperando sua resposta com a expressão mais desinteressada possível, e ela se agarra a isso para se convencer de que o que está fazendo é justo, que é apenas o que deve fazer.

— Melhor correr — diz o vendedor, enxotando-a. — Pelos fundos, ande, ande.

Calla nunca disse que era uma boa pessoa. Nunca quis ser uma boa pessoa. Mas busca em cada canto das cidades gêmeas um sinal de que a bondade é algo do qual Talin é capaz. A cada dia, ela acorda e implora para que aquilo que fez tenha alguma importância, para que o reino lhe diga que está certa em acreditar que pode ser honrável, que está tudo bem em derramar sangue até que não reste mais nada de si mesma, até que todas as peças desapareçam, até que não sinta mais essa pontada de dúvida toda vez que sua lâmina desliza para dentro e para fora. Há paz ao final dessa jornada. Tem de haver.

Calla aperta a espada com mais força, pega a bainha da arma e sai pela porta dos fundos da loja. Cada segundo em público é um segundo exposta. Especialmente agora, quando os jogadores estão se concentrando tão perto...

Ela para ao final do beco, escutando com atenção. O estalar de um cabo elétrico. O rangido do exaustor enorme de alguma fábrica. Há alguém próximo, observando. As mangas da jaqueta vermelha de Calla param pouco antes do pulso, e ela não se dá ao trabalho de esconder o bracelete. Se for abordada para um combate, lutará como um competidor.

O farfalhar finalmente volta — de cima. Calla dá um pulo para trás, fazendo uma careta quando suas botas espirram a água de uma poça suja, mas evitou por pouco a espada de outra jogadora. A mulher gira, o rosto irritado, o cabelo amarrado em dois coques simétricos no topo da cabeça. Uma luz azul-esbranquiçada corre por sua lâmina, como se uma corrente viva de eletricidade percorresse o metal. Agora no chão, ela se prepara para outro golpe, os joelhos dobrados e firmes.

Calla também foi treinada assim: para se posicionar de forma que ninguém pudesse derrubá-la. Para imaginar-se alta como uma montanha. Em sua primeira aula, lhe ensinaram que não tinha permissão para se encolher, e não podiam avançar até que ela houvesse aprendido a plantar os pés com firmeza e não recuar, não importava a força com que fosse atingida.

Você não quer ser forte?, perguntaram. *Não quer ser invencível?*

Quero, respondeu Calla. Doze anos de idade e calibrada para ser uma arma. 14 anos de idade e moldada em um instrumento incontestável de ataque do trono.

Bom. Em sua memória, todos os rostos na sala de treino se misturam: ex-generais e soldados aposentados que eram bem-vistos o suficiente no palácio para ensinarem a jovem princesa. Eles não tinham a intenção de pegar leve com ela. Todos diziam as mesmas coisas. *Aceite os cortes. Aceite as queimaduras. Você vai sarar, e será mais valente.*

Mais valente? Eu quero ser mais forte.

Força é um esforço consciente. Primeiro, você será valente, então se tornará mais forte.

Eles a treinaram para a guerra. E ela se ergueu para travá-la contra eles.

A outra jogadora ataca com uma estocada. O braço de Calla ergue a espada sem pensar. O instinto determina como ela se defende, bloqueando os golpes e desviando-os para longe.

— Covarde — sibila a mulher. — Escolheram os mais fracos em San-Er para jogar este ano?

— Espero que você não esteja falando de mim.

Calla lança um olhar por cima do ombro. Seria um curso de ação mais rápido recuar. Ela só precisa encontrar uma abertura…

O golpe seguinte vem com força, e Calla pula, apertando os lábios. Não tem por que agir com essa intensidade tão cedo nos jogos. Gastar toda essa energia nas primeiras lutas.

— Vocês me enojam! — A mulher torce o nariz. — Se metem nos jogos e nem querem jogar. Ocupam espaço e nos atrapalham…

Calla gira depressa, e sua espada corta o estômago da oponente. Há uma pausa, um momento em que a outra jogadora solta um grito mudo de espanto e olha ao redor, procurando um corpo civil para o qual saltar.

Não há ninguém. Esse é sempre o momento que os espectadores acham mais divertido durante os jogos. Esse sopro de espanto — um competidor orgulhoso demais que se prova errado. Ninguém se registraria se não acreditasse que tem uma chance de ganhar, e ninguém acreditaria ter uma chance de ganhar se não fosse bom em saltar. Ter boas habilidades de salto cria um certo tipo de pessoa que San-Er conhece bem: alguém que tira vantagem, que merece ser colocado de volta em seu lugar. E nos jogos isso acontece com frequência. Os espectadores se inclinam para perto da tela e seus corações pulam até a garganta.

— Vocês me enojam! — repete a mulher, sussurrando desta vez, e Calla cerra os dentes.

Mais um golpe — é tão fácil. Uma linha vermelha aparece na garganta de sua oponente, e, quando Calla abaixa a espada, a jogadora cai, morta no chão molhado.

O beco está zumbindo. Os bulbos de luz pendurados nas paredes piscam, atraindo pequenos insetos voadores que se aglomeram ao redor do barulho. Calla usa a bota para cutucar o corpo morto, rolando o pulso para cima. Pisca **66** na tela, mais um na tela, mais um número a ser adicionado à contagem de casualidades que irá ao ar mais tarde naquela noite.

Um dos bulbos do beco entra em curto-circuito e se apaga. Calla olha as poças de água e vê o próprio reflexo distorcido bem ali, tingido de vermelho pelo sangue que escorre dos cortes da mulher. Por um segundo, ela se pergunta se há outro oponente pairando acima de sua cabeça, e se assusta, virando-se para trás.

Nada. Apenas uma câmera instalada na parede. Apenas Calla... O cabelo longo emaranhado ao redor do pescoço, o rosto e as roupas manchados de sangue, o ambiente se contorcendo ao redor dela conforme a poça captura a luz irregular.

Ela não se parece consigo mesma. Nunca se pareceu muito consigo mesma.

Calla Tuoleimi, princesa de Er. Não podia fazer nada em um trono, mas pode fazer tudo com uma espada na mão.

5

Depois da meia-noite, quando as cidades gêmeas mergulham na verdadeira escuridão, a fachada de San-Er brilha com a luz de seus apartamentos. A muralha ao norte de San é alta, mas não o suficiente para ocultar por completo os prédios à beira da cidade, onde cada janela emite luz e os equipamentos acoplados de ar-condicionado bufam, onde o som de fogões acessos também zune e televisões falham no canto.

Apesar da desordem, nenhum prédio da capital se ergue a mais de catorze andares. Acima disso, essas estruturas sinuosas podem se envergar com o próprio peso e cair.

O apartamento de Calla é um dos poucos relativamente quietos. Esmagado e pressionado sob todos os outros andares, é a porta ao final de um longo corredor cheio de fumaça e casas de aposta. O clique incessante de peças de *mahjong* acumula ecos diferentes de outros sons, deslizando por debaixo da porta dela quando menos se espera. Às vezes, quando acaba cochilando no sofá, Calla acorda assustada, com a certeza de que o som é alguém vindo chamá-la, os sapatos pesados avançando pelo chão do palácio.

Sua televisão está no mudo. No quarto, Calla dá uma tragada no cigarro, observando a fumaça flutuar e espiralar ao redor da pintura do friso do teto. A luz se derrama pela janela, um caleidoscópio de neon que sangra de diferentes fontes lá fora: o vermelho e o dourado do bordel no terceiro andar do prédio vizinho, o azul-escuro do cibercafé no sexto, e clarões de tudo o que pulsa nos restaurantes polvilhados pela vizinhança. Como é estranho San-Er brilhar mais claro à noite do que de dia. Durante o dia, o lugar fica tomado por uma escuridão melancólica, e as ruas repelem a luz solar. Não há nada além da mais ínfima penumbra, que, sozinha, ilumina muito pouco.

Calla se ergue apoiada no cotovelo. Risadas penetram a janela fechada, invadindo o interior de seu quarto. Por algum instinto, ela espia pelo vidro bem quando um grupo de adolescentes passa caminhando torto, bêbados e felizes, conversando uns com os outros e sem se importar a mínima com o volume de suas vozes.

Ela se joga de volta nos lençóis e alisa uma dobra. Calla se esqueceu de como é rir em uma multidão, de como é sequer conversar com as pessoas, exceto por Chami e Yilas. Passou os últimos cinco anos na máxima solidão que conseguia suportar, mantendo a cabeça baixa e a máscara erguida. Ela pega o mínimo necessário de suas antigas criadas para se manter viva, mas não pode arriscar nenhum outro trabalho, nenhuma outra participação nas cidades gêmeas. Afinal, tem uma missão muito acima dos negócios rotineiros de um civil em San-Er.

Às vezes, entretanto, ela sente o peso da solidão se revirar e pesar em seu peito. Como heras que se enroscam suavemente ao redor de seus órgãos. Não é o suficiente para machucar, não é o suficiente para que ela reclame. Mas é o suficiente para servir como um lembrete sempre constante: *estou aqui, e aqui ficarei; não importa o que faça, não me afastarei.*

Calla se levanta da cama, batendo as cinzas do cigarro e arrancando um miado de protesto de seu gato pela perturbação. Quando anda até a pequena sala, Mao Mao salta da beirada do colchão e corre atrás dela com um resmungo. Ela não se dá ao trabalho de acender as luzes do teto, então anda pela sala só com o brilho da televisão. Sombras longas se projetam de cada objeto próximo: a espada apoiada perto da porta, as laranjas e bananas em cima de prateleiras de vidro montadas em um vão da parede. No momento em que Calla se senta à frente da tela massiva, com o noticiário ainda no mudo, Mao Mao se enrosca em seus tornozelos, impedindo-a de se mexer.

Calla suspira e estica o braço para coçar sua cabeça felpuda com a mão livre. Quanto mais avançarem nos jogos, menos seguro será voltar para casa. Os próximos dias ainda serão tranquilos enquanto os jogadores sentem a rotina, mas logo começarão os sinalizadores diários de localização, e, como acontecem com uma frequência cada vez maior, seria suicídio estar aqui quando um deles disparar. Assim que outro jogador descobrir onde ela mora, mesmo que escape do primeiro encontro, não poderá voltar para descansar sem arriscar uma emboscada.

O relógio muda para três da madrugada. Os clipes não costumam durar a noite toda, mas esta é uma ocasião especial. Todos os apresentadores parecem animados ao trocar as fichas com suas deixas, mexendo as bocas mais depressa do que o tom monótono usual. Calla se inclina para a frente de novo e aumenta o volume bem a tempo de escutar:

— *... e Cinquenta-e-Sete é nossa jogadora na liderança até agora.*

— Como é que é?! — exclama, exalando fumaça.

Ela para de coçar, e Mao Mao protesta com uma cabeçada em sua mão. Seu rosto e suas orelhas são de um cinza escuro marcante e o restante do pelo é cor de creme, sempre soltando tufos pelo apartamento, porque ele gosta de segui-la para receber agrados. Ela o tirou das ruas quando ele era um filhotinho, logo que se escondeu na cidade, um companheiro enquanto ela passava horas atirando facas contra a parede. Anos depois, como consequência, o gato tem problemas de carência.

— *Sim, de fato* — diz o segundo apresentador, como se houvesse escutado a exclamação de Calla. — *Com a conclusão do evento de abertura e os jogadores espalhados pelas cidades, o palácio reportou os primeiros números. É absolutamente empolgante ver vinte e três letalidades, com dez atribuídas à número Cinquenta-e-Sete.*

Calla engasga na tragada seguinte, a fumaça do cigarro saindo por suas narinas.

— Puta que pariu. — Ela tosse. — Bom trabalho, August.

◇◇◇◇◇

— *É absolutamente empolgante ver vinte e três letalidades, com dez atribuídas à número Cinquenta-e-Sete.*

Embora a madrugada avance, ainda há uma multidão de espectadores do lado de fora de uma barbearia no extremo sul de San, assistindo à televisão virada para a rua. Anton não tem mais acesso ao apartamento com a TV chique, que, de qualquer forma, está despedaçada agora — e ainda estaria mesmo que ele estivesse naquele corpo —, então ele se junta a eles, parado na periferia e alisando a manga sobre o bracelete.

Os clipes continuam exibindo os jogos, gravados pelas câmeras de segurança. A guarda do palácio se esforça para controlar San-Er com essas câmeras, mas elas têm uma falha fatal: as lentes não conseguem capturar a luz de um salto entre corpos. Como as Sociedades Crescentes são responsáveis pela maioria dos crimes em San-Er, e as pessoas em suas redes são os saltadores mais persistentes, é fácil compreender como tantos casos de tráfico e assassinato continuam escapando do radar do palácio.

Por que o palácio nunca tentou lidar com esse problema é algo além da compreensão de Anton. Pelo menos os clipes de segurança são enfim usados nos jogos como um registro constante da ação e das mortes. As emissoras de televisão não precisam colocar equipes de filmagem nas ruas quando já existem câmeras instaladas em cada esquina. Tais equipes poderiam até irritar o palácio, se as emissoras divulgassem cenas dos jogos que não haviam passado pela inspeção prévia de Leida. As pessoas não estão prontas para closes, de qualquer forma; elas precisam daqueles ângulos altos e granulados, que tornam cada jogador um avatar de si mesmo. Assim, San-Er não precisa ver o quanto decaiu. O assassinato como uma forma aceitável de entretenimento. O assassinato como um atalho para a riqueza.

Anton franze a testa, forçando passagem para se aproximar da barbearia. Estão reprisando a primeira letalidade de Cinquenta-e-Sete dentro da loja de armas. Ele passou no mesmo lugar mais cedo e adquiriu as facas rabo-de-peixe que estão escondidas sob sua jaqueta agora. Quando chegou lá, a mancha de sangue que vê na tela já havia sumido fazia muito tempo.

Cinquenta-e-Sete saca a espada. Quando ela se vira, o cabelo comprido chicoteia seu rosto e, embora a filmagem seja desfocada, embora a saturação seja tão baixa que fica quase apenas em tons de cinza, seus olhos brilham com uma cor não identificada.

A multidão ao redor dele começa a murmurar sobre a jogadora, perplexa com o quanto ela parece uma profissional ao golpear, encantada com o quanto ela é ágil. Entretanto, enquanto Anton fica parado ali, encarando a tela mesmo quando o noticiário segue, ele percebe o que foi que chamou *sua* atenção.

A número Cinquenta-e-Sete não estava no Daqun. Ele se lembraria de alguém assim. Mesmo se ela houvesse trocado de corpo desde então, não havia ninguém se movimentando com a precisão dela, porque, se houvesse, ele a teria marcado imediatamente como uma ameaça.

— Interessante — murmura, afastando-se da multidão. Ele puxa o colarinho para cima, bagunçando o cabelo curto da nuca. Ninguém olha duas vezes para ele quando volta a se mesclar às ruas. — Muito interessante.

San se fecha ao seu redor. Ele escolhe o caminho dos becos moribundos, prestando atenção para não tropeçar ao pisar nos degraus que sobem determinadas esquinas, e ainda mais atenção nos que descem. Se não estivesse tão escuro, ele iria pelos telhados, saltando de prédio em prédio acima da cidade, mas a essa hora haverá membros da Sociedade Crescente vendendo drogas e descartando seringas, e Anton não está ansioso para se meter em mais brigas do que o necessário, especialmente se não estiverem relacionadas aos jogos.

Ele não anda muito até chegar a outra aglomeração. A curiosidade o faz reduzir o ritmo. Há um punhado de gente dentro de uma pequena loja — um daqueles negócios de esquina dentre as centenas que lotam as ruas, colados uns aos outros. Enquanto as lojas vizinhas têm as persianas abaixadas, esta tem as luzes acesas, e o dono está bem no centro, em pé sobre uma mesa, discursando de forma acalorada para sua audiência fascinada.

Instintivamente, Anton vê um corpo na multidão e se prepara para saltar de novo, só para tirar a coceira do corpo. Então seus olhos capturam o dono da loja em meio à sua performance, e, embora não escute nada do que o homem de meia-idade está dizendo, ele vê o bracelete reluzente.

Uma ideia melhor lhe ocorre. Ele não pensa duas vezes: assim que sua mente se decide, o plano está traçado. Anton Makusa sempre gostou de ser o agressor inicial, e isso tem funcionado bem até onde ele se lembra... Embora, na verdade, isso não signifique muito. Anton se lembra muito pouco de sua infância, nada além de sombras e impressões quando tenta voltar nas memórias. Talvez seja a dor da perda que tenha obscurecido tudo. Talvez seja o trauma, sua mente protegendo-o do próprio passado porque acessá-lo o machucaria mais. Ele não se lembra do palácio antes de ganhar um quarto exclusivo. Ele não se lembra dos primeiros oito anos de sua vida, exceto por sentimentos vagos: quando seu pai se sentava no conselho e sua mãe, a filha de um de seus ex-membros, desfilava pelos corredores do Palácio da Terra como se fosse dona de todo o reino.

Os Makusa eram da alta nobreza. Certo dia, quando seu pai levou a família para passar férias na casa em Kelitu, a província que ele administrava na parte rural de Talin, um grupo de camponeses armados até os dentes invadiu a propriedade. Essa é sua memória mais antiga. A única que ele repassa em cores vívidas em sua mente: os pais, mergulhando à frente dele e gritando: "*Para trás! Para trás! Vá se esconder!*", um intruso brandindo aço, e Buira, de 5 anos, correndo, e Hana, de 10 meses, chorando no andar de cima, acordada pelo barulho. Esse momento no tempo, esse momento interminável e apavorante, é o único motivo pelo qual ele ainda se lembra dos rostos dos pais. Quando eles levaram golpe atrás de golpe, e tudo o que Anton conseguia pensar era: *Se eu pudesse invadir o homem mau, eu poderia impedi-lo. Eu poderia impedir todo mundo que quisesse fazer coisas más. Se eu pudesse apenas saltar...*

Ele sabe agora que não teria feito diferença. Havia muitos deles. Seus pais poderiam ter tentado, mesmo que suas habilidades estivessem um pouco enferrujadas dada a intolerância do palácio aos saltos, mas eles estavam mais preocupados em tirá-lo do caminho, e então já era tarde demais. Anton tinha apenas 8 anos de idade. Não pôde fazer nada além de se esconder atrás do armário e assistir à morte dos pais, assistir aos atacantes levarem Buira e vasculharem a casa atrás de Hana. Ele não sabia por que não haviam procurado por ele. Haviam visto Anton quando entraram na casa, mas ele fora poupado. Talvez porque a cena tivesse sido excessivamente caótica e tivessem se esquecido dele, talvez por que fosse velho demais para ter alguma utilidade. Quando a guarda do palácio chegou em resposta ao chamado de alerta, disseram-lhe que suas irmãs haviam desaparecido. Presumidamente mortas, mas era mais provável que tivessem sido traficadas para a parte rural de Talin como auxiliares de fazendas, onde sempre precisavam de gente. Anton quer acreditar que estão mortas. Parece um destino melhor.

Nunca descobriram por que seus pais foram atacados ou quem foi o responsável. Simplesmente nomearam um novo nobre para representar Kelitu como membro do conselho, e colocaram Anton de volta no palácio como se nada tivesse acontecido. San-Er não se importa. O trono não se importa. Até membros do conselho são substituíveis, se isso permitir que o Rei Kasa evite reconhecer por que os camponeses têm tanta ira de seu reinado.

Anton desenvolveria a habilidade de saltar aos 13 anos. É hereditária, então ele sabia que bastava esperar. Passou aqueles anos pré-adolescentes com uma energia fervorosa, testando e testando até que, certa noite, finalmente aconteceu.

Então ele extrapolou. Sem uma figura parental para repreendê-lo ou alertar que saltar era um ato malvisto pela elite, ele assustava seus colegas de escola por causa da frequência com que saltava — assustava até seu melhor amigo quando estavam lendo juntos em uma tarde monótona, saltando para dentro e para fora de August Avia sem permissão, mas o amigo não o dedurava. August só perguntava se Anton já havia encontrado alguém que *não* conseguia ocupar.

Essa era uma pergunta fácil, e as respostas eram todas óbvias. Corpos que estavam febris ou doentes demais, que automaticamente repeliam invasores. Corpos duplicados, que já haviam atingido o limite de dois *qi*. Os Weisanna, com seu direito de nascença que, de alguma forma, permitia uma imitação de se estar duplicado. Todo o resto era jogo fácil, desde que ele se concentrasse o suficiente.

O dono da loja chega ao final de seu discurso, se sua risada espaçada é algum indício. Parado do lado de fora, Anton vê uma lâmina em formato de gancho pendurada no cinto do homem, manchada nas laterais como se ele não a houvesse limpado direito depois do último uso. Dada a infância de Anton, seria uma suposição natural a de que ele não consegue lidar com sangue. Mas o sangue não tem culpa. É apenas uma consequência. Melhor tirar o sangue dos outros antes que ele seja tirado do seu próprio corpo. Melhor impor o poder e manter o controle — *tomar* o poder e manter o controle.

Anton se recosta na parede do beco. Ele se prepara. Depois de sete anos no exílio, aprendeu que sempre escolherá o caminho mais fácil. Não o mais honrado, não o mais honesto, não o mais caótico. Se uma oportunidade se apresenta, ele a aproveita.

Anton salta, abrindo os olhos depois do clarão de luz, de pé no meio da multidão. Todos recuam, piscando, espantados.

— Perdão — diz Anton. Sua voz sai rouca, desacostumada a um timbre tão baixo. — Talvez vocês queiram se afastar.

Então ele saca a faca do bolso do jogador, ergue-a até o pescoço e corta. Ele sente o sangue escorrer depressa, mas, antes que possa drenar seu próprio *qi*, Anton salta de novo, invadindo o corpo que deixou perto da parede e permitindo que o outro jogador retorne ao próprio receptáculo, ao rasgo na artéria que jorra sangue de seu pescoço. A multidão grita — alguns de terror, outros de prazer.

Qualquer que seja a reação do grupo, Anton já saiu correndo, procurando pela câmera de segurança mais próxima e batucando um dedo em seu bracelete ao encontrá-la. Eles precisam saber que foi ele, caso os clipes não consigam ligar os pontos por não ver o clarão. Ele quer que a letalidade entre para sua contagem.

Ele quer que o palácio trema.

OOOOO

August segue o som da televisão até seu escritório. Mal bate a lama dos sapatos antes, mesmo quando carimba pegadas sujas no mármore reluzente. Os serventes do palácio aplicam uma nova camada de polimento no piso todas as tardes. Até o dia seguinte, toda a lama já terá sumido.

A janela do escritório está aberta. Quando ele entra, com as bochechas vermelhas de exaustão, o ar frio do leste vindo do mar distante é um choque para seus sentidos.

August pega uma venda na prateleira.

— Cochilando em serviço?

Galipei se assusta, dando um pulo na cadeira. Ao seu lado está August — ou o corpo de nascença dele, a cabeça loira pendendo para baixo e a coroa tombada como se ele estivesse simplesmente descansando.

— Achei que escutaria intrusos se aproximarem — murmura Galipei, ficando de pé. — A não ser quando é você e seus pés de fantasma.

— Você *me* escutou?

Galipei dá outro pulo, mudando imediatamente a postura para uma de combate, antes que a dona da voz apareça virando o corredor e Leida entre no cômodo. Ela puxa sua máscara respiratória até o queixo e deixa que vejam seus lábios apertados formarem uma linha fina, nem um pouco impressionada.

— Estou começando a achar que você tem um dos piores Weisanna por perto — diz ela a August.

— Tendo a concordar — responde ele.

— *Como é que é?* — protesta Galipei.

Eles o ignoram. August amarra a venda na testa, ajustando-a de maneira meio folgada para que caia sobre os olhos do corpo depois que ele der o último vislumbre necessário para engatilhar o salto. Quando abre os olhos no próprio corpo, Galipei já está pegando o outro que ele abandonou com um rápido golpe ao redor do pescoço, para apagá-lo antes que recobre totalmente a consciência. Com um giro rápido, ele joga o corpo sobre os ombros, então leva o estranho para fora do escritório e do palácio sem esperar uma ordem.

— Aconteceu alguma coisa? — pergunta August quando só resta Leida.

Ele se levanta da cadeira, sentindo as dobras e saliências de seu corpo de nascença. Agora seus sapatos estão limpos, encerados e sem um único pontinho de poeira. Seus pés ecoam quando ele anda lentamente em círculos pelo cômodo, passando o dedo na escrivaninha e nas estantes de livros. Há espaço, mais do que o necessário, aqui em cima, na torre mais alta do palácio.

— Capturamos todas as casualidades.

Leida coloca as mãos nos bolsos, fazendo seu casaco preto de nylon farfalhar. Ela usa cores escuras para se camuflar em San-Er, como o restante da guarda. Mas, contrariando o propósito de se vestir para ocultar-se, Leida Miliu usa glitter azul-escuro ao redor dos olhos também azul-escuros, independentemente do corpo que esteja ocupando. Quando eles tinham 16 anos, August escapou por pouco de ser sua cobaia, porque ela notou que os olhos dele tinham aquele contorno azul e queria ver se o glitter destacaria mais a cor.

Desde que sua mãe faleceu no ano passado e ela foi promovida, Leida não tem mais tempo para besteiras, como enganar August a pôr glitter nos olhos. Nem August, na verdade, mas ele nunca teve tempo. Leida simplesmente tem uma força magnética para exigir tudo que quer, mesmo quando seu colega de escola mais próximo é o príncipe de San. Ela tem apenas 21 anos, a mesma idade dele, mas, dado que os outros alunos costumavam brincar que Leida Miliu já saiu do útero dando ordens, é fácil entender por que os guardas do palácio acatam suas ordens sem o mínimo murmurar de descontentamento. Outras unidades fora de San-Er são lideradas por generais, exércitos espalhados por Talin que se movimentam lentamente para manter a paz. As ruas e os prédios de San-Er não são adequados para grandes formações e ordem. Combinam mais com decisões rápidas e truques sujos, e Leida tem ambos de sobra. A guarda do palácio está toda sob seu comando, dispersa em pequenos grupos que lhe reportam uma imagem completa de San-Er para que as peças do que se passa nas cidades gêmeas sejam montadas.

As cidades não estão prosperando. Mas isso não é exatamente culpa de Leida, e sim da incompetência onipotente que se senta no trono.

— Você escutou o relatório que divulgamos? Vinte e três letalidades desde ontem à noite.

August se senta na lateral da mesa, os braços cruzados de maneira frouxa. Galipei está de volta, mas, em vez de retornar ao escritório, ele para perto do batente circular, cutucando as curvas entalhadas na madeira.

— Você fala isso como se tivéssemos dado uma informação falsa — diz August, indiferente. — Demos?

— Não — responde Leida. — Vinte e três eliminações está correto. — Ela faz uma pausa. — Mas se você prestar atenção à contagem que as emissoras transmitiram, só vinte e uma foram atribuídas a jogadores. Acha que alguém vai notar que a conta não bate?

— Eles saíram voluntariamente dos jogos? — pergunta Galipei da porta.

Leida enfia a mão no bolso do casaco. Ela puxa uma série de fotografias e, embora tenha sido Galipei que tenha questionado, ela não olha para ele, e continua se dirigindo apenas a August.

— Podemos ter esperanças de que o resto de San-Er presuma que sim, mas encontramos os outros dois corpos. Ambas as letalidades aconteceram longe de qualquer câmera. Febre *yaisu*.

August franze a testa. Ele gesticula para as fotos. *A febre yaisu*. Saltar ainda é uma coisa perigosa, afinal. O excesso de tentativas de invasão malsucedidas faz com que o próprio corpo comece a queimar de dentro para fora, incapaz de lidar com a barragem de saída e reentrada toda vez em que é jogado de volta. Ele não ouvia falar de um caso havia muito tempo. Não desde Otta. Houve outros, com certeza, mas ninguém os leva à atenção do palácio já que os saltos são proibidos para começo de conversa. Simplesmente nem percebem a perda. Se sua meia-irmã criada no palácio não pôde ser salva, há poucas chances de que qualquer outra pessoa em San-Er possa resistir à queimação quando ela começa.

— Assassinato? — sugere Galipei, a voz ressoando da porta de novo. — A febre *yaisu* pode ser causada por outro culpado.

Se o assassino for rápido o suficiente. Entrar e sair, entrar e sair, usando diferentes corpos ao redor para aterrissar, mas sempre voltando para a mesma vítima. Então o corpo queima, prendendo o *qi* do ocupante original e condenando-o à morte.

Leida finalmente se vira para Galipei, repuxando os lábios, pensativa.

— Assassinato, sim. Mas…

— Mas por que os corpos estão assim? — pergunta August, completando seu pensamento.

Ele dobra um único dedo na direção de seu guarda-costas, e Galipei entra depressa. Quando fica ao seu lado para olhar as fotografias, seus olhos prateados se arregalam, engolindo a luz do cômodo.

— Isso é...

— A saudação sicana — confirma Leida. — O que não faz sentido. Como sicanos teriam entrado em San-Er?

Os dois cotovelos para fora, os dedos pressionados juntos e os polegares projetados em linha reta para formar um triângulo. Ao abrir qualquer livro didático sobre a história da guerra entre Talin e Sica, a saudação sicana é a primeira imagem impressa na introdução: o gesto orgulhoso de uma nação conquistadora, que busca a guerra. Só que ali ela é estranha e rígida nos dois corpos, porque seus braços foram certamente forçados à saudação depois da morte. A primeira foto mostra um corpo queimado nos fundos de uma loja. A parede é esparsa e nua, mas o chão está forrado com papel alumínio, escurecido pelas manchas do vapor de heroína. Dependendo de suas prioridades, alguns jogadores levarão suas moedas a lugares assim, enchendo as veias o máximo que puderem antes de ir atrás de armas.

A segunda foto é de uma cena parecida. Um corpo queimado em... uma fábrica, chuta August. Há peças de maquinário espalhadas perto do cadáver, molas tortas e alavancas quebradas que provavelmente foram enfiadas em uma sala dos fundos como o método mais rápido de descartar objetos indesejados.

— Mesmo que tenham passado pelas muralhas da cidade — murmura August, pensativo —, como foi que conseguiram um número de identidade?

Leida fica em silêncio. As rugas aumentam na testa de Galipei. Desde a guerra com Sica, as regulações de Talin se mantiveram as mesmas. Sem um número de identidade, não há como entrar em San-Er. O único motivo para existir uma muralha em sua fronteira é justamente porque essa foi a última fortaleza a se manter de pé antes de Talin por fim vencer a guerra. As cidades gêmeas, localizadas no sudeste do reino como uma pequena cauda, foram a última salvação da nação em um tempo de necessidade, e a causa da derrota de seu inimigo. Agora formam o coração pulsante de Talin, mesmo que situadas bem, bem na ponta. Existiam outras cidades no interior, mas elas nunca se recuperaram depois de terem sido transformadas em campos de batalha, e sua deterioração foi agravada pelas perdas massivas e por burocratas negligentes. Conforme o tempo passava, se tornou cada vez mais fácil para os camponeses migrarem para a nova cidade em vez de reconstruir e resolver seus problemas. Enquanto San-Er avançava e construía novas fábricas, inventava novas tecnologias e instalava torres de sinal melhores, o restante das províncias parecia retroceder, sem conseguir tampar o ralo que levava embora seus trabalhadores. Muitos membros do conselho já reclamaram das cidades fantasmas em suas províncias, um desperdício já que aqueles prédios poderiam ser demolidos e a terra usada para cultivo, algo mais adequado às habilidades rurais que continuam prevalecendo para além das muralhas de San-Er.

Apesar do preparo do palácio para a guerra, Sica não cria problemas desde sua derrota. A fronteira continua firme, cortando uma linha pelo meio das terras quase inabitáveis entre as duas nações. Talin toma conta de si mesma, com a maior parte de sua energia de conquista focada nas províncias rurais; e Sica começou a expandir na outra direção, tratando as próprias feridas depois de gastar tantos recursos em uma tentativa frustrada de invadir Talin.

Se essas mortes forem realmente uma mensagem de Sica, é difícil imaginar o que possa ter causado tamanha mudança de ares.

— De qualquer forma — diz Leida de súbito, pegando as fotografias de August e reunindo-as nas mãos —, vou ficar atenta a isso. Alguém vai reportar para o rei quando tivermos mensurado a ameaça estrangeira...

Uma série de tambores ressoa pela ala do palácio. August, Leida e Galipei ficam paralisados, varrendo imediatamente o escritório com os olhos, catalogando o que está exposto o mais depressa possível. Com esse aviso, uma comoção de atividade se segue antes que dois guardas reais entrem no escritório, gritando um abre-alas.

O Rei Kasa chega logo atrás.

August solta o ar. Ele controla a expressão: agradável, jovial, sempre pronto para atender seu rei.

— August — diz o Rei Kasa.

Suas roupas douradas são impecáveis, mas sua expressão está abatida. Ele tem envelhecido depressa nos últimos anos, parecendo cada vez mais cansado. Rugas se cravam profundamente nas laterais de seus olhos, nos cantos da boca. Se August fosse uma pessoa mais paciente, talvez pudesse esperar o fluxo da natureza levar seu pai adotivo.

Mas ele não é.

— Venha me ver depois que os clipes do dia terminarem.

A ordem não deixa brechas para argumentação. August inclina a cabeça.

— Sim, claro — responde com suavidade. Quando seu olhar desvia para o lado, Leida batuca um dedo silencioso sobre a mesa, onde ela colocou as fotos. August pigarreia e acrescenta: — Se me permite, os guardas do palácio identificaram algo estranho.

O Rei Kasa põe a mão nas costas. Seus olhos se estreitam e suas rugas aumentam dez vezes.

— Como assim?

— Há mortes *yaisu*. Talvez tenhamos de investigar...

Mas o Rei Kasa já está indo embora.

— Lide com a situação — grita para trás. — Faça um relatório logo.

Os guardas seguem atrás dele. Os tambores anunciam sua presença em outra ala do palácio. E logo o escritório está quieto de novo depois da visita.

Inacreditável.

Sua Majestade não sai dos perímetros do palácio há cinco anos, e nada o fará sair agora. Ninguém pode obrigá-lo. Os membros do conselho de Er governam as dezesseis províncias de Talin ao norte do Rio Jinzi, enquanto os de San governam as doze províncias ao sul, que ficam mais perto das cidades gêmeas. A bacia do Rio Jinzi foi o berço da civilização talinesa, numa época em que os livros de história falam dos velhos deuses que caminhavam em meio à humanidade. Séculos se passaram, e as cheias do rio ao sul tornaram a terra fértil para plantações alagadas, cultivando os arrozais para os fazendeiros. O norte se manteve seco, o que significava campos de grãos, trigo e pastagens, dependendo apenas das chuvas quanto mais longe migravam do rio. Os palácios de Talin ficavam ali: o Palácio dos Céus ao norte, o Palácio da Terra ao sul. Então veio a guerra com Sica, e os nobres do reino se afunilaram dentro de San-Er para se proteger. O Palácio dos Céus foi reconstruído em Er, e o Palácio da Terra, em San. Quando a guerra acabou, não houve necessidade de uma nova transferência, já que podiam designar membros do conselho para administrar o território que antes eles controlavam diretamente, especialmente quando San-Er florescia como a metrópole central de Talin. Os reis de Talin se tornaram os reis de San-Er, e as províncias restantes se tornaram meros recursos colaterais que as cidades gêmeas podiam sugar sempre que fosse conveniente.

Mesmo alguns anos atrás, quando os pais de Calla ainda estavam vivos, eles costumavam se encontrar com Kasa e compartilhar os relatórios que seus conselhos independentes davam sobre cada província, revisando as questões de Talin em conjunto. Agora, os membros do conselho de Er reportam diretamente ao Rei Kasa, os assuntos das vinte e oito províncias e duas cidades direcionados ao trono solitário no canto do reino. Os exércitos obedecem aos seus generais, os generais são leais aos membros dos conselhos de suas províncias, e o conselho todo se curva ao Rei Kasa. Tal poder não pode ser quebrado sem que se quebre a nação inteira. August tem certeza disso. O sistema foi instaurado tão profundamente e há tanto tempo, que o único caminho possível para melhorar é uma transferência tranquila da coroa.

August bufa e coloca a mão na testa. Ele percebe os olhares atentos e pesados de Leida e Galipei como se fossem sensações físicas. Em vez de se virar para encarar qualquer um dos dois, ele olha para a janela, procurando a linha nas cidades gêmeas onde a água divide San e Er. A torre do palácio é alta o suficiente para vê-la.

— Você leu os nomes dos competidores?

A mudança de assunto de Leida o pega desprevenido. Ele franze a testa.

— Mas é claro. Olhei todas as entradas antes da loteria ser sorteada.

— Então está ficando desligado. Olhe quem recebeu o número 86.

Ela puxa uma tela do bolso e lhe passa o dispositivo deselegante. August aperta o botão da esquerda, correndo os números de trás para a frente.

```
88 – Decre Talepo
87 – Sai Liugu
86 – Cedar Yanshu
```

Ele sente os olhos de Leida ainda mais pesados. Ela não deixa passar nenhum detalhe quando está lidando com as questões do palácio. Está esperando pela reação dele, observando-o para avaliar se ele vai contar uma mentirinha ou se genuinamente não sabe. Leida não conhece seu plano de recrutar Calla como arma, então ele toma cuidado para não parecer muito desinteressado. Do contrário, ela pode acabar questionando por que ele não se importa, por que está tão certo de que todos os outros jogadores morrerão de qualquer forma.

— Cedar Yanshu. — August lê em voz alta.

Ele espera a mente fazer alguma conexão.

— Você se esqueceu daquelas cartas que recebemos ano passado? — pergunta Leida.

August ergue os olhos da tela instantaneamente.

— Não — diz, conforme a compreensão o atinge.

É tanto uma resposta quanto uma reação. *Não,* ele não se esqueceu. *Não,* isso é absolutamente ridículo.

— Esse número de identidade é roubado — afirma Leida. A voz dela não deixa brecha para dúvidas. — É Anton Makusa.

A mesma identidade que ele usou no ano anterior para roubar dinheiro do palácio. No momento em que foi pego, ele desapareceu de novo, retornando à sua exilada invisibilidade. Sem perceber, August desvia os olhos para um ponto no papel de parede, uma forma retangular onde ficava pendurada uma foto, antes de ser arrancada. Ele não tinha como se livrar da marca deixada pelo sol — porque essa parte do palácio recebe sol de fato, ao contrário de todo o restante de San — sem arrancar o papel de parede e ter de renovar o escritório todo, então, mesmo com a fotografia ausente, seu fantasma continua ali. August, Anton e Leida: um formidável trio com planos para transformar Talin.

Antes de Anton abandoná-los.

— Devemos eliminá-lo? — pergunta Galipei.

August joga o dispositivo na mesa. Ele limpa as mãos como se a tela estivesse melada de sujeira.

— Está tudo bem — diz, firme. — Ele não será um problema. Ele não tem os recursos para ser um problema. Não quero chamar mais atenção para isso do que o necessário, e Anton é, antes de tudo, alguém que gosta de chamar atenção.

Ele também é um saltador poderoso. Um que pode dar trabalho para Calla, que precisa vencer. Mas o erro foi cometido: Anton Makusa foi sorteado para os jogos, e agora não há nada a ser feito a não ser deixar que ele jogue, e tentar não estremecer quando alguém eliminá-lo.

Antes que Leida possa argumentar contra o veredito, algo imenso treme à distância, balançando o chão sob seus pés. De imediato, August e Galipei correm para a janela, procurando na noite. A perturbação é fácil de ver: uma explosão consome uma seção de Er, e chamas estalam altas e arremessam detritos dos prédios que engoliram.

Leida suspira. Apesar da expressão despreocupada, ela também anda a passos largos até a janela.

— Vai dar o maior trabalho resolver isso — diz. — Espero que as casualidades de não jogadores sejam baixas demais para levarmos ao conselho.

August não fala nada. Todo o resto está esquecido neste momento, até Calla Tuoleimi e Anton Makusa, os dois sorteados como competidores nos jogos do rei. Há muito a ser feito, a começar com os possíveis invasores destruindo sua cidade antes que ele possa assumir o trono.

Ele estende os braços e fecha a janela com um baque.

6

Se Calla não houvesse crescido no Palácio dos Céus cercada por mapas e enciclopédias, talvez acreditasse que um reino diferente chamava além da borda de San-Er, bem onde a terra termina e dá lugar ao mar. Ela está de pé nos penhascos, olhando para a água. Cada onda colide com um impacto brutal, lançando sal na cidade em gotas e espirros. Não há mais nenhum lugar em San-Er que passe a mesma sensação, como se ela pudesse mergulhar para além da encosta irregular, cortar a água e então simplesmente continuar adiante. Três metros à sua esquerda, ela desapareceria no beco e a cidade de San a envolveria de novo. Mas, enquanto ficar aqui, ela governa este novo reino, a conquistadora de uma terra grande e desconhecida.

Calla inspira com força, cruzando os braços sobre o peito para combater o frio. Ao longo do restante da costa, as cidades gêmeas construíram pequenas baías para permitir que pescadores empurrem barcos para o mar, mas a verdade é que ninguém vai muito longe. Ao sul de San-Er, há apenas o nada. Avançar uma distância grande demais é arriscar uma desorientação completa e perder todas as chances de retorno. Alguns dos viajantes mais valentes de Talin dizem que há outras ilhas-nações nas águas, mas, se elas existem, não têm utilidade para o reino. No que diz respeito a Talin, seu único contato estrangeiro é ao norte, para além das províncias rurais e sangrando para dentro de Sica.

Um calafrio lhe percorre a coluna. Calla olha por cima do ombro.

O palácio alega que, antes de existirem apenas San e Er no sudeste, lideradas por uma família e dois reis, havia uma terceira ilha nas beiradas de Er, milhares de anos atrás. Um terceiro rei, que também controlava parte de Talin, fugiu quando Sica veio. Então ele foi atingido pela intervenção divina e considerado indigno de governar. Quando ele se recusou a ceder o trono apesar das ordens dos deuses, a cidade toda afundou nas águas, junto com seus civis.

Calla sempre teve dificuldade de acreditar nessa história. Na era antes de câmeras de segurança e registros eletrônicos, o palácio podia mudar a verdade sempre que quisesse, e o conto sobre uma terceira cidade que já existiu à distância parece conveniente demais para ser verdade. Ao contrário do restante do reino, Calla sequer acredita em vontade divina. Se existem deuses, então eles são cruéis por permitir que Talin siga assim. Dia após dia, sem a perspectiva de um fim.

Calla finalmente se afasta dos penhascos. Ela retorna ao beco que a levará de volta para o interior de San e pega a passagem estreita, a determinação se contraindo no estômago. O tempo de ficar a esmo passou. Seu plano hoje, que não é tão diferente dos últimos dias desde o Daqun, é perambular pelas partes mais movimentadas de San, onde ela tem mais chances de encontrar os outros jogadores. É o começo da manhã, mas as ruas ficam mais escuras conforme ela deixa a periferia, avançando para o interior. Com uma careta, ela tapa o nariz para bloquear o cheiro acre ao passar por uma sequência de fábricas. Elas roncam debaixo do chão, máquinas que mexem longas tiras de macarrão ao lado daquelas que produzem cabides e desentupidores de borracha.

— Cuidado!

Calla se esquiva antes que o alerta seja dado, girando para longe de dois homens e da escada que carregam entre si. Estão cobertos de suor e nus da cintura para cima por conta do calor na fábrica. Algumas ruas estreitas de San não têm agito, e tudo o que se pode ouvir é a sinfonia onipresente da goteira dos canos. Outras são mundos inteiros, que giram e fervilham com atividades de todos os tipos. Quando finalmente chega a uma calçada mais quieta, Calla solta o nariz e inspira fundo. O ar ainda fede. A água se acumula em cada cavidade encardida, mas a podridão molhada é melhor do que o cheiro de lixo.

Ela olha para o bracelete. Nenhum alarme. O dia do Daqun é sempre um redemoinho, seguido pelo silêncio dali em diante. O palácio faz de propósito, dando aos jogos uma falsa calmaria antes de começar a mandar os sinalizadores de localização. Em um ambiente tão denso, os jogadores poderiam se esconder para sempre se quisessem, e, como não há nada de divertido nisso, cada um recebe um alarme uma vez ao dia que o direciona ao competidor mais próximo. Sem esses sinalizadores diários, eles jogariam apenas com a sorte, na esperança de capturar o brilho de um bracelete em público. Uma rodada poderia levar anos. Mesmo se Calla assistisse aos clipes e tentasse se lembrar dos rostos dos competidores, a maioria trocará de corpo num piscar de olhos. Só Calla continua imutável, optando por colocar uma máscara na cara.

Ela ajusta a máscara, e seu rosto esquenta com a respiração abafada. Só há um objetivo em participar dos jogos. Eliminar os outros jogadores o mais depressa possível, vencer, matar o rei. Quanto mais rápido o fizer, mais rápido eles estarão livres deste terrível estado em que vivem. Mais rápido este sofrimento coletivo poderá se amenizar e parar de ressoar nos ouvidos dela a cada segundo.

Como se o bracelete houvesse escutado sua urgência, ele subitamente vibra contra sua pele. O coração de Calla começa a martelar no peito. *Finalmente.* Ela quase se esquece de seu treinamento, tentada a avançar na mesma hora graças à sua ansiedade. Mas seu corpo sabe retomar o controle, e sua memória muscular percorre a mesma série de comandos: *respire, ajuste, elabore a ação.* Ao erguer o braço depressa para tocar a tela, ela inspira profundamente, deixando que o fedor da rua acalme seus nervos. Eles sinalizarão os jogadores em pares ou pequenos grupos, o que significa que isso não acontecerá até que estejam ao alcance um do outro. O palácio está sempre observando o deslocamento dos braceletes. Eles soltam o alarme quando os jogadores não estão perto o suficiente para uma emboscada, mas também não longe o bastante para criar uma perseguição desesperada. Calla tem tempo. Ela deixa a adrenalina da batalha iminente controlar seus ossos.

`2 jogadores por perto. Escolha.`

Uma decisão arbitrária. Ela aperta o número 1 na parte inferior da tela, então olha ao redor para fazer um inventário do ambiente. À esquerda, uma parede impenetrável. À direita, outra parede, mas com uma janela que dá para o interior de uma casa de apostas.

`11 metros acima.`

Calla avança. Ela enfia o pé em um tijolo saliente e pula a janela, causando gritos de preocupação quando aterrissa com um baque no chão grudento da casa de apostas.

— Não se incomodem comigo — diz. Ela sopra um beijo, o que é um tanto difícil através da máscara. — Só estou de passagem.

Lá fora, ela para na escadaria principal do prédio, então voa pelos degraus, subindo três de cada vez, as botas surrando o chão. Calla calcula os 11 metros, entrando de supetão na primeira porta interna que vê e emergindo em uma área movimentada de mercado, com lojas dos dois lados, enquanto o bracelete treme incessantemente. Seu cabelo chicoteia os olhos ao avaliar a cena, tentando vislumbrar um ataque antes que ele venha. Nada parece fora do comum.

Nada exceto Calla, de pé com uma jaqueta de couro e a espada na bainha ao lado do corpo, enquanto compradores com camisas simples de botão a encaram.

— Cadê você? — sussurra, medindo a distância entre o chão e o teto.

Dois metros, provavelmente. Piso plano, teto plano. Quantos outros níveis subiu? Seis? O que significa...

Calla corre pelo mercado, procurando alguma outra saída. Ela passa por uma loja de doces. Outra de macarrão. Finalmente, em frente a um açougueiro que golpeia uma carcaça de porco com o cutelo, ela vê um alçapão dentro da barraca.

— Vou usar isso, obrigada! — grita, abaixando-se e levantando a portinhola do alçapão com um grunhido.

Ela pula antes que o açougueiro possa responder, caindo na passagem que corre sob o mercado. Vendedores estocam perecíveis aqui para mantê-los frescos, e o ar frio corre a uma temperatura que faz seus braços se arrepiarem imediatamente. Ela aterrissa em meio a uma fila de carcaças de animais suspensas por ganchos grandes, apoiando as palmas no chão ensanguentado para firmar o corpo. Embora tenha presumido que o sangue fosse velho e seco, quando ergue as mãos e fica de pé, seus dedos estão manchados de um vermelho brilhante. É fresco.

Ela já está atrasada para a festa.

Seu foco desvia para cima. Seus olhos se ajustam ao fundo do estoque, bem a tempo de ver um jogador rasgar a garganta de outro com uma faca, espirrando mais sangue por todo o lugar. O corpo tomba, e o vermelho empoça no chão. Em segundos, ele escorre até as botas de Calla, e a passagem mal iluminada se impregna com o fedor metálico.

— Merda.

Ela aperta o primeiro botão do bracelete, fazendo com que pare de vibrar. Se o som baixo já não sinalizou sua presença, sua voz certamente chamou a atenção do jogador sobrevivente. Ele se vira, jogando uma das facas para a outra mão, esfregando o sangue da cara. Há uma gota logo acima de seu lábio, e, quando seu dedo a toca, ele o coloca direto na boca, lambendo o sangue até limpá-lo.

Totalmente depravado.

Calla saca a espada. Não há um instante a perder quando ela a ergue contra o golpe do rapaz, que tem uma faca em cada mão agora, as quais descem tilintando sobre ela. As lâminas rabo-de-peixe, curvadas como luas crescentes, param a centímetros do rosto de Calla, e ela reprime uma careta, os olhos correndo para estudar o oponente. Seu primeiro instinto é se perguntar se ele é um membro da Sociedade Crescente, mas ela não vê marcas. Então é só uma coincidência que ele porte as armas usuais do grupo.

De súbito, o jogador engancha suas lâminas com força para firmá-las, e Calla quase deixa cair a espada. Ele é bom. Bom demais. Quando ele olha para cima, seus olhos são pretos, e Calla pisca, certa por um instante de que é August. Ela solta intencionalmente a espada, surpreendendo o outro jogador quando as armas de ambos caem no chão, e a mão enluvada dela dispara na direção dele. Ela agarra seu pescoço. Engancha o pé atrás dos joelhos dele.

Há uma lâmpada na passagem, pendurada no teto baixo. Seguindo seu palpite, ela pega o maxilar dele assim que os dois batem no chão, mas, quando gira os olhos dele para a luz, eles reluzem em roxo, não azul.

Não é August. É outra pessoa.

— Número Cinquenta-e-Sete — diz ele de súbito.

O jogador desce um cotovelo na cabeça dela e, quando Calla cospe um palavrão, ele é ágil ao se virar para cima e pressioná-la contra o chão ensanguentado, o braço cravado sobre a clavícula dela. Em um instante, ela afasta o rosto da luz, balançando o cabelo para cima dos olhos. Onde as facas dele caíram? Perto dali?

— Como sabe quem eu sou?

Ela estende o braço para pegar a espada. O jogador se estica para impedi-la. Entretanto, assim que a atenção dele se volta para outro lugar, o controle que tem sobre ela se afrouxa de forma quase imperceptível, e ela aproveita a abertura para mirar um chute forte no meio do corpo dele, fazendo-o voar. Espada e facas estão igualmente espalhadas pelo chão. Os dois param, um momento inerte na luta enquanto planejam os próximos movimentos.

O jogador sorri. A expressão irradia por cada linha de seu ser, gritando com espantosa confiança, do tipo que ilumina um corpo independentemente do receptáculo que estiver ocupando, ou da boca cujos cantos se curvam para cima.

Ele avança sobre as facas. Calla chega primeiro. Por pouco, os dedos dela se fecham ao redor do cabo da espada, erguendo a lâmina, o que apenas faz o outro jogador sorrir ainda mais quando recua para longe. Ela está quase inclinada a respeitar a ousadia aterrorizante dele. Não é o que esperava dos outros competidores. Uma parte dela gosta disso. Havia se tornado monótono estar anos-luz à frente dos outros. Calla Tuoleimi está preparada para vencer qualquer batalha, não há dúvidas, mas, de vez em quando, um desafio reaviva seu espírito.

— É claro que eu sei quem você é — responde ele, trazendo as facas para as laterais do corpo. — Seria bem difícil não perceber.

Calla golpeia, cortando-lhe o braço. Ele sibila e pula para trás, mas ela segue depressa e desce a espada de novo. Desta vez, ele se defende mais rápido, e a lâmina dela só atinge a carcaça pendurada à direta.

Ela arranca a espada da vaca morta.

— Acho que você está enganado.

— Eu nunca me engano — retruca o jogador.

Ele para à distância, observando-a com cuidado. Está esperando para detectar uma falha no padrão de luta dela, esperando ver uma fraqueza que possa explorar.

Em um arco fluido, Calla transfere a espada da mão direita para a esquerda e gira.

— Você deve ser algum tipo de deus, então. — Ele se esquiva e a lâmina erra sua garganta por um fio de cabelo. — Que honra a minha — ela tenta de novo, mirando o peito —, matar um deus.

O jogador limpa uma mancha de sangue na têmpora. Ele enfim não pode mais recuar, as costas contra a parede. Ao seu lado, o competidor que ele já matou está caído, sem piscar. A luz é forte aqui, vinda diretamente daquela única lâmpada.

E, de alguma forma, o sorriso dele volta.

— Você é linda.

Calla grunhe por trás da máscara.

— Você não consegue me ver.

— Quem disse que eu preciso?

— Você flerta com todas as pessoas que tenta matar?

— Só com você, Cinquenta-e-Sete.

Enfim, quando ela ataca de novo, ele ergue as facas para encontrá-la. Os dois se movem num borrão, numa dança brutal e coordenada, destruindo o depósito ao redor. É difícil decifrar o que é um pedaço de carcaça ou um membro vivo até um segundo depois do golpe, quando sangue preto coagulado jorra das costelas do porco e espirra no chão.

Ela consegue escutar a respiração pesada dele. Enquanto mantiverem essa dança, ela resistirá às manobras dele, e, ao primeiro sinal de um lapso, ela poderá golpear...

O alçapão se abre. Uma explosão de sons do mercado invade o lugar, e o outro jogador olha para cima, dando a Calla a chance de mergulhar a espada em seu peito sem hesitar.

Só que assim que a guarda da espada atinge o osso do peito, há um clarão ofuscante. Calla recua, forçando-se a não desviar os olhos. Quando a luz some, o corpo à frente dela tem olhos cinza-escuro, a boca aberta de espanto.

Calla arranca a espada, os dentes cerrados de irritação. Sem olhar, ela pressiona o segundo botão de seu bracelete, chamando os serviços de emergência. O corpo à sua frente pode sobreviver se eles o costurarem rápido o suficiente.

— Ei! — grita ela, e pega a escada, impulsionando-se para fora da passagem do estoque. — Eu sei que você ainda está aqui!

As pessoas ao redor do mercado encaram horrorizadas quando ela emerge. Calla as encara de volta, saindo da portinhola com a espada ainda na mão. Ele deixou as facas lá embaixo. E, mais importante, deixou o bracelete. Quando os jogadores saltam nos jogos, precisam passar os braceletes de corpo em corpo também, do contrário são eliminados na marca das 24 horas quando não inserirem seus números de identidade.

Calla fica de pé, e seu joelho arde. Deve ter sido atingida em algum ponto. Mal percebeu.

— Apareça, apareça — cantarola, procurando entre os rostos à sua frente algum sinal de reconhecimento.

A iluminação é fraca demais para encontrar os olhos pretos do rapaz. Ela gira para trás...

Calla estava esperando que o jogador retornasse ao alçapão para recuperar seus pertences. Só que, naquele momento, ela captura um borrão de movimento mais à frente no mercado e vê *outro* alçapão aberto no chão.

Merda. Há mais de um.

Ela dispara. A multidão obstrui seu caminho na mesma hora, assim como uma pilha de gaiolas com galinhas que cacarejam e gritam umas sobre as outras. Quando Calla enfim dá a volta pelos dois bloqueios e para ao lado da outra portinhola, ela está fechada e não abre ao ser puxada.

Isso não é bom. Perdeu tempo demais. Calla gira, os pelos em sua nuca se eriçando como um porco-espinho, os olhos focados no primeiro alçapão, agora distante. O jogador teria que subir por lá, mas será que já saiu?

As pessoas no mercado se encolhem e recuam quando ela ergue a espada em preparação. Onde está o jogador, e como ele...

Calla sente uma pressão no braço esquerdo. Então sente uma ausência de peso quando seu bracelete é arrancado.

Ela se vira.

— Tchauzinho! — grita o menino, seus olhos pretos brilhando sob as luzes do mercado. Ele dá meia-volta e corre.

Calla pisca. Está tão chocada pelo fato de que o jogador conseguiu ocupar uma *criança* que não começa a persegui-lo até que ele esteja quase fora de seu campo de visão. Quando ela finalmente dispara atrás dele, o menino já virou a esquina. Quando ela também vira, a criança está passando as pernas por uma janela sem os vidros.

São seis andares até o chão. O que ele pensa que está fazendo?

— Ei!

Ele pula. Calla corre até a janela, sem acreditar no que acabou de ver. Quando olha para baixo, entretanto, percebe que o prédio tem uma rede na lateral, que coleta todo o lixo e os dejetos para proteger o templo lá embaixo. A criança quica na rede, o rosto virado para baixo, mas os dois braceletes deslizam pelos vãos, caindo no pavimento ao redor do templo. Há um clarão de luz.

O jogador escapou.

Calla toca seu pulso nu. Ele a eliminou dos jogos sem matá-la. Ela consegue contar nos dedos de uma mão a quantidade de vezes em que um competidor fez uma eliminação não letal ao longo dos anos, não por compaixão, mas sim por estratégia. Se alguém não consegue de maneira alguma concluir uma execução, pode forçar uma eliminação. A maioria dos jogadores prefere derramar sangue. Esse claramente reconheceu que não tinha como vencer Calla e escolheu esperar as 24 horas até que o bracelete dela seja considerado inativo.

— Bom, isso foi bem irritante — murmura ela, forçando-se a respirar fundo.

Ela não é uma jogadora qualquer. August pode manter seu bracelete ativo. Então não importa muito. Pode consegui-lo de volta e continuar nos jogos.

Mas evidentemente subestimou quem acabou de encontrar, seja quem for.

Uma sala no palácio controla todas as câmeras de segurança das cidades, e, assim, está em constante estado de agitação. Cada baia mal consegue lidar com as próprias obrigações, mesmo que arranquem os cabelos de tanto esforço. Costumava haver *metade* do número de cabos dispersos pelo meio da sala, correndo como cobras vivas pelo chão. Então o Palácio da União também assumiu os centros de controle de Er, e agora as empresas de eletricidade suam frio toda vez que precisam conferir as medições desta parte de San.

Na baia mais distante, Pampi Magnes dá uma série de comandos em seu teclado pesado, os olhos acompanhando as câmeras de segurança e conciliando-as com a tela à sua esquerda. Seu pulso coça, mas ela o ignora. Mesmo quando uma mecha de cabelo desliza do rabo de cavalo e pinica a lateral de sua bochecha, ela só decide amarrar o penteado com mais força no dia seguinte, talvez ensopar de gel o cabelo preto, liso e escorrido.

Ela continua focada, os lábios apertados. Enquanto a tela maior exibe gravações das cidades gêmeas, intercalando entre as diferentes ruas sob sua vigilância e mostrando movimentos tanto fora quanto dentro dos prédios, a pequena tela apoiada sobre sua mesa é uma planta do setor, mostrando apenas pontos que se movem junto aos jogadores e seus braceletes.

Número Dez e número Sessenta-e-Quatro começam a se aproximar cada vez mais. Ela espera, observando se Vinte-e-Três, parado bem na beirada de seu setor de vigilância, vai se movimentar na mesma direção, mas Vinte-e-Três vai embora logo. Pampi aperta as teclas de seta até poder ver Dez e Sessenta-e-Quatro na tela maior.

Ela digita mais comandos. Os sinalizadores de localização emitem o alerta.

```
14 metros para a esquerda.
14 metros para a direita.
```

Os pontos brilhantes começam a avançar, um na direção do outro. O caos na tela maior é instantâneo. Barracas de comida e latas de lixo tombam conforme os jogadores correm e se apressam para localizar o oponente primeiro. Pampi finalmente coça o pulso, olhando por cima do ombro. Quando vê que as baias em suas laterais estão ocupadas com os próprios sinalizadores, ela arrasta o mouse pela tela e envia um comando para a impressora no canto da sala.

Assim que se levanta da cadeira para ir buscar os papéis, a guarda do palácio se infiltra na sala de vigilância.

— Mostrem a fronteira para mim — ordena Leida Miliu, e Pampi rapidamente desliza a cadeira de volta para o lugar, encolhendo-se em sua baia.

Ela não será vista. Não agora, não ainda.

Seus colegas que têm azar o suficiente de estarem sentados perto da porta dedilham os teclados depressa. Uma a uma, as telas piscam com uma seção diferente da muralha ao redor de San. Pelo que Pampi consegue ver, espiando por cima dos ombros, a cena parece tranquila. Leida Miliu, entretanto, se inclina para perto das telas, os olhos estreitos como se estivesse buscando algo mais.

O colega ao lado de Pampi olha por cima do divisor de suas baias, o cigarro pendurado da boca.

— Você faz alguma ideia do que estão procurando?

Os olhos de Pampi correm para a impressora. Ela passa a mão pelo mouse e limpa o histórico de atividades recentes.

— Eles não estão sempre procurando alguma coisa? — pergunta.

— É, *dentro* da cidade — responde o colega. Ele sopra a fumaça do cigarro, e Pampi torce o nariz, passando a mão pelo colarinho apertado, na esperança de que o cheiro não vá se impregnar. — Ouvi dizer que estão em alerta para intrusos que tentam entrar em San-Er sem cidadania.

Ele fala sem convicção, meramente repetindo o que outros estão sussurrando. É algo quase impossível, e a maior parte das cidades gêmeas não está convencida. Em todos os anos desde que a muralha foi erguida, nunca ninguém entrou sem permissão, nem deu um único passo ilegal para dentro das cidades sem ser pego em segundos. Os cidadãos de San-Er recebem um número de identificação assim que nascem, ou ganham um quando imigram. Os camponeses aparecem às centenas de milhares todos os anos, especialmente logo antes dos jogos. Um punhado conseguirá cidadania; o restante se dispersará pelos vilarejos mais próximos do lado de fora da muralha, tentando toda vez que abrem vagas para cidadania, normalmente sem sucesso.

Desde que o palácio de Er ruiu, tornou-se tarefa de San processar os novos pedidos de imigração. Eles continuam deixando pessoas entrarem dia após dia. San-Er já está praticamente transbordando há tempos, a um suspiro alarmante de colapsar sobre si mesma. Porém, mesmo em meio a tamanho caos, as cidades gêmeas não são receptivas àqueles que não têm cidadania. As ruas estão lotadas de ladrões que roubam corpos como doce de criança, e os ricos tentarão de tudo para dificultar a vida daqueles que bancam os impostores. Nada de empregos e contas bancárias, que são acessíveis apenas por meio de números de identidade. Casas e escritórios se abrem com números de identidade; os prédios públicos têm sistemas de catraca nas entradas que exigem os números de todos que passam. Alguém das províncias que consiga invadir poderia talvez mendigar nas ruas a vida inteira, mas, mesmo assim, seria só questão de tempo até um guarda do palácio abordá-lo e exigir provas de sua identidade designada pelo governo.

— *Eu* ouvi dizer — fala Pampi — que não são meros invasores. São *sicanos*.

O homem com o cigarro faz uma careta e começa a se afastar do divisor das baias. Há muita perturbação nas áreas mais distantes de Talin agora para falar tamanha besteira. Pampi sabe disso, mas ela quer saber com o quanto consegue se safar enquanto estiver dentro do palácio.

— Não tem como ter sicanos no reino — diz ele, embora a certeza da alegação falhe antes mesmo de terminar a sentença.

San-Er é segura, mas Talin, não. E, se Talin está desprotegida, não existe a possibilidade de que invasores estrangeiros tenham chegado, tenham encontrado um jeito de entrar na capital depois de um tempo espreitando nas províncias?

Pampi lança outro olhar para os guardas. Quando seu colega se senta na própria mesa e se volta para o computador, ela se permite a sombra de um sorriso. Sob sua manga, uma lua crescente azul está tatuada no branco da pele.

Leida bate a mão na porta da sala de vigilância, assustando aqueles que fingiam não observar seus movimentos.

— De volta ao trabalho! — grita. — Mantenham os jogos em ordem, entenderam?

Ela recebe uma série de respostas afirmativas. Todos têm muito medo da capitã da guarda para argumentar; se o fizerem, podem acabar como as pessoas que ela arrastou para uma cela de prisão sem motivo nenhum a não ser olhá-la do jeito errado.

Pampi se curva sobre a tela e espera a guarda do palácio sair. Assim que a sala volta à atividade normal, ela vai buscar os papéis que imprimiu. Ótimo. Isso será útil.

Na bolsa debaixo de sua mesa, seu próprio bracelete pisca o número 2, esperando pacientemente.

7

Os restaurantes que operam ao redor do coliseu estão mais para um corpo funcional coletivo do que para uma série de prédios, e as cozinhas no segundo andar têm escadas que levam às mesas no térreo de outra unidade e a mais mesas no terceiro piso que só recebem clientes da loja de pãezinhos *bao* no quarto piso, logo acima. Embora San-Er seja claustrofóbica, pelo menos tudo de que se precisa está ao alcance das mãos.

Calla puxa um prato da bandeja de uma garçonete que passa, deixando uma moeda no lugar. A garçonete nem percebe, ocupada demais tentando atender todos os pedidos de café da manhã que são gritados em sua direção. Com um dedo enrolado no fio do telefone, Calla prende o aparelho com o ombro e usa a mão livre para beliscar a pontinha do *bao* e enfiá-lo na boca. Mal escuta o que August fala do outro lado da linha.

— ... você precisa consegui-lo de volta. Não estou achando isso nem um pouco divertido, Calla.

— Quando foi que eu disse que seria divertido? — pergunta ela, as palavras abafadas pela boca cheia de *bao*.

Ela faz um círculo com os lábios, puxando o ar frio para esfriar a carne gordurosa e o repolho salgado na língua. Sua garganta queima ao engolir, mas a geladeira de seu apartamento está vazia desde o dia anterior, então até os *baos* mais baratos parecem tão saborosos quanto ouro em seu estômago vazio. Ela consegue imaginar August colocando a mão na testa ao escutá-la comer.

— Nada disso vai dar certo se você for eliminada.

— Ei — diz Calla. Ela engole a comida e pigarreia antes de falar de novo. — Pode fazer o favor de não surtar? Eu já estava nestes jogos antes de você se envolver. Não vou ser eliminada fácil assim.

August bufa, irritado.

— Está bem. Consigo manter seu bracelete ativo hoje para que não expire. Só dê um jeito de consegui-lo de volta. Qual jogador o pegou?

Calla dá de ombros, então percebe que o primo não pode vê-la. Recebeu o número pessoal do celular dele, mas fazia tanto tempo que não usava um telefone — da última vez ainda morava no palácio de Er —, que mal lembra como funcionam. August já está furioso por ela não o ter contatado assim que o acidente aconteceu no dia anterior, mas não é culpa dela ter precisado caçar um orelhão antes.

— Não sei — responde. — Não pensei em perguntar enquanto tentava não ser esfaqueada. Homem. Alto. Pálido.

Outro som impaciente de August. Nenhuma dessas característica físicas tem o menor significado quando o corpo que ela está descrevendo foi internado em um hospital e devolvido a seu ocupante original. Os clipes tinham muito o que mostrar na noite anterior, com os primeiros sinalizadores de localização começando a disparar pelas cidades gêmeas, então Calla não havia visto a luta no mercado ser transmitida em lugar nenhum. A maior parte acontecera fora do alcance das câmeras, naquele espaço do estoque, então havia pouco a ser oferecido. As reprises daquele dia talvez incluíssem uma cobertura do bracelete de Calla sendo roubado, quando eles terminassem de filtrar todas as imagens sangrentas e passassem a encontros mais entediantes — ela só precisa esperar até uma emissora estar interessada o suficiente para anunciar o número de seu oponente ladrão. Depois disso, August pode olhar em suas listas e lhe conseguir um nome. Ela imagina que ele também possa entrar na sala de vigilância naquele momento e conseguir a gravação por conta própria, mas ele já está mexendo alguns pauzinhos para manter seu bracelete ativo, e Leida Miliu pode começar a fazer perguntas se ele tentar mais alguma coisa.

— Comece a procurá-lo — ordena August, embora ele com certeza saiba que não há muito o que ela possa fazer no momento. — E mantenha os olhos abertos... Há uma possibilidade de que agentes estrangeiros de Sica tenham se infiltrado nas cidades gêmeas. O motivo deles é desconhecido.

Calla franze a testa. Ela pega outro *bao*, mas desta vez só rói os cantos da massa.

— Estão planejando uma invasão? — pergunta.

— De novo, é difícil saber.

— Nós nem estamos mais em contato com Sica.

Pelo menos essa era a situação cinco anos atrás, da última vez em que Calla conferiu os assuntos nacionais de Talin.

— É justamente por isso que estou confuso — diz August. — Posso manter você atualizada. Apenas... encontre o idiota que roubou seu bracelete e o elimine logo.

Calla dá uma mordida de verdade no pãozinho. O sumo quente do interior escorre por seu queixo, e ela se apressa a pegá-lo. Por céus, seus antigos tutores de etiqueta do palácio enfartariam se vissem isso.

— Sim, Príncipe August. Seu desejo é uma ordem.

August desliga sem responder. Enquanto isso, quando devolve o telefone ao gancho, Calla mastiga, pensativa, o resto do *bao*, refletindo sobre o que ele disse. *Agentes estrangeiros de Sica.* Os últimos mapas que ela viu sobre a mesa dos pais haviam sido desenhados a lápis, mostrando uma conquista completa das fronteiras rurais que quase penetrava as montanhas que separam Talin de Sica. Talvez o Rei Kasa esteja avançando lentamente pela fronteira. Talvez Sica esteja enviando gente para fazê-lo parar. Se for esse o caso, então ela deseja que não o façam, não pelo mesmo motivo que August, mas sim porque ela já está resolvendo a questão, cacete.

Um borrão de movimento em sua visão periférica interrompe seu raciocínio. Calla se vira de súbito, bem a tempo de ver um jovem se esconder atrás de um vaso de planta, como se não esperasse que ela olhasse em sua direção. A mão dele se fecha ao redor de um dos grandes troncos da planta e a manga da blusa sobe, revelando um bracelete.

Calla saca a espada.

— Não, espere, por favor! — grita o garoto. Ele sai de trás do vaso com os braços acima da cabeça. Seus olhos são de um violeta empoeirado, do mesmo tom das flores que crescem ao longo do Canal Rubi. — Você deveria pelo menos esperar até recuperar seu bracelete.

— O quê? — Calla fecha a cara. Ela não usa a máscara durante as refeições, então a expressão brava atinge o jovem com efeito total. — Quanto você escutou?

Os olhos do garoto se desviam para as mesas e, fazendo um esforço quase visível de baixar a voz, ele diz:

— O suficiente para escutar você chamar a pessoa do outro lado de August.

Calla ergue mais a espada, com a intenção de dar um golpe e eliminar esse vazamento em potencial. O garoto ergue os braços de novo. Embora suas bochechas sejam arredondadas como as de um bebê, seus membros são finos como gravetos: a marca da fome.

— Espere, espere, espere! Eu sei quem pegou seu bracelete.

Ah? Calla abaixa o braço. Enquanto ela hesita, outra garçonete vira no canto com uma bandeja de comida. Ela para de repente ao ver a espada de Calla, a boca se abrindo e se fechando como se estivesse pensando se deveria dizer alguma coisa. Um segundo depois, a mulher decide passar apressada por ela e desaparece escada abaixo, o rangido de cada degrau ecoando contra as paredes com infiltração. Calla se decide.

— Venha comigo — diz, gesticulando para que o garoto se aproxime.

Quando ele está perto o suficiente, ela encaixa uma das mãos em sua nuca e o empurra escada abaixo também, em direção a uma área menor e com mesas. Ele parece nervoso pela espada de Calla ainda estar desembainhada, mas não fala nada. Obedientemente, deixa que ela o leve até uma mesa com sofá e se anima quando ela chama um garçom do balcão para pedir mais comida.

— Qual é o seu nome? — pergunta Calla, deslizando casualmente a espada pelo sofá antes de se sentar também.

Em uma das outras mesas, um adolescente estica o pescoço para ela, provavelmente tentando descobrir se é uma participante dos jogos. Ela pega um guardanapo para limpar a mesa, mas o próprio guardanapo está tão empoeirado que ela duvida que terá muito sucesso. Quando joga fora a bolinha amassada, faz contato visual com o adolescente e finge investir em sua direção. Ele para de espiar e desvia depressa os olhos.

— Meu nome é Eno — responde o garoto.

— Quantos anos você tem, Eno?

Ele torce o nariz.

— 15. Mas não tenho certeza sobre este corpo. Doei o meu de nascença. Não gostava muito dele.

Calla dobra as mãos sobre a mesa. Não é incomum que alguém abandone o corpo de nascença se houver outro receptáculo que queira ocupar permanentemente. Às vezes, tropeçam em um largado nas ruas. Às vezes, duas pessoas decidem trocar. O mais usual, entretanto, é que trocas de longa duração aconteçam após a compra de um receptáculo desejável por uma boa quantia no mercado clandestino. Em casos muito mais raros, há aqueles que se sentem tão seguros em suas habilidades de saltar que decidem invadir permanentemente um corpo já ocupado, ficando duplicados por tanto tempo que o *qi* mais fraco vai desaparecendo, até restar apenas o do invasor e ele ser, de novo, um ocupante único.

Não importa o método, acontece sempre em San-Er, por motivos grandes e pequenos. Se a pessoa não gosta de sua aparência. Se seu corpo de nascença a prende a uma descrição de gênero que não está exatamente certa. O *qi* de uma pessoa dura cerca de cem anos naturais, com variação de uns dez anos a mais ou a menos. É um tempo bem longo para se passar em um corpo miserável. Aqueles que têm o gene de saltar podem tentar ocupar corpos novos e jovens conforme se aproximam do fim da linha, mas os deuses ainda não ofereceram a verdadeira imortalidade a ninguém. Quando alguém chega ao final de seu *qi*, ele se dissipa até desaparecer, assim como alguém cujo *qi* foi tocado por uma doença não ficará mais saudável, não importa quantos corpos destrua ao tentar. Um *qi* apodrecendo corroerá um receptáculo de dentro para fora até o *qi* desaparecer.

Calla não tem como chutar o motivo pelo qual Eno abandonou seu corpo de nascença, e também não lhe pergunta. O que ele usa agora parece mais novo do que 15 anos, embora isso também possa ser seu mal julgamento acerca dessas coisas. Ela tem 23, e, a cada ano, todos os mais jovens do que ela se parecem mais com crianças. Por força do hábito, ela corre os olhos pelo restaurante para ver quem está por perto e à vista, não só para identificar quais clientes parecem suspeitos, mas também para marcar todas as saídas possíveis de Eno caso ele decida saltar.

— Você só invade corpos masculinos da sua idade? — pergunta em tom casual.

Eno assente. Duas opções, então. Quando ele se estica e toca seu braço, ela tem um vislumbre do bracelete dele. A tela pisca **51**.

— Esse é bonito. É seu de nascença?

Calla sorri, embora a expressão seja totalmente um alerta enquanto ela afasta o braço.

— ... Sim.

— Você só invade corpos femininos? — pergunta ele em troca.

— Não faz diferença para mim. — Calla gesticula para o garçom de novo, chamando sua atenção para que ele saiba onde entregar a comida. — Mas eu não saio deste corpo.

Verdade seja dita, ela nunca se sentiu inclinada a um gênero específico, mas gosta da feminilidade, acha que lhe cai bem. Calla é uma mulher da mesma forma que o céu é azul. Ela entende que essa é uma identificação mais fácil de assumir e não se incomoda, mas, na verdade, o céu é um vazio incompreensível, e Calla também se sente mais perto de uma entidade nebulosa e inexata. Antes de ser qualquer coisa, Calla é simplesmente... Calla.

Eno pisca.

— Nunca sai, nunca mesmo? Você *tem* o gene de saltar?

— Claro que tenho.

— Mas não salta? Isso é perigoso nos jogos.

Não é apenas perigoso, é sem precedentes. Ninguém entraria com tamanha desvantagem — ninguém exceto Calla Tuoleimi, aparentemente.

— Bom... — Calla afasta o cabelo dos olhos. — É assim que as coisas são.

Este é o corpo dela. Pertence a ela. *É* ela, mais do que qualquer identidade coletiva.

— Você não me falou seu nome — diz Eno quando o garçom coloca duas tigelas à frente deles.

Ele espia dentro da tigela, encontra sopa de macarrão com *wontons* e imediatamente começa a comer.

— Chami — responde Calla depois de um momento. Ela puxa um par de *kuàizi* do suporte e os enfia na comida. — Então... Como você sabe quem pegou meu bracelete?

Os olhos de Eno brilham. Pelo mais breve segundo, há hesitação na postura de seus ombros, na forma como ele segura os *kuàizi*. Calla percebe, embora não diga nada, e guarda a observação junto com outras em seu inventário mental.

— Eu faço parte das Sociedades Crescentes — diz ele. — Bom... sou um novo iniciado. Eles deixam a gente ficar com um pouco dos lucros se completarmos afazeres suficientes...

— Foco, por favor — interrompe Calla.

Eno pigarreia.

— Certo, certo. Os templos ficam sabendo quais números são responsáveis por quais letalidades antes dos noticiários anunciarem. Soube pela nossa rede que Oitenta-e-Seis pegou o bracelete de Cinquenta-e-Sete. — Ele a olha direto nos olhos, como que para lhe garantir que não está mentindo. — Eu imagino que não existam muitos jogadores que perderam seus braceletes.

Calla se inclina para a frente, espetando os *wontons*. Oitenta-e-Seis agraciou os clipes de maneira proeminente logo depois do Daqun, e suas letalidades o colocam no grupo que luta pelo segundo lugar atrás de Calla. Não é como se qualquer um deles pudesse superá-la quando ela está trapaceando, mas ainda é o começo dos jogos.

— Então quem é Oitenta-e-Seis? — pergunta ela.

— Ah, eu o conheço. Somos amigos. O nome dele é Anton Makusa.

A mão de Calla para, congelada acima dos *kuàizi*. Ela nunca encontrou Anton Makusa, mas conhece o nome. Escutou-o com frequência durante suas visitas de delegação a San. Ele era um moleque do palácio, amigo de August, antes que Otta Avia pegasse a febre *yaisu*. Seus pais foram assassinados quando ele era jovem, mas não foi isso o que fez sua reputação em San-Er. Foi sua famosa habilidade de saltar, zombando das regras e exemplificando a hipocrisia da elite do palácio ao receber apenas punições leves toda vez que era pego.

— Só que ele usa uma ou outra identidade falsa na maior parte do tempo, então você não ouviu isso de mim. Eu bisbilhotei a correspondência dele por acaso uma vez. Ele mora perto do Canal Rubi, do lado de San — continua Eno, sem notar a reação de Calla ao nome Makusa. — Sabe a Rua do Fosso? Três andares acima do bordel.

Calla se recosta no sofá, chocada. Ela enfia a mão no bolso atrás de um cigarro. Risca um fósforo e o acende, dando uma tragada antes de bater as cinzas em sua tigela de *wontons* meio comidos. Eno observa com um horror explícito, perplexo com o fato de ela estar desperdiçando uma refeição perfeitamente boa, mas a atenção de Calla está em outro lugar.

Como foi que *Anton Makusa* acabou morando em cima de um bordel e competindo nos jogos?

— Por que você está me ajudando? — pergunta Calla de súbito. Ela sopra fumaça na mesa e Eno se afasta, tossindo. — Espero que você saiba que está permitindo que eu jogue de novo. É mais um oponente no ringue.

— Você estava liderando as estatísticas e tem alguma ligação com o Príncipe August. Eu não acho que esteja fora do ringue ainda.

— Oficialmente falando, estou.

— Mas vai dar um jeito de voltar. E se eu fizer isso agora, você vai me ajudar mais tarde nos jogos, não vai?

Calla solta um barulho pensativo do fundo da garganta. Sai áspero, polvilhado de irritação. É extremamente ousado da parte dele presumir que ela seja do tipo que devolve um favor.

— Você sabe que só pode existir um vencedor.

Eno empina o nariz.

— Ainda assim, quero ter as melhores chances de ganhar. Eu posso ser esse vencedor.

Calla bufa de descrença. Eno baixa a crista um pouco.

— Está bem, que seja... — Ele ergue o bracelete e toca o ponto onde o chip está inserido. — Pelo menos posso desistir a qualquer momento.

Aos 15 anos de idade, algumas pessoas sequer terminaram de desenvolver a habilidade de saltar, muito menos de refiná-la bem o suficiente para competir com um punhado de assassinos. Calla não gosta da casualidade com que ele trata a questão, como se isso fosse uma aventura no parquinho em vez de uma batalha até a morte.

— Por que você está nos jogos, afinal? — pergunta ela, mergulhando o cigarro na sopa. — Pode arrancar o chip agora mesmo se quiser.

— Não — diz Eno imediatamente. Ele está no fim do prato, ainda raspando o que resta. — Minha mãe está muito endividada. Cedo ou tarde, eu vou morrer... Se não for de fome, então será por excesso de trabalho pesado sem fim. Achei que seria bom aproveitar a chance de ganhar algum dinheiro.

Claro. Histórias assim são tão comuns quanto ratos em becos, e mesmo assim Calla continua estremecendo toda vez que escuta uma.

— Isso é horrível.

Eno dá de ombros.

— O que mais eu posso fazer? Nem as Sociedades Crescentes têm sido de alguma ajuda até agora. Estou fadado a herdar as dívidas dela de uma forma ou de outra.

Calla poderia tentar imaginar como uma dívida tão grande se acumulou, mas as possibilidades são infinitas. Contas de hospital, aluguel, empréstimos do banco por ideias impulsivas que as pessoas de San-Er tentam perseguir para sobreviver. Mesmo que Eno não tenha feito nada por conta própria, é fácil nascer em um buraco negro de contas e dívidas.

Você não deveria precisar fazer nada, quer lhe dizer Calla. *Ninguém deveria.*

Mas ela continua em silêncio. Quando Eno termina a sopa, ele faz uma saudação e desliza para fora do sofá, seguindo o próprio caminho. Calla o deixa partir sem se despedir, com um dos braços apoiado na mesa e o outro passando os dedos pelo cabelo, tirando a franja dos olhos e deixando a testa quente respirar. Não é como se ela esperasse que San-Er houvesse melhorado nos cinco anos que passou escondida. Não é como se estivesse sob alguma ilusão de que as coisas estivessem mudando enquanto ela treinava naquele quartinho apertado, estudando mapas do palácio e da cidade, equilibrando facas nas mãos e espadas nos ombros. Mesmo assim, de alguma forma, pensou que haveria *alguma* transformação. Que a derrubada do Palácio dos Céus teria feito as pessoas protestarem por mais, teria feito com que percebessem que algo antes respeitado pelos céus *podia* cair. Ela pensou que ver a própria princesa cometendo tal massacre despertaria alguma coisa nas cidades, ou, no mínimo, levaria as pessoas a se perguntarem *por que* alguém precisava morrer de fome se seus governantes podiam impedir isso.

Porém, todo ano antes dos jogos, os protestos continuam se dispersando minutos após se formarem. As reclamações silenciam antes que possam ecoar. O civil comum decide que é melhor ficar de boca fechada do que morrer em uma luta inútil.

Um grito do lado de fora do restaurante faz Calla sair de seu devaneio com um sobressalto. Ela pega a espada, alisa o cabelo de volta no lugar e, meio sem vontade, joga mais moedas na mesa. Quando espia pela janela o beco estreito lá fora, está tão escuro que não consegue discernir nada, mas o grito tinha um tom tão agudo que ela podia apostar ser de uma criança. Eno.

Há uma escada enferrujada de metal ao lado da janela. Calla gira para sair e desce alguns degraus antes de saltar o resto do caminho, aterrissando com força. Um rato passa correndo por sua bota. Ela avança, seguindo a comoção, e chega a uma intersecção mais iluminada.

Ali, os prédios se inclinam quase que imperceptivelmente para a esquerda, deixando os raios de sol escapulirem para o pavimento. É o suficiente para Calla ver com clareza a cena à frente, em que outra jogadora desce um machado na direção de Eno.

O menino se esquiva bem a tempo, apertando algo nas mãos. Quando ele saca a arma escolhida, um chicote se revela, o que é possivelmente a arma mais inútil que alguém poderia adquirir depois do Daqun. Não há espaço nestes becos para movimentar um chicote com seu efeito máximo, para balançá-lo para trás e deixar a ponta atingir a vítima com força. De fato, tudo o que ele consegue é um golpe deplorável, e, a seguir, o machado vai para cima dele de novo, rasgando a carne na lateral de seu braço.

Os olhos de Calla correm pelas paredes do beco. Ela não vê uma única câmera de segurança. Talvez este seja um ponto cego.

— Ah!

Eno rola e, para a surpresa dela, é rápido o suficiente para colidir com a perna da outra jogadora, atingindo a parte de trás de seu joelho e a desequilibrando. Ela cai de costas, mas continua ao alcance de Eno, então Calla já consegue prever seu próximo ataque. Antes que a oponente consiga se preparar, ela começa a andar, a mão na lateral da cintura. Os passos vão se alargando e se transformam em uma corrida veloz, e, enquanto a outra jogadora ergue o machado do chão, o foco como laser nas costas de Eno, Calla desliza de joelhos e saca a espada, passando a lâmina no pescoço da oponente e arrancando sua cabeça fora com um único golpe.

O sangue pinta uma meia lua no beco. Não há luz, não há escapatória. Se um corpo não estiver muito danificado, o *qi* pode saltar, mas a morte tende a ser imediata em uma decapitação. Um salto exige foco e intenção. Os olhos cravados em um alvo, não importa o que ele esteja fazendo, desde que esteja à vista. É um tanto difícil conseguir as duas coisas quando o cérebro não está mais funcionando.

Na inércia do beco, Eno cambaleia, apoiado contra a parede, mal conseguindo se manter de pé enquanto tenta se situar. Ele fecha uma das mãos ao redor do braço esquerdo, o sangue escorrendo por entre os dedos.

— Valeu — fala, ofegante.

Calla passa a mão no rosto, secando a umidade que se acumulou em sua têmpora. Não sabe se é suor ou sangue.

— Por nada. — Ela endireita as costas, chacoalhando o vermelho da lâmina de sua espada. Quando isso não resolve, ela limpa o lado achatado na barra da calça. — Pense nisso como um favor retribuído.

A boca de Eno se abre, mas Calla balança a mão, dispensando-o.

— Você está me *enxotando?* — pergunta ele.

— Vá encontrar outro corpo — retruca ela, brava. — Se você sangrar até morrer, de que adiantou tudo isso?

Em resposta, Eno abre um sorriso largo, como se Calla houvesse acabado de lhe dar um presente amigável de despedida em vez de salvar sua maldita vida. Alguém vai tirá-la dele cedo ou tarde se ele continuar nos jogos. Mas ela está grata que pelo menos não tenha sido a machadadas sanguinárias.

— A gente se vê! — grita Eno, afastando-se.

— Espero que não — murmura Calla.

Se o programa reiniciar mais uma vez, é possível que Anton queime este cibercafé inteiro.

— Anda logo — implora, estapeando a lateral da máquina.

A massiva carcaça de plástico treme, assim como a bebida ao lado do mouse do computador. Sulian, o dono do café, pega no pé dele toda vez que Anton entra e não compra comida, mesmo que a maior fonte de renda do lugar sejam as horas que os clientes passam sentados na frente de um computador. A única aquisição de Anton para manter a paz é um copo de um refrigerante velho qualquer que fica na geladeira atrás do balcão.

— Ei!

Anton dá um pulo de susto. Ele se contém por pouco de sacar as facas ao reconhecer a voz de Sulian depois de um segundo.

— Por que você chegaria de fininho atrás de mim — pergunta, animado —, sabendo que eu posso cortar sua garganta?

Sulian cruza os braços. Sua silhueta demasiado comprida e magra parece poder ser carregada pelo vento, o que Anton supõe ser o motivo pelo qual nunca viu o homem sair do café. Se algum dia encontrasse Sulian no mercado, Anton ficaria impressionado.

— Se você cortar minha garganta, talvez eu receba alguma coisa do seguro. Mesmo que seja só uma fração do dinheiro que você me deve — diz o homem.

Ele está praticamente gritando por conta do barulho. Este é *o* lugar para se conectar com a tecnologia em San. Mesmo aqueles que podem bancar um computador pessoal vêm até aqui para aproveitar o ambiente: o burburinho de homens de negócios administrando suas contas e de adolescentes jogando videogames em grupo. É quase impossível conseguir um lugar no café sem ligar para Sulian com antecedência, e muitos que vêm acabam dormindo perto do monitor, sem querer ir embora à noite. A maioria das manhãs consiste em Sulian expulsando clientes que parecem quase disfuncionais, suas telas apagadas e não mais contando os minutos a pagar.

O idoso pigarreia.

— Você *algum dia* vai pagar a conta que está acumulando aqui?

Anton dá um gole em sua bebida. É verdade. Ele não paga por seu tempo ali há meses.

— Eu vou — promete. Não soa convincente nem para os próprios ouvidos. — Logo.

— Você não saiu do Daqun com a maior bolsa de moedas? — continua Sulian com uma sobrancelha erguida. — Eu assisto aos clipes, sabe?

Anton resmunga baixinho. É sua própria culpa por ter deixado Sulian ver o número em seu bracelete mais cedo, mas de todos os homens idosos e estranhos em que se pode confiar em San-Er, Sulian está no topo da lista.

— Sim, mas eu não as tenho mais.

Sulian suspira, desistindo. Ele volta para a cozinha, pegando pratos usados e guardanapos sujos de outros três clientes na fileira de Anton. Eles mal percebem o gesto, apaixonados demais por suas telas, que estão de fato se mexendo em vez de congeladas num painel azul como a de Anton.

O café é caótico e barulhento, o bastante para que Anton passe despercebido, mas ele também escolheu este computador por um motivo. Os três que estão sentados à sua esquerda ficariam no caminho de algum perseguidor que entrasse, e a saída dos fundos está a apenas dois passos para a direita, levando a um labirinto de corredores na parte de trás. É cedo demais para outro sinalizador de localização, já que eles tendem a disparar uma vez todos os dias, mas ele não será pego desprevenido.

Há um barulho súbito, e Anton volta o olhar para o computador. Nada mudou na tela. O som é de seu cinto, onde o pager está pendurado.

`Sua conta para o próximo mês foi postada.`

Anton desengancha o pager e o joga com toda a força na mesa. O alto bangue do plástico ao atingir a madeira laminada não lhe traz muita satisfação, embora incite risadas dos adolescentes atrás dele. Ele prefere as suposições de Sulian sobre seus gastos frívolos em cassinos e bordéis a isto, a verdade. Que o hospital engole cada centavo que ele consegue garimpar e, a seguir, cospe seu refluxo ácido de volta nele com mais contas.

A tela finalmente destrava. Anton puxa a cadeira para mais perto, esperando o modem sob a mesa parar de zunir. Quando ele abre o navegador, tecla um número de identidade roubado para acessar os clipes arquivados — o bom e velho Cedar Yanshu, o homem que mora um andar acima do apartamento verdadeiro de Anton, que nunca confere suas contas e que não tem a memória necessária para negar as atividades de Anton sob sua identidade — e navega até os arquivos da noite do Daqun.

Linha a linha, a página começa a carregar. Os olhos de Anton descem para o canto do teclado, onde colocou o bracelete exposto. Outros clientes do café olharam para o objeto, curiosos, tentando determinar se é de fato um bracelete dos jogos ou só uma réplica convincente. Ele correrá o risco de receber atenção para mantê-lo à vista, pois precisa ver o momento em que a tela apagará. *Se* apagar.

Ele não sabe por que não o jogou fora assim que escapou de Cinquenta-e-Sete. Mas ficou com ele, e agora tem muito mais perguntas do que respostas. Esperava que o bracelete desligasse mais cedo naquele dia. Mesmo se Cinquenta-e-Sete houvesse digitado seu número de identidade logo antes da luta no mercado, 24 horas já se passaram há mais de uma hora.

Ainda assim, o bracelete continua ativo, o **57** piscando toda vez que ele toca a tela. Até começou a apitar quando o de Anton o fez, para sinalizar um jogador nas proximidades, e ele teve de apertar um botão depressa antes de enfiar a correia inteira no bolso. Poderia puxar o chip e desativá-lo por conta própria, mas isso lhe parece trapaça. Especialmente quando o bracelete *deveria* apagar sozinho.

Quem *é* essa jogadora? Ela não apareceu no Daqun, e o bracelete continua ativo sem a checagem diária de identidade. A obrigatoriedade dessa confirmação é a maior proteção contra civis aleatórios que possam roubar braceletes de jogadores mortos e trapacear para entrar nos jogos. O palácio jamais permitiria uma coisa dessas.

Então por que o de Cinquenta-e-Sete continua ativo? Será que é sorte? Será que ela é uma espiã do palácio? Talvez o Rei Kasa não tenha interesse em pagar um vencedor este ano e tenha colocado uma pessoa infiltrada que ele ajudará a ganhar.

Anton vasculha o repositório digital, clicando em arquivos recentes e aleatórios em busca do clipe que viu. Leva um bom tempo para carregar e processar, mas eventualmente o servidor retorna com um vídeo de uma loja de armas familiar. A gravação é como ele se lembra. Cinquenta-e-Sete enfia a espada, então a arranca com uma fluidez perturbadora. Ele não sabe bem o que tanto o cativou. É o mesmo encanto que sentiu quando travou uma batalha com ela: a jogadora nunca fica parada por tempo suficiente para ele identificar detalhes, mas a energia que emana de cada movimento dela o domina.

— Está assistindo ao vídeo do massacre em Er?

Pela segunda vez naquela tarde, Anton quase saca as facas contra um inocente.

— Felo — diz ao olhar por cima do ombro. Felo é jovem demais para saltar corpos, mas, mesmo que pudesse, seus olhos de um vermelho-pálido são tão distintos que ele seria reconhecido a qualquer distância. Às vezes, parece que ele não tem íris, só olhos brancos permanentemente secos e irritados. — Ninguém nunca ensinou você a não aparecer de fininho atrás dos outros?

— Achei que ninguém conseguisse chegar de fininho sem você perceber.

— Normalmente não — resmunga Anton.

Estava tão focado em observar a entrada para o caso de um intruso aparecer, que se esqueceu de que as pessoas que conhecem o lugar também podem usar a porta dos fundos. Felo vive matando tempo no café, escrevendo códigos de jogos com os amigos.

Ele balança a cabeça, como se reprovasse Anton, desapontado. Anton lhe dá um peteleco na cabeça.

— Por que eu assistiria ao massacre em Er?

— Essa foi a minha pergunta — retruca Felo. — Está em todo lugar, é só você pedir. A maioria das lojas de vídeo dão de brinde junto a um pedido de pornografia. Não precisa gastar dinheiro entrando na internet.

Anton apoia uma das mãos no encosto da cadeira, virando-se totalmente agora.

— Que merda você tem na cabeça para assistir pornografia? Você não tem 13 anos?

Felo cruza os braços.

— Você não tem 18?

— Não! Tenho 25.

— Ah. — Felo o olha de cima a baixo, descruzando os braços timidamente. — Você age como se fosse mais novo.

Antos esfrega os olhos.

— Vou usar todas as minhas forças para não considerar isso um insulto. Vá para a *escola*, Felo.

— Eu odeio a escola. — Felo se aproxima da tela, semicerrando os olhos para a filmagem. Está ampliada e toda pixelada, cortando a maioria da loja de armas e focando apenas Cinquenta-e-Sete. — Esquece, não é o massacre. Falha minha. Assisti ao vídeo tantas vezes. Achei que parecia familiar.

Ele se afasta; depois, de alguma forma, imita perfeitamente o movimento de Cinquenta-e-Sete com a espada, até o breve dobrar de cotovelo antes de se abaixar para se esquivar do espirro imaginário de sangue. Anton pisca, chocado, mas a atenção de Felo já está em outra coisa, e ele se afasta apressado, contornando as mesas.

O massacre em Er. À época, Anton já havia cortado relações com a família real de San. Exilado nas ruas, com seu corpo de nascença confiscado pelo palácio, ele ficou sabendo da notícia pela televisão, assim como todos os outros. Ainda se lembra do corpo que invadira: um músico que vivia em Er, o apartamento inteiro trancado como uma fortaleza quando os apresentadores falaram que a Princesa Calla Tuoleimi havia se rebelado, enfiado uma espada nos pais e espalhado suas entranhas pela sala do trono. O vídeo, ele ouviu dizer, é tão popular quanto um culto entre as Sociedades Crescentes e seus criminosos. A maioria deles admira a princesa.

Anton faz uma nova busca no navegador. Nunca conheceu a princesa da outra cidade — por acaso estava sempre fora do palácio quando havia uma visita diplomática de Er —, mas sabia que August tinha respeito por ela. Ele nunca procurou o vídeo depois do incidente. As emissoras o julgaram inadequado para exibição. Se o tivessem exibido — só nos horários da madrugada, quando as pessoas usavam as telas das televisões como luz contra a noite pesada —, o teriam censurado de acordo com o desejo do Rei Kasa.

O Rei Kasa, entretanto, não tem como controlar o submundo nem a distribuição virtual. Quando o primeiro quadro preenche a tela, Anton sabe que essa deve ser a versão sem censuras.

Porque a coisa é *feia*.

A sala do trono de Er era decorada com detalhes exagerados e ornamentos de ouro. Criaturas lendárias contornavam os dois tronos, e havia uma estátua de jade entre os assentos e as cortinas de seda logo atrás. O vídeo é de uma câmera de segurança instalada no canto superior mais distante da sala, então, quando a princesa marcha para dentro, o ângulo a faz parecer impossivelmente rápida, o braço erguido de imediato, a lâmina na mão.

Um dos guardas que estava fora do quadro entra correndo. A princesa se move depressa, cortando-o e girando para encarar outros três. Anton pausa. Ele clica no vídeo de Cinquenta-e-Sete, rebobina e assiste de novo, e Felo estava completamente certo: o movimento é quase idêntico. A forma como o braço dela se arqueia, a forma como seu corpo se mexe.

Anton volta para o massacre em Er. Assim que os guardas caem, a princesa anda na direção dos pais. Não mais do que duas palavras são trocadas. O rei de Er estende as mãos para a frente, a boca aberta para falar alguma coisa. Calla não escuta. Ela já arrancou sua cabeça, com um corte certeiro da lâmina.

Anton não costuma enjoar com nada, mas fica pálido mesmo assim. Não é a violência que o perturba. É a facilidade com que ela golpeia. Ele pode soar como um hipócrita quando ele mesmo estava matando só algumas horas atrás... mas aqueles eram estranhos. Meros empecilhos em seu caminho para a vitória. A princesa de Er ataca os próprios pais com a mesma indiferença. Conforme o vídeo continua, a cabeça de sua mãe também é arrancada, caindo aos pés de Calla. Não houve chance alguma para o rei e a rainha considerarem saltar em um esforço desesperado para escapar. Calla se certificara de matar todos os outros na sala primeiro.

O vídeo se aproxima dos segundos finais. Na tela, Calla simplesmente fica parada, coberta de sangue, analisando os corpos no chão, as paredes tingidas de vermelho. Por meses depois do incidente, houve rumores de que talvez a princesa houvesse sido ocupada, de que um intruso houvesse cometido o crime. Mas a guarda do palácio havia perseguido Calla

Tuoleimi até a muralha, onde ela tentou fugir, e o guarda que atirou a seta de balestra que se cravou entre os olhos da princesa alegou que eram inegavelmente amarelo-real. No enterro dela, separado do de seus pais, Calla havia sido condenada como uma traidora renegada, não uma inocente pega em uma invasão.

O vídeo acaba. Lentamente, Anton abre a outra página, congelada em Cinquenta-e-Sete, e a coloca ao lado da imagem estática de Calla Tuoleimi. Ele dá zoom nos olhos de Cinquenta-e-Sete, naquele olhar felino. A cor não aparece muito bem nas gravações granuladas da segurança, mas ele se lembra o suficiente de quando se encontraram para saber que havia algo de amarelo.

Se tinha qualquer dúvida antes, não resta mais nenhuma agora. Calla Tuoleimi é Número Cinquenta-e-Sete, e está definitivamente viva.

— Ah, princesa — diz ele. — Nós estamos prestes a transformar estes jogos em algo muito interessante.

8

Há relatos de um problema em Eigi, a província mais próxima do lado de fora da muralha de San, então August é enviado com dez guardas do palácio para fazer o reconhecimento. O membro do conselho que administra esse território, que está acima de dois ou três generais que comandam o batalhão de soldados em cada província, não reportou ao palácio nem respondeu às comunicações nas últimas 24 horas. Desde que a família Makusa foi massacrada por um grupo de guerrilha na província Kelitu anos atrás, qualquer silêncio de um nobre deve ser levado a sério. E, já que o Rei Kasa não sai do palácio, cabe a August ser seus olhos e ouvidos.

Eles já encontraram complicações antes de sair de San-Er. Uma equipe de filmagem tentou acompanhá-los além da muralha quando os guardas estavam erguendo os portões, grudando-se desconfortavelmente perto da procissão real. As emissoras menores de televisão sempre ficam desesperadas durante os jogos. Sem contatos no palácio, elas não conseguem boas gravações de segurança rápido o suficiente. Assim, na falta de observações novas e interessantes sobre os clipes, ninguém quer assistir à sua programação. Elas começam a ter ideias bizarras, como produzir documentários sobre a região rural de Talin, achando que mostrar algo completamente fora dos jogos irá, de alguma forma, aumentar a audiência. Leida foi forçada a espantá-los, alertando que, se houvesse mais uma infração perto da muralha, eles teriam de lidar com as consequências legais. Viagens casuais para dentro e fora de San-Er são, afinal, proibidas. Quando alguém se torna cidadão das cidades gêmeas por nascimento ou pela loteria, continuará dentro delas, a não ser que receba uma permissão oficial para partir. O Rei Kasa tem muito medo do que pode acontecer se as pessoas puderem viajar livremente. O movimento frequente na fronteira poderia permitir que os camponeses entrassem de maneira ilegal em San-Er, e as cidades definitivamente não têm como gastar recursos para cuidar de residentes ilegais.

Mesmo que tenha sido o trono que engoliu essas pessoas e suas terras dentro das fronteiras do reino para começo de conversa. Mesmo que San-Er lhes cobre direitinho seus impostos de cidadãos.

August respira fundo, inspirando o ar fresco conforme avançam pela província de Eigi. Suas habilidades de montaria são terrivelmente negligenciadas, assim como os cavalos da cidade. Eles quase nunca são tirados para se exercitar, mantidos em pequenos estábulos perto da muralha para a ocasião rara em que as forças de San-Er precisem sair do perímetro. Quando for rei, ele cuidará deles. Pavimentará estradas gloriosas pelas províncias, enviará dinheiro para melhorar a infraestrutura lá fora. Construirá transportes também, para locomoção, todos os tipos de veículos avançados que as províncias usam atualmente em forma de protótipos. Os civis do lado de dentro da muralha poderão ir e vir como desejarem, com o reino todo à sua disposição.

As pessoas serão felizes. Ninguém dirá o contrário.

— Olhe isso.

O Rei Kasa estava assistindo aos clipes naquela manhã. Tinha as mãos entrelaçadas nas costas, deixando os serventes ajustarem seu colarinho enquanto encarava uma tela que ocupava metade do salão de entretenimento. Há algo na decoração da ala de Kasa no palácio que sempre incomodou August, e, no ano anterior, ele finalmente descobriu o que era. Kasa persistentemente instala novas tecnologias sem antes se livrar do que está por baixo. Telas de televisão ficam penduradas lado a lado com entalhes de madeira; alto-falantes saem de monitores caros de bambu, que não são mais produzidos pois sua construção exige matéria-prima da província de Gaiyu. As outras alas do Palácio da União se modernizaram ao longo das décadas, retirando a maioria das pinturas em pergaminhos para dar lugar aos cabos. Os aposentos pessoais de Kasa, não.

— O que devo procurar? — respondeu August, educadamente.

Ele havia acabado de entrar no salão de entretenimento para receber sua missão. Mesmo que o tempo fosse crucial para Eigi, o Rei Kasa não o dispensou de imediato. Ele manteve o filho adotivo esperando, a fim de poder apontar para a tela e mostrar uma mulher caindo de joelhos ao gritar com alguém fora da câmera.

— Que patético — comentou Kasa. — Ela realmente deveria se levantar.

Como se houvesse escutado seu comando, a mulher na tela se levantou depressa, com energia renovada. O bracelete reluziu em seu braço. Ela desapareceu do quadro assim que outro jogador entrou, sorrindo como um maníaco.

— Eles parecem estar se divertindo — disse August, seco.

O Rei Kasa assente, concordando.

— É claro que estão. Eu lhes ofereço mais do que eles ousam imaginar ter. Eu sou o grande benfeitor deste reino.

Agora, a amplitude de Eigi se estende à frente de August, campos intermináveis e áreas abertas avançando até tocar o horizonte. O Rei Kasa disse a verdade: ele *é* o grande benfeitor deste reino. Não são as vastas riquezas do cofre real que mais importam, mas sim sua geração contínua, e quem está mantendo tudo isso de pé, agarrando essas províncias para que tudo se afunile na direção do palácio? Os jogos, em seu cerne, são a forma de Kasa colocar os súditos em seus lugares. Não importa o que seja, tudo em Talin flui de volta para ele. Não há nada que possa competir com sua riqueza, mas, se você se comportar, pode ser que ele quebre uma parte dela e a ofereça generosamente. Um presente, um prêmio de consolação.

August puxa as rédeas de seu cavalo, fazendo a procissão parar.

Um prédio massivo e robusto fica à vista. Eles chegaram.

Ele gesticula para que os guardas parem de tocar os tambores do palácio, olhando para o *yamen* da capital da província. Para as pessoas que vêm de San-Er, é difícil se acostumar à visão do prédio. Serve como entrada administrativa para o vilarejo, erguendo-se em um único piso com um largo telhado que se curva nas beiradas para evitar o acúmulo de chuva. Uma entrada dá para o pátio, cujos quatro lados são cercados pelo *yamen*, e, além disso, outra saída aos fundos leva para o vilarejo. Alguns dos templos em San-Er se parecem com esse, mas estão enterrados nas sombras dos edifícios ao redor, que cobrem as paredes rústicas de pedra e os detalhes intrincados de madeira.

Mantendo distância, August desce do cavalo, então passa as rédeas a Galipei. Enquanto isso, Leida manobra seu cavalo de trás da guarda e para ao lado do príncipe.

— Eu disse que tudo correria bem hoje, não disse? — August limpa a poeira da jaqueta com as mãos. — Você não precisava deixar seu posto.

— Eu tenho uma equipe muito qualificada de substitutos — responde Leida, girando a perna por cima da sela e aterrissando com força no chão. — San-Er não vai desmoronar com um único dia sem mim. Você, entretanto, é outra história.

Galipei faz um barulho de protesto a favor do príncipe. August finge não escutar Leida. O *yamen* parece vazio, e em sua estrutura aberta não há nenhuma atividade. É aqui que as questões burocráticas do vilarejo são conduzidas, de onde o prefeito deveria emergir para as formalidades assim que escutasse os tambores do palácio.

August espera. Ele observa os muros do *yamen*.

Então, há movimento.

Um homem sai tropeçando da fortaleza, o braço envolvendo com firmeza a garganta de outro. August leva um momento para reconhecer o prisioneiro como o membro do conselho responsável pela província, e outro momento para entender que a calmaria incomum era o preparativo para uma emboscada. Agora, um pequeno grupo de camponeses sai do *yamen*, brandindo tochas e galhos.

É o melhor que podem fazer em termos de armas. Os guardas do palácio não se mexem. Eles olham para a cena com indiferença. August troca olhares com Leida, e ela assente.

— Fiquem onde estão. — O prefeito, o homem que está segurando o membro do conselho, respira fundo. Há um pano amarrado na parte de baixo de seu rosto, e August não sabe se essa é uma pequena tentativa de esconder sua identidade, ou se são métodos improvisados dos camponeses para se protegerem contra pragas, já que não têm máscaras adequadas. O prefeito continua: — Nós temos exigências a fazer para o palácio...

Mas ele não tem a chance de terminar de falar. August salta para dentro do corpo com facilidade, levando o mais breve segundo para se ajustar. Galipei avança para segurar seu corpo de nascença. Os guardas do palácio investem imediatamente, sem precisar de ordens.

— Vá — diz August, soltando o membro do conselho.

O homem sai correndo, a guarda do palácio o engloba e se dispersa. Em segundos, o grupo de camponeses que formava a emboscada no *yamen* está desarmado e de joelhos. É quase fácil demais. Rebeliões são inúteis. August sabe que eles odeiam o palácio, mas mesmo assim está ofendido pela estupidez de seus planos. Não pode culpá-los, porque eles não sabem que ele já está tentando destronar o rei, mas de que adianta gastar mais horas do dia dele com essas tentativas inúteis e desorganizadas?

Leida estende o celular dele. August volta para seu corpo de nascença e o pega, liberando as mãos dela a tempo para que agarre o prefeito quando o homem pisca de volta à consciência. Ela o arremessa de lado antes que ele possa fugir, cuspindo uma série de perguntas rotineiras. O vento aumentou. A sensação é tão estranha que quase arde quando uma rajada particularmente forte atinge August pela esquerda.

Ele disca para o palácio.

— Uma situação mal pensada com um refém — reporta quando o Rei Kasa atende. — Voltaremos antes do final do dia.

Um instante de silêncio. O momento se arrasta, e August hesita, pensando no que foi que disse de errado. Será que eles estão encrencados? Seus olhos se erguem em busca de Galipei. Rotas de fuga não são fáceis de encontrar nas províncias. Espaços abertos não lhe permitem desaparecer, apenas lutar.

— Isso foi na província de Eigi, sim? — responde o Rei Kasa finalmente. — Como está Mugo?

— Ele está bem. — August lança um olhar de esguelha para o membro do conselho. Mugo parece nem ter se abalado. — E sim. É nossa província mais próxima.

Outro instante de silêncio. August começou a suar.

— A capital é muito grande? Há cerca de mil habitantes no vilarejo, pelo que me lembro.

Pequenas vilas pipocam em cada província, reunindo os camponeses para comércio e negócios. Uma capital não costuma ser maior que as outras, mas a presença de seu *yamen* a designa como base administrativa da província. Para além do portão aberto, August consegue olhar direto pelo pátio e pela saída dos fundos, e ver ruas rústicas de terra e pequenas fachadas de lojas. As pessoas do outro lado do *yamen* não prestam atenção na cena que se desenrola do lado de fora dos muros do vilarejo.

— Sim — responde August. — Tendo a concordar.

— Me coloque no viva-voz, por favor, August. Quero falar direto com a guarda do palácio.

August faz o que lhe foi ordenado. Leida se afastou, e ele gostaria que ela voltasse para perto, só para que ela pudesse ter alguma influência no que o Rei Kasa está prestes a instruir, seja o que for. Mas ela ainda está interrogando o prefeito, parada acima dele, que está ajoelhado, e os guardas do palácio se aproximam, bloqueando-a da visão de August. Todos os dez o cercam: não é o suficiente para formar uma unidade, mas é o bastante para agir como uma força capacitada do palácio. É o bastante para causar sussurros em Talin no dia seguinte, quando os camponeses se perguntarem o que levou a guarda real até Eigi.

A voz do Rei Kasa grasna do telefone.

— Como defensores jurados de San-Er, não há misericórdia para rebeliões. A muralha não é mais o suficiente. Precisamos de mais proteção.

August sente como se uma pedra pesada estivesse aos poucos se acomodando em seu estômago.

— Queimem a capital de Eigi — continua o Rei Kasa, e, de súbito, a pedra se torna chumbo, atingindo o fundo na velocidade máxima. — Transformem tudo em cinzas. Se os moradores exalam seu descontentamento com ameaças, então devemos simplesmente arrancar o ar de seus pulmões.

August desliga o viva-voz e volta a colocar o dispositivo na orelha, mas a guarda do palácio já escutou cada palavra. Eles não podem negar o comando ou fingir que não ouviram nada.

— Vossa Majestade — sibila August —, este é o centro de importação de arroz de San-Er. Seria uma perda...

— Temos mais em Yingu e Dacia. Podemos aumentar as quotas em Cirea e começar a confiscar em Pashe. Não há desculpas para insurgências.

A guarda do palácio começa a avançar. Eles não esperam que August erga a cabeça e assinta. Ele é apenas um representante aqui, e eles sabem disso. Os membros do conselho não se importam com o que ele tem a dizer, e os exércitos espalhados por Talin não o escutarão nem por um minuto até que o trono de Kasa lhe pertença. Nenhum poder pode contrariar o do rei, não importa quão reluzente seja o título de príncipe herdeiro.

— Ei! — O grito de Leida chama a atenção de August. Ele sente as lambidas do calor em seu rosto. Estão acendendo as tochas. — Ei!

Leida para abruptamente à frente dele. Os pontinhos de glitter azul reluzem ao redor dos olhos dela com a luz do dia. O dia brilhante, realmente brilhante, não entupido com a fumaça industrial e o neon de bordéis, o que, por algum motivo, faz tudo parecer muito *pior*, revelando cada faceta humana, cada falha e cada distinção que as sombras de San-Er esconderiam.

— O que foi? — pergunta August, cansado.

— O que é isso? Por que estão...

No momento em que ela avança, August segura seu braço. Ele olha para baixo para ter certeza de que o celular encerrou a ligação e descobre que o Rei Kasa desligou assim que terminou de falar. Ele nem ficou por perto para ver como seu comando seria executado.

— Ordens do palácio. — A voz de August é vaga, sem emoções. Precisa ser, porque os guardas ainda estão ouvindo. — Devemos punir insurreições contra o trono, e, quando o vilarejo estiver destruído, vamos usar a terra liberada para construir uma base de segurança e administrar negócios relacionados à muralha.

Leida fica quieta. Ela deixa August continuar segurando seu braço e não diz nada, a expressão fria como aço para seus guardas, mas os olhos flamejam, refletindo as chamas que logo queimarão a cidade completamente. Dentro de minutos, há gritos. Telhados de lojas desmoronam e as lanternas das ruas caem despedaçadas no chão. Os sons escapam pelo *yamen* e entram nos ouvidos deles, enterrando-se em suas cabeças e criando raízes nas cavidades mais profundas de suas memórias. August e Leida olham para a frente, deixando que a guarda do palácio cumpra seu dever.

— Obrigado — diz August, em voz baixa.

— Pelo quê? — questiona Leida.

— Por não ter feito uma cena. Poderia ter acabado mal.

Os olhos dela se voltam para ele. Seu azul-escuro é vívido, beirando o roxo graças à luz do inferno à frente. É quase quente demais para ficarem onde estão.

— O prefeito não falou muito — diz ela. — Só que eles não tinham mais como pagar os impostos.

— Imagino que isso seja motivo o suficiente.

— De fato. Um motivo que se transforma em centenas de outros. — Leida se vira. Assim que ela dá as costas para o fogo, o calor parece, de súbito, insuportável para August, como se antes eles estivessem compartilhando o fardo e agora ele tivesse de lidar com a cena sozinho. — Mas isso não é nada para o palácio, então imagino que não seja nada para nós.

Aqueles que estão dentro das muralhas da cidade são baratas, mas os que estão do lado de fora não são nem criaturas vivas. São meras partes da paisagem, as quais o palácio pode cortar e remodelar como desejar. Este é o reino de Talin, afinal, e o rei é a grandiosa mão escolhida pelos deuses divinos. Os deuses nunca escolhem errado, e são os deuses que colocam a coroa em quem vai usá-la.

August finalmente se vira, os punhos cerrados com força. Ele escuta os gritos. Todos aqueles que estão presos dentro dos prédios em chamas estão prestes a enfrentar uma morte iminente e dolorida. Todo o resto que está sendo despejado vai morrer de fome em algumas semanas ou meses. Será mais fácil para os que serão massacrados agora.

— É, não é nada para nós — responde August. — Vida longa ao Rei Kasa, que seu reinado dure 10 mil anos.

Ele caminha até seu cavalo. Será uma longa viagem de volta a San-Er até o cair da noite.

9

Chami e Yilas desenharam um mapa simples para Calla. Embora ela tivesse insistido que conseguiria memorizar o caminho, era difícil demais explicar em palavras como chegar à Rua do Fosso da maneira mais eficiente possível. Em vez disso, suas duas antigas criadas apareceram com canetas, rascunhando as ruas e riscando com marcador vermelho uma linha grossa por onde ela precisava ir.

A Rua do Fosso — desnecessariamente longa, eternamente movimentada e abarrotada de estabelecimentos uns em cima dos outros — fica à margem do Canal Rubi, no lado que pertence a San, mas, nos últimos anos, o acesso tem sido bloqueado nas duas pontas por tábuas de madeira e canos cruzados para manter a guarda do palácio do lado de fora. Às vezes, eles ainda entram à força para inspecionar, mas seria simplesmente exaustivo continuar insistindo quando os moradores lá dentro reconstroem as barricadas toda vez que são derrubadas. Para as pessoas comuns que tentam visitar, é melhor entrar em Er primeiro, então pegar uma das pontes de volta a San que terminam bem no meio da Rua do Fosso.

Calla alisa o mapa, olhando rápido para as marcações antes de escolher uma ponte para Er. Ela *deveria* saber como percorrer essas rotas da cidade, mas é difícil se sentir confortável em um passeio ao ar livre quando ela é uma criminosa supostamente morta. Mesmo quando era uma princesa, nunca passava muito tempo caminhando sozinha por estes becos. Conhecia os prédios principais, os distritos financeiros e os distritos de mercados de carne, conseguia até nomear os lugares onde a maior parte dos crimes acontecia e para onde a guarda do palácio ia com maior frequência. Mas não era a mesma coisa. Não tinha o cheiro sob seu nariz e o impacto das botas conforme os pés batiam contra o chão enlameado, saindo da ponte e entrando em Er, onde a mudança entre as duas cidades é tangível.

Calla para na entrada de um beco. O calafrio que dança por seu pescoço é imediato. Onde ela está, um raio fino do sol poente, da última luz do dia, penetra diretamente seus olhos. Sempre há menos barulho em Er. O que não quer dizer que seja um paraíso pacífico, apenas que os vendedores ambulantes dão lugar a homens de negócios, a prostitutas nas esquinas com professores que tentam corrigir redações enquanto andam. Os becos são pavimentados, embora não sejam largos o bastante para serem considerados ruas como aquelas nas províncias, mas o suficiente para que os moradores se desloquem com bicicletas em vez de desviar de sacos de lixo o tempo todo como fazem as pessoas de San.

Calla olha para cima, erguendo uma das mãos para proteger os olhos. O sol desaparece e mergulha Er na escuridão. Ela sempre foi boa em pressentir anormalidades. Agora, cada um de seus nervos lhe diz que está sendo vigiada. Seu *qi* está inquieto — ele é melhor em escutar os arredores do que suas orelhas, é melhor em sentir do que qualquer parte de sua pele. Quando uma das caixas elétricas na parede explode com uma faísca repentina, ela saca a espada, assumindo a postura de combate logo antes de um borrão de movimento aparecer correndo do final do beco.

Uma pontada desagradável atinge seu peito, então um ataque de náusea. Calla quase arfa. Não sentia isso há anos. A sensação desaparece tão rápido quanto surgiu, mas ela não tem dúvidas de que alguém acabou de tentar invadi-la.

A pessoa falhou. Sempre falharão.

Calla está preparada. O borrão de movimento se aproxima, o ombro inclinado, nem uma única feição visível na escuridão que se adensa. Não importa: assim que está perto o suficiente, Calla coloca um pé na parede do beco, pegando impulso, e gira de cabeça para baixo no ar, esquivando-se do golpe e se movimentando para cair atrás dele. Ela não estica o pescoço para ver, apenas arrisca. Sua espada desce direto nas costas do atacante, penetrando a região do pescoço à coluna, antes mesmo que ela tenha terminado de aterrissar.

Suas botas pousam com força na lama. Ela puxa a espada para soltá-la. O atacante cai.

Mas... a lâmina volta limpa.

Calla pisca, confusa. A figura prostrada de barriga no chão não está mais se mexendo. Ela espera, alerta para o caso do outro estar fingindo. Quase um minuto se passa antes que Calla se aproxime lentamente do corpo, ousando investigar. Prendendo a respiração, ela agarra as roupas do atacante e o vira até sua cabeça não estar mais pressionada no chão.

— Mas o quê...?

Os olhos são brancos: sem íris, sem cor. É um receptáculo vazio.

Calla apoia as mãos nos joelhos. Como isso é possível? Ela não viu nenhuma luz. Não havia ninguém ao redor para quem o atacante poderia saltar. O alerta de August sobre agentes de Sica lhe vem à mente, mas a ideia é tão absurda que ela não consegue sequer começar a considerar. Será que os sicanos desenvolveram uma nova forma de *saltar*? Para dentro de corpos que não estão à vista? Sem o *qi* piscar de maneira visível?

Trêmula, tudo o que ela pode fazer é recuar alguns passos para pegar o mapa que derrubou e sair correndo, deixando o receptáculo sem sangue no beco. Alguém o encontrará e o pegará, ela tem certeza. Há poucas coisas que podem deixar Calla chocada, mas ver um receptáculo vazio, ocupado com *qi* enquanto a estava atacando segundos atrás, mas sem nada quando ela cravou a espada em sua nuca, está bem no topo de sua lista de coisas incompreensíveis.

— Categorize — ordena a si mesma. Ela corre os olhos pelas paredes, estreitando-os para ler as marcações direcionais da rua. Consegue escutar o Canal Rubi ficando mais fraco, então está indo no sentido contrário. Ela dá a volta e segue o som de volta às pontes. — Foco na questão presente.

Na verdade, ela não faz ideia de que tipo de questão envolve um ataque aleatório de um possível agente sicano. Há pessoas demais nas cidades gêmeas para ser uma coincidência terem ido atrás dela. Será que estavam caçando um participante qualquer dos jogos? Ou estavam caçando a Princesa Calla Tuoleimi? Ela sabe que existem certos grupos em San-Er que estão convencidos de que ela está viva, mas esses rumores com certeza não viajaram para além das fronteiras de Talin.

Calla chega à ponte, traçando os parapeitos laterais empoeirados com os dedos. Ela costura por entre os grupos reunidos na fina estrutura de pedra, ignorando as barracas de *bao* e os vendedores de bolsas com a mercadoria espalhada sobre grandes tapetes vermelhos. Assim que pisa na rua principal, ela sabe que chegou ao lugar certo. Um punhado de homens de meia-idade está abaixado do lado de fora de uma das portas, e há tanta fumaça de cigarro ao redor que forma uma nuvem cinza visível. Enquanto conversam aos gritos uns com os outros, ela contorna por eles e entra apressada no Nevasca, o maior bordel da Rua do Fosso.

Nevasca. Nomeado em homenagem ao branco de cegar os olhos que cobre as províncias como um cobertor quando o tempo esfria. San-Er não vê neve há séculos, o que torna o conceito ainda mais exótico.

Está um pandemônio lá dentro, e a música eletrônica baixa pulsa. Luzes azuis e rosa-neon inundam as paredes a intervalos aleatórios, então mergulham na completa escuridão por uma fração de segundo. Calla empurra a espada para trás de si, mantendo a bainha enfiada debaixo da jaqueta. Ela já viu a escada que leva para o resto do prédio, mas não a sobe. No momento em que alguém der o alerta e Anton Makusa fugir, ela irá perdê-lo. Ela já foi uma princesa, afinal; sabe como ler as pessoas, e percebe que os atendentes do bar e as dançarinas começaram a observá-la no instante em que entrou. Nenhum deles falará com ela se Calla perguntar o que sabem sobre Makusa ou onde ele está, mas, se agir normalmente, eles irão dispensá-la como mais uma mera cliente estranha e deixarão que faça o que quiser. Então talvez ela possa vasculhar o apartamento de Makusa para conseguir mais informações. Só precisa ter certeza de que a barra está limpa antes.

Calla olha para o próprio braço. Mesmo que tivesse o bracelete, ele não indicaria a presença de outro jogador a não ser que fosse ativado por um sinalizador de localização. Sem isso, não tem como saber qual rosto Anton Makusa tem. É a parte divertida dos jogos do Rei Kasa, o motivo pelo qual os civis ficam grudados com tanta atenção nas telas de suas televisões toda noite, o motivo para alguns esticarem os pescoços e olharem curiosos para um jogador em carne e osso, apesar dos perigos de ficar perto de uma cena de luta. Quando os competidores podem saltar a qualquer momento, não é fácil emboscar oponentes e eliminá-los um a um. Só se pode contar com a sorte e os braceletes.

O relógio analógico na parede se aproxima das 19 horas. Calla morde os nós dos dedos, pressionando com força enquanto pensa. A este ponto dos jogos, o palácio ainda não está tentando acelerar o progresso dos jogadores. Enviarão um alerta de localização, dois no máximo, e sempre durante o dia, quando a sala de vigilância tem mais funcionários. Os braceletes de todos já devem ter disparado pelo menos uma vez hoje, mas não é tarde o bastante para descartar a possibilidade e nem cedo o suficiente para se retirar para a noite. Pela lógica, Anton Makusa não deveria estar em casa. Ou ele está em algum lugar por San-Er ou...

O olhar de Calla para sobre uma mesa privativa no canto. Um homem está sentado com um bloco de anotações, os dedos esticados à frente conforme seus lábios se mexem, falando consigo mesmo. Enquanto outros no bordel têm os olhos focados nos corpos sinuosos que dançam no palco, o homem está concentrado em seu trabalho, parando ocasionalmente para encarar o nada distante, como se houvesse algo na fumaça que mais ninguém vê.

... ou Anton Makusa está *aqui*, perto o suficiente de sua casa para poder descansar quando passar a hora de um segundo sinalizador, mas ainda ocupando um espaço público caso o alerta dispare.

Calla coloca a mão dentro da jaqueta, rasgando a própria blusa enquanto observa o homem. Uma garçonete coloca uma bebida à frente dele, que agradece com uma familiaridade antiga. O pedaço de tecido rasga com facilidade.

— Posso pegar isso emprestado?

Quando a mesma garçonete passa por ela, a mulher não tem tempo de responder antes que Calla puxe a faca serrilhada de carne de sua bandeja suja. A garçonete ergue a sobrancelha, surpresa, mas não protesta. Ela continua indo até a cozinha. Calla limpa depressa a lâmina, então a esconde no retalho que rasgou.

Sua pulsação se eleva a um martelar ritmado, acompanhando a batida pesada da música do Nevasca. Ela avança a passos largos em direção à mesa privativa. Entre os dedos, segura com cuidado a faca de carne, fazendo parecer que não tem nada na mão além de um lenço.

Calla sobe no colo dele com um sorriso. Quando o olhar do homem se ergue depressa, uma cortina de cabelo escuro cai em seus olhos. Olhos pretos, refletindo o neon que pisca ao redor deles. Ele é ágil em devolver o sorriso, as mãos envolvendo o quadril dela.

Então ela se inclina, os lábios contra o ouvido dele, e pressiona a ponta da faca em sua garganta.

— Olá, Makusa — sussurra. Ela sente a ponta serrilhada pressionar a pele dele. — Quero meu bracelete de volta.

Debaixo dela, Anton Makusa congela; sua expressão se transforma em choque. O sangue começa a escorrer por seu esterno, manchando sua camisa branca.

— Ok — diz ele. Ela precisa se esforçar para escutá-lo em meio à música. — Está no meu bolso. Você vai precisar se afastar um pouco.

Calla não se afasta. Apenas gira o cabelo pelo ombro, mudando o peso para o lado esquerdo.

— Devagar.

— Estou indo devagar — insiste Anton, colocando a mão no bolso.

Ele pausa. Nessa fração de segundo, Calla sabe que ele está prestes a tentar alguma coisa.

— Não se...

Ela enfia um centímetro da faca na garganta dele. Ele puxa uma coleção de objetos do bolso e os joga pelo salão. Quando Calla sibila um insulto indecente, um clarão já a cegou. Ela se vira. A luz termina no lado oposto do lugar, no corpo de outro homem, que pega os objetos e sobe correndo as escadas.

— Pressione isso no corte — diz Calla ao sujeito que está acordando assustado debaixo dela.

Ela arranca a faca de carne e enfia o retalho de tecido na garganta dele. Os olhos do homem são verde-jade agora, piscando chocados conforme ela se afasta e sobe as escadas, evitando por pouco trombar com uma garçonete.

No segundo andar, Calla para, escutando a direção dos passos de Anton. Ela não tem desejo algum de andar cegamente para uma armadilha, então saca a espada, aproximando-se do terceiro andar enquanto segue o som em vez do movimento. Não há espaço para manobras aqui, só a mais estreita escadaria com armários de arquivo tombados e estantes parcialmente quebradas enfiadas nos cantos. A tinta descascou de maneira tão severa da parede que o chão está coberto de lascas.

A porta de um dos apartamentos do terceiro andar está aberta, o interior mal iluminado. Calla ajusta a mão na empunhadura, entrando, atenta. Ela passa por um sofá rasgado, depois por uma microcozinha acoplada. Há um quarto à sua esquerda, tão pequeno quanto um closet e abarrotado de coisas.

Anton está escondido no apartamento. Ela pode *sentir* sua presença, sentir com certeza que o *qi* de alguém está à distância de um salto.

Calla entra no quarto. A porta bate atrás dela, mergulhando-a na escuridão.

—Ei!

— Espere, espere! Só me escute! — grita Anton do outro lado.

A maçaneta não cede quando Calla a empurra. Trancada. Que tipo de maníaco tem uma porta que se tranca pelo lado de fora?

— Estou ouvindo — diz ela, com clareza. Ela enfia a espada na porta, e Anton grita, surpreso pela lâmina passar facilmente pela madeira. — Vou escutar você implorando quando eu rasgar sua...

— Princesa, eu posso ajudar.

Calla para. Ser chamada pelo título não a pega necessariamente de surpresa, mas ainda assim é estranho de se escutar.

— Você me reconheceu? Nós nunca nos encontramos naquela época.

— Como você sabe o *meu* nome, Princesa Calla? Eu também fiz minha pesquisa.

Irritação e orgulho batalham pela chance de retrucá-lo. Ele parece se achar muito esperto por ter feito a descoberta. De fato, se ele ligou os pontos depois do encontro deles, prestou atenção em detalhes que o resto de San-Er deixou passar ao longo de cinco anos.

Calla arranca a espada da porta e examina o aço.

— Você não deveria pelo menos me convidar para jantar antes de me prender no seu quarto?

— Calla. Posso chamar você de Calla? — Ele ignora a brincadeira dela, a voz se aproximando da porta. — Você e eu somos os vencedores mais prováveis destes jogos. Eu tenho uma proposta.

— Ah, é?

Ele pigarreia.

— Nós nos unimos. Eliminamos todo o resto e chegamos mais depressa ao final.

A raiva queima imediatamente as entranhas dela. Calla ri alto.

— É tão típico de um moleque do palácio achar que é fácil assim trapacear nos jogos.

— Quem falou em trapacear? — retruca Anton. — Colaboração não é contra as regras.

De fato, em essência, não há regras que regulam os jogos. Os jogadores podem fazer o que quiser, mas a ideia de uma colaboração é absurda, pois exige confiança acima de tudo, e, em San-Er, a confiança mata.

— Você está pedindo para nos meter em problemas. — Calla apoia a espada na parede, onde já há uma saliência. — Dê ao palácio um motivo para nos desqualificar, e seremos eliminados na hora.

Há um momento de silêncio do outro lado da porta.

— Princesa, eles já têm um motivo para eliminar nós dois. Não criaremos problemas, daremos o entretenimento que eles querem. É uma troca justa para deixarem que continuemos no topo.

Calla aperta os lábios. A fugitiva e o exilado, unindo-se como aliados — é quase uma ideia risível. Mas ele tem razão em uma coisa. Uma colaboração vai chamar a atenção para os *clipes* pelo puro valor do entretenimento. Se eles jogarem direito e mantiverem suas identidades escondidas, pode ser que o Rei Kasa permita.

— Por que você está tentando chegar tão rápido ao final? — pergunta Calla, direta. — Está com pressa?

— Sim — responde Anton, sem sinal algum de hesitação. — Estou impaciente e cansado da maneira como os jogos estão avançando devagar.

Só se passaram alguns dias. Algumas rodadas nos anos anteriores duraram meses. Curiosa, Calla se vira e começa a observar o quarto de Anton Makusa. Seus olhos já se ajustaram o suficiente para capturar a maioria dos detalhes: as fotos na parede e os papéis sobre a escrivaninha. Foi ele quem a trancou ali. Poderá culpar apenas a si mesmo quando ela começar a vasculhar suas coisas.

— Pela sua lógica, vamos acabar como os dois finalistas no Juedou — diz ela, andando até o guarda-roupa dele e analisando tranquilamente as camisas penduradas ali. Os jogos abrem com o Daqun e terminam com o Juedou, ambos no coliseu. Todo ano, o Juedou é transformado em um espetáculo, e o coliseu fica iluminado como uma verdadeira arena, as luzes brilhando sobre os dois últimos jogadores conforme batalham até a morte. — Mas só um de nós poderá ganhar.

— Você tem medo de perder para mim, princesa?

Calla pega a espada e retorna à porta, fazendo a lâmina atravessá-la de novo. Anton grita um xingamento.

— Escute — diz ele, com uma pontada de irritação na voz agora. Embora ele não possa vê-la, Calla sorri, finalmente contente com o caminho que as coisas tomaram. Há algo de severo no tom dele, um senso de ferocidade que foi afiada para se tornar uma arma. *Isso* sim soa como alguém que pode vencer os jogos. — Você viu as minhas letalidades. Minha habilidade de saltar. Você sabe que é uma vantagem ter a mim ao seu lado. Podemos trabalhar juntos, então romper nossa aliança no fim. Só no fim.

Um livro na mesinha de cabeceira dele chama a atenção de Calla. Quando ela se aproxima e abre a capa, inclinando a primeira página contra a luz que vem da janela, há a foto de um menino e uma menina, ambos com olhos pretos. Ela não reconhece o menino, mas deve ser o corpo de nascença de Anton. O retrato foi tirado no Palácio da Terra, antes de ele ser exilado. Os ombros magros e o cabelo bagunçado combinam com ele. Anton Makusa nasceu com uma beleza desgrenhada, alto, mas sempre relaxado, a combinação perfeita de feições obstruída apenas pela testa franzida com firmeza.

A menina ao seu lado, entretanto, Calla reconhece de imediato. O nariz minúsculo e o cabelo perfeitamente escovado. O sorriso calculista, sempre tramando algo.

Com um movimento ágil, Calla fecha o livro.

— E se você me apunhalar pelas costas antes da batalha final? — pergunta, recuperando-se antes que ele possa notar a pausa na conversa.

— Por que eu faria isso? Eu vi seus números também. Estou com seu bracelete, e ele deveria ter sido desativado há tempos, mas não foi. Você tem algum tipo de vantagem, e quero entrar nessa. Posso abrir a porta agora? Você vai enfiar uma lâmina em mim?

— Provavelmente — murmura Calla.

Assim que ela ajusta a mesinha para que pareça intocada, a porta se abre, e Anton Makusa entra. A luz da sala se derrama lá dentro, fazendo-o parecer maior do que é sob seu brilho.

— Eu não estava errado, estava? — diz Anton. — Você tem uma vantagem nos jogos. O que é? Um plano de revolução? Uma conspiração bancada pelos estrangeiros?

Calla não reponde. Em vez disso, diz:

— Está bem. Vou me aliar a você. — O olhar dela se desvia para o livro de novo. — Com as minhas condições.

Anton joga algo na direção dela. A mão de Calla é rápida e pega o bracelete no ar.

— Quais são as suas condições?

Ele recebe apenas um teatral beijo no ar em resposta. Calla fecha o bracelete de volta no pulso, então guarda a espada na bainha. Ela sabe que deveria tomar cuidado, mas ele não vai atacá-la agora. Não depois de tudo isso.

— Eu passo aqui quando souber. — Ela o contorna em direção à saída. — Fique fora do meu caminho até lá.

Anton a deixa ir. Talvez esteja tomado pela surpresa, talvez não. Calla pode estar cometendo um erro em não aproveitar a chance de matá-lo. Se ele mudar de ideia e soprar uma única palavra em direção ao palácio, as cidades gêmeas saberão que a princesa criminosa de Er está viva e virão atrás dela.

Calla morde a unha, apressando-se para fora do prédio. Sua bota mergulha numa poça. Ela se esquiva depressa para não trombar com uma senhora que equilibra um balde no ombro, cheio até a borda com água de uma das torneiras públicas. Ela não pode negar que será útil dobrar suas habilidades e acelerar a linha do tempo, aproximando-se mais e mais do momento em que poderá arrancar a cabeça do Rei Kasa. Mas, para isso, precisa confiar em Anton Makusa e ter fé de que ele manterá a boca fechada acerca de sua identidade. Está apostando tudo com base em uma única crença: a de que ele odeie o Rei Kasa tanto quanto ela.

Porque a menina naquela foto era Otta Avia, meia-irmã do Príncipe August.

A antiga amada de Anton, que está praticamente morta agora, tudo por causa do Rei Kasa.

Pampi bate o ponto exatamente às 21 horas, deixando a sala de segurança com a bolsa enganchada no ombro e uma pasta apertada contra o peito. Seus saltos batucam contra o piso do palácio, e ecoam alto pela noite quando ela sai pela entrada lateral. Logo o som de seus passos é engolido pelos rugidos do mercado.

Sua rota por San é familiar. Pampi não vai para casa. Ela volta a prender o bracelete no corpo, serpenteia pelos becos e chega ao Templo Sepulcral.

— Você é confiante demais para alguém tão nova, sabia disso? — cumprimenta uma voz quando ela cruza a porta.

O templo está fechado, e o salão, vazio, exceto por uma figura à frente. Ela se aproxima do homem, sua saia social mantendo os movimentos curtos.

— Imagino que vocês nunca tiveram alguém tão nova que fizesse tanto pela organização — responde Pampi com facilidade. Ela joga a pasta de arquivos em um banco. Os papéis escorregam de dentro: mapas rabiscados a lápis, rastreando os jogadores pela cidade. — Como estamos progredindo? Bem?

Woya não responde imediatamente. Ele encara os papéis e faz um barulhinho. O Templo Sepulcral se ergue ao redor deles, um dos muitos pontos pulsantes ao redor da cidade que compõem a rede das Sociedades Crescentes. Cada templo funciona de maneira independente, liderado por um clérigo. Embora Woya tenha poder dentro das paredes do Templo Sepulcral, as Crescentes ignoram qualquer hierarquia acima desta, optando, em vez disso, por manter suas facções trabalhando em pé de igualdade. Templos diferentes administram seus negócios e recrutam membros em diferentes territórios de San-Er. Se eles começam a se sobrepor em alguma rua, os membros se reúnem para trocar informações e decidir quem assumirá o quê.

A violência é guardada para os que são de fora. Quando um Crescente faz seu juramento, passa a considerar os outros Crescentes sua família.

— Depende do que você quer dizer com isso — retruca Woya finalmente. — As matanças? Foram bem-sucedidas. Fazer com que se passem por uma ação de intrusos sicanos? É, poderia ser melhor. Quanto a desestabilizar o regime do Rei Kasa e mergulhar San-Er na anarquia? — Ele olha para cima, estreitando os olhos laranjas. — O resto do templo não entende muito bem como isso será alcançado quando estamos indo contra a guarda inteira, e mais alguns.

Pampi sorri. Às vezes, sente que tem mil anos de idade, como uma deusa antiga que estava adormecida, à espera, pronta para quando sua hora chegasse. Sua mãe chamava isso de narcisismo, mas qual das duas continua viva? O templo responde a ela; sussurrou-lhe e implorou que se tornasse sua líder assim que colocou os pés ali dentro. Ela traz um conhecimento que ninguém nunca viu antes, pelo menos não aqui, e é aqui que mais o querem. Nas partes cavernosas de San-Er, onde a moeda mais desejada é o poder sobre si mesmo. A vida é insignificante quando você pode ser desligado a qualquer minuto, sua consciência chutada para longe porque um indivíduo mais forte invadiu seu corpo.

— Alguém me ensinou uma coisa muito extraordinária esses dias — diz Pampi.

Woya ergue uma sobrancelha. Metade dela foi raspada, a outra metade tingida de branco.

— Ah, é?

Talin já acreditou em deuses. Mas San-Er idolatra a tecnologia e a produtividade em sua era moderna, então os santuários domésticos se tornaram mera decoração, e os templos praticam sozinhos as reverências das cidades gêmeas. As Sociedades Crescentes acreditam que a habilidade de saltar é um dom que não pode ser tomado como garantido. É algo que lhes foi dado pelos deuses, e os deuses têm seus preferidos. Eles escutam os comandos de alguns e ignoram os de outros. Aqueles que fazem as rezas certas podem ganhar mais controle, podem até realizar milagres ao saltar.

Pampi sabe rezar. Sob sua gola, há duas linhas paralelas de sangue seco, desenhadas de forma grossa sobre o peito.

O sangue não é dela. Apenas rezar não é o suficiente. Agora ela sabe fazer sacrifícios também.

— Você quer ver?

Pampi estende a mão. Com o gesto, Woya sai voando e suas costas batem na parede do templo. O impacto é tão forte que quebra cada vareta de incenso ao redor. As estatuetas e pinturas de divindades também tremem, como se houvessem reconhecido a presença de um dos seus.

O *qi* dela pulsa pela corrente sanguínea. Ela consegue senti-lo: cada fração de seu espírito interior, mesclando-se com seu corpo, mesclando-se com o mundo físico. É assim que deveria ser. Este é o poder que ela sempre deveria ter tido.

— Que tal isso? — pergunta Pampi.

10

A muralha de San é uma formação sólida de tijolos, tradicional e arcaica de uma maneira que as cidades gêmeas há muito ultrapassaram. Os prédios no interior se erguem com aço, plástico e maquinários, piscando com luzes de neon que cegariam o restante de Talin. De certa forma, a muralha não é uma proteção contra os estrangeiros que chegam em massa às cidades gêmeas, mas *para* esses estrangeiros, para poupá-los só um segundo a mais de olhar para a ruína que jaz ali dentro.

Ninguém *quer* se mudar para San-Er. Ninguém prefere ficar acordado à noite por causa de batidas insistentes, das brigas dos vizinhos ou da gritaria dos bordéis, especialmente depois de ter morado sob o céu silencioso da parte rural de Talin. Mas com a paz vem a fome agravada; com o campo aberto, vem a falta de dinheiro. Ou lida-se com os túmulos dos filhos alinhados um a um aos pés de um salgueiro, ou com um trabalho em uma fábrica em San-Er, e a escolha é fácil. Os camponeses passam lentamente pelos portões vigiados de San-Er, apertando os passes de cidadania contra o peito e piscando com medo e espanto para o caos colossal que os aguarda nas cidades.

As pessoas também morrem de fome em San-Er, mas pelo menos podem dizer que tentaram.

Do topo da muralha, August olha para as províncias distantes. O começo da manhã pinta o céu com cores rosadas e, na altura em que ele está, a brisa fria o encontra depressa, girando ao redor de seus braços como se quisesse arrancar suas roupas. A fumaça da capital de Eigi se dissipou. A construção da base de segurança já começou.

— Tudo certo. — Galipei chega, sem fôlego, ao topo da escada. Ele exala ao ver August, como se tivesse temido que o príncipe pudesse ter sido sequestrado nos vinte segundos em que esteve longe. — Acho que não tem ninguém patrulhando por perto. Você não será perturbado.

— Eu falei para você que não íamos ficar muito tempo — diz August.

Galipei vai até onde ele está, até a passarela que percorre o topo da muralha. Os dois estão pressionados tão perto da barreira quanto conseguem, inclinados contra a proteção de metal que serve para evitar que guardas em patrulha caiam da muralha caso tropecem. Há espaço suficiente aqui em cima para duas pessoas patrulharem em cada corredor, para que passem uma pela outra sem dificuldade quando trocam de posição nas torres de observação, que dividem a muralha em oito seções. A muralha não forma uma linha reta; ela se curva para dentro e para fora em pontos diferentes, uma estrutura convexa na qual cada ponta desaparece no mar. Guardas das outras seções não conseguem ver os corredores nas laterais, o que significa que ninguém notará August e Galipei enquanto estiverem aqui, desde que saiam nos próximos quinze minutos, antes da troca de turno.

E desde que nenhum dos dois caia da muralha.

August tira a coroa ornamentada da cabeça com um suspiro. Sem o peso dela, ele passa a mão no cabelo, puxando os nós que se formaram com o vento, aliviando a tensão no couro cabeludo. Ele não protesta quando sente Galipei colocar uma das mãos na base de sua nuca. Em vez disso, inclina a cabeça para baixo, deixando o guarda-costas massageá-la.

— Número Trinta-e-Nove foi detido e colocado nas celas do palácio ontem à noite — relata Galipei.

— Decidiram ir atrás dele? — Isso é uma surpresa. — A menina sobreviveu, não é?

— Ela está se recuperando no hospital. Mas o membro do conselho, Aliha, fez um bom escândalo. Kasa não quer deixá-lo irritado.

A manhã clareia e ilumina as estradas de terra que levam à muralha, onde, mais tarde, carregamentos chegarão de Dacia. Um membro do conselho é designado para cada província, e seu poder se limita às fronteiras de cada uma delas, mas é um poder considerável mesmo assim. Se Aliha está mal-humorado porque sua filha se machucou nos jogos, não vai dizer de maneira direta, mas as importações de Dacia se tornarão mais desorganizadas de repente, mais atrasadas. Para resolver as coisas, o Rei Kasa deve punir o jogador que foi tolo o suficiente para invadir o corpo da filha de um membro do conselho. As regras oficiais deixam bem claro: salte se quiser, mas não deve haver nenhum dano a não jogadores. Embora o palácio despreze o próprio regulamento para o restante da cidade, optando por bancar as contas nos hospitais em vez de encher as celas da prisão, ele não irá ignorá-lo quando a nobreza é afetada.

— Acho que Kasa tem problemas maiores.

Sem prelúdio ou contexto, Galipei parece ler para onde foi a mente de August.

— Apareceram mais?

— Números Dezoito e Quarenta-e-Um foram encontrados mortos noite passada, em propriedades particulares, queimados pela febre *yaisu* e posicionados na saudação sicana. — August imita perfeitamente uma máquina automática, sem entonação ou emoção nas palavras. — O Rei Kasa insiste que não há nada de errado.

— Você chegou a falar com ele sobre isso?

Os dedos de August se apertam ao redor da coroa. As pontas e espirais machucam sua palma. Esta é a coroa de um charlatão. É uma coroa que não faz nada, que lhe dá joias o suficiente para ir e vir pelo palácio, mas nunca para dizer algo substancial.

— Assim que Leida reportou a notícia, pedi permissão para ver os registros de entrada e saída de San-Er. Sua Majestade diz que estou criando caso por nada.

A escada treme com o vento. August estende o braço e coloca a outra mão sobre a de Galipei, fazendo o guarda-costas parar. O sol espia do horizonte, mas hoje o sol de San-Er não tem nada a ver com as imagens em seus livros de história, nem com os pergaminhos de arte deixados pelos primeiros reinados. É um mero borrão de luz que se movimenta pelo céu de acordo com o horário, obscurecido demais pelo que quer que tenha se acumulado na atmosfera para que uma forma ou silhueta seja distinguível.

Em outras partes de Talin, mais distantes do reino, o sol brilha mais claro e o céu se estende com um azul mais verdadeiro. Mas a muralha imponente de San-Er marca o limite para seus moradores, então esta desolação é tudo o que os ocupantes da cidade são capazes de ver. No passado, o conselho já perguntou se o Rei Kasa consideraria expandir a capital. Estender a muralha e englobar uma porção de terra de Eigi para redistribuir a população. A resposta foi sempre um resoluto *não* — seria mais difícil para a guarda do palácio manter a paz; cada nova esquina precisaria de vigilância e câmeras; os sistemas de água, esgoto e eletricidade também precisariam ser ampliados, e como pagariam por isso?

O palácio pode pagar tranquilamente. O Rei Kasa escolhe não fazê-lo.

— Ele não acredita em você — comenta Galipei.

— Quando foi que acreditou? Se ele não vê, significa que não aconteceu.

— Ele não pode negar que algo está acontecendo. Essas não são casualidades dos jogos. Nenhum jogador poderia evitar as câmeras assim.

Mas, afinal, quem *está* atacando? A ideia de haver agentes sicanos na cidade não só é difícil de acreditar, como também não possui um objetivo discernível.

August volta a encaixar a coroa na cabeça, e Galipei deixa cair a mão. Imediatamente seu pescoço parece muito mais frio.

— Vamos — chama, andando em direção à escada.

ooooo

Após acordar de um sono inquieto, Calla marca uma reunião com August. Ou melhor, convoca-o a vir até ela, exigindo sua presença dentro de uma hora, senão... Ela não sabe o que faria "*senão*", só sabe que August virá.

Ela espera no Restaurante Magnólia, já no terceiro cigarro. De trás da caixa registradora, Yilas balança a mão para dispersar a fumaça, torcendo o nariz.

— Por que está tão nervosa?

Calla olha espantada para ela, apagando o cigarro.

— Quem disse que estou nervosa?

Yilas pega um pano de prato. Com os olhos estreitos, ela limpa as cinzas que caíram no balcão.

— Fui sua criada por muitos anos. Conheço suas manias, acredite ou não. Você sempre teve uns hábitos esquisitos. — Yilas cutuca o cotovelo de Calla, pedindo para que o levante enquanto ela limpa. — Os outros achavam que você acreditava em superstições camponesas, mas eu sabia que você só era estranha.

A porta do restaurante se abre, e Calla gira depressa, o corpo tenso. Sua reação é exagerada. É apenas uma senhorinha de olhos roxo-escuros, parando para digitar seu número de identidade na catraca.

Calla suspira, ajustando a postura no assento de novo.

— Estou com um pouco de medo de ser detida a qualquer segundo — admite.

— Você não resolveu isso? Com o Weisanna que sabia sua identidade?

Calla resiste à urgência de acender outro cigarro.

— Outra pessoa sabe.

— Você não é muito boa nisso, não é? — provoca Yilas, com um sorrisinho nos lábios.

— Não é culpa minha — resmunga Calla. — Eu sou reconhecível.

Sua antiga criada a observa por um longo momento e sua expressão se torna muito séria.

— Você pode abandonar o corpo.

Não é a primeira vez que Yilas sugere isso. No palácio, a apreensão de Calla em saltar era por causa da norma, alinhada à crença das elites de que seus corpos são sagrados. Era um insulto para eles mesmos se saltassem para civis normais, e um insulto aos outros nobres se tomassem emprestado os corpos uns dos outros. Entretanto, depois de deixar o palácio e procurar a ajuda de suas antigas criadas, sua recusa em saltar se tornou um ponto de atrito. Yilas não consegue entender por que Calla não se compromete com uma nova identidade quando está colocando Chami em risco ao usar seu número. Se pegasse outro corpo, ou comprasse um vazio para não invadir alguém já ocupado, o palácio jamais a encontraria enquanto ela vivesse como Chami. A cor de seus olhos seria o último marcador de sua identidade. Porém, dado que outros em San-Er têm tons similares, seria quase impossível usar só isso para provar que ela é Calla Tuoleimi.

— Não vou abandonar o corpo — diz, irritada.

— Calla...

A porta se abre de novo, desta vez trazendo um homem desconhecido com um guarda-chuva, que mal é necessário em San. A maior parte da chuva fica retida nas paredes dos prédios antes de gotejar até o chão, mas qualquer um que ande nas ruas acaba um pouco molhado de qualquer forma, por conta de vazamentos nos canos.

O homem olha para cima. Por um breve momento, Calla vê seus olhos pretos e tem certeza de que Anton Makusa veio incomodá-la de novo. Então se lembra de que, à distância, o Príncipe August tem uma íris de cor idêntica, e caminha para encontrá-lo logo depois da catraca.

— Vamos dar um passeio — diz August simplesmente, inclinando a cabeça na direção da porta.

Ele se vira e sai, sem esperar por uma resposta.

Quando Calla emerge do restaurante, há mais alguém esperando com August, também segurando um guarda-chuva. A garoa é tão fraca que Calla mal pode senti-la.

— Galipei! — grita, animada, jogando um braço ao redor dos ombros dele. Em seu corpo de nascença, ele é mais alto que ela, então a tarefa é formidável, mas ele sempre foi grande, e Calla sempre gostou de irritá-lo. — Faz uma eternidade que não vejo você. É claro que alguém com olhos muito familiares tentou me atacar esses dias...

Galipei tenta empurrá-la. Calla o aperta com mais força.

— August — resmunga ele, reclamando.

— Não, não, não olhe para August — diz Calla. — Você foi tão durão quando estava correndo de mim...

— Eu só o enviei para confirmar sua identidade — interrompe August. — Ele nunca quis atacá-la. Deixe-o em paz.

Calla faz um biquinho, então olha para Galipei. Ela desce o braço e o engancha no dele.

— Vamos dar um passeio?

August os conduz pelo corredor de lojas enquanto Calla deixa Galipei cada vez mais desconfortável. Quando ela finalmente esgota a lista de familiares dele — tagarelando todos os nomes Weisanna de que consegue se lembrar até uma gota de suor escorrer pelo rosto dele —, boa parte do distrito comercial ficou para trás, e San se acomodou ao redor deles.

Calla o solta abruptamente e se une a August sob o guarda-chuva. Ele não se assusta com seus movimentos súbitos. August raramente se assusta.

— Imagino que você tenha conseguido seu bracelete de volta?

Ela ergue o braço, mostrando-lhe a evidência.

— Você tem uma chance para adivinhar quem foi que pegou.

Embora August continue avançando a passos largos, ele se vira para olhar para ela.

— Só uma?

— Olhos pretos, deixou o palácio uns sete anos atrás. Consegue pensar em um nome?

Nenhuma resposta. Mas é evidente que ele sabe exatamente de quem ela está falando.

— Ele me pediu para formarmos uma aliança nos jogos — continua Calla. — Eu vou aceitar.

As sobrancelhas de August se erguem depressa. Mesmo no corpo de um estranho, seus olhos escuros engolem o rosto todo, espantados de desgosto.

— Como é que é?

— A não ser que você tenha um motivo convincente para que eu não aceite —acrescenta Calla depressa. — O que você sabe sobre Anton Makusa que eu não sei?

— Muita coisa.

Há uma pausa quando August volta a olhar para a frente. Calla poderia apostar que ele está calculando o quanto lhe dizer, dando apenas informações o suficiente para saciar sua curiosidade, mas ocultando o resto. August não é do tipo que mostra as cartas que tem na manga sem motivo nenhum. Toda a realeza é assim. Nada vem de graça.

— Mas imagino que há algo que eu *devo* compartilhar. Não havia muitas outras crianças no nosso palácio, você sabe. Anton e eu nos tornamos muito bons amigos apesar da diferença de idade. — Uma gota pesada de chuva atinge o guarda-chuva e desliza pela lateral como se fosse lama. — Anos depois, nós ficamos tão cansados de San-Er que tentamos ir embora juntos.

Calla sabe que eles eram amigos, é claro, mas essa parte sobre um plano mútuo de fuga é nova. A chuva começa a cair com mais força, e ela estende a mão para fora do guarda-chuva para pegar os pingos. Se essa garoa consegue passar por todos os toldos e varais pendurados de janela a janela, deve estar caindo com bastante força.

— E foi assim que Otta ficou doente? — pergunta ela.

Quando a notícia correu pela cidade, falava somente de um conflito com o Rei Kasa.

August ajusta as mãos no cabo do guarda-chuva, protegendo a mão dela da água e soltando um muxoxo de desaprovação.

— Anton, Leida e eu — diz ele quando Calla, teimosa, volta a esticar o braço — estávamos planejando invadir o cofre de Kasa e fugir para o campo com dinheiro e identidades falsas. Leida podia passar pela segurança por conta da mãe dela, e eu conseguia ter acesso às salas mais internas. Se tivéssemos sido bem-sucedidos, o esquema teria nos deixado mais ricos do que o vencedor dos jogos.

— Parece tolice.

— Eu sei. Nós desistimos. — O guarda-chuva pende para o lado quando August afrouxa o braço. Ele mexe a mão e o endireita. — Anton queria envolver Otta. Leida e eu achávamos que era perigoso demais. Nós íamos nos reagrupar e esboçar uma ideia nova depois do ano letivo, mas Anton e Otta ficaram impacientes. Eles tentaram sozinhos. Os dois juntos eram um desastre iminente. Já eram excessivamente obsessivos e determinados quando separados. Juntos, então, ao primeiro sinal de perigo seriam as vidas deles contra as de todo o resto. Você se lembra de Otta, não se lembra?

As memórias estão confusas agora, mas como Calla poderia esquecer? Enquanto ela e August conversavam de maneira educada na mesa das crianças, Otta ria alto demais e fingia derrubar copos sem querer para que um servente limpasse. Certa vez, quando August se ofereceu para mostrar a ala de visitas a Calla enquanto os adultos conversavam, ocupados, Otta apontou o dedo para ela e disse para não tocar em nada, para não deixar impressões digitais imundas.

— A guarda real os pegou no meio do esquema. Otta vacilou. Eu não sei o que ela tinha na cabeça, mas tentou saltar para um dos Weisanna, e não funcionou. Ela continuou tentando, um guarda diferente de cada vez, mas era jogada de volta para o próprio corpo. Eu teria ficado surpreso se ela *não* tivesse pegado a febre *yaisu*.

— Otta ainda está viva, não está? — pergunta Calla, embora já saiba a resposta. Eles a salvaram a tempo, ou melhor, a encheram de tubos em um hospital e congelaram o avanço da doença, embora ela não tenha acordado desde então. — Vocês a mantêm viva.

Uma risada súbita escapa de August, o que surpreende tanto Calla que ela quase recua. Ela disfarça sua reação ao se virar para Galipei, e encontra choque na expressão dele também. O Príncipe August não ri. Mesmo ao ser sarcástico, o som não combina com sua expressão. Carrega veneno o suficiente para causar bolhas.

— Nós não temos mais nada a ver com ela há anos — diz August. — É *Anton* quem a mantém viva.

Calla para de andar. August faz o mesmo, embora já esteja dois passos à frente, e agora ela está fora da proteção do guarda-chuva. Calla sente a água suja pingar em seu pescoço e escorrer para dentro de sua regata apertada, melando a pele.

— Então é por isso que ele está nos jogos — diz. — É impossível que ele consiga continuar a bancar as contas dela no hospital como fez todos esses anos.

— Ele entrou em contato várias vezes pedindo dinheiro — confirma August. — Ele sabe que é um criminoso, e que não deve importunar o palácio. Mas o faz mesmo assim, porque Anton Makusa não se importa com regras.

A mente de Calla continua girando.

— Mas de que adianta? A febre *yaisu* não tem cura. Ele pensa que ela vai acordar?

— Eu duvido que ele sequer pense — responde August. Ele inclina a cabeça para chamar Galipei. Em resposta, seu guarda-costas avança depressa, as botas espirrando água das poças e sujando suas calças pretas de lama. — Ele não consegue superá-la, e nós temos que sofrer por isso.

Calla ergue uma sobrancelha.

— Que romântico — diz, torcendo o nariz.

— É o exato oposto de romântico. — August se vira e começa a andar. Galipei o segue de perto. — Colabore com ele se quiser. Mas não se surpreenda quando ele enfiar uma adaga nas suas costas.

— Você pode ajudar com isso, não? — grita Calla atrás dele. — Ei!

Antes que ela possa continuar negociando, seu bracelete treme. Calla olha para a tela, irritada com o péssimo momento em que o alarme disparou.

August e Galipei já estão saindo do beco. Eles o fazem de uma maneira muito casual, despreocupados com o fato de Calla não estar mais os acompanhando. A conversa chegou ao fim.

Com um murmúrio mal-humorado, ela gira e corre no sentido oposto, sacando a espada.

Era de se esperar que a sala de vigilância, entre todos os lugares possíveis, teria como custear o conserto do ar-condicionado no canto, mas lá está ele, sem a metade da frente, a sala cada vez mais quente e abafada.

Pampi semicerra os olhos para o monitor, abanando-se com a mão e acompanhando com olhos atentos os jogadores na área que lhe foi designada. Oitenta-e-Seis se movimenta depressa, e dois pontos diferentes apitam na tela em rápida sucessão. Outros jogadores não têm a mesma eficiência, embora isso não seja completamente culpa deles. San-Er é densa demais, e a probabilidade de jogadores se congregarem naturalmente em uma mesma área é baixa. É claro que, quando os sinalizadores de localização empurram dois ou três para um mesmo bloco, eles já estão se preparando para uma luta. Ou será uma batalha rápida em que um embosca o outro, ou não haverá batalha alguma, porque um jogador fugiu do alcance do oponente antes que pudessem ter contato.

— Opa, opa, opa, o que é isso?

Pampi se afasta da mesa, espiando três baias à frente. Uma colega fica de pé num pulo, as mãos erguidas.

— Ei! Ei, alguém pode dar uma olhada nisso?

Como todos ao redor, famintos por um drama, Pampi corre até a mesa. Um movimento pisca na tela. Pampi precisa morder o lábio para conter o sorriso.

— O que é isso? — pergunta alguém.

— Canto inferior esquerdo — responde a mulher.

Ela aponta para a tela também, mas, assim que direciona os olhos deles para baixo, é difícil não perceber o que está acontecendo.

Número Cinco está ligado ao ponto brilhante na tela correspondente. Porém, Cinco não se mexe. Cinco está parado, cercado por sacos de lixo perto da beirada do telhado, ensopado pela chuva que continua a cair torrencialmente. A imagem está desfocada, afetada pelas condições climáticas, e a mulher à mesa digita comandos em seu teclado em um esforço para melhorar e ampliar o vídeo. Não resolve muita coisa. A tecnologia de San-Er é um protótipo para começo de conversa, e às vezes os sinais não se conectam direito para entregar os comandos. As melhores empresas, que possuem um membro do conselho em sua diretoria, sempre oferecem seus produtos primeiro para o palácio e recebem investimentos da realeza, mas, mesmo assim, há pouco que essas empresas possam fazer quando a pesquisa avança lentamente e os melhores recursos são escassos.

— Cinco saltou? — questiona outra voz aproximando-se tanto quanto ousa. — Não vi ninguém por perto.

— Imagino que possamos rebobinar a fita depois — responde a mulher. — Eu estava trocando de câmera bem depressa, mas então parei nessa alguns minutos atrás... A cena ainda vai mudar.

A sala de vigilância cai em um silêncio fantasmagórico. As outras mesas perceberam a multidão aglomerada ao fundo. Embora não saibam o que chamou a atenção de tantos de seus colegas, uma sensação desconfortável rasteja pelo ambiente.

— Alguém está vindo — diz Pampi de súbito, sem conseguir se segurar.

Uma figura aparece na tela. Dado o ângulo elevado da câmera, suas feições estão escondidas pelo grande capuz em sua cabeça, mas, de qualquer forma, a gravação não capturaria mais do que dois pixels de um rosto, não quando a chuva cai assim pesada. Pampi pigarreia, olhando para a tela menor adjacente. Ela aponta para que aqueles ao seu redor olhem também. Não há nenhum ponto perto de Cinco. Não é outro jogador.

— Chame a guarda do palácio — diz ela com tranquilidade.

A mulher hesita.

— Mas é que... nós não queremos incomodá-los com...

Cinco tomba no telhado. A sala de vigilância inteira prende a respiração, e ninguém exala até a figura encapuzada avançar, puxando os membros flácidos de Cinco. Embora a chuva esteja caindo com velocidade suficiente para borrar tudo, a pele de Cinco está visivelmente escurecendo em um tom cinza. As câmeras não conseguem capturar a luz dos saltos, mas o corpo decadente lhes diz o que está acontecendo bem debaixo de seus olhos, repetidas vezes, para dentro e para fora de Cinco com agilidade.

— É mais um deles — diz alguém na sala, prendendo a respiração em suspense.

Pampi não sabe qual dos colegas foi. Eles se misturam, cada voz se mesclando à seguinte.

— Outra morte por febre *yaisu*?

— Mas isso não é possível. Só tem dois deles ali. Por que o assassino não está queimando também? Para onde mais ele pode saltar?

— Deve ser algum tipo de ataque estrangeiro. Nós não sabemos do que eles são capazes.

— Olhem! Olhem o que ele está fazendo!

A figura com o capuz ergue os braços de Cinco. A saudação sicana.

— Agora, com certeza — diz Pampi —, nós chamamos a guarda do palácio.

Calla sonha com uma invasão.

Ela sonha que está presa no chão, enterrada até os tornozelos. Embora esteja se debatendo e lutando, ela não sai do lugar, e as pessoas do vilarejo passam correndo ao seu lado, correndo da província que queima, dos soldados que avançam e se posicionam à porta de cada casa robusta.

Ajuda, ela quer gritar, mas nenhum som sai. Ela sabe que está em algum lugar perto das montanhas, que precisa sair, que precisa se mexer se quiser continuar viva. Os soldados estão vindo, as roupas tão pretas quanto a noite e as espadas tão brilhantes quanto as estrelas. Eles lhe dão ordens para não resistir. Eles dizem que o trono de Talin chegou. Que esta é a salvação do povo, o momento pelo qual todos têm esperado, arrancados do duro governo da anarquia nas fronteiras e acolhidos dentro da civilização...

Calla acorda com um grito na garganta, reprimindo o som antes que escape. Ela se levanta depressa, empurrando Mao Mao, que descansava pacificamente em seu colo. Suas mãos tremem. Como acontece sempre que o pesadelo a acorda de súbito, ela ergue o braço para agradar o gato, mergulhando os dedos em seu pelo. Segundos se passam. Seus batimentos começam a estabilizar.

Lá fora, quase parece que os gritos de seu sonho continuam, mas o barulho é só a animação bêbada de clientes do restaurante próximo, como sempre. Calla coloca Mao Mao com cuidado na cama e fica de joelhos, afastando os travesseiros para ver pela janela. Ela abre uma fresta na veneziana, então esfrega os dedos no vidro para tirar a condensação. As manchas de neon colorido imediatamente se cristalizam em formas reais, e revelam um casal caminhando pelo beco do lado de fora de seu quarto. A imagem é tão distante daquela ainda cravada em suas pálpebras, dos campos em chamas e do sangue escorrendo.

Calla solta o ar. As pessoas sofrem dentro das cidades gêmeas. Mas sequer imaginam como as coisas nas províncias são piores. E, enquanto for uma competição, a culpa irá apenas circular em vez de chegar aonde deveria: ao topo.

A veneziana volta para o lugar, bloqueando o feixe de luz. Calla cobre a cabeça com as cobertas, determinada a voltar a dormir.

Esta noite, precisa descansar. Quando a manhã vier, ela encontrará Anton Makusa, e eles transformarão os jogos em um verdadeiro frenesi.

11

Yilas Nuwa já esteve no Templo Sepulcral vezes o suficiente para conseguir percorrê-lo sem problemas. A entrada está escondida de maneira esperta, enfiada no que pode ter sido um pátio, cercada por quatro prédios colados de canto a canto. Yilas entra em um deles, sobe até o piso de um mercado, então cruza outra porta e desce uma escadaria oculta nos fundos, virando a cada um de seus patamares.

Ela passa por uma janela no segundo andar, onde não há luz do dia visível, apesar de ser de manhã. As telhas verdes do templo só são iluminadas por poucos raios esparsos, que foram filtrados pela sujeira e pelo entulho acumulados na grade de metal acima. O telhado com pontas, beiradas de pedra e revestimento circular foi projetado para proteger as paredes do templo da chuva e do vento, mas as condições urbanas em San-Er reformularam tais desejos. Não é com a chuva que o templo precisa se preocupar, mas sim com o lixo: porta-retratos quebrados, embalagens usadas de shampoo e fraldas sujas, que caem do peitoril das janelas e descem ricocheteando por catorze andares de apartamentos de todos os quatro lados. Quando Yilas aperta a sacola contra o peito e espia pela janela — embora esteja mais para uma mera forma retangular, cortada na parede da escada que tem vista para fora, do que uma janela de fato —, ela poderia se convencer de que esse borrão sólido de cor não é uma grade metálica sobre o templo, mas apenas um teto mal instalado.

Yilas desce correndo o último lance de escadas, sai do prédio e anda em direção à entrada do Templo Sepulcral. Ela tenta não fazer contato visual com quem está fazendo exercícios de respiração na área externa. Pelo canto do olho, captura um vislumbre de socos-ingleses e correntes, de formas curvadas tatuadas em pescoços — algumas em vermelho-sangue, outras num preto comum.

— Só vim fazer uma entrega — diz Yilas para a mulher à porta.

Ela não se dá ao trabalho de cumprimentá-la. As Sociedades Crescentes veriam essa educação desnecessária como um sinal de fraqueza, e a aterrorizariam antes que pudesse sair correndo dali.

A mulher gesticula para que ela prossiga. Yilas entra no templo, cerrando os dentes. Matiyu não poderia ter escolhido um trabalho bacana no distrito financeiro? Ele tinha que ir se juntar às Sociedades Crescentes?

— Ei — chama ela, ao ver o irmão mais novo em uma das mesas. — Chegou seu maldito almoço.

Ela solta a sacola na frente de Matiyu. Ele ergue o rosto espantado, piscando com os mesmos olhos verde-pálidos que ela tem e empurrando os óculos de armação grossa pelo nariz achatado.

— Ah, ótimo, você veio — diz. Sem esperar pela resposta de Yilas, ele agarra seu pulso e começa a puxá-la na direção dos fundos do templo. — Preciso que você veja uma coisa.

— Sua comida...

— Está tudo bem, ninguém vai pegar. — Matiyu puxa seu braço de novo, fazendo com que ela se apresse. — Vamos! Rápido, rápido.

— Para que a pressa? — pergunta Yilas, mas aperta o passo de qualquer forma. — E desde quando você precisa de mim para o seu trabalhinho acadêmico?

Yilas sempre foi péssima na escola. Ela abandonou os estudos cedo para se tornar uma criada do palácio, mas também odiou ser criada, mesmo que Calla fosse a pessoa mais fácil de se atender. Depois de conhecer Chami, ela deixou de querer alcançar altos patamares ou conquistar grandes coisas. Só queria regar suas plantinhas no apartamento acima do restaurante, e viver tranquila e suavemente.

Matiyu não é assim. Ele se formou como melhor aluno da sala no ano anterior, em uma trajetória para se tornar alguém importante. Então, para o horror dos pais, assumiu um cargo de contabilidade nas Sociedades Crescentes em vez de em algum banco próspero.

Não é como se eu realmente *acreditasse no culto religioso deles,* dissera Matiyu. *Mas é onde o dinheiro rápido está. Vou trabalhar secretamente por dois anos, e aí sair e assumir alguma coisa mais confortável.*

As pessoas os chamam de culto por um motivo, argumentara Yilas. *O que vai acontecer quando eles começarem a fazer uma lavagem cerebral em você?*

Mas Matiyu apenas a dispensou, despreocupado.

Eles dão a volta pela parte de trás do templo. Matiyu os guia sem olhar duas vezes para as pessoas ao redor, mas Yilas não consegue deixar de encará-las um pouco. Um punhado está afastado no canto, fazendo exercícios de *qi* em sincronia. Outro grupo reza com as testas pressionadas no chão. Quando eles voltam a se endireitar, certa estranheza transpassa seus modos.

Yilas desvia os olhos, contendo uma careta. *Mágica,* alguns chamam. Se fosse esse o caso, então saltar seria mágica também. Mas saltar vem do *qi*, e os deus forjaram os *qi*. Tudo em San-Er é apenas o trabalho de seus deuses: os verdadeiros, no éter, e os falsos, que governam no palácio.

— Estou tentando organizar as entradas do inventário — explica Matiyu, abrindo a porta de uma sala de depósito. Ele sopra a fina camada de poeira que se acumulou nas caixas empilhadas perto da porta, então remove uma delas para alcançar o interruptor. A fraca luz do bulbo não ajuda muito na iluminação. Yilas se esforça para ver o que o irmão está remexendo, até que ele puxa a gaveta de um armário de arquivos e pega uma pilha grande de pastas. — Mas alguns destes recibos não parecem certos.

— Como você espera que eu ajude?

Yilas pega a pasta que ele lhe oferece. Quando a abre, os documentos parecem ser registros escritos: uma exportação de heroína aqui, uma importação de ópio ali, algumas vendas aleatórias de efedrina em lojas pequenas em vez das grandes fábricas clandestinas.

— Veja se você acha alguma coisa estranha. Olhe os números de entrada, e depois os preços de venda... Não se encaixam, não é? Eu não consigo ver...

A porta se abre de supetão.

— Por que ela está aqui?

Antes que Yilas possa reagir, alguém a arrasta até a saída pelo braço, os dedos firmes como aço. Ela mal tem tempo de olhar para cima e ver quem a está puxando. Quando finalmente consegue ter um vislumbre da lua crescente em seu pescoço, ela já foi empurrada pelas portas do templo, os passos de Matiyu arrastando-se logo atrás.

— Espere, espere, espere, ela é minha irmã...

Yilas tropeça nos degraus do templo, finalmente conseguindo ver o membro da Sociedade Crescente que a empurrou. O rosto é antigo e cheio de rugas, exalando senilidade.

— Os negócios das Sociedades Crescentes ficam nas Sociedades Crescentes.

Então as portas do templo se fecham com tudo, e Yilas é deixada piscando, confusa.

— Bom — diz ela para ninguém em particular —, pelo menos não foi uma facada na barriga.

ꝏꝏ

É difícil limpar o sangue depois que ele seca, o que Anton sabe porque está tirando apenas lasquinhas do pescoço apesar da esfregação vigorosa. Ele pensou que, se misturasse sangue novo com o velho, seria mais fácil tirar tudo de uma vez, mas, ah, não. Tudo só se torna um borrão vermelho.

Anton desiste. Conforme caminha, limpa uma das lâminas na camisa, decidindo que ele já é uma bagunça ensanguentada mesmo, então que diferença faz mais algumas manchas? Ele olha por cima do ombro para o canto do beco, esperando um instante antes de limpar a segunda lâmina. Deixou um cadáver para trás, no terceiro andar de um prédio no distrito financeiro, e, embora tenha conferido a pulsação e até acenado para as câmeras de segurança para garantir que soubessem que a luta terminara, há uma parte dele que ainda está convencida de que está sendo seguido por um oponente. Ele não pode baixar a guarda — nem agora, nem nunca.

Estão há uma semana nos jogos. As letalidades reduziram de maneira tremenda depois da primeira batalha, e só ficam cada vez mais espaçadas conforme os jogos avançam, quando há cada vez menos jogadores. A marca de metade de eliminações foi cruzada depois do primeiro dia de sinalizadores, mas o número de mortes não passa de dez desde então.

Com uma careta, Anton desliza as lâminas para dentro da manga. O sussurro do metal ecoa no beco. Então, um passo quase imperceptível no outro extremo. Antes que possa ser visto, Anton mergulha atrás de uma pilha de cestos trançados. Sua respiração continua acelerada pela última luta. Se alguém realmente o estava seguindo...

— Pode sair, Makusa. Sei que está aqui.

A voz é familiar. Anton estica a cabeça para além dos cestos, o suficiente para ver a Princesa Calla Tuoleimi entrar no beco, segurando algum tipo de dispositivo nas mãos. Ela olha para cima, então para o dispositivo de novo, semicerrando os olhos ao seu redor. Típico. August provavelmente lhe deu o aparelho para que rastreasse outros competidores.

Anton fica de pé.

— Isso aí não parece estar funcionando muito bem, não é?

Com uma velocidade estonteante, Calla chuta uma pedra, arremessando-a na direção de Anton. Ele mal se esquiva antes que a pedra acerte a parede, deixando um rombo branco visível.

— Oops — diz a princesa, mas ela não soa nem um pouco arrependida. — Você me assustou.

— Eu acho que você nunca se assustou na vida — murmura Anton. Ele esfrega a dor fantasma na mandíbula. Aquele golpe poderia ter feito um bom estrago se ele não tivesse desviado a tempo. — Vou ter que pedir para você tomar mais cuidado. O rosto é bonito, mas é emprestado.

Calla guarda o dispositivo. Ela mantém as mãos nos bolsos do longo casaco.

— Como eu disse, você me assustou. Se você chegar de fininho com um rosto novo, será apenas justo que minha espada voe para o seu pescoço da próxima vez.

Chegar de fininho? Foi ela quem chegou até *ele*.

— Uma desculpa conveniente para matar um aliado — diz Anton.

Calla avança e começa a circular ao redor dele. Embora o movimento pareça casual, os cabelos da nuca de Anton se eriçam sob o exame minucioso dela.

— Quando foi que nos tornamos aliados?

— Não ficou combinado?

Ela está em silêncio e continua a estudá-lo como se ele fosse um objeto curioso no mercado.

— Por que está aqui, então? — pergunta ele.

— Por que *você* está aqui?

— Estou jogando os jogos.

— Eu também.

Anton tenta encontrar uma resposta, mas não consegue. A conversa não avança conforme ela anda, e ele poderia apostar que Calla Tuoleimi conseguiria ficar nisso até engoli-lo vivo. Ele muda de tática.

— O que vai custar para você tomar cuidado com a minha vida? — Anton foca as mãos nos bolsos dela. Quem sabe que tipo de arma se esconde em sua roupa? — Devemos criar um código? Algo que só eu saberei dizer para me identificar?

Calla para na frente dele. Quando ela ergue a sobrancelha, seus olhos amarelos são tão brilhantes que ele mal pode acreditar que não a identificou de cara no primeiro contato.

— Isso é desnecessário, já que...

— *Que lindo dia de sol está hoje* — interrompe ele, a inspiração vindo à tona. — É isso o que vou dizer.

— Nunca está um lindo dia de sol. — Calla olha brevemente para cima, e sua franja desliza para longe do rosto. — San é uma cidade de escuridão.

Anton dá uma piscadela.

— Exato. Ninguém vai dizer isso por acaso.

Calla suspira, embora mal tenha tempo de retrucar antes que os braceletes de ambos comecem a tremer. Ela não parece incomodada, apertando os botões no topo. Anton, por outro lado, pisca, confuso.

— Eu acabei de vir de um sinalizador. É cedo demais.

— É o meu — diz Calla. — Não recebi um o dia todo. O seu só foi ativado pela proximidade.

Anton desliza as facas pela manga de novo. Ele já deveria ter recuperado o fôlego, mas há um aperto em sua garganta. Calla olha para ele, sorrindo de maneira ameaçadora quando seus olhos se encontram, e a garganta dele se fecha ainda mais.

— Então — diz ele. — Somos aliados?

— Imagino que sim.

Calla puxa o bracelete quando começa a andar, inclinando a cabeça para o texto que desliza pela tela. Anton não se dá ao trabalho de olhar o dele. Se alguém está vindo em direção a Calla, está vindo em sua direção também.

— Cuidado com a poça, Cinquenta-e-Sete.

Calla olha para trás. Ela contorna a poça, uma orelha inclinada na direção da cidade enquanto escuta. Eles passam por uma farmácia, onde dois homens idosos estão sentados a um canto jogando cartas.

— Você precisa me chamar de uma coisa tão crua quanto meu número?

— Perdão. Prefere Calla? Ou talvez Vossa Alteza, Princesa Calla?

— Eu — jura Calla com doçura — vou matar você.

— Eu estava mesmo esperando por isso, mas não tão cedo assim... *esquerda!*

Calla reage imediatamente, escutando a mudança no tom de Anton como se um interruptor houvesse sido acionado. Ela se esquiva sem olhar, e evita por pouco o arco feito por uma arma pesada como um bastão, que, em vez disso, atinge a lateral da porta da farmácia.

O jogador sai da farmácia e se lança na direção deles, erguendo o bastão para uma nova tacada. Seus movimentos são pesados e poderosos. O caminho que ele faz ao atravessar a loja é marcado por uma trilha de sacolas caídas com as quais colidiu, e a porta dos fundos por onde ele surgiu ainda está balançando graças à força de sua entrada.

Enquanto o bastão balança na direção de Anton, Calla gira e chuta o jogador nas costas, desequilibrando-o antes que a arma possa descer e esmagar Anton como uma boneca de papel. Uma ponta do bastão cai no chão do beco com um ressoante *tum*. Aproveitando a abertura, Anton investe, cortando as pernas do jogador e rolando para fora do caminho com a mesma rapidez. San-Er é estreita demais para lutas. Não é adequada para táticas elaboradas, movimentações cautelosas e golpes calculados. É preciso velocidade e força em lutas ágeis, e, quando o conflito se resume a isso, duas pessoas trabalhando juntas sempre vencerão um único oponente.

Calla enfia a espada na barriga do jogador. Ele congela, deixando o bastão cair enquanto tenta arrancar a lâmina. Se olhasse para dentro da farmácia de novo, talvez pudesse saltar. Talvez visse os dois corpos dos homens idosos, prontos para serem tomados. Em vez disso, ele entra em pânico e tenta fugir, mas Anton já aproveitou a pausa para se aproximar e rasgar sua garganta.

Anton sente o sangue quente espirrar em sua mão. Sente-o deslizar por cada linha de sua palma, cobrir-lhe a pele com outra mancha impossível de limpar. Ele já tirou tantas vidas, já vestiu e lavou camada atrás de camada de vermelho. Mas estas não são suas mãos, e este não é o seu corpo. Talvez não haja motivo para parar até que esteja de volta ao seu corpo de nascença, e só então começará a contar as infrações.

O jogador tomba. Quando atinge o chão, já assumiu a aparência de podridão. Anton expira longamente. O beco está silencioso agora. Foi uma batalha rápida. Ele observa Calla chacoalhar a espada, tirando a maior parte do sangue, e depois se abaixar e tocar a tela do bracelete do jogador.

— Este era Treze — reporta.

Ela passa a mão no queixo ao se levantar de novo, limpando a mancha vermelha. Quando embainha a espada, desvia os olhos depressa demais para que Anton determine se estava imaginando sua expressão estranha.

— A quem será que vão atribuir essa letalidade? — pergunta, curioso. — Você ou eu?

— Provavelmente você — responde Calla, afastando-se. — Eu já tenho muitas.

Anton corre para alcançá-la.

— Exibida.

San-Er já está inventando histórias. Os clipes reprisam os dois sem parar: imagens de Anton e Calla do lado de fora daquela minúscula farmácia, lutando juntos como uma máquina bem lubrificada, a ponto de até August não conseguir acreditar que eles não se conheciam antes dos jogos.

Ele pega uma xícara de chá e a aperta com força. Uma outra pessoa poderia tê-la jogado na parede. Ele quase quer jogar. Mas mantém a compostura, dando um pequeno gole e depois devolvendo a xícara ao pires, para evitar que a porcelana quebre em seus dedos e atraia Galipei até ali para investigar.

A televisão falha e pisca. O sinal que cruza a cidade está tendo problemas. Quando a grande tela no quarto de August fica nítida novamente, o apresentador está falando sobre a teoria preferida do público acerca de Oitenta-e-Seis e Cinquenta-e-Sete. Ao longo da tarde e no começo da noite, eles percorreram uma lista com todas as possibilidades imagináveis — desde parentes perdidos há tempos até agentes estrangeiros —, mas a narrativa que chamou mais atenção foi a de amantes: cada um se registrou para os jogos porque seus fundos estavam zerados, sem saber que o outro havia feito o mesmo.

August se joga na poltrona de cetim. Ele coloca o braço no joelho e apoia a cabeça no punho, pensativo. Os espectadores de San-Er estão fascinados pela ideia de uma aliança, extremamente entretidos com o formato que a coisa pode tomar. E, acima de tudo, é isso o que os jogos são: entretenimento. Uma distração. Os jogadores nunca se aliaram no passado, pelo menos não por muito tempo. Anton e Calla estão oferecendo mais às massas do que o Rei Kasa jamais poderia.

Os clipes dão a Calla um bom tempo nas telas agora que todos também perceberam que ela não salta. Tempo o suficiente já se passou desde o Daqun para que todos os outros jogadores tenham trocado de corpo, mas ela continua igual. Embora seu rosto esteja sempre coberto por uma máscara respiratória, os apresentadores são rápidos em identificar a mesma cortina de cabelos longos e a jaqueta vermelha que emoldura seus movimentos. Eles suspeitam que ela não tem o gene de saltar, o que é uma suposição justa quando alguém raramente arrisca entrar nos jogos sem essa saída de emergência. Calla talvez não tenha pensado nisso como parte de sua estratégia, mas a suposição trabalhará a seu favor. Quando o Rei Kasa olhar para o placar e ver que é liderado por alguém que não pode saltar, ele rirá sozinho dessa futura vencedora com um *qi* fraco, sem se sentir ameaçado pela ideia de deixá-la entrar no palácio cheio de guardas.

Se há justiça no mundo, então essa confiança indevida é exatamente o que causará sua morte. E, se a justiça não vier, então August irá caçá-la por conta própria.

Com um gesto suave, ele se levanta e vai até a porta.

— Aonde você vai? — pergunta Galipei.

Ele ergue os olhos de onde está sentado quando August entra na antessala e abaixa seu livro. August espera um instante, a mão parada sobre a maçaneta revestida de ouro. Embora ele vire a cabeça por cima do ombro, não fita o guarda-costas nos olhos.

— Otta precisa morrer.

Silêncio. Galipei pisca. Ele é bem treinado o suficiente para não deixar nenhuma reação escapar.

— Ela não vai acordar — responde. — Isso não basta?

— Não é uma certeza. Não podemos correr esse risco.

O palácio parece tremer com seus passos. Cada andar e ala, cada corredor e cômodo excessivamente reluzente. Eles viram as orelhas para a conversa, erguendo-se em atenção. As paredes se lembram do menino que se tornaria seu príncipe herdeiro, aquele que enfiou um soco nelas sete anos atrás. As cortinas pesadas com bordados dourados, embora não brilhem tanto como na época, se eriçam com a memória de serem violentamente abertas por Otta Avia, a voz dela penetrando a ala privativa de August, ecoando repetidas vezes.

— Eu vou contar! Vou contar! Juro que vou!

— O que você quer, Otta? — gritou August.

Ele avançou, mas Otta se encolheu ainda mais atrás das cortinas, como se fossem protegê-la. Só estava simulando impotência. Se ele se aproximasse, ela mostraria as garras.

— Olha só você, fingindo ser bom. — Ela torceu o nariz em resposta. — Você será pior para San do que Kasa jamais poderia ser. Você vai nos enfiar em gaiolas e nos chamar de súditos leais.

— As pessoas *já moram* em gaiolas. Você passou por uma lavagem cerebral do conselho...

August tentara pegá-la, mas Otta havia simplesmente escapado e ido embora de queixo erguido. Em suas mãos havia um minúsculo pedaço de papel. A única evidência de que precisava para provar que, para Leida e August, fugir das cidades gêmeas não era questão de segurança, mas sim um plano para encontrar um palácio esquecido nas fronteiras de Talin. Um plano para se mobilizar e declarar guerra contra San-Er. Se conseguissem recrutar Anton, que era o melhor saltador das cidades, seria impossível impedi-los.

Então Otta ameaçou contar a Kasa antes que as bases se firmassem. Então Anton também deu para trás. Sem ele, August e Leida foram jogados de volta ao estágio de planejamento. Mobilizar uma guerra não era mais uma realidade. Eles precisavam ser espertos se quisessem conseguir o que queriam.

— August — chama Galipei, esperando uma resposta.

August se prepara para dizer as palavras seguintes.

— Você só foi designado para mim depois de Otta ir embora, então não espero que entenda. Mate-a.

Galipei é o único no palácio que sabe sobre os planos traiçoeiros de August para destronar o Rei Kasa, sobre o regicídio que está planejado. Não há ninguém em quem August confie mais do que ele, mas às vezes ele queria que Galipei não fosse tão esperto, que não lutasse com tanto afinco para saber de *tudo*, porque este mero ato o arrasta até as profundezas mais imundas das disputas do palácio. August está mais perto do que nunca de alcançar o que planejou. Precisa eliminar qualquer ameaça e, se há uma chance ínfima de que Otta acorde...

August abre a porta. Galipei, entretanto, não deu a conversa por terminada, e a ameaça de alguém escutá-lo claramente não o impede.

— Eu sou seu guarda-costas, August, não seu servente.

No corredor, uma criada olha para eles, prestes a entregar uma refeição. Ela fica tão surpresa com a aparição súbita de August que a bandeja em sua mão pende para um lado.

— Vossa Alteza — cumprimenta, apressando-se a ajeitar os pratos antes que tombem. — Eu não tinha a intenção de perturbá-lo...

August abre os olhos, equilibrando a bandeja na mão de maneira ágil, perdendo apenas uma migalha que cai no carpete. Ele se inclina para pegá-la, os dedos pequenos se fechando ao redor de uma linha. A dois passos de distância, Galipei corre para pegar o corpo dele antes que caia, os dentes cerrados ao envolver a cintura do príncipe com o braço.

Galipei observa e espera. Sob as luzes brilhantes, seus olhos prateados parecem quase se derreter, buscando... bem, August não sabe o quê.

— Por favor — diz August apenas.

Sua voz soa diferente, mas o tom, esse tom invariável sem sinal algum de dúvida, é sempre o mesmo.

Aqueles olhos se tornam opacos. Prata fundida em meros talheres.

— Como desejar, Vossa Alteza.

Algo mudou entre eles. Uma fissura da espessura de um fio de cabelo, acomodando-se entre as peças encaixadas dos dois. Mas August põe a bandeja no chão e vai embora mesmo assim, determinado a descobrir quanto tempo exatamente esses jogos irão durar, quanto tempo até San-Er — até Talin — ser sua.

12

Leva outra semana para os jogos chegarem a trinta competidores restantes, e esse feito só é possível porque Calla e Anton começam a caçar os outros jogadores. Embora os dois sejam bons em eliminá-los, San-Er vive e respira aos milhões, e um jogo de oitenta e oito participantes é meramente um grãozinho de areia em meio à confusão e ao barulho.

— O jogador está no piso de cima — relata Calla.

August começou a enviar localizações para o pager dela. Não são como os sinalizadores oficiais dos jogos, que usam distâncias aproximadas enquanto ela corre igual uma galinha sem cabeça. Em vez disso, ele implantou um código na sala de vigilância que envia uma mensagem codificada quando Calla está nos arredores, revelando exatamente onde o outro jogador está.

Anton apoia a mão na parede por um breve instante, deixando uma marca vermelha sobre a tinta branca. Eles estão no distrito financeiro de Er, então os andares deste prédio são mais adequados do que aqueles por onde estão acostumados a correr. Os alarmes dos braceletes de ambos já dispararam hoje, mas sem sucesso. Os jogadores escaparam.

— Não achei que o Príncipe August tornaria as coisas tão fáceis assim para nós, Cinquenta-e-Sete.

Calla lhe lança um olhar de relance.

— Você preferiria fazer isso do jeito tradicional?

— Ah, não, não me entenda mal. — Ele joga uma das facas. A lâmina faz uma rotação perfeita no ar antes de cair de volta em sua mão, pronta para a batalha. — Só estou chocado de saber que os jogos podem ser tão manipulados assim.

Ouve-se o ronco de um motor para além da parede à direita deles. Um súbito *bang!* na escadaria de onde acabaram de sair. Só vieram ao quinto andar porque o pager reportou este como sendo a última localização de um jogador, mas está vazio, a não ser que se conte com os funcionários do escritório em suas baias de vidro.

O distrito financeiro de Er costuma ser bem-organizado, recusando-se a imitar o restante das cidades gêmeas e amontoar uma variedade de negócios, fábricas e lojas. Calla havia olhado rapidamente os registros no térreo antes de subir. Metade do prédio pertence a uma obscura escola particular, e a outra metade se divide entre escritórios de um dos maiores bancos.

Quando Calla estende a mão para Anton e escuta, a escadaria fica em silêncio outra vez. Como se alguém houvesse entrado de supetão e saído de novo.

— Espere — diz ela de repente. — Você acha que...

— Há uma luta acontecendo aqui — conclui Anton no mesmo instante. — Um segundo jogador. Nós vamos...

Calla assente, olhando por cima dos ombros para encontrar a outra saída. Há duas escadarias principais. Uma corre direto pelo centro do prédio, e a outra contorna o exterior em uma espiral.

— Eu dou a volta. Vamos bloqueá-los pelo lado de dentro.

Ela sai correndo antes que Anton murmure um consentimento, sacando a espada e abrindo a porta com o ombro. O dia inebriante a recebe, mas, apesar de não ser brilhante o suficiente para ser considerado luz do sol em Er, o cinza ofuscante consegue iluminar seu caminho conforme ela passa pelas salas de aula deste lado do prédio. As crianças lá dentro ficam de pé ao vê-la. Empolgadas, correm das mesas à janela, acenando contentes, mas Calla segue em frente, pulando os degraus seguintes de três em três.

Quando ela dispara pelo interior do prédio de novo, há uma jogadora que se esforça ao máximo para cortar um professor ao meio, seu longo rabo de cavalo balançando em sincronia com os golpes.

Os alunos correram para se proteger, e só quando o professor golpeia de volta com um punho ágil é que Calla percebe ser na verdade outro jogador, o bracelete escondido sob o punho apertado da camisa branca. A cena é... inesperada. Os jogos do rei tendem a atrair a ralé e os criminosos no fim da linha, aqueles que não têm outra opção além de arriscar a vida por riquezas. Para que alguém com uma vida respeitável colocasse seu nome em algo tão brutal quanto os jogos... Qual poderia ser a motivação? Um salário insuficiente? A adrenalina? Não tem como valer isto: uma lâmina nas entranhas na frente de vinte dos seus próprios alunos, tingindo a primeira fila de carteiras com sangue.

Um clarão de luz cega o corredor com um branco absoluto. Calla avança apesar dos olhos ardentes.

Anton faz o mesmo pela outra escada.

Antes que a jogadora possa arrancar a espada do professor, Anton a alcança e finca as facas em seu pescoço. Com um movimento ágil, ele corta uma cruz nela, profunda o suficiente para que o corpo caia sem que o coração bata uma última vez. Enquanto a jogadora de rabo de cavalo é eliminada, a luz levou o professor para outro lugar. Quando Anton finalmente procura pelo corredor abarrotado, cheio de adolescentes de uniforme e gravatas vermelhas penduradas nos pescoços, ele já perdeu o rastro de para quem o professor poderia ter saltado.

Mas só porque ele não estava prestando atenção, não significa que Calla não estivesse. Enquanto Anton arqueja, tentando recuperar o fôlego, ele a observa derrubar um dos garotos e pressionar o pé no peito dele.

— Cinquenta-e-Sete! — exclama Anton de súbito, uma das mãos estendida.

Ele quer dizer: *Nós não precisamos matá-lo,* ou talvez: *Deixe-o ir.* Mas não pode. Os jogos terminam com um único vencedor. Danos colaterais por todos os lados é como eles sempre foram jogados. É que uma parte dele prefere mentir se isso for poupá-lo de se sentir horrível, mas outra parte mais forte sabe que essas mentiras são inúteis. Ele não consegue se forçar a contar uma agora.

— Você vai levar esse menino junto? — pergunta Calla, em voz baixa.

— Ele é inocente — diz o professor com a voz fina do garoto. — Nos deixe viver.

Anton parou de se preparar para um ataque. Está observando Calla em vez disso, cuja espada está pressionada contra o pescoço do menino. Se ela tivesse uma aparência brava, talvez a cena se encaixasse melhor. Uma fúria pelo reino, pelos jogos, que ofusca sua bússola moral e obscurece sua visão. Mas não há nada disso.

Apenas a princesa bem-equilibrada e racional que matou os pais com o mesmo olhar firme.

— Que tolice — sussurra ela.

Quando sente sua respiração seguinte queimar a garganta, Calla desce a espada e a cabeça do menino se desprende do corpo, a vida dele e a do professor terminadas de uma só vez. De uma forma ou de outra, uma segunda vida seria tomada em algum momento.

Os outros alunos se espantam, as mãos voam para as bocas. Calla não consegue evitar o amargor que revira seu estômago. Eles não deveriam estar acostumados a essa altura? Ou esta parte de Er é mais protegida do que o restante? Será que eles se levantam todas as manhãs com café da manhã na mesa, sem fome e com uma grande cama confortável?

Ela sabe que é injusto pensar assim. Mas é difícil conter o ressentimento contra aqueles nas cidades gêmeas que nunca temeram pelas próprias vidas, que não têm ideia de como o resto de Talin sofre.

Quando ela se vira para ir embora, Anton a segue. Ao olhar de esguelha, ela vê que os olhos dele estão cravados intensamente nela. Calla se pergunta o que ele está procurando. Culpa? Prazer? Talvez ela *devesse* se sentir culpada, nem que fosse apenas para provar que, bem lá no fundo, é uma pessoa boa e redimível. A cada vez que brande a espada, porém, a sensação que pesa em seu peito não é culpa. É uma sensação vibrante que lhe diz que isso é cruel, mas que a crueldade é tolerável. Bons reinos não precisam de bons soldados. Um bom soldado morre no campo de batalha e deixa as pessoas chorarem por ele. Bons reinos precisam de soldados leais, soldados terríveis. Calla mata para salvá-los, e antes de San-Er erguer a muralha, quando Talin lutou a guerra com Sica, foi a mesma coisa. Vidas jogadas ao fogo, sacrificadas para que milhões mais pudessem seguir vivendo em casa com segurança.

Calla gira, parando em um patamar da escada. Anton também para, bloqueado de seguir em frente. Ela procura algo no rosto dele. Ele a encara de volta, esperando.

Mas Calla não diz nada.

— Algum problema? — pergunta ele.

Há sangue em seu queixo. Calla estica a mão para limpar, então para, os dedos vermelhos a centímetros do rosto dele. Não adiantaria nada. Só pioraria as coisas.

— Precisamos nos lavar — decide ela. — Tem uma torneira pública ali fora. Vamos.

A voz dela está rouca. Os dois fingem não perceber. Ela inclina a cabeça no último degrau da escada e continua a descer, com Anton em seu encalço como uma longa sombra insistente.

Eles avançam por um beco estreito e adentram a penumbra de Er. Assim que a porta bate atrás deles, é como se o prédio houvesse sido trancado e isolado. Calla imagina uma linha sendo desenhada em suas memórias, cercando esta para o dia em que San-Er não estiver mais em guerra consigo mesma.

De súbito, Anton estende a mão para segurar o cotovelo dela, e Calla dá um pulo, a própria mão correndo para a espada. Se ele escolheu este momento para atacá-la...

— Espere — sibila ele.

Seus olhos estão focados à frente. Um farfalhar vem do beco, do pequeno recuo onde está a torneira. Calla analisa o lugar, o único bulbo pequeno trabalhando acima da capacidade para iluminar o espaço todo.

— Não vejo nada — sussurra ela.

Nada se mexe. Há dúzias de mangueiras penduradas na parede, emaranhadas no chão como um ninho de cobras de borracha. Muito provavelmente o barulho foi só uma delas se soltando e caindo no piso. Os canos estão conectados às fábricas de comida nas proximidades, a única parada dos trabalhadores quando precisam reabastecer seus tanques.

Quando alguns segundos se passam e a cena continua inerte, Anton balança a cabeça.

— Parece que está tudo certo. Talvez eu esteja sendo paranoico.

— Nem um pouco. — Calla avança e abre o registro, deixando a água correr sobre os pés. Ela faz uma concha com as mãos e lava os braços, limpando o sangue dos cotovelos. O vermelho que mancha sua blusa branca vai continuar lá. — Houve assassinatos de jogadores em San-Er. Os noticiários não mostraram. Mas, se você presta atenção nos números, também deve ter percebido.

Enquanto Calla joga água no pescoço, Anton se aproxima, enfiando a mão debaixo da torneira aberta.

— Quatro. — Não há hesitação. Ele já estava contando. — Há quatro eliminações que não foram atribuídas a outros jogadores. Achei que tivessem desativado os braceletes.

Calla se afasta, balançando as mãos para secá-las.

— Trabalho de agentes sicanos, se quiser acreditar no Príncipe August. — Anton revira os olhos. Isso chama a atenção dela: o desprezo que percorre seu rosto, ágil como um chicote. — Fui atacada no começo dos jogos — continua Calla, inclinando-se para se apoiar no cano da torneira. Seu olhar está fixo em Anton, que tenta tirar um coágulo de sangue do cabelo, esperando que aquela repulsa cruze seu rosto outra vez. — Alguém me abordou por trás, mas, assim que enfiei a espada no corpo, ele tombou como se fosse um receptáculo vazio. Nada de sangue, nenhum *qi*.

Anton passa as mãos pelo cabelo para tirar a água, o que faz mechas escuras grudarem atrás da testa.

— Então a pessoa saltou? — pergunta.

— Não. — Calla cruza os braços. — Não houve luz.

Um instante se passa. Anton continua quieto, tentando descobrir se ela está falando sério.

— E você acha que essa é uma habilidade sicana? — questiona. Ele desliga o registro. — Saltar sem luz?

— Não tenho certeza do que eu acho. — Quando ela se endireita de novo, a bainha da espada bate contra seu joelho. Calla a desengancha, deixando o corpo descansar sem o peso do aço puxando o quadril. — Só sei que nunca vi isso antes. Se August quer culpar invasores estrangeiros, imagino que essa seja uma possibilidade.

Anton, entretanto, não parece convencido.

— Ouvi rumores de que também podemos fazer isso, se formos rápidos o suficiente.

Talvez um dia ele possa treinar para isso, mas Calla não salta há quinze anos. O palácio já achava que saltar era um comportamento de gente comum, que não tem corpos valiosos para proteger. A realeza era ainda mais alertada contra o ato. Os riscos eram grandes demais para seus receptáculos. Ela nunca foi tão esperta quanto August, que quicava de corpo em corpo para não ser reconhecido ao deixar o palácio. Ela mal se lembra de como é, de como é fácil para aqueles que nascem com a habilidade forte. A velocidade do salto depende da proximidade do corpo-alvo, mas não importa se a *sensação* é lenta ou rápida; o clarão de luz é sempre o mesmo do lado de fora.

— Pode ser questão de técnica — acrescenta Anton. — Nós aprendemos a fazer de um jeito que emite luz. Um sinal visível do nosso *qi* em movimento. Talvez os sicanos tenham aprendido de outra forma.

— Talvez eles não tenham *qi*.

Anton faz um muxoxo.

— Todo mundo tem *qi*.

Como o vento do mundo e o sal do mar. O *qi* é o que gera a vida no útero, a diferença entre um receptáculo e um corpo. É o que leva a vida embora quando ela se dissipa na velhice.

— Acho que isso explicaria muita coisa — diz Calla mesmo assim, insistindo na alegação absurda. — Talvez, nos anos em que estivemos desconectados deles, os sicanos tenham começado a evoluir para algo diferente.

— Você tem — Anton se agacha, mergulhando uma das facas em uma poça e chacoalhando o sangue da lâmina — algum motivo sólido para estar falando isso, ou só está balbuciando um monte de tolices?

Calla ataca depressa com o pé, prendendo a lâmina antes que Anton possa puxá-la de volta. Em vez de lutar com ela pela arma, ele fecha os dedos ao redor do tornozelo dela, apertando-o com força.

— Cuidado com os meus sentimentos, Makusa — diz ela, com uma careta de desgosto. — Não gosto de ser acusada de falar tolices.

Ela finge não notar a pressão crescente no tornozelo. Anton finge não apertá-lo com tanta força a ponto de poder quebrar os ossos com uma única torção.

Ele sorri devagar.

— Está fazendo joguinhos comigo, princesa?

— Talvez eu esteja. — Ela espia além do recuo. Não há ninguém por perto. Nenhuma ameaça. — Você gostaria disso?

— Gosto do rumo desta conversa. Continue.

Calla reflete o sorriso dele. Com um puxão ligeiro, ela arranca a perna dos dedos dele e volta a enganchar a espada no cinto, o som metálico ressoando em seus ouvidos.

— Acho que acabamos por hoje. Mesmo horário amanhã?

Ela se afasta antes que Anton tenha a chance de responder.

Embora os Weisanna formem apenas parte da guarda do palácio, eles frequentemente se sentem como uma unidade própria, empurrados para missões maiores e enviados para patrulhar com o dobro da frequência. Galipei conhece cada um deles: os primos distantes, as primas de segundo grau, os primos de terceiro grau. Se alguém tem os olhos Weisanna, sua vida já está definida desde o berço. O reino precisa deles. San-Er precisa deles. Com um poder assim, não é possível fugir das responsabilidades.

Galipei entra na farmácia, puxando a cortina de plástico da porta. O ar-condicionado zumbe, e ele solta a cortina antes que leve uma bronca por deixar o ar frio escapar.

No balcão, há uma mulher de óculos escuros andando apressada entre os armários. Jarros de remédios herbais das províncias estão organizados junto de caixas com rótulos complexos das fábricas de San. Quando Galipei era mais novo, tinha medo das raízes amarelas no canto, que flutuavam num líquido transparente. Ele dizia que se pareciam com cérebros, esticando seus ramos e prontas para invadir suas vítimas. Então ele levava uma boa pancada na cabeça com um jornal enrolado e ria sem parar, pedindo para que lhe dessem outra porque era divertido.

A mulher no balcão tira os óculos quando Galipei se aproxima e enruga as linhas ao redor dos olhos prateados.

— Olá, tia — diz Galipei suavemente. — Já comeu?

Um Weisanna pode deixar a guarda do palácio se quiser. Porém, é a decisão mais vergonhosa que pode tomar, um crime imperdoável aos olhos do restante de San-Er.

— Ah, uma velha como eu não tem muita fome. — Ela abre uma gaveta atrás do balcão. — O que vai ser hoje? Dor muscular? Enxaqueca? Você precisa descansar mais, correr menos por aí. O que seus pais diriam se ainda estivessem por aqui? Não dá para começar uma família se está exausto o tempo todo.

Galipei não consegue conter um sorriso. Embora tenha sido o palácio que o criou — que o alimentou, vestiu, colocou na academia e ofereceu aulas extras para treiná-lo para ser o guarda que é hoje —, foi sua tia quem o amou. Ela foi banida quando se demitiu, mas Galipei não liga, não importa o quanto os outros primos sussurrem sobre suas visitas.

— Não é para mim — diz ele, e seu sorriso desaparece. Galipei olha ao redor para se certificar de que não há outros clientes olhando a única prateleira da loja. Há uma câmera de segurança instalada perto do relógio na parede, mas a vigilância de San-Er não tem som. Mesmo assim, ele abaixa o tom ao se inclinar para a frente: — A senhora tem cinábrio?

A tia franze a testa.

— Para quê? Está tentando criar um elixir da imortalidade?

Galipei balança a cabeça.

— Por que essa foi a primeira coisa em que a senhora pensou? Talvez o palácio queira produzir objetos laqueados e precise de um pó decorativo.

Lentamente, a tia começa a vasculhar as prateleiras mais baixas. Ela continua com uma careta no rosto, principalmente porque Galipei não respondeu de fato sua pergunta principal. O cinábrio, um mineral que Talin extrai perto da fronteira, entra em San-Er em quantidades moderadas para ser usado nas fábricas por conta de sua cor vermelha alaranjada.

É também altamente tóxico.

— Tenho em forma de pó — responde a tia com cuidado. Todo Weisanna passa pelas mesmas unidades de treinamento. Logo, eles têm o mesmo conhecimento do palácio. Se Galipei veio procurar uma substância tóxica, não há muita coisa em que ele possa querer usá-la. — Tenha em mente — ela não olha para o sobrinho enquanto enche o frasco, apertando a tampa e colocando-o com cuidado em uma sacola de papel, mas ele sente as palavras afiadas mesmo assim — que sempre pode deixar o palácio. Não é tão ruim aqui.

— Não posso — responde Galipei. A ideia é impensável para ele. — Eles precisam de mim.

— Você quer dizer que seu príncipe herdeiro precisa de você. — Balançando a cabeça, ela lhe entrega o pacote. O topo foi dobrado várias vezes, como se ela ainda estivesse tentando impedi-lo de tocar o mineral, apesar de ter sido ela quem lhe deu a substância. — Ele é mais perigoso do que todo o cinábrio do mundo.

— Ele não...

O plástico à porta farfalha e outro cliente entra. Galipei engole o que ia dizer, mantendo o rosto inclinado para não ser reconhecido. A tia também volta a colocar os óculos escuros e o enxota com um gesto.

— Seja cauteloso, meu filho — alerta. — É só o que tenho a dizer.

Dispensado, Galipei assente e sai da farmácia, apertando com força o saco de papel nas mãos.

13

Calla já está suando quando encontra Anton no dia seguinte, desumanamente cedo, para que possam se reunir antes que o sinalizador de um dos dois dispare. Está muito quente apesar da hora, o ar pegajoso e úmido. Ela trocou o casaco mais longo por uma jaqueta de corte menor, e não está usando nada exceto as roupas íntimas debaixo do couro. Mesmo assim, sua pele gruda na parte interna do tecido. Porém, se isso significa que seus braços estarão protegidos de lâminas voadoras, ela pode aguentar um pouco de desconforto.

— August já está de pé e na ativa — diz ao parar ao lado de Anton, virando o pager para ele.

Anton semicerra os olhos, tentando ler a mensagem que August acrescentou ao seu código automático.

— Por que ele está mandando você tomar cuidado?

Hotel Evercent. Número 79, diz o pager. **Acredito que ele fará o check-in assim que abrir. Tome cuidado.**

— Meu primo se preocupa muito com a minha segurança — responde Calla.

Uma mentira. August arrancaria a própria mão a mordidas, antes de lhe pedir para tomar cuidado em favor de sua saúde e bem-estar. Anton parece saber disso também, porque a sobrancelha escura do corpo que ele está usando hoje se ergue e fica assim. Ele está vestindo roupas mais leves do que ela: uma camisa de botão com as mangas arregaçadas até os cotovelos, o tecido verde-escuro amassado de um jeito que só coisas caras conseguem. Parece que Anton gosta muito de saltar para ricaços.

Calla gesticula para chamá-lo e começa a andar em direção ao Hotel Evercent. O código de August sempre escolhe alvos que estão por perto ou a caminho de marcos óbvios, e o Hotel Evercent é o maior prédio em Er. Apesar de estar a alguma distância, Calla e Anton se movem depressa por San, costurando pela cidade que desperta aos poucos, depois subindo por uma ponte com as armas escondidas. Se alguém os visse de longe, poderia até pensar que eram um casal em uma rápida caminhada matinal.

Talvez se os casais de hoje preferissem manchas de sangue combinando no lugar de alianças.

— Você vai pela frente, eu pelos fundos? — sugere Anton ao se aproximarem do hotel.

Calla aperta os lábios. O alerta de August sobre Anton lhe vem à mente de novo, e ela troca a posição da bainha da espada para que seja fácil alcançá-la.

— Não vejo ninguém na recepção. Pode ser que Setenta-e-Nove não tenha chegado ainda.

Ou ele pode ser uma das pessoas paradas do lado de fora. Um grupo grande espera à porta: acompanhantes de luxo, prontas para serem levadas ao check-in como uma toalha extra ou um par de pantufas.

— Vamos nos infiltrar até saber? — propõe Anton.

— Vamos — confirma Calla.

Ela entra primeiro, atingida imediatamente pelo frio do ar-condicionado. Calla dá um longo suspiro, aliviada, enquanto tenta desgrudar as axilas da jaqueta. Anton está logo atrás, tossindo alto. Quando Calla olha brava por cima do ombro, perguntando sem palavras por que ele está fazendo tamanho escândalo, ele balança a mão à frente do rosto e lança um olhar irritado para uma das cortesãs, que tem um cigarro. Parece que ela soltou fumaça direto no rosto dele. Calla sorri para a cortesã. Anton faz uma carranca.

— Check-in? — pergunta a recepcionista, batucando as unhas de acrílico no balcão de pedra, quando os dois finalmente se aproximam.

Calla demora demais para responder, decorando os detalhes do saguão e do carpete desfiado. Anton, em vez disso, se inclina para a frente a fim de ganhar tempo, perguntando sobre os serviços do hotel e as opções de quarto. Por algum motivo — talvez por gentileza genuína, talvez influenciada pelo corpo emprestado de Anton e sua boa aparência —, a recepcionista tolera as perguntas, puxando folheto atrás de folheto das gavetas atrás do balcão. Er é mais sensível aos jogos do que San. Enquanto os civis em San são suicidas o suficiente para arriscar uma facada nas entranhas em troca de contas pagas no hospital, Er fecha o comércio mais cedo e proíbe as crianças de andarem sozinhas nas ruas enquanto os jogos estão acontecendo. Se a recepcionista soubesse que Anton é um jogador, nem falaria com ele.

As portas do hotel se abrem de novo, e Calla se vira.

Apenas para ver Setenta-e-Nove entrar com o bracelete totalmente à mostra, cercado por uma comitiva de dez homens.

— Que merda é essa? — murmura Calla, a mão disparando para apertar a de Anton.

Ele também se vira e suas sobrancelhas se erguem ao ver a cena. Setenta-e-Nove expõe o bracelete *em cima* da manga do paletó, reluzindo da mesma forma que os grossos anéis de metal em seus dedos.

— Nós já o vimos nos clipes? — sussurra Anton depressa.

Calla engole em seco. Setenta-e-Nove se aproxima, mas sua atenção está somente na recepcionista. Até onde sabe, Calla e Anton são apenas outros hóspedes, dando-lhe passagem para que faça o check-in. Os homens que o cercam têm facas. Ela consegue ver as saliências em seus bolsos. Quando um deles olha ao redor para avaliar o saguão, seus olhos brilham *prateados* sob as luzes. Um Weisanna, provavelmente aposentado do palácio considerando a idade. Por céus. Isso não é apenas uma ajuda contratada, mas do melhor tipo.

— Não — responde Calla. Ela inclina a cabeça para Anton, como se estivessem só discutindo questões pessoais antes de escolher um quarto. Da maneira mais sutil possível, os dois deslizam os braços para trás a fim de esconder os braceletes. Eles se lembrariam de tê-lo visto nos clipes: um homem rico caminhando por aí, com outros acatando suas ordens. — Nunca. Ou ele não matou ninguém, ou não matou à vista das câmeras de segurança.

O que significa que os clipes não têm por que falar dele, e outros jogadores são pegos de surpresa quando o encontram. Participar dos jogos com uma equipe de segurança completa... Que motivo ele teria para estar aqui? Certamente não é pelo *dinheiro*.

— Isso *tem que* ser contra as regras — murmura Anton.

— Desde que o palácio permita — responde Calla, quase inaudível.

E permitirá qualquer coisa que mantenha o povo entretido. Talvez Setenta-e-Nove tenha feito uma doação generosa. Talvez seja um enviado do Rei Kasa, para garantir que o dinheiro do prêmio volte ao palácio. Ou talvez Setenta-e-Nove esteja fazendo o que quer só porque pode. O palácio ficará muito satisfeito quando os noticiários correrem para falar desse jogador surpresa, em vez da revolta que está ganhando força nas fábricas.

Anton faz uma careta. Já estão parados a tempo suficiente para que as cortesãs comecem a encará-los, algumas gesticulando para que se aproximem. Não há como contornar a situação. Eles não têm como lutar contra dez homens altamente treinados de uma só vez. A aliança existe justamente para que seja mais fácil que os dois juntos eliminem *um* jogador.

— Nós deveríamos recuar — sussurra Calla. — Não vale a pena...

Naquele mesmo instante, seu bracelete começa a tremer, emitindo um som baixo sob sua manga. Não há qualquer aviso antes que o de Anton faça o mesmo, e logo depois o de Setenta-e-Nove, que gira a cabeça na direção deles, o reconhecimento brilhando em seus olhos. Ele nunca apareceu nos clipes, mas Anton e Calla são as estrelas principais.

— *Corre* — ordena Calla.

Eles disparam por um dos corredores, acelerando cada vez mais pelo interior do hotel. Era tarde demais para correr até a saída, então precisam de outra rota de fuga, passando por quarto após quarto...

Calla colide com a porta bem no final sinalizada com SAÍDA. Anton desliza logo atrás dela e xinga quando também percebe que não se trata de saída nenhuma, e sim de uma escadaria.

— Por que eles escrevem saída nas portas, se não são malditas saídas? — vocifera ele. — Por que...

Calla o puxa pelo braço, arrastando-o escada acima bem no momento em que a porta se escancara e os seguranças de Setenta-e-Nove entram correndo.

— *Vamos*, Makusa.

Eles sobem as escadas e atravessam depressa as portas duplas ao final, emergindo em outra parte do hotel. O corredor é mais escuro ali, com um único bulbo suave que quase não lança luz. Antes que os homens possam chegar ao topo da escada, Calla avança até um telefone de gancho próximo ao batente e enrola o fio nos puxadores das portas duplas, mantendo-as fechadas. Durará segundos no máximo, mas é o suficiente. Os dois param para respirar, apertando os braceletes para desligar o alerta.

— Podemos nos esconder em algum desses quartos — sugere Calla.

Anton age depressa, testando cada uma das maçanetas. Estão trancadas por teclados numéricos, acessíveis apenas se a recepção registrar o quarto para uma identidade e o mesmo número for inserido. Assim que uma pancada alta vem da porta da escada, um dos quartos se abre — não registrado e vazio, o teclado destrancado — e Anton gesticula para ela. Ele entra correndo e Calla se apressa a fazer o mesmo, batendo a porta atrás de si. Ela tenta trancá-la por dentro, mas não há mecanismo algum. Sem outra opção, pega um grande cinzeiro e coloca atrás dela para servir de bloqueio. Fica ridículo.

— Estamos ferrados — diz Anton. — Estamos muito ferrados.

Não há janela no quarto. Provavelmente também não é uma parede exterior ao fundo, mas sim uma divisão com outro quatro: a maioria dos prédios em San-Er esculpe seu interior visando o máximo de eficiência, e não se importa em ter quartos que dão para o lado de fora. O que também significa que a maioria dos cômodos não têm rotas alternativas de saída. Mesmo se eles abrissem um buraco na parede.

— Quer fazer o favor de se acalmar? — diz Calla, girando e andando de um lado ao outro.

A equipe de segurança bate com mais força na porta da escadaria, certamente perto de arrombá-la. Calla está quase envergonhada por se esconder assim. Foi treinada para liderar um batalhão, e agora meros dez homens a forçaram a se enfiar em um quarto mofado.

Um estalo vem do final do corredor, então o som de madeira se quebrando e lascando. Eles a arrombaram. Calla escuta com atenção, tentando avaliar o próximo movimento. Com algumas instruções abafadas, portas começam a se abrir de supetão, enquanto os homens conferem os quartos no corredor. Eles devem saber um jeito de passar pelas travas. Será que Setenta-e-Nove é *dono* do Evercent?

— Estamos encurralados, não é? — diz Anton.

Se seus perseguidores começaram a conferir imediatamente os quartos, então devem saber que os dois estão aqui, escondidos, e que não teriam como escapar.

— Sim, o corredor não deve ter saída — concorda Calla.

Os homens vasculharão tudo, invadindo os quartos de hóspedes um a um.

Anton descarrega mais uma série de palavrões. Ele se joga em uma cadeira no canto do quarto e abre um jornal que pegou, cobrindo o rosto.

— Que tal?

— Não viaja. Eles já nos viram. Vão atacar assim que entrarem. Prepare-se.

Anton abaixa o jornal.

— Não temos como lutar direito aqui — argumenta. — Não deveríamos combater de cara. Precisamos distraí-los.

Calla considera a sugestão.

— Como?

— Não sei — responde Anton, sem ser de muita ajuda. — Mas, se a formação deles falhar, temos uma chance maior de derrubá-los. — Ele desiste do jornal, parecendo perceber que é um disfarce tolo. Porém, no momento em que o papel se acomoda ao lado de outro cinzeiro, ele pausa. — Acho que você pode se passar por uma cortesã.

Calla se vira para olhá-lo, animando-se de repente.

— Não é uma má ideia.

Anton ergue as sobrancelhas. Ouve-se um *bum* a algumas portas de distância, então o som de gritos.

— O quê, sério?

— Por que está tão surpreso?

O mais rápido que pode, Calla desliza a espada pelo chão, escondendo-a, mas ao alcance das mãos. Ela joga seu bracelete para Anton, que o enfia debaixo da almofada de sua cadeira.

— Porque não achei que você fosse capaz de me elogiar, princesa.

— Eu disse que não era uma má ideia. — Ela abre o zíper da jaqueta e a arranca, ficando só com as roupas íntimas, a seda vermelha mantendo os seios no lugar. — Não disse que você era um gênio.

— Não precisou. — Anton se esforça muito para não olhar. Seus olhos estão virados para o teto, mesmo enquanto continua a provocando. — Deu para escutar na sua voz. *Anton, meu herói, não sei o que faria sem você...*

Outra porta bate, muito mais perto agora. Quando Calla puxa o cabelo para cima e o amarra com um elástico, parece bem diferente da jogadora que a equipe de segurança de Setenta-e-Nove viu no saguão.

— Anton, meu herói — imita ela, deslizando para a frente dele e se posicionando de forma a escondê-lo da porta. Ele continua olhando para o teto, então ela agarra a parte de trás de sua cabeça. — Você tem permissão para olhar para mim.

O olhar dele desce imediatamente, atendendo ao comando dela. Assim que seus olhos se encontram, Anton se recosta de volta na cadeira como se estivesse tentando afundar dentro das almofadas. Calla o acompanha, usando uma perna para afastar os joelhos dele e poder se abaixar na poltrona aveludada, a outra perna mantendo o equilíbrio.

— Acha que eles estão muito perto? — pergunta. A voz dela se torna sensual ao assumir o papel de cortesã, acariciando a têmpora dele. Estaria mentindo se dissesse que não estava se divertindo também. Tentava ao máximo não rir. — Três quartos? Dois?

Ela observa a pulsação no pescoço dele, suave e profunda, bater depressa. Embora esteja forçando uma expressão natural, Anton não consegue manter os olhos parados ou impedir os lábios de se abrirem quando Calla desce a mão por seu peito.

— Calla Tuoleimi. — Anton não parece mais estar brincando. — Este é um jogo perigoso para se fazer quando nossas vidas estão em perigo iminente.

Mais gritos ecoam no corredor lá fora, mais reclamações descontentes. *O que vocês pensam que estão fazendo, por que estão invadindo assim, não, nós não vimos um homem e uma mulher, por favor,* fora*!*

Outra pancada. É o quarto ao lado, com certeza. Calla se inclina sobre ele.

— Eu achei... — a mão dela desce ainda mais, a parte de baixo da palma tocando o interior de suas coxas firmes — que você gostasse de jogos.

O som baixo que arranca de Anton a diverte tremendamente. Ela espera que possam escutar por todo o corredor.

— Se é assim que vai ser... — murmura ele, e olha para a porta, escutando. — Então que seja.

Anton coloca a boca em um dos peitos dela, correndo a língua pelo mamilo. Calla quase cai de sua posição, arqueando-se sem querer com a sensação úmida e quente. Ele faz de novo, através da seda, ainda mais devagar, e ela o teria estapeado para que parasse antes que ele pudesse ser visto da entrada. Mas a porta se abre com um baque naquele mesmo instante, e passos pesados entram correndo e param ao vê-los.

Anton se inclina, fingindo beijar o pescoço dela. Ele se aproxima de sua orelha.

— Três. Dois ao alcance, o outro atrás.

Assim que ele reporta, os nervos de Calla ficam conscientes, localizando as três novas presenças no quarto, sentindo sua distância e posição, paradas à porta.

— Entendido — sussurra em resposta.

Ela saca as duas facas enfiadas nos bolsos dele e as gira, lançando ambas. Com um *tum* atrás do outro, elas encontram as gargantas dos dois homens. O terceiro se apressa a erguer a arma em suas mãos, mas Calla já deslizou pelo carpete e recuperou sua espada. Ela enfia a lâmina no estômago dele. Um puxão, outro golpe. Ele cai.

Anton marcha pelo quarto e recupera as facas. Ele volta depressa para pegar o bracelete de Calla debaixo da almofada da cadeira e o enfia no bolso da jaqueta dela, antes de jogar a roupa em sua direção.

— Não passe frio.

Ela a pega com a mão livre.

— Quando estou com você? — Calla sorri, vestindo a jaqueta. — Jamais.

A luta continua assim que saem no corredor. Um dos homens restantes os vê e grita. Antes que a equipe no corredor possa entender como seus três homens caíram tão depressa, Calla derruba mais dois, depois chuta um terceiro com força o suficiente para nocauteá-lo. A atenção deles desperta e o ataque se torna coordenado. Quando Calla ergue a espada e tenta atingir o homem mais próximo, ela não só é empurrada para trás com uma defesa rápida, como outro à esquerda dele, o Weisanna, quase a fatia no meio com uma lâmina longa que aparece do nada. Calla consegue se esquivar; ele só deixa um corte superficial em sua barriga. A dor é imediata, mas ela realmente deveria ter fechado o zíper da jaqueta. Calla cospe um xingamento e gira, analisando a distância até a escadaria. A três passos dela, Anton espirra sangue na parede quando consegue acertar um golpe em seu oponente. Mesmo assim, eles estão em minoria. Atrás dela, Calla vislumbra o borrão de uma lâmina...

— Anton, desvie!

A espada dela bate com força, interferindo e bloqueando o ataque, o que cria uma abertura na luta, e, para seu grande alívio, Anton é ágil. No breve segundo em que ele se esquiva na direção da escada, Calla chuta o homem para trás. Assim que encontra sua deixa, ela também dispara até a escadaria e desce correndo os degraus.

— Porta de entrada — grita, a voz ressoando com o eco.

— Eles vão nos perseguir mesmo assim — alerta Anton.

— Aí nos escondemos de novo. Mais alguma observação inútil?

— Princesa, eu realmente achei que estávamos nos dando bem...

Quando entram de súbito no saguão, Setenta-e-Nove está esperando, desprotegido. Ele os encara ao vê-los, calmo e inexpressivo, como se não fosse um jogador ativo dos jogos. A recepcionista se enfiou debaixo da cadeira, protegendo-se. As cortesãs se amontoaram no canto, tentando criar distância do caos. Mas Setenta-e-Nove não faz nada. Ele parece achar que vestir roupas chiques é tudo de que precisa para se proteger dos perigos da vida. Parece um completo idiota — totalmente inútil, pedindo para ser assassinado.

Calla ergue a espada antes de perceber o que está fazendo. Ela avança, o metal reluzindo com a luz, mas Anton logo a puxa de volta.

— Não temos tempo. Precisamos ir.

— Ele está bem *ali*...

— Ele vai saltar assim que você atacar. Os homens dele estão vindo. Agora!

Calla para de resistir, deixando que Anton a arraste até a porta de entrada. Eles voltam para as ruas de Er, esquivando-se para um beco, e se afastam do hotel correndo. Cada pancada da bota de Calla reverbera com o som do fracasso, zombando de sua retirada. Quando por fim estão fora do alcance dos homens e não há mais o risco de uma perseguição, ela está mortalmente sem ar, descansando contra uma parede com os braços sobre a barriga. Está ardendo com o corte. Entretanto, o sangue já parou de escorrer, então não é nada com que ela precise se preocupar. Calla fecha o zíper da jaqueta, cobrindo o estrago.

— Bom — Anton arfa, igualmente sem ar —, isso com certeza poderia ter acabado melhor. Mas também poderia ter sido pior. Valeu a tentativa.

Ele estica a mão para ela apertar. Calla olha fixo para ele até que desista.

— De todos os jogadores que podia nos mandar — murmura Calla —, August não pensou em avisar sobre um que tem uma equipe de dez seguranças?

Anton torce o nariz.

— Ele provavelmente fez de propósito.

O primeiro instinto de Calla é dizer que o primo precisa dela e não a enviaria a uma situação perigosa de caso pensado. Mas talvez Anton tenha razão, talvez August tenha pensado que ela poderia dar conta. Ela deixou a sala do trono cheia de cadáveres, afinal, então o que são dez homens?

Calla fecha os olhos e balança a cabeça, clareando os pensamentos. Dali consegue ouvir o Canal Rubi. Eles chegaram perto das pontes que os levarão de volta a San. Quando ergue o rosto, Anton está olhando para ela, curioso. Ele oferece um sorriso conciliador.

— Meu apartamento não é muito longe.

— Mostre o caminho — diz Calla.

Os dois estão cansados demais para tirar conclusões sem sentido da luta que abandonaram, então caminham em silêncio, cruzando a ponte para a Rua do Fosso e andando até o bordel familiar aparecer. Hoje há mais barracas do lado de fora, carrinhos de madeira com mulheres que vendem sapatos baratos. Calla só olha de relance para os produtos antes de seguir Anton para dentro do prédio, porque, se ficar ali por mais de um segundo, não terá como ir embora antes que todas elas tenham gritado seus preços.

— Um médico sem licença aluga uma das unidades do andar de cima — avisa Anton quando dá passagem a ela na porta de seu apartamento. — Se escutar gritos, já sabe.

— Encantador.

Calla desengancha a espada e a arremessa perigosamente no sofá. Então esvazia os bolsos também, despejando o conteúdo nas almofadas. Ao contrário da primeira vez em que esteve ali, não está com pressa, então avalia lentamente o lugar, andando até as prateleiras de livros. Ela encontra outra foto de Otta. Mais discreta, com metade de seu rosto sorridente cortada, mas Otta sempre fez questão de ser notada ao vivo, então é claro que suas fotos também são facilmente reconhecíveis.

Calla circula o pequeno sofá e entra na cozinha adjacente. Enquanto Anton se ocupa em colocar uma chaleira de água no fogão, ela espia os armários, tentando determinar a quanto tempo as velas ali não são acessas, no altar empoeirado para a estatueta pintada de uma antiga divindade. Talvez Anton seja um dos que ainda rezem. Se ele acredita que Otta Avia pode ser salva, Calla não se surpreenderia se também acreditasse nos deuses antigos.

Ela encosta na poeira da prateleira de talheres. Assim que seus dedos tocam os utensílios enferrujados, ela escuta o que parece ser metal deslizando de leve pelo balcão. Quando sente movimento atrás dos ombros — o braço de Anton, esticando-se, segurando algo, segurando uma faca? —, ela pega a primeira coisa que consegue alcançar, agarra o pulso dele, empurra-o contra a mesa atrás deles e pressiona o que vem a ser um garfo contra a lateral de seu pescoço.

Anton faz uma careta. A cozinha toda ecoa com o som da cabeça dele batendo na superfície oca da mesa.

— Cinquenta-e-Sete — diz ele, devagar. As veias em seu pescoço estão salientes, tentando se proteger das pontas do garfo. O utensílio em si não é nada afiado, mas Calla o aperta com bastante força. — Eu estava tentando pegar a *tigela* atrás da sua cabeça. Você poderia, por favor, parar de me atacar na minha própria casa?

Calla corre os olhos pelo comprimento do braço dele, agora esticado e pressionado contra a mesa. Lá está a faca. Ela não escutou mal. Mas é pequena demais e curta demais para servir como arma letal. A lâmina mal parece ser capaz de fatiar tofu.

— Quem disse que eu estava atacando você? — pergunta ela.

Seu olhar se volta depressa para Anton. Ele está perto o suficiente para que ela veja o anel roxo-escuro ao redor de seus olhos. Naquela fração de segundo, quando Calla estende a mão para pegar a faca dele, um acordo silencioso é feito: *Eu vou fingir que você não estava testando a rapidez com que eu poderia reagir, e você pode fingir que eu não percebi seu esquema.*

Ela se inclina, mantendo a farsa.

— Você não quer terminar o que começamos no hotel?

— Vá em frente — diz Anton, despreocupado. Ele sabe que ela está zombando dele. Mas, mesmo assim, seus olhos descem para a boca de Calla. — Não me deixe impedir você.

Calla sente o próprio punho colocar pressão no garfo, quase sem perceber, pressionando cada vez mais conforme se aproximam. Ela não para até que seus lábios estejam perto o suficiente para sentir o calor dos dele, e só então... só então ela para, a boca e a arma também.

— A água está fervendo — diz, e se afasta, jogando o garfo de volta na prateleira.

Ela está sorrindo quando Anton endireita a postura, arqueando uma sobrancelha antes de ir buscar a tigela e voltar a cozinhar. De que adianta fingir que não vivem desconfiados um do outro? A aliança é de curto prazo, não é permanente. Eles podem ser amigáveis, assim como aranhas e escorpiões enquanto predam os mesmos ninhos. Mas deixe ambos passarem fome, e um atacará e devorará o outro.

Calla puxa uma cadeira e se senta. Anton encontra alguma comida instantânea não identificada e rasga o pacote. Ele joga o conteúdo na água e fica de pé ao fogão, mexendo constantemente. Depois de alguns minutos, Anton se vira e a encontra apoiando o cotovelo na mesa.

— Você abaixou a guarda fácil assim? — pergunta. — Talvez seja veneno o que eu coloquei aqui.

— Estou observando você cozinhar. — A cadeira balança debaixo dela. Uma das pernas é mais curta que as outras. — Nada de veneno por enquanto.

Anton dá de ombros, virando-se para voltar a mexer a panela.

— San-Er ama letalidades criativas.

— Não tem câmeras aqui para filmar seu ataque. Uma empreitada tola, se quer saber minha opinião.

Com um alto clique, Anton desliga o fogão. O gás é cortado, e a chama azul desaparece.

— Vossa Alteza — diz Anton, apresentando-lhe a tigela e um par de *kuàizi*. Ele finge se ajoelhar em reverência quando ela aceita. — Mas tenha cuidado. Um envenenamento *já aconteceu* antes, onze anos atrás.

Pelo canto dos olhos, Calla vê o pequeno altar de novo.

— Parece que você é fã dos jogos.

— Eu dei uma pesquisada.

Calla coloca um punhado de macarrão na boca.

— Porque você está determinado a ganhar.

Em vez de se sentar na frente dela à mesa, Anton decide se recostar contra a pia. Ele olha para ela, um tanto surpreso.

— Existe alguém que joga com a intenção de perder?

— Tenho certeza de que alguns sim. — Ela mastiga devagar. Apesar de tudo o que disse, não descarta a possibilidade de Anton ter colocado um caco de vidro na comida, só para dar uma boa risada. — Se só quiserem o dinheiro do Daqun. Ou fama: colocar o nome na boca do povo e ter os clipes os acompanhando a cada movimento.

Porém, de fato, a maioria joga pelo grande prêmio. Quase todos os vencedores anteriores pegaram o dinheiro e construíram uma vida fora de San-Er: alguns nas províncias perto da capital, alguns mais longe. Eles levam a família ou os entes queridos mais próximos, bancam os recursos e a mão de obra para construir uma casa que irá competir com as propriedades de veraneio dos membros do conselho. Pode não existir água encanada, eletricidade ou internet para além das muralhas de San-Er, mas há espaço, sol e tranquilidade. Enquanto tiverem dinheiro para comprar montes de comida, construir um poço e contratar pessoas para cozinhar, limpar e trabalhar, a vida é gloriosamente luxuosa — muito distante do destino dos moradores comuns dos vilarejos nas províncias.

— O que você tem a ganhar com isso? — pergunta Anton de súbito, dirigindo a pergunta a ela. — Eu presumiria que está jogando com uma identidade falsa. Por que arriscar que San-Er descubra sobre sua princesa assassina perdida?

Calla lhe lança um olhar frio, perfurando a comida. Ela continua quieta por um longo momento, deixando que o apartamento mergulhe no silêncio. Anton não havia mentido; realmente há gritos vindo do andar de cima.

— Você acreditaria em mim se eu dissesse que é por um bem maior? — responde, enfim.

É o mais perto da verdade que pode chegar. Querer que o Rei Kasa morra é algo pessoal, sim, mas este reino implora para que ele seja removido do trono. Talin implora por uma mudança, o conselho erradicado e tudo em chamas. E, embora Calla queira riscar o fósforo só para ver Kasa queimar, seria o incêndio de que o reino precisa.

Ela não será contrariada.

— Eu acredito em você — responde Anton com facilidade.

Calla empurra a tigela para longe. Não está mais com fome. Ela se pergunta quantos desses pacotes de comida instantânea são distribuídos por San-Er a preços alarmantemente baixos e, mesmo assim, as pessoas não conseguem comprá-los. Mesmo assim, cadáveres apodrecem nos cantos de grandes prédios, sem serem descobertos por semanas, até que o cheiro atraia os ratos, os ratos atraiam os cachorros e os latidos dos cachorros finalmente atraiam a guarda do palácio.

— Você acredita em um bem maior? — pergunta Calla.

Salvar uma pessoa amada e salvar a grande massa viva e pulsante da cidade... Não parece a mesma coisa?

Anton ri, zombando da ideia.

— Definitivamente não.

Outros vencedores acreditam. Eles tentam usar o dinheiro para tirar as pessoas das dívidas, pagar contas, construir escolas. Nunca dura muito. As cidades gêmeas são fervorosas, densas, rápidas. As pessoas que saem de uma dívida logo entram em outra. Novos prédios se consomem de dentro para fora, roubados a torto e a direito por empregados que roubam sem dó dos fundos centrais. Calla não se lembra, mas houve um vencedor que usou o dinheiro para contratar um exército nas províncias, recrutando soldados mal pagos e fazendeiros sem treinamento para se passar por mercenários. Ele invadiu San-Er na esperança de tomar a cidade e governar por meio de um golpe, mas falhou de maneira tão espetacular que a história foi contada mais tarde, durante o jantar em uma festa regada a champanhe no palácio.

Há mais membros na guarda do palácio de San-Er do que soldados em todos os exércitos espalhados pelas províncias de Talin. Quando o vencedor rebelde investiu contra a muralha de San-Er com seus mercenários, eles sequer conseguiram passar. A guarda do palácio os derrubou em questão de minutos.

Calla estica a mão para uma fruteira sobre o balcão. Anton não se mexe para mandar que ela pare de fuçar seu apartamento sem permissão, então ela pega um pêssego e o morde.

Mesmo que tivessem passado pela muralha, um golpe era impossível. Quem poderia lutar uma batalha em um lugar assim? Estas cidades foram construídas para assassinatos rápidos, não para a guerra. A maior defesa contra um ataque ao regime de San-Er é o próprio ambiente da cidade.

— Você é uma peste — comenta Anton, de brincadeira.

Calla lhe oferece o pêssego. Anton não o pega de volta, deixando que ela fique com ele. Mais uma vez, o olhar dela se volta para o altar empoeirado.

— Posso perguntar — começa ela, dando outra mordida — do que é que você tanto gostava em Otta Avia?

Anton congela. Parece que ela o pegou de surpresa, e uma pequena parte dela se diverte com o choque que percorre seu rosto. A cada vez que o vê, ele está usando um corpo novo. Seus olhos mudam de formato e o nariz, de tamanho; seu cabelo alterna entre curto e longo, a altura movendo-se para cima e para baixo. Mas não importa o corpo, sua mesma combinação de expressões permanece, e Calla quer colecionar todas, como se fosse um jogo. Ela já viu a presunção. Viu uma calma assustadora e uma falsa indiferença. Não é o bastante. Anton Makusa está escondendo toda uma vida de dissimulação sob sua pele, e ela quer abrir tudo, quer ver o que há por baixo. Calla quer ver o maior desprezo que ele conseguir esboçar. Quer ver a fúria.

— August te contou. — A voz dele é forçadamente neutra.

— Eu a reconheci — corrige ela. — Nós nos conhecíamos.

— O que August disse? — pergunta Anton mesmo assim.

Ela observa o canto da boca dele, observa-o conter a raiva que quer retorcer seus lábios.

— Que ela era uma sociopata — os punhos dele se cerram — e uma maldita de uma meia-irmã manipuladora e mentirosa.

Anton não consegue esconder a fúria em seu olhar. Uma intensidade inigualável inunda as veias de Calla.

— Ele não ousaria...

— Não, você tem razão — interrompe ela, examinando as unhas. — Essas palavras não são dele. São minhas.

Anton ergue a mão, e Calla ergue o queixo, desafiando-o a golpeá-la. Ele não está perto o suficiente para atingi-la, mas talvez pule em cima dela. Talvez perca o controle. O grito do andar de cima se prolonga, uma fração de segundo que se arrasta cada vez mais.

É então que uma sirene alta toca, fazendo Anton parar antes que possa agir e a atenção de Calla se voltar imediatamente para a janela. Seus olhos se arregalam. Não dá para confundir esse uivo agudo. Ela já o escutou uma única vez — completamente ensurdecedor e tão penetrante que dói ouvi-lo.

— O que é isso? — grita Anton.

Calla fica de pé num pulo.

— É a sirene de enchente. San-Er está alagando.

14

Não é nem a estação certa. Da última vez em que Calla escutou esta sirene, ainda vivia no Palácio dos Céus. O Canal Rubi havia subido acima de suas margens e começado uma inundação rápida, com ondas de 1,5 metros. Causou destruição por duas semanas, e os pais dela se recusaram a lidar com o caos. Civis morreram, negócios fecharam, barracas de alimentos frescos ficaram submersas porque não tinham como transportar nada de um prédio ao outro, e era impossível carregar engradados por catorze lances de escada até as rotas dos telhados.

— Preciso ir — declara Calla, girando depressa para o sofá da sala e pegando sua espada.

Não faz sentido, mas ela não vai arriscar. O restaurante de Chami e Yilas é no térreo, e as inundações do canal sobem depressa. Por mais que queira que suas antigas criadas fiquem em segurança, está mais preocupada em ficar de olho em Chami, pois, se ela precisar ir a um hospital, a identidade falsa de Calla começará a ruir.

— Cinquenta-e-Sete, espere — grita Anton atrás dela. — Tem algo errado. Não é o mês certo para as cheias começarem. Pode ser um truque…

— Eu sei. — Calla engancha a espada no cinto. — Só preciso conferir uma coisa. Encontro você depois.

Então ela some, correndo pela porta da frente e subindo as escadas em vez de descê-las. Com o uivar da sirene, o chão de San-Er estará abarrotado de pessoas tentando salvar seus negócios, transportando o que não pode ser transportado, porque as ruas logo ficarão inundadas por dias sem fim. Calla fica perto das beiradas das escadas, tentando não esbarrar os ombros na multidão que desce, fazendo uma careta quando passa por um homem com roupas cirúrgicas fedendo a sangue. Estão todos gritando uns para os outros, as vozes abafadas pelo som da sirene, mas Calla captura a confusão, trechos de dúvida e a hipótese de que podem ser os jogos, atraindo os competidores para um massacre. Seria um plano absurdo. Cada alma viva em San-Er desceria até o térreo, o que apenas tornaria mais difícil encontrar os jogadores. E, mesmo assim, Calla não consegue imaginar outro motivo para o alarme estar soando.

Ela sai no telhado, espalmando as mãos contra as orelhas. O uivo da sirene vem de alto-falantes instalados ao lado das antenas de televisão, no topo de cada prédio. Eles são implacáveis, ecoando de um para o outro, as ondas sonoras quicando para a frente e para trás. Calla precisa cerrar os dentes com força quando começa uma corrida cadenciada, encontrando um ritmo ao cruzar os telhados e pular os vãos entre os prédios. Ela esperava mais movimento ali, mas há apenas pombos e lixo para lhe fazer companhia.

— Ei! — grita quando vê uma criança, mas não consegue escutar a si mesma com o barulho da sirene.

A criança continua brincando. De qualquer forma, quando Calla olha para baixo não vê água nenhuma, só um mar de gente se empurrando. Ela engole o alerta, balançando a cabeça.

Está se aproximando do restaurante. Em vez de arriscar o pulo considerável até o telhado seguinte, Calla pega a porta para descer. Quando está de volta a uma escadaria fechada, finalmente tira as palmas apertadas da orelha.

— Eu vou ficar tão brava se isso for um truque — murmura, pulando os degraus de três em três. — Mas também vou ficar brava se não for.

Ela atravessa os andares residenciais e tapa o nariz nos pisos industriais. Mesmo com o uivo das sirenes, algumas pessoas não se dão ao trabalho de se mexer. Elas continuam balançando massa crua de macarrão, espalhando uma camada tão grossa de farinha que Calla deixa pegadas brancas por mais dois andares.

Ela enfim sai pela porta lateral do prédio, finalmente vendo o restaurante à frente. Chami e Yilas já estão do lado de fora, conversando, nervosas.

— Yilas! — grita Calla.

Ela contorna três homens que carregam um porco confinado em uma gaiola. No chão, as sirenes soam mais fracas, abafadas pelos prédios.

As duas se viram ao seu chamado, o alívio percorrendo seus rostos quando a veem na multidão. Calla abre caminho e se aproxima cada vez mais.

Então, assim que pisa no espaço aberto em frente ao restaurante, alguém puxa seu cabelo e a lança de volta para o mar de pessoas.

Calla mal consegue ofegar de surpresa antes de jogar o peso para os ombros, rolando para não cair do jeito errado no chão. Uma faca golpeia o cascalho, a um fio de cabelo de sua orelha, e ela arregala os olhos, focando a mão carnuda ao redor da lâmina. Calla se recupera depressa e se lança contra o atacante...

Mas então é arremessada para trás por uma mão invisível, um punho que golpeia seu esterno e lhe arranca todo o ar dos pulmões. Calla cai de lado com força, chocada. Seu peito todo arde. Por um segundo muito longo, ela não consegue se mexer, não porque está incapacitada, mas porque sua mente está rodopiando de descrença. Ela não foi sequer *tocada*... Como isso aconteceu?

Há um grito súbito que soa muito como Chami. Calla se levanta depressa com o som, mas é tarde demais. Chami está avançando para ajudar, e o atacante a viu.

— Ei, espere!

O atacante ergue a faca e corta a garganta dela.

— *Salte!* — grita Yilas.

Um clarão de luz. Chami cai, ou seu corpo o faz, com um rasgo no pescoço, mas nenhum vermelho à vista. Ela saiu antes que seu *qi* vazasse, e o corpo se tornou um receptáculo vazio. Calla estremece com um suspiro de alívio, ainda parcialmente ajoelhada no cascalho, cortando as palmas nas pedras. O restante das pessoas na rua passa longe dela. Ninguém para a fim de ajudar ou encarar por muito tempo, com medo de serem pegos na confusão da luta.

— Você está bem?

A voz baixa é do atacante, mas é Chami quem faz a pergunta. Ela estende sua nova mão grossa e Calla a pega, ficando de pé.

— Vamos entrar — diz, no lugar de uma resposta.

Yilas está visivelmente abalada, mas não diz nada ao encaixar os braços ao redor do corpo de nascença de Chami. Calla segura as pernas. Elas entram no restaurante vazio, passando por cima da catraca, e colocam o corpo de Chami em uma das mesas.

— Minha nossa — diz Chami. Na forma do atacante, ela se abaixa para não bater a cabeça em uma das luminárias que pendem do teto, então examina o ferimento. — Vou costurar isso. Tenho um pouco de álcool lá nos fundos.

— Espere! — Calla está desesperadamente tentando pensar. — Você está usando um bracelete?

Chami olha para o novo corpo que está ocupando. É masculino, então ela tateia a cintura com cuidado e uma careta no rosto.

— Não estou vendo um.

Se ela conseguiu saltar, o corpo não estava duplicado, então só havia um ocupante antes. Mas não há bracelete, então não é um jogador. Por que um estranho nas ruas tentaria atacar Calla? Ela pega a faca que Chami ainda está segurando, e esta a entrega de prontidão, deixando que Calla examine a lâmina. Parece comum. Poderia ter vindo de qualquer uma das três lojas de armas.

— Chami — diz Calla em voz baixa. — Você se importaria... de saltar para dentro de Yilas por um segundo?

Yilas ergue a cabeça, a preocupação dominando imediatamente seu rosto.

— Ela não pode *deixar* esse corpo. Ele vai voltar e nos matar...

Calla saca a espada, assumindo a posição de batalha. Ela não acha que será preciso, mas o fará para que Yilas se sinta melhor.

— Acredite em mim. Eu tenho um palpite. Ela pode, Yilas? Só por alguns segundos?

Chami lança um olhar questionador para a namorada. Quando, depois de alguns segundos mantendo a cara fechada, Yilas finalmente assente, há outro clarão de luz, arqueando-se do corpo do atacante para o dela. Os olhos de Yilas se transformam de verde-pálido em cor-de-rosa. E o atacante... tomba direto no chão, sem cor alguma nos olhos brancos que encaram o teto.

Calla guarda a espada.

— Como isso é possível? — Chami ofega no corpo de Yilas. — Isso... isso... você viu outro clarão?

— Só o seu — reporta Calla. Embora não demonstre visivelmente, também está chocada. Ela esfrega o nariz, tentando aliviar uma coceira que não vai embora. — Nem há alguém *por perto* agora para onde ele poderia ter saltado.

Um grito breve corta as ruas lá fora, perto o suficiente para ser escutado apesar das sirenes. Embora Calla espere para ver se acontecerá de novo, não se mexe para investigar o som. Até onde sabe, pode ser a própria San-Er, urrando um chamado de morte em resposta ao uivo do alarme. Tão rápido quanto soaram, as sirenes subitamente param, e o silêncio quase grita mais alto.

Chami salta de volta para o receptáculo vazio do atacante. Ela se ergue com um resmungo pesado. Enquanto isso, Yilas pisca, recobrando a consciência, e se ajoelha depressa para ajudar Chami.

— O que aconteceu? — pergunta.

— Temos um receptáculo — explica Chami. — Está vazio.

Sua voz continua doce mesmo com cordas vocais tão graves. Até que o ferimento em seu corpo de nascença sare, ela não pode saltar de volta. Precisará ficar neste corpo — este corpo misterioso e desocupado.

Calla vai até a porta, olhando através do vidro. Não há água à vista. Realmente era um alarme falso. É possível que tenha sido uma armadilha só para ela? Mas então por que o atacante saltaria para longe tão depressa?

— Se vocês puderem — diz a Chami e Yilas —, tranquem as portas e não abram o restaurante por alguns dias. — Ela empurra a porta, encarando San-Er de novo. — Preciso descobrir o que está acontecendo.

Pampi pluga o computar portátil no conector, observando o *feed* de monitoramento. As sirenes em San-Er são conectadas, e não foi difícil ativar todas ao enviar o comando para uma só. Ela quase deseja um desafio maior, mas as coisas são como são.

Ela já desligou o alarme. Só precisa inserir um último gatilho, usando um *feed* diferente que apagará a evidência de sua interferência remota. Uma névoa fraca começou a se formar nestes telhados, obscurecendo os arredores. As mãos de Pampi voam pelo teclado, séries e mais séries de código que ela lê apenas uma vez antes de enviar.

Uma porta se abre com um baque do outro lado do telhado. Pampi inspira forte pelo nariz, absorvendo o cheio acre de borracha queimada. O código termina de rodar. Com um olhar rápido para a tela, ela deixa carregar por mais um segundo, caso haja algum sinal perdido a ser captado, então tira o plugue do monitor e enfia o cabo de volta na valise. Pouco antes de os passos se aproximarem, ela aperta o computador contra o peito e corre, abaixando-se atrás de um monte de lixo e escondendo-se atrás de uma lavadora quebrada.

Ela espera. Os passos farfalham na direção de uma das antenas, e Pampi se pergunta se é a manutenção do prédio que apareceu em péssima hora. Então ela espia do esconderijo e vê uma mulher alta, com cabelo comprido, cutucando os alto-falantes da sirene.

Não é do palácio. Não é uma guarda. Mas essa mulher parece saber o que está fazendo, puxando os cabos e reconfigurando-os em encaixes diferentes.

Pampi cuidadosamente abre a valise de novo, deixando o monitor do teclado acender. Por instinto, ela desliza os dedos pelo painel tátil e faz login em seu sistema de vigilância dos jogos. Ela dá zoom no mapa até estar olhando para si mesma, escondida no telhado, encolhida a alguns passos da mulher de jaqueta preta, que agora endireita a postura com uma expressão pensativa no rosto.

Olhos amarelos, mãos enluvadas. Há um poder inerente presente na forma como ela se posiciona, ou Pampi não estaria prestando tanta atenção — se há algo que ela sabe reconhecer, são aqueles que têm poder, a fim de que possa lhes arrancar tudo o que têm.

Pampi troca de tela, abrindo a janela de localização dos braceletes dos jogadores, e o número **57** acende em um pequeno pontinho bem onde ela está. Cinquenta-e-Sete, a estrela do placar. Pampi não deveria estar tão surpresa que tenha sido esta a jogadora que apareceu aqui em cima.

Cinquenta-e-Sete se vira de súbito, como se houvesse escutado algo, os olhos brilhando na luz cinza. A fumaça da fábrica que fica ali perto mistura-se à neblina e cria uma densa cortina, então ela estica o braço para tirar a máscara, revelando o restante do rosto. Pela primeira vez, sem o granulado das telas e o monocromático desbotado das câmeras de San-Er, Pampi olha de verdade para Cinquenta-e-Sete, que se parece muito com…

— Princesa Calla — sussurra Pampi, encantada. — Que *fascinante*.

O palácio faz uma declaração pública. Calla é pega totalmente de surpresa, sem acreditar no que está ouvindo. Ela passou uma hora tentando se conectar com a linha telefônica de August, sem sucesso, e, em vez disso, assim que desiste e chega em casa, recebe sua resposta pelos noticiários, que estão falando sobre as sirenes. Em vez de varrer o assunto para debaixo do tapete sem dar explicações, como Calla esperaria, a apresentadora lê com clareza as linhas que lhe foram dadas:

— *Camponeses rebeldes se infiltraram em San-Er. Eles não têm números de identidade nem o direito legal de permanecer dentro dos limites da cidade, mas aqueles sem moral ou regras sempre tentarão corromper o que está florescendo.*

Calla espia a geladeira, fungando para as prateleiras vazias. A transmissão continua enquanto ela vasculha a cozinha, tentando encontrar algo para comer. Ela encontra um único ovo e o quebra sobre a frigideira quente.

— *Algumas casualidades nos jogos foram atribuídas a esses rebeldes, e hoje aconteceu mais uma tentativa. As instruções oficiais do palácio nos pedem para manter a calma. Não há necessidade de se preocupar, pois a guarda do palácio está trabalhando dia e noite para pegar os culpados.*

O sol está se pondo. O entardecer lá fora se transforma de um cinza triste e sujo para um cinza escuro e aveludado. Quando Calla despeja o ovo frito em seu prato e vai até o sofá, Mao Mao trota atrás dela, ronronando. A penumbra na sala aumenta cada vez mais, mas ela não tenta acender as luzes do teto. Apenas empurra distraidamente as almofadas para dar espaço para o gato, então apoia o prato. O apartamento consiste em uma área de estar, um quarto minúsculo e um banheiro minúsculo, mas há até uma lavanderia ainda mais minúscula atrás do apertado cubículo do chuveiro, sempre iluminada em tons variados de vermelho, azul e verde. A janela da lavanderia dá direto para o bordel que opera no prédio ao lado, fornecendo luz o suficiente para que ela veja o que está enfiando na boca.

O noticiário continua, concluindo que os baderneiros só estão decididos a matar jogadores para afrontar o rei, que eles perturbam o funcionamento da cidade por rancor. Qualquer civil que testemunhar atividades suspeitas deve reportar imediatamente ao palácio. Calla imagina que não fará mal divulgar essa história para os civis. Se apenas os participantes dos jogos estão sendo atacados, não há ameaça para a segurança de San-Er.

Há apenas a dignidade do Rei Kasa em risco.

Mao Mao dá uma cabeçada em sua mão.

— Faz sentido, não faz? — pergunta Calla.

Mao Mao ronrona, concordando. August disse que os cadáveres estavam sendo dispostos com a saudação sicana. Não há por que camponeses rebeldes fazerem isso.

A não ser que estejam, de alguma forma, ligados a Sica. Seria possível que Sica estivesse recrutando forças na parte rural de Talin?

Mao Mao levanta a cabeça de súbito. Seu olhar felino se vira atentamente para o banheiro. Calla pega o controle remoto e coloca a televisão no mudo. O apartamento fica em silêncio, restando apenas uma conversa distante nos corredores e a música do vizinho de cima. Então ela escuta um farfalhar na lavanderia.

Calla fica de pé com agilidade, pegando o prato. É o objeto mais próximo que pode servir de arma. Quando o estranho sai do banheiro, ela não hesita em arremessá-lo, usando a força máxima do braço.

— Dia de sol! — grita depressa o estranho, esquivando-se. O prato atinge o batente, despedaçando-se em centenas de cacos no chão do banheiro. — Que lindo dia de sol está hoje!

Anton. Calla solta o ar, bufando. Seu coração continua martelando contra as costelas quando ela se joga de volta no sofá e coloca uma das mãos sobre o peito.

— O motivo de ter um código é você falar *antes.*

Anton passa a mão pelo cabelo curto, e uma coleção de anéis reluz em seus dedos. A luz vermelha o ilumina de trás, fazendo com que se pareça um tipo que deveria estar trabalhando em um bordel em vez de apenas viver em cima de um.

— Como você me encontrou? — questiona Calla quando ele continua em silêncio. — Você escalou a janela?

Anton lhe mostra algo que tem nas mãos. O rastreador que August dera para ela, conectado ao bracelete dele.

— Você deixou isso no meu apartamento — responde. — Levei até uma oficina e inverti. Rastreei o seu bracelete até aqui. E, sim, você tem um cano bem do lado de fora da janela, que me deu apoio para pular. Seu apartamento não é muito seguro.

Evidentemente.

— Imagino que estejamos quites agora.

Anton se aproxima, jogando o rastreador para cima e para baixo.

— Não estamos quites até eu poder ficar com este negócio... *O que* é aquilo?

Calla se assusta. Leva um longo segundo, procurando pela sala iluminada por comerciais silenciosos que passam na televisão, até ela perceber que ele está falando de seu gato.

— Este é Mao Mao. — Ela ergue a bolinha de pelo e estica os braços na direção dele. Anton recua. Mao Mao fica mole como a boneca de pano de uma criança. — Não vá me dizer que você tem medo de gatos?

— Eu não tenho medo — insiste ele.

Calla fica de pé. Ela acrescenta desonestidade descarada à lista de expressões que coleciona dele.

— Ele não vai morder — diz ela. Anton dá um passo para trás. Ele atinge a parede, tentando abrir distância entre ele e o gato, mas Calla o segue mesmo assim. — Aqui, pode segurá-lo.

Calla solta Mao Mao nos braços dele. Ela se afasta antes que ele possa lhe jogar o gato de volta, e anda até o interruptor de luz na outra parede.

— Eles finalmente admitiram.

O quarto se acende, branco-azulado, não mais banhado pela escuridão. Quando Calla volta ao sofá, Anton continua no mesmo lugar de antes, com Mao Mao descansando confortavelmente em seus braços rígidos. Ele parece nervoso demais para se mexer.

— Invasores estrangeiros? — supõe ele, desviando os olhos para a televisão no mudo.

— Quase. Invasores camponeses. Ainda são talineses.

Um choramingo ecoa do andar de cima, e a seguir há uma pancada contra o teto de Calla. Mao Mao salta dos braços de Anton para seguir o som, e Anton suspira aliviado, enfiando as mãos nos bolsos da jaqueta. O apartamento mergulha em uma calmaria ameaçadora de novo. Embora não exista silêncio verdadeiro em San-Er, as pessoas aprendem a ignorar os sons para além de suas quatro paredes, a manter as máquinas e vozes afastadas no fundo da mente, até que quase, *quase*, desapareçam. Isto é o mais perto do silêncio que San-Er chegará. E, sem nada para preenchê-lo, Calla sente os cabelos da nuca se arrepiarem, observando Anton analisá-la do outro lado da sala. Isto é diferente do silêncio deles nas ruas, quando vagam pelos becos em busca de um indício das lutas dos jogos. Este é um silêncio sem motivo. Algo que pode se colocar entre um suave esbarrar de ombros, um encontro de mãos.

Não há lugar para ele aqui.

— Vim conferir a sua segurança, como um bom aliado — diz Anton após um longo momento. Ele ofereceu uma explicação sem ela pedir, claramente percebendo a estranheza também. — Você saiu correndo num frenesi.

— *San-Er* estava um frenesi. — Calla ergue um dedo até a boca e morde a unha. É um hábito antigo que ela há muito abandonou, então, no momento em que a encosta nos dentes, o gesto parece estranho e ela retira a mão, fazendo uma careta para si mesma. Ela estica o braço para a planta ao lado do sofá em vez disso, puxando uma tira da dionela. — Alguém veio atrás de mim de novo. Igual da última vez. Salto sem luz. Corpo vazio.

Anton franze a testa. Ele anda até ela e se senta na mesinha de centro, embora o sofá esteja logo ao lado.

— Você tem certeza de que não irritou ninguém ultimamente, Cinquenta-e-Sete? A coisa está começando a parecer pessoal.

— Talvez seja. Mas isso não muda o fato de que nós não temos como saltar sem luz.

O bulbo pisca acima deles, como se quisesse opinar sobre o assunto. São apenas as redes elétricas sobrecarregadas, mas Anton ergue os olhos, preocupado, e seu maxilar fica tenso. Calla não se importa com as luzes. Ela começa a trançar uma pulseira com a dionela, enquanto se pergunta se deveria comprar uma planta nova no mercado. As barracas que as vendem não duram muito, mas há sempre novas aparecendo. Vendedores menores compram de grandes empresas, e as grandes empresas têm permissão para atravessá-las aos montes pela muralha, trazendo-as dos fazendeiros lá fora. As tiras da planta ficarão duras em poucos dias e não poderão ser usadas sem esfolar a pele do pulso, mas é reconfortante trançá-las, criar algo, nem que seja só para jogar fora depois. O próprio corpo de Calla tem memória: lembra-se de cada bracelete de dionela que cortou sua pele e deixou um entalhe pequeno. A maioria das pessoas em San-Er se recusa a pensar em seus corpos como sendo seus. Elas permitem que seus corpos se separem de quem são, a ponto de a mente ser a única coisa que as segue por aí como algo realmente próprio. Calla se recusa a fazer o mesmo. Cada cicatriz em seu braço lhe pertence. Cada centímetro de dobra da pele conta sobre as facadas que levou durante o treinamento no palácio, as lutas em que derrotou seus tutores e os superou em termos de habilidade. O que são memórias, se não histórias contadas repetidas vezes para si mesmo? Seu corpo é a própria narrativa de sua existência.

— Eu tentei saltar sem luz quando estava invadindo este aqui — diz Anton, interrompendo o fluxo de pensamento de Calla. Quando ela ergue os olhos em sua direção, ele balança os braços, indicando o corpo em que está. — Depois que você mencionou a ideia mais cedo, pensei que não faria mal tentar.

Calla tem vontade de revirar os olhos. É claro que ele pensa que uma coisa impossível é só questão de tentar. Que basta acreditar nisso para reescrever as regras.

— E você falhou.

— Eu falhei — confirma Anton. — Mas pareceu que eu estava a só uma mera fração de segundo de conseguir. Se eu pudesse só cruzar aquela última barreira mais rápido, seria possível.

— Você está falando besteira — retruca Calla, direta. — Não tem a ver com velocidade.

Mas Anton não parece escutar. A ideia criou asas em sua cabeça e voou direto para o céu. Ele apoia as palmas na mesa, parecendo contemplativo.

— Sempre me incomodou, sabe. Não há um corpo que eu não possa invadir, desde que já não esteja com outro invasor. Eu provavelmente conseguiria ocupar o próprio rei se chegasse perto o suficiente. O Príncipe August também.

Calla não diz nada, focada em trançar sua pulseira.

— Mas simplesmente não dá para ser discreto — continua ele. — Não consigo ser rápido o suficiente para que a luz não pisque.

Calla finalmente termina a pulseira. Ela estende a mão e Anton pisca. Alguns segundos depois, ele oferece o pulso, hesitante. Calla puxa o braço inteiro para mais perto, ignorando sua expressão assustada e desconfiada.

— Eu saltei pela primeira vez quando tinha 8 anos. — Ela não ergue os olhos enquanto fala. Sequer sabe por que está falando, exceto talvez para testar se Anton Makusa verá o que mais ninguém vê. — Todo mundo sempre descreve como se a sensação fosse a de atravessar algo sólido — continua ela. Sua concentração está voltada para o nó em miniatura, manuseando as pontas com cuidado para não escaparem de seus dedos e arruinarem a pulseira toda. Anton está igualmente cauteloso em sua rigidez, embora não tenha nó algum para dar. No máximo, está observando um se desenrolar à sua frente. — Mas eu fui puxada para dentro. Não pude controlar como estava me mexendo, eu simplesmente *estava*, e foi assustador. Em um segundo eu estava no meu corpo, e no seguinte, em outro. Quando abri os olhos, pude sentir meu *qi* se acomodando. Eu achei que estava morrendo. Nunca mais quis me mexer tão rápido de novo.

— Você tinha só 8 anos — argumenta Anton em voz baixa. Talvez este corpo tenha mesmo saído direto dos palcos de um cabaré: um dos artistas, que cantava suavemente ao microfone. — Seria diferente se você saltasse hoje.

Calla balança a cabeça. Ela terminou de prender a pulseira e terminou a conversa. Seus dedos tocam o pulso de Anton antes que ela se afaste, e a mão dele se contorce, como se estivesse prestes a impedi-la.

— Não tem a ver com velocidade. Você vai ter que acreditar em mim nessa.

Ele a observa se levantar e cruzar a sala.

— Cinquenta-e-Sete.

Calla para. Se ele for esperto, terá percebido. Se ele for esperto, irá dizer...

— Quando você salta uma vez... — Anton faz uma pausa, como se não soubesse se realmente deveria perguntar. Um instante se passa, então ele continua, e Calla quase ri, poque não deveria estar nem um pouco chocada com o fato de que Anton Makusa estava realmente prestando atenção: — Ainda assim, é preciso saltar de volta. A segunda vez não foi melhor?

Ela está sorrindo quando olha por cima do ombro. Mas não há nada de divertido na expressão. É amarga e afiada, e tudo o que ela é.

— Tenho certeza de que você consegue encontrar a saída sozinho — diz, antes de entrar no quarto e fechar a porta atrás de si.

15

O palácio começa os preparativos para um banquete de comemoração, aprontando-se para o momento em que o Juedou for anunciado e os dois finalistas dos jogos serão convocados ao coliseu. Todo ano, o Rei Kasa cuida dessas questões pessoalmente, sempre orgulhoso com sua seleção de cores de cortina e toalhas de mesa combinando. Ele dedica mais energia a ordenar onde os apoios dos *kuàizi* devem ser colocados do que a entender a escassez de alimentos em San-Er. August observa tudo com desgosto. Cada segundo que passa ali significa mais acidez sendo bombeada para seu estômago, deixando-o completamente nauseado. Mas, até que o Rei Kasa seja deposto, ele não vomitará. O reino de Talin precisa ser igualmente paciente.

Número Oitenta-e-Oito foi encontrado morto na noite anterior, as mãos posicionadas na saudação sicana. Parece um mau presságio.

— O que acha, August?

O Rei Kasa se vira, mostrando-lhe as duas bandejas em suas mãos.

— A da esquerda é mais adequada para uma ocasião grandiosa — responde August com facilidade.

O Rei Kasa assente em aprovação e repete a mesma opinião para o conselheiro, que está à espera com um bloco de anotações. August quase franze a testa, mas se contém, como tem feito há anos. Não pode falhar quando está tão perto. Ele quase consegue imaginar: o medo nos olhos do Rei Kasa quando ele agarrar o colarinho de seda do pai e o arrastar para longe, o deleite nos olhos dos serventes ao colocarem as travessas de fruta na mesa e se afastarem, quando empurrarem o rei para sua execução e deixarem seu sangue escorrer em pequenos riachos por seu corpo, pelo piso de mármore, para além da sacada. Deixe que pinte toda San. Deixe que se acumule de forma bem densa nas ruas, a ponto de dominar o fedor da cidade.

August engole em seco, a garganta queimando. Mas não pode ser ele. Como isso terminaria? Os membros do conselho exigiriam respostas. Haveria um vácuo no poder de San-Er, os dois palácios destruídos e controlados pela nobreza incompetente. Não restam outros herdeiros. O sangue real secou dos dois lados do canal depois que a Princesa Calla desqualificou a si mesma ao cometer patricídio. Ele não deve se apressar. Não deve falhar por mera gratificação momentânea. Não há prazer em pisar no pescoço do Rei Kasa e cuspir em seus olhos, seja em monólogos ou grandes atos teatrais. O Rei Kasa não verá isso como a justiça que finalmente o alcançou, pois não entende que é um anátema para esta terra.

Ele não se arrependerá de nada em seu reinado. Só pensará que foi um golpe injusto. E, quando morrer, não importa o quanto August se sentiria bem acima dele, vendo o terror em seus olhos, ele sabe que não haverá remorso ali. Calla pode dar o golpe. Ele ficará fora do alcance do sangue derramado. É assim que salvará este maldito reino.

— Vossa Majestade — diz —, o senhor deseja que eu vá conferir as entregas de comida?

Elas chegarão das províncias rurais naquele dia. Quotas a serem cumpridas em vilarejos que mal conseguem alimentar a si mesmos. Porções tomadas daqueles que mais precisam delas.

— Excelente ideia — responde o Rei Kasa. — Pergunte sobre os peixes, sim? Queremos um para cada convidado do banquete.

— Claro. Volto logo.

August se vira, enfiando a mão no bolso para pegar um lenço. Ele limpa a boca ao sair, como se pudesse arrancar-lhe a sujeira. Quando ele governar, não haverá tolices assim. Quando ele governar, fará o bem, espalhará seus recursos, espalhará educação por cada canto em que for necessária.

August caminha até uma das cozinhas. O palácio é diferente do resto da cidade. Suas mesas são limpas e o chão está sempre bem esfregado. As máquinas roncam alto ao esticar macarrão e pesar peixes, mas, mesmo assim, o cheiro é livre do fedor de farinha molhada e do sal podre do mar. Embora a atmosfera seja igualmente atribulada — August é quase derrubado como um pino de boliche ao abrir a porta, tendo de convencer depressa o cozinheiro de que está tudo bem, não há necessidade de se curvar em um pedido de desculpas —, as pessoas ali são diferentes. Ninguém está preocupado em correr o máximo que puder para garantir a próxima refeição.

— Vossa Alteza — cumprimenta Galipei quando August para à sua frente. Ele oferece uma colherada da tigela de cozido que tem nas mãos. — Quer um pouco?

August a dispensa com um gesto e pergunta:

— Qual é a situação no hospital?

— Tudo é trabalho com você, nunca diversão.

Galipei reclina a cabeça, olhando ao redor. No tempo em que ele leva para observar, três auxiliares de cozinha passam pelos dois: um com um cesto cheio de legumes e verduras, importados das províncias; um com um peixe gigante, trazido das baías de San-Er; e o último com um saco de arroz.

— Estou trabalhando nisso — continua Galipei, sem medo de ser ouvido. — Há muitas coisas envolvidas se quisermos que pareça natural.

— Não se preocupe muito com isso — diz August. — Quem vai nos processar se parecer um ato criminoso? Talvez o próprio hospital tenha tomado a decisão por misericórdia. Ou porque ela está lá faz tanto tempo... Leitos são preciosos.

— Hum... — Galipei pega outra colherada do cozido e a enfia na boca. Ele não está de uniforme hoje, o que quer dizer que está fazendo tarefas paralelas para Leida. August fingirá não perceber, desde que as *suas* tarefas sejam feitas. — Então, o que ela tem para incriminar você?

August por pouco se impede de ignorá-lo. Em vez disso, estende o braço e dá um tapa no cozido em suas mãos. A tigela já está quase vazia, de qualquer forma. August a chuta para debaixo de uma das mesas e puxa Galipei pelo pulso em direção à porta.

— Aqui não — sibila baixinho. — Você enlouqueceu?

— Como espera que eu o proteja se omite informações, Vossa Alteza? — responde Galipei, indiferente.

Ele não resiste a ser arrastado, embora pudesse facilmente usar de sua força superior e impedir o progresso dos dois. As portas cedem, levando-os a um corredor mais quieto. Um lustre de brilho dourado pende acima deles, os cristais cintilando quando sentem a perturbação no ar.

August continua avançando até chegarem a uma janela. Estão em um piso mais baixo, então a vista é metade de pedras, metade uma luz de tom acinzentado, e o telhado do complexo de apartamentos ao lado do palácio forma uma linha vermelha perfeita no meio. Ele empurra a janela, abrindo-a. Uma brisa quente sopra através dela.

— Você pode me contar — diz Galipei quando August continua em silêncio por um longo momento. — Já me enviou em muitas tarefas estranhas, mas nenhuma tão insana quanto matar sua meia-irmã que está em coma há sete anos.

August apoia os cotovelos no parapeito, o rosto inclinado contra a luz. Seus ombros estão tensos, unidos por uma contradição de ossos de aço e tendões frágeis. Não importa o quanto tente parecer forte, é preciso pouco para despedaçá-lo completamente.

— Talvez eu seja menos são do que você pensa — diz.

Galipei franze a testa.

— Você duvida que eu o conheça bem o bastante? É meu dever protegê-lo, August. Conheço você, sob qualquer circunstância. Me diga o que está acontecendo.

August considera recusar. Teimosamente, quer guardar seu segredo, mas Galipei o olha com uma expressão que beira o desafio, e ele não pode permitir isso. Dentro da própria mente, ele vê os dois passando altas horas da noite nas torres do castelo, debatendo os problemas das cidades e observando San-Er lá embaixo, como se fossem as únicas duas pessoas que continuam acordadas. Pouco som chega às torres quando se está tão acima de San. As cidades se tornam um retrato imóvel, separadas do trabalho que August e Galipei fazem, separadas do mundo que criam juntos.

Não há muito que August tenha só para si. Mas ele tem Galipei, que foi feito para ele, não para o reino, e, se Galipei está se afastando, então precisa ser puxado para perto de novo.

O Príncipe August se vira, calmo e firme, para seu guarda-costas.

— Tenho medo de que Anton descubra algum jeito de acordá-la. — Ele faz uma pausa, escolhendo com cuidado as próximas palavras. — Não sei como, ou se é possível. Mas, se ele conseguir isso antes de tomarmos o poder, teremos problemas.

Galipei apoia o ombro na parede. Ele cruza os braços.

— Otta estava do seu lado antes de ficar doente.

— Otta nunca esteve de nenhum lado. Ela fazia o que queria, para quem a agradasse mais. Ela nunca deveria ter visto... — August interrompe a si mesmo com um resmungo frustrado. Ele não volta a falar até retomar a compostura. — É melhor que você não saiba.

— Por que está tomando essa decisão por mim?

August balança a cabeça.

— Ela pode apresentar evidências de que eu sempre tentei destronar o rei. Do que mais você precisa? Se eu também mencionar o que ela viu, é mais um fardo para você carregar.

A janela treme sob o impacto de alguém batendo uma porta dentro do complexo de apartamentos ao lado. Há sempre uma multidão de guardas do palácio vigiando as residências vizinhas, a fim de garantir que ninguém cause problemas escalando os muros e investindo contra o palácio. Eles seriam açoitados só por tentar.

Galipei se afasta da parede. Não parece contente, mas não vai reclamar.

— Nada que venha de você é um fardo, jamais — diz. Ele dá meia volta, acenando por cima do ombro. — Já vou indo. Mande uma mensagem no pager se precisar de mim.

August o encara, os olhos semicerrados. Quando se depara com o próprio reflexo no vidro da janela, está convencido de que vê um estranho, embora este seja seu corpo de nascença.

Conheço você, sob qualquer circunstância.

— Conhece mesmo? — pergunta August para o corredor agora vazio.

ꝏꝏ

```
Cuidado na volta pessoas estranhas eu me viro com o
almoço está tudo bem amo você
```

Yilas se inclina sobre a mão, o cotovelo apoiado na mesa. O restaurante continua fechado depois do susto do dia anterior, então ela clica pelas mensagens do pager no escritório dos fundos, filtrando as últimas que recebeu do irmão.

— Vou ver como Matiyu está.

Chami ergue os olhos, a lixa de unha parando no ar. Seu corpo de nascença está lá em cima, acomodado na cama com um curativo no pescoço enquanto a pele se costura sozinha. Receptáculos vazios podem curar a si mesmos, mas é uma tarefa lenta e árdua. Depende da presença de seu *qi* base, em vez do *qi* agitado e ativo de um ocupante; quanto mais forte for a pessoa, mais rápido ela consegue fechar os próprios ferimentos. Chami poderia saltar mais cedo para seu corpo de nascença e andar por aí cheia de ataduras para agilizar o processo, mas, já que tem um corpo extra no qual vagar ao redor, é melhor deixar o dela se curar sozinho e evitar um desgaste desnecessário.

— Ele não falou para você fazer o exato oposto? — pergunta.

Yilas já está de pé, procurando as chaves.

— Sim, mas... — Ela as encontra debaixo de uma pilha de papéis. — Eu quero comprar um daqueles pingentes que as Sociedades Crescentes vendem. Os que eles dizem que protegem contra invasões.

— Yilas. — Chami estica o braço, gentilmente fazendo a namorada parar. Ela não fecha os dedos até o fim ao pegar o pulso dela, como se tivesse medo de apertar demais com sua força desconhecida. — Está tudo bem, amor. Nós vamos ficar bem.

— Eu sei — diz Yilas, e não é totalmente mentira.

Mas ela não quer estar apenas bem, quer manter Chami segura. E isso é algo colossal para se pedir em San-Er, então tudo o que pode fazer é tentar abrir um sorriso antes de se soltar da mão dela e andar até a porta.

Embora as estações de notícia tenham declarado que há rebeldes em San-Er, as ruas continuam fervilhando de atividade. A mesma multidão se aglomera ao redor das casas de aposta, os mesmos idosos puxam as cadeiras para fumar do lado de fora de um comércio de esquina.

Vocês não estão com medo?, quer perguntar Yilas. Invasores nunca atravessaram a muralha antes. Talvez haja algo de reconfortante em apostar nos números das cidades gêmeas. A probabilidade diz que hoje não é o dia em que você morrerá, que San-Er tem pessoas demais para tornar justo você o alvo de um ataque. Talvez seja por isso que as multidões não fiquem dentro de casa, mesmo quando os jogos estão no auge. O sangue não se derrama só por entretenimento. Derrama-se em acidentes nas fábricas, assaltos e ondas aleatórias de pragas. Se viverem com medo, talvez nunca saiam.

Yilas solta demoradamente o ar, mas isso não alivia a dor que se contorce em seu estômago. Uma gota de água suja cai do ar-condicionado acima, e ela limpa a nuca.

O Templo Sepulcral está mais movimentado naquele dia, a ponto de as portas de entrada estarem escancaradas. Ao entrar, Yilas dá um peteleco em um floco de tinta vermelha que está descascando.

Ela se depara imediatamente com barulho.

— Você não está encontrando os certos! Tenho certeza!

— E daí? Até quando é para continuarmos tentando?

Yilas olha para os dois homens discutindo, então se afasta. Uma luta pode começar a qualquer segundo e, quando eles puxarem as correntes presas em seus cintos, ela não quer estar por perto.

Mas ela também não vê Matiyu. Com o máximo de cautela, Yilas perambula pelo templo, tentando se mesclar à rápida atividade. Deve haver algum tipo de evento acontecendo. Ou talvez uma nova meta para a equipe deste território, e os membros da Sociedade Crescente se preparam para enviar reforços às ruas.

Finalmente, Yilas chega aos fundos do templo, depois de descobrir que a sala do irmão também estava vazia. Ele não estaria no abarrotado apartamento de seus pais a esta hora. Seu trabalho é ficar aqui, nesta base e neste setor da Sociedade, e contabilizar o inventário. O único lugar que resta conferir é o depósito para onde ele a levou da última vez.

Yilas abre a porta com o ombro, chamando:

— Matiyu? Você me fez procurar para cima e para baixo...

Mas esta sala também está vazia e escura. Da porta, ela pode ver um monte de caixas deixadas perigosamente no meio do cômodo e papéis espalhados no topo. Yilas tateia ao redor para encontrar um interruptor e, quando a sala se ilumina com um amarelo desconcertante, ela entra, devagar. O que foi que deixou Matiyu tão curioso da última vez? Algo sobre números que não batiam...

Yilas pega os documentos. Não são os mesmos registros do inventário. São mapas impressos, todos com data e hora sinalizadas no canto, parecendo capturas de tela segundo a segundo da vigilância do palácio.

São os registros dos jogos e do movimento de cada jogador.

— Mas que merda é essa? — pergunta Yilas em voz alta, folheando os papéis.

Aleatoriamente, ela puxa um em que **57** e **86** estão marcados com dois pontos no canto, circulados em vermelho.

Porém, antes que Yilas possa dobrar o mapa e levá-lo consigo, algo cobre sua cabeça por trás, transformando seu mundo em escuridão.

16

O Rei Kasa está sempre maquiado quando aparece na televisão. Uma expressão serena, as sobrancelhas desgrenhadas baixas e relaxadas, a barba macia e bem escovada. O fundo está ofuscado por luzes, assim como o plano da frente, embora talvez isso seja culpa das alterações digitais que as salas de comunicação têm feito enquanto a edição do palácio é transmitida. Calla não consegue identificar em qual cômodo o rei está fazendo seu discurso pré-gravado. Ela imagina que esse seja o objetivo.

— *Mesmo durante períodos de prosperidade, haverá inimigos em nossas fronteiras* — começa o Rei Kasa.

— Prosperidade? — repete Calla imediatamente, seu tom transbordando sarcasmo. Ela risca um fósforo e acende o cigarro pendurado entre os dentes. — Em que mundo?

— *É por isso que temos a muralha, por isso fazemos a distinção entre a cidade e o restante de Talin. A cidade é o centro da inovação. A cidade é onde todos desejam estar.*

— Cida*des* — corrige Calla, descartando o fósforo preto e tragando o cigarro aceso entre os dedos. — Somos cidades gêmeas, seu filho de uma...

— *Como todos ficaram sabendo, há rebeldes em San-Er. Isso é verdade. Eles querem derrubar o regime, mas fiquem tranquilos, pois a guarda do palácio está caçando os criminosos envolvidos em tamanho absurdo. Já prendemos um dos rebeldes responsáveis.*

Uma mentira. Só pode ser, porque o palácio sequer decidiu como esses supostos rebeldes invadiram as cidades.

— *O que precisamos fazer é viver com coragem frente à covardia deles. Precisamos mostrar nossa força diante das dificuldades.*

Calla não consegue conter a exclamação que preenche sua sala de estar.

— *Cacete*, o que você está planejando?

Ela não recebe uma resposta. Sentindo sua raiva, Mao Mao caminha até ela e se esfrega em seu tornozelo. A barra de sua calça está dobrada para cima: uma tentativa fracassada de limpar o tecido ensopado de sangue. O restante de suas roupas não está sujo o suficiente para exigir uma troca, mas ter sangue nos tornozelos não é exatamente agradável.

A tela da televisão parece clarear, preparando-se para qualquer anúncio que esteja prestes a vir, conforme o Rei Kasa pigarreia e olha direto para a câmera.

— *Os jogos serão acelerados, para celebrar o regime e desafiar aqueles que estão tentando nos derrubar. Está na hora de nos unirmos e resistirmos à destruição. Vida longa ao reinado de San-Er.*

A transmissão fica escura. Segundos depois, ela volta para os âncoras na sala do noticiário.

Calla se reclina no sofá, balançando o cigarro por cima do descanso de braço e levantando a mão esquerda para olhar o bracelete. Outro feixe de luz corta sua pele nua como um segundo bracelete, os raios da tarde mal conseguindo penetrar a janela. Tanto ela quanto Anton já receberam seus dois alertas pessoais hoje, então decidiram se separar mais cedo e descansar. Agora, o que exatamente o palácio quis dizer com *acelerar os jogos?*

Seu bracelete começa a tremer. Calla fica de pé num pulo.

— Ai, não, não, não...

Ela pega a espada e joga uma jaqueta sobre os ombros. À distância, escuta passos ressoarem pelo prédio. O relógio na prateleira diz ser final de tarde. Ela será emboscada, sem saber o que está vindo, quem está vindo, *quantos* estão vindo a seu encontro neste momento. Uma batalha neste apartamento ou nos corredores seria claustrofóbica — ela precisa sair dali.

— Mao Mao — sibila —, vá se esconder!

O gato sai correndo, percebendo a pressa dela. Há ração o suficiente estocada no canto do quarto, e há buracos nas paredes onde Mao Mao pode ficar escondido o dia todo. Assim que a bolinha de pelos desaparece, Calla enfia os braços na jaqueta e corre para o banheiro. Seu bracelete continua vibrando contra a pele, embora a tela não mostre nada. Ela entra na lavanderia, abre a janela com um baque e sai com um único movimento ágil.

Maldito Rei Kasa. Maldito seja por toda a eternidade. Calla estremece quando o tornozelo aterrissa com força no beco lá fora, mal tomando um instante para se recuperar antes de disparar, mergulhando em San. Três ruas depois, ela para e se inclina contra a parede de uma loja, tentando recuperar o fôlego.

O bracelete parou de tremer.

A vida segue na cidade: máquinas apitam e cabos pendem, frouxos; ruas serpenteiam e portas batem.

Calla se endireita, alisando o cabelo. Escapou desta vez, mas não pode voltar ao apartamento. O jogador ficará vigiando, esperando para acrescentar uma letalidade à sua lista. Daqui em diante, ela deve ir aonde os jogos a levarem.

— *Maldito* — diz mais uma vez, com emoção.

Calla começa a avançar para o interior da cidade.

Por acaso ou por sorte, Anton não assiste à declaração do rei. Ele está enfiado no canto de um quarto de hospital, suando debaixo de camadas de roupa. O ar-condicionado foi chutado pela janela, e os suportes quebrados pendem do parapeito. Há cinco leitos, um ao lado do outro, separados por cortinas. A duas camas de distância, uma família discute opções de transferência em voz alta, não mais disposta a pagar pelo espaço.

Anton passa a toalha úmida pelo braço de Otta.

— Não sei por que me dou ao trabalho — sussurra, para que as pessoas do outro lado da cortina não o escutem. — Não sei o que você diria se estivesse por aqui para se ver reduzida a isso.

A mão dele para, a toalha imóvel sobre o pulso dela. A aparência de Otta mudou pouco ao longo dos anos. Ela está envelhecendo, o que é natural para um corpo ocupado por *qi*, mas não da forma como os outros fazem. É como se seu corpo tentasse acompanhar o restante do mundo, sempre um passo atrás, continuamente se esquecendo de que continua vivo e deve continuar a funcionar. Teria sido mais fácil se o corpo houvesse morrido. Se o *qi* de Otta tivesse sido arrancado por completo, então os deuses teriam tomado por Anton a decisão de levá-la embora. Em vez disso, ela está trancada dentro de algo que foi parcialmente salvo, presa entre a vida e a morte. Dia após dia, Anton precisa fazer a escolha concreta de mantê-la neste limbo, porque, se desistir agora, a morte dela estará em suas mãos.

— Me dê um sinal de que pode me escutar — diz, como faz toda vez que a visita, há meses, há anos. — Só um sinal, Otta. Qualquer coisa.

Nada. Nunca há nada, desde o momento em que ela ficou doente até o exato segundo em que o relógio da parede passa das 18 horas. Anton pega a mão dela e a segura, mas o gesto é feito por reflexo, não por carinho. Sete anos se passaram, e agora ele se lembra mais da Otta à sua frente do que da Otta que estava viva, que o incentivava a escalar as torres do palácio e jogar ovos nas janelas da sala de aula.

Na verdade, não fazia muito tempo que conhecia Otta quando foram pegos tentando fugir. Se lhe perguntassem qual era sua memória preferida com ela, ele não saberia o que dizer. Talvez as noites passadas escondendo-se nas várias salas do palácio, tentando ficar em silêncio enquanto os guardas patrulhavam os corredores do lado de fora. Mas mesmo isso sempre foi pincelado por uma agitação intensa, e Anton se perguntava se Otta ficaria entediada e iria embora caso ele não fosse interessante o suficiente.

— Por que você sempre faz isso? — perguntou ele certa vez.

Otta se virou de súbito naquela sala de estar privativa, os olhos pretos focados nele. Era sempre um pouco estranho olhar diretamente para ela, os olhos dos Avia tão similares aos de Anton. Eles com certeza não eram parentes. As linhagens da elite eram bem documentadas, e todo filho bastardo era registrado, não importava o quanto o deslize fosse sorrateiro.

— Isso o quê? — retrucou Otta, toda inocente.

— Você vive olhando em volta. Vê? Está fazendo agora mesmo. É como se estivesse esperando alguém aparecer atrás de você e te dar um susto.

Na verdade, essa era a interpretação gentil. Não importava se estivessem sozinhos em um quarto ou cercados pela multidão do palácio, a atenção de Otta mudava rapidamente de um ponto a outro. Anton havia escolhido as palavras com cuidado, para que ela não interpretasse como um ataque, mas não era apenas olhar em volta: ela queria ser vista, como se cada palavra que dissesse a ele também fosse direcionada a uma audiência escondida logo atrás da cortina.

Otta se inclinou para a frente, o queixo apoiado na palma da mão.

— Só sou cuidadosa — sussurrou, como se os dois estivessem por trás de uma conspiração. — De que outra forma sobreviveríamos a um lugar assim?

Às vezes, Anton tinha a sensação de que os nobres do palácio posavam como se fossem mais importantes do que eram de fato. Que cada conflito era encenado e artificial, só uma questão de quem chateou quem, e quem disse a coisa errada a quem. Ninguém que vivia dentro daquelas paredes protegidas fazia a mínima ideia do que era o perigo de verdade.

Mas ele não podia dizer isso a Otta. Ela havia transformado a sobrevivência no palácio em um maldito esporte, e alegava fazer isso pelo bem deles. Enquanto ela lhe estendia a mão e sussurrava: *Você é a única coisa que faz valer a pena, prometa que vamos ficar juntos, prometa, prometa para mim,* não havia nada que ele pudesse dizer além de: *Eu prometo. Eu prometo.*

Quer conhecesse a verdadeira Otta Avia ou não, eles pertenciam um ao outro. Ele passou aqueles anos de exílio desesperadoramente consciente de que ela era tudo o que lhe restava. Cada momento desperto é passado correndo atrás da próxima forma de pagar uma conta de hospital atrasada há meses. O fim da linha se aproxima. A dívida está alta demais para ser tocada. Anton sabe que, ou vence os jogos do rei e pega o prêmio, ou perde a si mesmo e a Otta de uma só vez. Não aceitará nenhuma outra alternativa. Uma promessa é uma promessa, e ele jamais irá abandoná-la.

Anton solta a mão dela, então para de repente. As pontas dos dedos de Otta estão roxas.

— Preciso de um médico! — grita, ficando de pé e abrindo bruscamente as cortinas.

Um enfermeiro está ao lado da mesa, servindo-se de uma grande garrafa térmica de metal.

— Você disse alguma coisa? — pergunta ele, desatento, erguendo os olhos em sua direção

— Sim — responde Anton.

A impaciência lhe sobe a garganta. Todos os hospitais em San-Er são assim. Trabalho demais e pacientes demais, salários insuficientes e funcionários insuficientes. As pessoas que cobrem os turnos ou não têm paciência, ou não têm empatia. Ele imagina que, acima de qualquer coisa, seja um mecanismo de autopreservação. A cada dia, devem descartar mais vidas do que salvá-las, não por vontade própria, mas porque não há recursos o suficiente ou espaço para trabalhar.

Mesmo assim, naquele momento, a única pessoa a quem pode culpar ali é o enfermeiro.

— Esta paciente precisa de cuidados.

O enfermeiro se aproxima, franzindo a testa.

— Não vejo nada de errado.

— Então chame um médico... *Ei*, aonde você vai?

Algo começou a guinchar no corredor. Sem qualquer compaixão, o enfermeiro já está indo embora, com uma das mãos erguida.

— Aperte o botão de chamada se for uma emergência — grita por cima do ombro.

Assim que ele sai da sala, o espaço se torna mais barulhento, a conversa a duas camas se tornando mais acalorada. Anton resiste à tentação de socar as cortinas, atingindo o que quer que seja só para se sentir melhor.

Quando olha para Otta de novo, há uma fina camada de suor em seu lábio superior. Ele pega a toalha e o seca com cuidado. Algo está acontecendo. Os médicos dizem que, enquanto os sinais vitais dela forem monitorados, enquanto ela receber cuidados, não irá piorar. A *yaisu* pode ser continuamente combatida. Ela não pode melhorar, mas também não pode morrer.

Então por que parece que Otta está enfraquecendo?

Há um farfalhar súbito na cortina e, assustado, Anton ergue os olhos. A sombra de uma criança se move pelo outro leito, mas desaparece com a mesma rapidez. Anton espera outro segundo. Nada. Ele suspira.

Não há enfermeiros ou médicos ao redor para lembrá-lo de suas contas quando ele fecha as cortinas de novo e sai do quarto. Ele vira no corredor lá fora. Uma coceira no queixo o irrita e, quando o toca, encontra aspereza, sangue seco e pontinhas de barba que pinicam, tentando crescer. Ele está exausto. Quando foi a última vez que tomou um banho? Ainda há muito vermelho manchando sua gola — talvez esteja ali há um dia, talvez seja mais antigo. Todo minuto que não passa nos jogos, ele passa beirando cassinos e cibercafés, movimentando dinheiro ou consultando suas contas.

— Cuidado, cuidado!

Uma maca desliza depressa pelo corredor, empurrada por uma mulher vestida como um civil comum. Anton sai da frente, pressionando-se contra a parede de tinta verde lascada. O bulbo de luz fria pisca no teto. Ele se pergunta se a mulher simplesmente decidiu agir por conta própria ou se é uma médica que ainda não se trocou. A recepção mal consegue acompanhar os próprios pacientes, que dirá os funcionários. A única coisa que parecem conseguir acompanhar são os pagamentos.

Com o alto ranger de suas rodinhas, a maca desaparece na curva seguinte. Anton continua andando, as mãos nos bolsos, observando as pessoas pelas quais passa. Chegou a hora de uma troca. Ele consegue sentir o desconforto no peito, uma reação que sempre vem quando a familiaridade toma conta de um corpo específico, quando um rosto se torna confortável demais e os membros excessivamente fáceis de movimentar. Ele precisa estar sempre alerta. É a única forma de San-Er não passar por cima dele quando não estiver prestando atenção.

No canto, um rapaz espera com um celular pressionado na orelha. O dispositivo é algo peculiar de se ver, raro ao redor de San, porque tal tecnologia se limita a banqueiros e contadores dos distritos financeiros. Ele deve ser rico. Ou o filho de um membro do conselho, ou alguém capacitado o suficiente para ter subido sozinho na vida depois de se formar em uma das três maiores instituições acadêmicas de San-Er. Normalmente não vale a pena envolver gente desse tipo nos jogos.

Anton o faz mesmo assim. Ele tropeça na frente do homem, as facas, o pager e as moedas tilintando para fora de seus bolsos, o bracelete se soltando do braço. E, quando o jovem se baixa gentilmente para ajudá-lo a pegar seus pertences, Anton salta.

— ... ela está esperando você às *9 horas*, não se esqueça. Sua mãe é...

Anton baixa o telefone da orelha, adivinhando qual botão desligará a voz mal-humorada. O corpo que acabou de abandonar está piscando, os olhos vermelho-alaranjados arregalados em uma tentativa de se lembrar como foi que veio parar no hospital. Mas Anton finge ignorância, e apenas oferece um meio sorriso antes de pegar as facas e enfiá-las dentro da manga do paletó chique deste corpo. Ele se sente renovado. Alerta. Em algum momento, ele — seu *qi*, seu espírito, sua essência — precisará dormir, mas, enquanto continuar saltando, pode protelar isso, como uma ferida tapada com fita em vez de pele nova.

Anton recoloca o bracelete. Revigorado, ele empurra as portas de entrada do hospital, mesclando-se ao restante do prédio movimentado.

August joga uma moeda, então a pega suavemente na mão. O bar é um alvoroço ao seu redor, cada assento ocupado por pessoas comuns. O Ponto da Cobra é um buraco na parede, ou, mais precisamente, três buracos em três paredes, o que envolve escolher uma série de passagens obscuras antes de chegar ao famoso lugar. Os guardas do palácio frequentam sempre estas mesas, vindo quando estão de folga, ou mesmo quando não estão.

O barman lhe serve um drinque. Vestindo o corpo de um estranho, August assente, jogando a moeda para a frente. Esta noite ele chegará ao fundo deste mistério. Chega dessa história de intrusos estrangeiros. Chega de mentiras sobre camponeses invasores. Algo sempre lhe soou estranho nisso tudo, mas ele não consegue dizer o que é. Algo parece... orquestrado. Motivos confusos, improváveis. A lógica falha em fechar o círculo.

Calla fez um relatório naquela manhã. Foi atacada no dia anterior por alguém que provavelmente planejava fazer dela mais uma vítima da febre *yaisu*.

Não houve luz quando ele saltou. Não havia ninguém por perto quando ele desapareceu do corpo. Como isso é possível, August? Desde quando os sicanos podem mudar as regras assim?

Mas este é o problema: ele não acredita ser possível que as coisas possam ser explicadas simplesmente colocando a culpa no que é estrangeiro. Há mais por trás dessa história.

— Vocês ficaram sabendo disso?

Os dois guardas do palácio sentados ao redor do balcão se espantam com a voz de August, mas rapidamente seguem o dedo dele até a pequena tela apoiada no canto. O noticiário no mudo está falando das mortes de novo, mostrando uma imagem granulada de um dos jogadores mortos fazendo a saudação sicana. August teve permissão para divulgar apenas a foto mais desfocada, para que as pessoas de San-Er vissem que foi o trabalho de um amador, alguém que não sabe *realmente* como é a saudação sicana. Os apresentadores na tela se apressam a dizer que é uma farsa, uma tentativa de disseminar a discórdia em San-Er. Nessa parte, pelo menos, ele *acredita*: não são sicanos de verdade. Mas também não consegue imaginar que sejam camponeses talineses.

— Sabemos tanto quanto você — responde o guarda do palácio. Ele não parece nem um pouco desconfiado, e, se notou os olhos pretos como piche de August, não demonstra. Em todo o resto, o príncipe se apresenta como um civil preocupado. — Só me surpreende que estejam culpando invasores de fora.

— Ah, é? — diz August.

O segundo guarda assente.

— Tem um motivo para a muralha ser infalível há tanto tempo. É um sistema excelente. Nós vigiamos cada seção. Se alguém a escalasse, nós *saberíamos*.

August concorda. E esse é o motivo de estar pipocando por bares a noite toda, conversando com cada guarda do palácio que consegue encontrar. Porque só resta mais uma opção.

O trabalho de um infiltrado.

Ele não decidiu ainda o que isso significaria. Uma falha de segurança? Talvez uma torre de vigilância inteira esteja fazendo vista grossa, ou alguém do alto escalão esteja abrindo as portas para o lado de fora. Mas isso ainda deixa grandes perguntas em aberto: como alguém conseguiria validar números de identidade e evitar as câmeras?

August salta. Ele entra em um corpo do outro lado do bar, e o clarão é engolido depressa, apenas outro ponto estranho piscando em San apesar de ser o sinal de uma atividade ilegal. Aqui, a maioria dos guardas do palácio está de folga, sem desejo algum de policiar saltos. Apesar disso, ainda são facilmente identificáveis por seus uniformes, cobertos de preto, então, em seu novo corpo, August desliza pelo sofá de uma cabine, de frente para outro guarda.

Este não levanta os olhos quando ele chega.

— Não está interessado no noticiário?

— Vai se ferrar — retruca o guarda.

August inclina a cabeça.

— Você não acha que é seu dever cívico se desculpar por haver camponeses invasores em San-Er? Como consegue vestir seu uniforme com tanto orgulho? Como vai representar o trono de Talin?

O guarda ergue a cabeça agora. Com um instante de atraso, August percebe que o reconhece, ou pelo menos reconhece o azul-esverdeado de seus olhos. Este é um dos homens mais próximos de Leida, responsável por substituí-la quando ela está fora do palácio ou de folga.

— Por que tão bocudo, hein? — pergunta o guarda. Vaire, esse é o nome dele.

August espera um instante, então retruca:

— Por que tão na defensiva? Foi você que deixou os invasores entrarem?

Vaire avança, a mão esquerda se fechando ao redor da gola de August. Ele o puxa para perto, saliva espumando em sua boca. Seu outro punho já está subindo, a caminho do queixo de August, mas então o braço para, como se houvesse encontrado uma barreira invisível. A cena é quase cômica.

— Vossa Alteza — diz Vaire depressa. Ah, então ele notou os olhos. — Sinto muitíssimo.

— Ah, não há necessidade — responde August. — Eu estava *mesmo* sendo irritante, afinal.

Ele se desvencilha de Vaire, e o guarda imediatamente recua as duas mãos. August fica de pé, os lábios apertados em pensamentos distantes.

— Certifique-se de aparecer sóbrio e bem cedo para seu turno amanhã.

Ele consegue sentir o olhar fixo de Vaire em suas costas ao sair do bar. No momento em que identificou August, ele se fechou, então não adianta tentar perguntar mais nada. Mesmo assim, por que a reação adversa quando questionado acerca da muralha? Vaire não costuma ser muito violento. Ele é calmo e racional, como todos os guardas do palácio devem ser quando são selecionados para o serviço.

Do lado de fora do prédio, August para, olhando por cima do ombro. Ele observa o último balançar da porta. Seu olhar se desvia para cima, para o segundo andar, onde uma boate pulsa; para o terceiro, onde as máquinas de uma lavanderia rugem; para o quarto, onde um restaurante de sopa de macarrão funciona em capacidade máxima.

Ele ainda não entendeu tudo. Mas está começando a ter suspeitas.

17

A fumaça dança nos lábios de Calla em pequenos círculos cinzentos, formas perfeitas que se dissipam no ar conforme ela espalha cinzas pela cozinha. Já há três bitucas descartadas no chão, as brasas queimando os azulejos de cerâmica. Calla, enquanto isso, está sentada à mesa, com uma bota enlameada apoiada em uma cadeira, a outra se balançando, livre.

A porta se abre. Quando Anton entra no apartamento dele, não parece surpreso em vê-la. É claro que ela só pode supor que seja Anton, vestido como o assistente de um membro do conselho, o cabelo penteado para trás com gel e as abotoaduras chiques brilhando sob a luz fraca.

Calla bate um dedo no cigarro. Mais cinzas desgarradas se unem à bagunça no chão, e ela se pergunta se ele irá perceber. Se irá se incomodar, ou se nem vai se importar, só outra mancha qualquer no apartamento.

— Onde você esteve? — pergunta ela.

Anton ergue uma sobrancelha. Ele se aproxima com passos arrastados, como se não tivesse forças para se manter de pé por nem mais um segundo. Seus olhos, entretanto, o entregam. Aquele olhar preto-carvão está alerta e calculista, observando com o máximo de atenção.

— Preciso dar satisfações para você agora, Cinquenta-e-Sete? — responde Anton.

— Você dá satisfações para alguém?

Se está vestindo um novo corpo desde que ela o viu mais cedo, ele esteve em algum lugar público. Fazendo o quê? Encontrando-se com quem? O novo rosto é para não ser reconhecido, ou ele estava simplesmente entediado do antigo? O impulso de saber o que ele estava fazendo repuxa as mãos dela. Se ele não vai responder por livre e espontânea vontade, ela abrirá seu peito e lhe arrancará as respostas.

Anton para à mesa.

— Não estou com ânimo para lutar com você.

— Lutar comigo? — repete Calla. Uma risada petulante se instala em sua garganta. Ela a contém com um mínimo de autocontrole. — Ah, *mil* perdões por atrapalhar seus planos.

Anton espalma as mãos na mesa, uma de cada lado dela. O movimento súbito não a assusta. De repente, Calla corre os olhos pelo paletó dele: o tecido é tão liso que ela consegue ver exatamente onde ele escondeu as facas rabo-de-peixe.

— O que está fazendo aqui? — pergunta ele.

— Você não viu a declaração? — retruca ela. — Os jogos foram acelerados. Sinalizadores de localização aleatórios. O alarme pode disparar a qualquer segundo, e aí o seu apartamento ficará tão vulnerável quanto o meu.

Pela expressão de Anton, ele não sabia. Ela o observa piscar uma, duas vezes...

— E mesmo assim você apareceu aqui?

— De que outro jeito deveria encontrar você?

Anton não diz nada em resposta. Calla afina os lábios. Estão só jogando perguntas um para o outro, sem nenhuma resposta.

Algo terrível faísca no temperamento dela.

— Você pode simplesmente dizer. — Quando ela derruba cinzas de cigarro na toalha de mesa, consegue determinar o momento exato em que passou dos limites. — Se chegamos ao fim e você quer romper nossa aliança.

Anton arranca o cigarro dos dedos dela. Ela espera que ele o jogue fora. Em vez disso, ele o traga, então sopra a fumaça direto no rosto dela. Em um piscar de olhos, a mão de Calla voa para o pescoço dele, os dedos firmes ao redor da garganta e prontos para apertá-la. Mas ela não aperta, não ainda. Ela o espera comprar a briga para que possa começar a lhe jogar acusações, mas sabe que a única pessoa que quer repreender é a si mesma. Ela se acostumou a ter Anton Makusa por perto. Não é por isso que se incomoda quando não consegue encontrá-lo em um momento de perigo? Certa dependência se instaurou. Ela pode não precisar dele por perto, mas *deseja* que ele esteja por perto. É a primeira coisa que deseja em anos, além da queda do Rei Kasa.

— Do que você está falando? — pergunta Anton. A mão dele se ergue tão depressa quanto a dela, agarrando o pulso de Calla para controlar a força que ela exerce em sua garganta. — Está tentando me assustar, Cinquenta-e-Sete?

— Você *deveria* estar assustado — retruca ela, fechando a cara.

— Deveria? — A voz dele é baixa e sarcástica. Ele desliza a mão para cima, mas, em vez de afastar os dedos dela, os mantém ali. — Então por que está me olhando assim?

Calla congela. As palavras lhe pesam no fundo do estômago, como sementes de um parasita que tentam firmar raízes e lhe fazer companhia. Sua mão não parece mais uma ameaça: está apenas pressionando a pele macia e os tendões duros, sentindo as cavidades do pescoço dele a cada palavra que pronuncia.

— Como é que é?

— Não se faça de desentendida. Não combina com você. — Anton dá mais um passo à frente e baixa a cabeça. Antes que Calla possa impedi-lo, os lábios dele esbarram na curva de sua orelha. — Não precisa me ameaçar. Se queria minha atenção, conseguiu.

Um apito agudo vem do cinto de Calla. O som inesperado a espanta o suficiente para que largue a garganta de Anton e o empurre para longe. Ele recua sem protestar, a expressão imutável.

— Não distorça as coisas — retruca Calla, desenganchando o pager.

É de Chami.

`Emergência. Ligue para o restaurante.`

Uma pontada de pânico percorre sua coluna. Ela encontra os olhos de Anton de novo, a ferocidade renovada.

— Onde fica o telefone mais próximo?

Anton segue Calla até o lado de fora, o coração martelando contra as costelas. Ele aprendeu há muito tempo a esconder e controlar as feições de qualquer corpo para mostrar apenas o que quer. Otta foi sua professora. Ela não tolerava sentimentalismos, e endurecia coisas macias até que fossem pedras reluzentes.

Agora ele escuta a pulsação na orelha, o perigoso zumbido ressoando cada vez mais conforme observa Calla tirar o telefone do gancho. O barman da frente, Ruen, se aproxima e se esquiva pelos caminhos estreitos do bordel, olhando para Calla ao telefone e então para Anton, fracassando em reconhecê-lo. Assim que ele desaparece, Anton dá a volta no orelhão e se apoia direto na cabine, garantindo que Calla saiba que ele consegue escutar cada palavra da conversa, mesmo que não esteja realmente prestando atenção.

Adrenalina, raciocina consigo mesmo. Essa reação a Calla é uma resposta primitiva, algo que funciona por associação. Ela o faz lembrar de Otta, e não de uma boa maneira. Ela lhe dá nos nervos, até mais do que Otta fazia, porque Otta provocava e insistia, só para ver se conseguia, mas

Calla crava as garras profundamente e depois alega que não teve a intenção. Ela poderia ter qualquer coisa no mundo se apenas tentasse.

— Quando isso aconteceu? — diz ela ao telefone.

Os dedos se enrolam no cabo, torcendo-o com tanta força que a ponta de seu polegar está ficando branca. Quando os olhos dela se erguem e encontram os de Anton, é quase como se não o visse ali.

Ele deveria ser mais esperto do que se permitir ficar atraído por ela. O palácio já o deixou com cicatrizes. Deixou Otta se erguer, poderosa e livre, então a tomou com um sorriso malicioso. Ele dera meia-volta e se lançara o mais longe possível de sua zombaria, e, mesmo assim, não conseguiu escapar. Foi-lhe enviado um novo teste na forma de Calla Tuoleimi, a última princesa viva de Er. Ela tinge sua mente com cores vivas, brilhantes, ardentes e perigosas.

Ele sempre gostou de coisas perigosas.

Anton odeia ser esperto. Odeia saber que coisas perigosas estão fadadas a deixar um rastro de destruição por onde passam. E, ainda assim, ele tenta segurá-las.

— Não entre em pânico, só não entre em pânico — diz Calla ao receptor, cobrindo a testa com uma das mãos. Ela mexe os lábios em um palavrão silencioso, que Anton captura, mas o telefone não. — Quando foi a última vez que você a viu?

Antes que Anton possa adivinhar o que virá através da linha, há um cutucão em seu ombro, e ele se vira e encontra Ruen, com uma bandeja equilibrada na outra mão.

— É você...

— Sou eu — confirma Anton antes que ele possa terminar. — Chegou alguma correspondência para mim?

Ruen franze a testa, erguendo um dedo em alerta.

— Pare de trocar com tanta frequência. Eu quase expulsei você.

O barman coloca a mão no bolso de trás e puxa algo. Envelopes. Envelopes de aparência surrada, que podem ter chegado há algum tempo, mas Anton é péssimo em se lembrar de conferi-los, e todo mundo lá embaixo começou a repassá-los por segurança.

— Pague suas contas — alerta Ruen. Ele desvia de Calla ao telefone. — Você está muito atrasado.

— Você abriu as minhas contas? — grita Anton atrás dele.

— Não preciso! A quantidade me diz o bastante!

Ruen desaparece na curva seguinte. Calla marreta o telefone no gancho. Enquanto ela está bufando de irritação, Anton enfia os envelopes no bolso, sem sequer olhar para eles.

— O que aconteceu? — pergunta ele, casual.

A cabeça dela se ergue. Há uma pausa, um prolongado segundo de hesitação, antes que ela responda:

— Uma amiga minha desapareceu. Ela foi ao Templo Sepulcral.

A cada ano em San-Er, há cada vez mais pessoas desaparecidas do que pessoas encontradas. Corpos somem, almas são extinguidas.

— Um rapto da Sociedade Crescente, então — sugere Anton.

Calla está quieta, mordendo os lábios e apoiada na parede. Ela parece estar posando para uma escultura real, se aquelas obras de arte fossem forjadas em aço em vez de ouro.

— Está bem. — Ela se endireita de súbito, batendo a poeira das mãos. — Vamos, Makusa.

Ela começa a andar, avançado a passos largos pelo bordel. Surpreso, Anton se apressa a segui-la, contornando à direita e à esquerda dela conforme aperta o passo.

— Eu vou junto?

Calla lhe lança um olhar severo.

— Somos aliados, não somos?

Ela passa apressada pela porta e sequer para a fim de evitar que bata em Anton no rebote, mas ele é ágil, e logo está de volta ao seu lado.

— Somos — responde ele, observando-a parar na rua.

Ela ergue o queixo, parecendo decidir que caminho tomar, e o vento sopra uma mexa de cabelo em seu rosto, que gruda na boca. Anton quase levanta a mão para ajudar, mas Calla logo a empurra para trás.

— Então por que perguntou? — responde ela. A sombra de um sorriso enruga a lateral de seus olhos. — É claro que você vem junto.

Ruen pega o telefone. Ele disca o número lentamente, certificando-se de não errar nem um dígito; do contrário, seria punido pelo atraso.

A linha se conecta. Ele pigarreia.

— Ela está a caminho.

18

Calla se abaixa no terceiro andar do prédio, coçando o cotovelo debaixo da jaqueta. O vento sopra pelo recorte retangular na parede, erguendo poeira e lascas de tinta de suas laterais. O andar todo parece estar se despedaçando, como se alguém não parasse de morder pedaços do cimento.

— Haverá vários Crescentes de patrulha — alerta Anton.

Calla pressiona com força os nós dos dedos contra a boca. A dor aguda queima dentro de seus lábios, os dentes cortam a pele macia, e é só quando ela está ancorada nessa sensação humana e crua que consegue pensar com clareza.

— Uma missão de resgate não deveria ser difícil — comenta. — Esta foi a última localização de Yilas, então o mais provável é que alguém não tenha ido com a cara de uma intrusa e decidiu atacá-la. Ela está aqui em algum lugar, só precisamos encontrá-la e ir embora.

Anton estica ainda mais o pescoço para ter uma visão melhor do que os aguarda lá embaixo. Uma grade metálica fina corre por cima do telhado do templo, retendo tudo que possa cair dos prédios que o cercam. A escuridão da noite paira próxima ao chão.

— Você entende — diz ele, devagar — que este é um ponto central do tráfico de receptáculos, certo? O templo todo é altamente vigiado.

Calla não sabe muito sobre o Templo Sepulcral, exceto o que Yilas lhe disse. Na verdade, ela não sabe muito sobre as Sociedades Crescentes no geral. Para a maioria de suas facções, o disfarce de ser uma seita religiosa serve para acobertar seus negócios clandestinos. O sigilo se torna uma ferramenta para evitar inquéritos e a devoção fervorosa afasta os curiosos. Embora ela tenha certeza de que alguns dos membros das Sociedades realmente acreditam nos deuses antigos, tudo em San-Er gira em torno da sobrevivência, e eles não se organizariam dessa forma se isso não os mantivesse em segurança.

Calla se levanta, colocando um pé na beirada retangular.

— Vai dar tudo certo — fala.

Então ela pula e aterrissa na grade de metal sobre o templo, fazendo uma careta quando a estrutura toda cede um pouco com seu peso. Seus joelhos tentam travar em protesto, mas ela se move depressa, desbravando os sacos de lixo parcialmente podres e os montes de sabe-se-lá-o-quê que estão se decompondo ali há anos, faça sol ou faça chuva. É difícil enxergar; a iluminação dos prédios altos lança apenas um brilho fraco.

A grade de metal treme de novo, protestando quando Anton também aterrissa.

— A entrada fica lá *embaixo*, Cinquenta-e-Sete.

— Você achou que íamos simplesmente marchar pela porta da frente? — sussurra Calla. Ela continua avançando, chutando o lixo até estar no canto noroeste da estrutura protetora. Tão silenciosa quanto consegue, ela afasta pilhas de detritos até que uma parte da grade esteja limpa. — Me ajude a erguer isso aqui.

Anton franze a testa, mas se aproxima rápido e firma as mãos nos outros dois lados do painel. As peças da grade são unidas por uma malha fixa, mas, com um pouco de esforço, Calla consegue levantar um canto. Um pedaço quadrado se desalinha da estrutura abaixo, as laterais raspando contra o metal.

— Jogue — instrui Calla.

Eles arremessam a grade em cima dos sacos de lixo com um baque abafado. Alguém certamente perceberá este buraco quadrado na camada protetora quando o lixo começar a vazar para o templo, mas, até lá, Calla espera que ela e Anton não estejam mais por perto.

Anton olha para o buraco que fizeram. Eles se deparam com as telhas verdes do telhado do templo.

— Tem alguma entrada dos fundos que nós vamos usar? — sussurra ele.

Se fosse para Calla adivinhar, diria que sim. Mas pode fazer melhor do que isso.

— Venha comigo.

Suas botas golpeiam as telhas, mas o barulho é, felizmente, superado pelo clamor geral de San. Ela desliza por um breve segundo antes de recuperar o equilíbrio de novo. Quando para na beirada curva sobre duas alas do templo, consegue escutar Crescentes andando no caminho abaixo, provocando uns aos outros acerca do aumento dos preços nos bordéis.

Está frio. O templo deixa o ar-condicionado em temperaturas congelantes.

— Ande logo — sibila Calla.

Com uma careta visível, Anton também pula e aterrissa com uma firmeza perfeita. Eles esperam um instante para ver se os Crescentes escutaram, mas, quando as vozes dobram uma curva adiante, Calla finalmente chega ao chão pavimentado, a espada já em mãos.

— Guarde isso — alerta Anton ao se unir a ela no pavimento. — Se agirmos de maneira inofensiva, podemos fingir que somos membros.

— Não temos tatuagens — responde Calla, mas decide cooperar e guarda a espada. Há certa lógica no pedido dele: em um templo deste tamanho, alguém que cruze com eles não irá necessariamente presumir que não pertencem às Sociedades. Calla encontra uma janela alta a um metro dali, com uma fresta aberta em seu vidro embaçado e sujo de lama. — Me dê um apoio para subir.

Eles logo entram em um salão empoeirado nos fundos. Pelo canto do olho, ela vê Anton olhar repetidas vezes em sua direção, como se quisesse conferir se ela sabe os próximos passos, mas a verdade é que Calla raramente planeja com antecedência. Apenas determina um objetivo final concreto, e a seguir atropela qualquer barreira que se coloque entre ela e o resultado. Neste momento, o objetivo concreto é encontrar Yilas.

— Você sabe aonde está indo? — sibila Anton atrás dela.

— Claro que não — responde Calla, e espia um corredor. Parece vazio. Ela avança, evitando uma poça com cuidado. Os bulbos acima brilham em vermelho, tingindo os arredores com um manto rubro. — Por que eu saberia andar por um templo da Sociedade Crescente?

Anton sussurra um barulho horrorizado. Entretanto, quando Calla olha por cima do ombro para inspecioná-lo, o espanto não parece tê-lo atingido profundamente. O brilho vermelho em seus olhos escuros reflete diversão, seja pelo absurdo de seu plano ou pelo sucesso atual.

Um *tum* percorre as paredes. Calla para, escutando. Ela pressiona a orelha nas linhas mofadas e traça a superfície com as mãos, movendo-as de acordo com os calombos e buracos.

— Eu acho — diz, devagar — que o som está vindo lá de baixo.

Anton também pressiona a orelha na parede. O *tum* soa de novo, ecoando por todo o templo.

— É...

Um conjunto de vozes entra no corredor seguinte, aproximando-se com rapidez.

— Depressa! — sibila Calla.

Eles correm pelo corredor estreito, avançando cada vez mais até que, *espere...* Os olhos dela param na silhueta de uma porta. Ela chuta. Uma escadaria que desce. Sem parar, ela puxa Anton pela manga, e eles pulam três degraus por vez, saindo em um porão.

A visão de Calla se ajusta. Primeiro, são os *corpos* no piso que chamam sua atenção. Então, sentado em uma cadeira dobrável ao lado de outra porta que leva para o interior do subsolo está...

— Eno? — dizem Calla e Anton ao mesmo tempo.

Eno fica de pé num pulo. Anton se vira, lançando um olhar questionador para Calla.

— Como *você* o conhece? Não achei que estivesse familiarizada com os clientes do Nevasca.

— Puxe a manga dele para cima — diz Calla, marchando até os corpos.

Ela faz uma contagem rápida: há quase trinta, caídos em uma grande pilha, alguns espalhados sobre os outros. O primeiro que ela vira é um estranho. Quando ergue uma pálpebra, ainda encontra cor na íris, e consegue escutar a respiração baixa e suave do homem. Não está morto. Só inconsciente.

Anton, conforme instruído, vai até Eno e ergue seu braço. O bracelete fica à vista.

— Você é um jogador?

— Salvei o coitado de ser fatiado ao meio.

Calla vira um segundo corpo. Outro estranho. Ela ergue uma pálpebra e, quando vê um bronze desbotado, segue para o próximo.

— O que está *fazendo?* — sibila Anton para o menino. — E quando foi que se juntou às Sociedades Crescentes?

— Sou novo! — choraminga Eno, tentando se desvencilhar de Anton. — Acha que é fácil pagar uma dívida? Preciso aproveitar todas as oportunidades que tenho.

Remexendo no corpo seguinte, Calla vasculha rapidamente os próprios bolsos, fechando os dedos ao redor de uma máscara que está lá no fundo, junto com moedas e alfinetes. Não dá para saber o que pode flutuar no ar com tantos corpos, então ela a coloca, só para garantir. O que *é* este lugar? As Sociedades Crescentes traficam corpos ocupados, é claro. Raptam pessoas e as vendem para quem dá o maior lance, mas ela sempre achou que fizessem a troca depressa. Escolhiam um alvo, invadiam seu trabalho com força bruta e levavam o corpo até o cliente para que este saltasse. Raramente a vítima precisava ser nocauteada. Se as Sociedades Crescentes escolhessem alguém como alvo, a pessoa já estava morta.

Calla coloca o dedo sob o nariz de outro corpo, apenas para ter certeza. A pessoa está respirando. Com certeza, respirando. Mas o corpo debaixo dela...

Um calafrio corre de seu pescoço aos dedos do pé, o suor brota sob a grossa jaqueta. Perto da parede, Anton continua passando um sermão em Eno, sem dar a mínima para o que Calla está fazendo, então ele não a vê empalidecer, esticando a mão para cutucar o corpo morto.

Isto não é um esquema de tráfico. Um esquema de tráfico não mataria a própria mercadoria.

As vozes de Anton e Eno ficam em segundo plano. Os dedos de Calla estão frios como gelo quando ela vira o corpo para cima, expondo o círculo de sangue que mancha seu peito. O rosto cinza encara o teto, e os olhos opacos de um amarelo-escuro não piscam, arregalados. Sob esta luz, Calla quase poderia confundir a cor com a sua própria. Ela estremece, pegando a gola da camisa do corpo e puxando-a devagar, prendendo a respiração sob a máscara.

O ferimento, se é que se pode chamar assim, é, na verdade, um buraco entalhado no peito, os ossos serrados até o fim. Um espaço vazio onde um coração deveria estar.

Um som abafado escapa de Calla antes que possa impedir a si mesma, sua garganta amarga de desgosto. Seu próprio coração martela forte contra as costelas quando ela fica rapidamente de pé e vasculha o restante dos corpos, uma oração começando a se formar na ponta da língua. Ela não tem fé nos deuses antigos, nenhuma inclinação para acreditar que tal tolice funcionaria em um lugar como San-Er, mas mesmo assim se vê murmurando continuamente ao empurrar ombros e pernas, alguns frios, outros quentes.

Não faz sentido. Mesmo se o negócio das Sociedades Crescentes precisasse que receptáculos traficados fossem armazenados neste templo, por que misturá-los com os mortos? Por que arrancar seus corações?

Calla fica imóvel. Ela vê um cacho familiar de cabelo ruivo. Imediatamente avança em sua direção, os batimentos tão acelerados que poderia vomitar. Ela vira Yilas para cima.

O peito de Yilas sobe e desce com vida, o *qi* zunindo em suas veias.

Graças aos céus...

— Yilas! — Calla a chacoalha com força. — Yilas, levanta, cacete.

Grogue, Yilas começa a se mexer, esforçando-se para abrir os olhos como se estivessem colados. O mesmo verde-jade. A mesma Yilas.

— Calla? — murmura ela.

— Shhh — sibila Calla, lançando um olhar para Eno. O menino continua discutindo com Anton e não as escutou. — Consegue ficar de pé?

— Eu... Sim, acho que sim. Onde estamos?

Yilas luta para se sentar e começa a tremer, o rosto visivelmente pálido mesmo sob a horrível luz vermelha. Calla murmura um xingamento, o braço se estendendo para segurar Yilas antes que sua antiga criada possa esmagar a têmpora no chão. Com cada pingo de força que tem, Calla a coloca de pé e sustenta seu peso, segurando firme debaixo de seus ombros.

Antes que possa dar um passo, porém, seu bracelete treme, assim como o de Anton e Eno.

— Ai, merda — murmura.

— Tenho certeza de que só estão reagindo um ao outro — garante Anton, desligando o dele. — Talvez a sala de vigilância tenha achado que...

Um pesado ressoar de passos. Logo acima. Uma voz, feminina e afiada, chama o restante do grupo, dando comandos para que se dispersem e procurem. O movimento é tanto que o teto treme. Definitivamente há outro jogador no Templo Sepulcral, o que só pode significar problemas. Se for um Crescente, a pessoa pode acabar convocando um batalhão inteiro para a matança. E, embora Calla não se lembre de ter visto nada do tipo nos clipes, se há alguém que sabe como evitar as câmeras de segurança da cidade, é um membro das Sociedades Crescentes.

— Yilas, você acha que consegue andar sozinha?

— Com certeza não — responde Yilas, as palavras se arrastando.

Pelo menos ela é honesta. Às vezes Calla odeia a honestidade. Ela morde o interior das bochechas. Chutaria trinta segundos até serem encontrados.

— Eno!

O menino dá um pulo, alerta, os olhos arregalados e apavorados enquanto pressiona o bracelete a fim de parar o alarme. Ele é tão *jovem*, caramba. Calla não consegue entender como continua a encontrá-lo nos lugares mais terríveis, mas, dada a situação, tudo o que pode fazer é afastar esse pensamento. Ela empurra Yilas para ele. Eno se apressa a estender os braços antes que ela caia direto no chão.

— O que...

— Vou ficar devendo outro favor, está bem? — diz Calla, séria. Ela aponta para o corredor mais ao fundo no porão. Se Eno está guardando os corpos, deve saber transitar pelo espaço e encontrar outra saída. — Ajude a minha amiga. Makusa e eu vamos distraí-los até vocês escaparem.

Eno lança um olhar desesperado para a escada.

— Mas minha posição de iniciado...

— O que ser um iniciado tem a te oferecer? — interrompe Anton. — Provavelmente um lugar entre estes corpos. *Se* não o eliminarmos dos jogos antes.

Eno faz uma careta. Com um pequeno resmungo, ele puxa Yilas pelo braço e corre para o corredor, desaparecendo nas sombras.

Calla silencia seu bracelete e saca a espada. Ela afrouxa a mão, lançando a empunhadura dois centímetros acima para ajustá-la. Quando a arma pousa de volta em sua palma com firmeza, ela está pronta.

— Cinquenta-e-Sete. — Anton, entretanto, não puxa as facas da roupa. Seus olhos estão focados na porta. — Assim que eles entrarem, temos que saltar. Temos que invadi-los até criar um caminho até lá fora.

O olhar penetrante de Calla é imediato. Seu cabelo chicoteia contra a máscara, enrolando-se na beirada do tecido. Ela torce o nariz, tentando comunicar com os olhos o quanto reprova a sugestão.

— Não. Vamos lutar. Não seja um covarde.

— Não é ser covarde — retruca Anton, bravo. — Os jogos só são fáceis para nós quando os jogadores estão isolados, cada um por si. Não se lembra de como tivemos que correr da equipe de segurança de Setenta-e-Nove? Por acaso braços extras vão crescer em você? Pernas extras? Você vai conjurar mais armas?

Calla cerra os dentes com tanta força que escuta algo estalar.

— Eu não vou saltar.

Anton se vira para encará-la.

— Não pense que eu não vou deixá-la aqui, Calla Tuoleimi...

A porta se abre de súbito. Membros da Sociedade jorram degraus abaixo, espalhando-se pelo porão, cercando-os por todos os lados. Calla perde a conta depois dos dez primeiros. Eles se movimentam com tanta coesão que a confusão atrasa os movimentos dela. Por que estão se reunindo assim, se é só um jogador entre eles que quer conquistar as letalidades? Como é possível que os jogos sejam tão importantes para as Sociedades Crescentes?

— Pampi — chama alguém de cima da escada —, você não pode simplesmente tirar todo mundo do...

Uma mulher ao fundo do grupo lança o braço para cima. Embora ela esteja no último degrau e o homem no topo, ele é arremessado para trás, como se um punho invisível houvesse atingido seu peito, jogando-o contra a parede.

Calla afrouxa o braço que segura a espada, e a lâmina se abaixa. O homem que a atacou durante as sirenes da enchente. O receptáculo vazio, que de alguma forma saltou sem nenhuma luz, sem ver um corpo por perto. Ele também conseguia lutar sem fazer contato físico.

A mulher, Pampi, se aproxima e fica sob a luz vermelha. Seus olhos devem ser vermelhos também, criando uma ilusão de que seu olhar é completamente banhado pela cor.

De súbito, Anton cambaleia, levando a mão ao peito. Ele inspira como se mal pudesse respirar, então se vira para o Crescente mais próximo, a fúria queimando seus olhos.

— Você tentou me invadir? *Vai se foder.*

— Olha a língua.

A voz de Pampi é aguda e doce. Ela estende um dedo, tocando o peito de Anton. Antes que ele possa reagir, ela amarra uma venda ao redor de seus olhos. É feita com algum material que continua se apertando mesmo quando Anton exclama e ergue as mãos para arrancá-la. Ele não consegue agarrar direito a venda. Os Crescentes ao seu redor seguram seus braços enquanto ele tenta, mantendo-o prisioneiro.

Durante toda a cena, Calla observa em silêncio. Sua mente se move com a agitação de uma tempestade. Ela não corre para defender Anton, com medo de perder uma vantagem que ainda não identificou. Apenas ajusta a mão na espada, sentindo o suor aumentar nas linhas de suas palmas. As mangas de Pampi estão arregaçadas. Há um bracelete no alto de seu braço, junto à textura de cicatrizes enrugadas. Quando a tela vira em sua direção, Calla captura um **2** no visor.

— Você — diz Pampi, gentil. Ela está se dirigindo a Calla agora, ignorando Anton, que cospe uma torrente de palavrões. — Cinquenta-e-Sete. Eu tinha esperanças de que você fosse aparecer.

Calla não diz nada. Quanto tempo faz desde que Eno levou Yilas? Será que ele já saiu do templo?

— Qual é o problema? — Pampi se aproxima ao ver que não conseguiu uma resposta. — Não sabe falar talinês?

Calla golpeia com força, enfiando a espada na barriga de Pampi.

Certa vez, no palácio, ela perguntou qual era o objetivo de um ataque com força bruta, se não fosse alcançar nada no fim das contas. O general que a treinava naquele dia tinha uma resposta fácil. No inimigo, mesmo uma pequena lasca de medo é melhor do que nada. Uma única célula infeccionada é o que começa a febre.

— Como você *ousa*...

Pampi arranca a espada, deixando-a quicar no chão. Sem luz alguma, seus olhos se transformam de vermelho em cinza. Ela acabou de *saltar*. De alguma forma, ela saltou, e o corpo ferido tomba no chão, o ocupante original apertando o machucado e arfando de dor. Um novo corpo de olhos vermelhos passa por cima do receptáculo antigo, vindo de trás dele, e a olha com desprezo, repuxando os lábios.

Calla sente que está enlouquecendo. Certamente perdeu a compreensão de todas as regras que sabia serem verdade em Talin.

Os Crescentes agem. Eles correm para segurá-la, agarrando seus ombros e cotovelos, tentando travar todas as suas articulações. Mas Calla não se debate. Quando Pampi sibila um comando, eles forçam Calla a se ajoelhar também, puxando seu cabelo para que seu queixo fique erguido.

Pampi se aproxima com o novo corpo. Os Crescentes na sala a olham como se fosse sua líder, esperando novos comandos. Mesmo assim, houve alguém que a questionou antes, um conflito de autoridade. Embora cada um dos templos das Sociedades Crescentes siga um clérigo, as transições de poder são constantes e rápidas, mudando sem aviso dependendo de quem prometa mais em determinado momento. Pampi deve ser nova, ainda instável, tentando se estabelecer.

O corpo no chão parou de arfar. A cabeça tomba para trás, os olhos opacos, o pescoço esticado e exposto. Em tal posição, a gola da camisa se repuxa e revela a pele: duas linhas paralelas de sangue, espalhadas de maneira quase artística.

Calla desvia os olhos. Pampi deve ter feito isso quando ainda vestia o receptáculo. Não parece uma escolha estética.

— Vamos tentar de novo — diz Pampi no mesmo tom.

Um dos Crescentes puxa o cabelo de Calla de novo, para forçá-la a continuar olhando para frente. Ela tem outro vislumbre dos corpos no cômodo, os que tiveram os corações arrancados do peito. Apesar do rugido em sua mente, ela acha que está perto de ligar alguns pontos.

— Tentar o quê? — pergunta, suas primeiras palavras a Pampi. Ela usa sua voz de realeza: gelada, arrogante e metros acima de todo mundo. Dois passos ao seu lado, Anton contém uma risada. Embora ainda esteja vendado, ele parou de se debater. Está ouvindo, a cabeça inclinada na direção de Calla. — Sua tentativa medíocre de intimidação? Você tem esperanças de pairar acima de mim como algum tipo de conquistadora divina? Você jamais será uma. Os desesperados nunca o são.

Ela costumava observar os pais com muita atenção. Manhãs no salão de café da manhã. Tardes no jardim de inverno. Noites nas salas de recreação. Embora não fossem a família mais próxima do mundo — longe disso —, Calla passou bastante tempo com os pais, seguindo-os em suas tarefas diárias e aprendendo como os Tuoleimi administravam seu palácio. Ela observava como tratavam os serventes, as mulheres das províncias que haviam abandonado os filhos para trabalhar na cozinha, os homens das províncias que ficavam de guarda onde precisavam de mais trabalhadores. Se houvesse qualquer indício de algo errado, os serventes do palácio se ajoelhavam primeiro, e só depois conferiam qual erro haviam cometido. Nunca importava muito o que era de fato, ou se realmente acontecera um erro para começo de conversa. Assim que percebiam um aumento no tom de voz do rei ou da rainha de Er, a única resposta possível era a submissão.

Aqueles que têm poder nas mãos são sempre iguais. Querem desfilar pelo mundo sendo constantemente lembrados de sua grandeza e, se não conseguirem essa reação, a forçam.

Calla ergue a sobrancelha, desafiando-a a começar uma discussão. De repente, Pampi estica o braço e lhe arranca a máscara, e Calla não consegue conter um sorriso, sabendo que conseguiu o que queria. Não importa a consequência que esteja por vir, ao menos ela não perdeu.

— Eu sei quem você é.

Pampi amassa o tecido nas mãos.

— É claro que sabe — retruca Calla. — Você me viu nos clipes. Eu sou a futura vencedora dos jogos.

Pampi estapeia-lhe o rosto com raiva. Quando Calla se inclina para trás, quase dá risada, então vê um dos Crescentes passar uma faca a Pampi. Seus olhos correm pelo cômodo, avaliando as opções de fuga. O homem que segura seu ombro esquerdo tem o aperto frouxo. Seu olhar desce para a camisa dele. Há apenas um breve vislumbre sob a luz vermelha quando ele se mexe, mas Calla pode jurar que o homem tem as mesmas duas linhas verticais de sangue seco.

— Quero o coração dela — diz Pampi. — É um coração muito especial.

— Agora? — pergunta o homem. — Temos outros prestes a vencer...

— Segure-a *firme*!

Eles estão fazendo algo com o *qi* dos corpos traficados no chão. Usando-o para mudar a forma como saltam, alterando as próprias condições do mundo físico e como interagem com ele.

Calla ergue o cotovelo esquerdo com tudo, atingindo o homem no queixo. Ela se inclina com força pela abertura, tão depressa que seu ombro bate no chão. Calla dura dois segundos, livre e sem ar, arfando para respirar. Porém, assim que rola e fica de pé, há uma mão invisível em sua garganta, e Calla sente a primeira pontada real de pânico se alojar em seus ossos. Ela para, as mãos voando para segurar o vazio. Eles a seguram de novo, unhas e garras arrancando sua jaqueta e se cravando na maciez de sua pele.

A faca reluz. Pampi a levanta.

— Um desperdício de poder quando está em você.

— Cinquenta-e-Sete! — grita Anton, o tom mais alarmado. Ele ainda não consegue ver. — Cinquenta-e-Sete, *salte!*

Calla se joga para o lado. Não adianta nada. Sua jaqueta é um escudo amarrotado no chão, e a espada foi jogada longe.

Quando Pampi coloca a faca sobre seu coração, Calla balança uma das mãos para frente. Não está tentando escapar. Está tentando dar uma segunda olhada: duas linhas paralelas de sangue nesse receptáculo também.

— Você acha que vai conseguir alguma coisa com isso?

Pampi crava a faca, e Calla só consegue ver branco, um branco que a cega. O que foi que ela atingiu? Foi muito para a esquerda. Eles não pretendem danificar o coração, mas arrancá-lo inteiro, ainda pulsando.

Alguém está gritando. Alguém está gritando, e as terminações nervosas de Calla voltam à vida e é ela que está gritando, seu peito frio, quente e outras centenas de sensações ao mesmo tempo.

— Salte! — berra Anton. — Salte ou eles irão *matá-la*...

Anton pisa com força, então engancha o pé atrás da perna do corpo mais próximo. O Crescente cambaleia e, quando Anton sente o ar mexer, quando sente que estão erguendo uma faca com a intenção de machucar, ele vai direto ao encontro da lâmina, deixando o rosto levar o golpe.

A faca corta, e corta fundo. Mas também rasga a venda, que cai no chão como uma longa peça única.

Anton chacoalha o bracelete para tirá-lo do pulso e salta. Ele pega o corpo mais próximo primeiro, o que o esfaqueou, e vira a faca contra a própria garganta. É um risco, mas ele salta depressa e suspira de alívio quando o corpo seguinte o aceita. Não vai continuar com essa sorte — muitos membros da Sociedade Crescente são duplicados, resistentes a invasões. Mas o elemento surpresa trabalha a seu favor. Como seus oponentes estão amontoados ombro a ombro, não podem ver para onde ele salta, a luz piscando ao entrar e sair naquele espaço apertado, cegando a cada vez que brilha, empurrando-o para dentro e para fora de um corpo mesmo quando Anton falha, e passando para o seguinte em um piscar de olhos.

Calla continua gritando. Anton carrega seu suor frio consigo quando salta, e é difícil determinar exatamente o que está acontecendo, é difícil ver o que estão fazendo com ela. Até que ele para bem ao lado de Pampi, com uma corrente nas mãos e ao alcance de um braço.

Ele gira a corrente em volta do pescoço dela. Anton puxa, a arremessa no chão. Calla cai também, apertando o peito com a mão e sentindo o sangue escorrer por entre os dedos.

Difícil dizer se é fatal. Se ele acabou de perder sua melhor aliada.

Anton cerra os dentes.

— Você gosta tanto assim de vendas? — sibila.

E, antes que Pampi possa desviar os olhos e saltar, ele encontra uma faca afiada no bolso da jaqueta daquele corpo e a golpeia nos olhos. Pampi grita. Ele acha que cegou apenas o esquerdo, mas é o suficiente para tirá-la do caminho e considerá-la incapacitada.

Ele se vira para Calla. Segura-a pelo braço, sem se importar se ela consegue ou não ficar de pé. Ela não tem escolha. Se é estúpida o bastante para ficar naquele corpo, então precisa ser forte o suficiente para carregá-lo. Há um caminho fácil. Basta um empurrão ágil e ele avança, o braço mergulhando para pegar o bracelete que jogara no chão, antes de correr escada acima com Calla e disparar porão afora.

Anton olha para a esquerda e para a direita. O corredor está vazio. Não há ninguém ali.

— Cinquenta-e-Sete?

Calla cambaleia para o lado. Ele a segura imediatamente, a camisa manchando-se de vermelho onde Anton a pressiona perto de si.

— Estou aqui — promete. — Estou aqui com você, princesa.

E Calla desmaia.

19

As cortinas balançam com uma brisa suave, e o calor úmido sopra pela janela aberta que não deixa passar a luz do dia. Quando Calla acorda, é isso que chama sua atenção primeiro: o balançar da barra rendada da cortina, que destoa do resto da sala, instalada sobre as venezianas e puxada para o lado. Ela não havia notado isso da primeira vez que esteve ali.

A próxima sensação que registra é um suave puxão em seu cabelo. Um escovar regular e delicado, alisando as mechas para longe do rosto e da têmpora.

Calla vira a cabeça. O estranho faz uma pausa, paralisando os dedos assim que vê que ela está acordada.

— Anton — cumprimenta ela, olhando nos olhos dele, pretos como a meia-noite.

— Ah. Eu nem disse a nossa frase secreta ainda.

Apesar da garganta seca, ela consegue dar uma risada rouca.

— Vá em frente. Vou deixar você se divertir.

Anton pega um copo d'água, já preparado em sua mesinha de cabeceira.

— Que lindo dia de sol está hoje — diz, passando-lhe o copo. — Cuidado para não...

Calla se apoia no cotovelo para alcançar o copo, mas uma súbita dor lancinante atinge seu peito e ela ergue a mão depressa, a última memória piscando em sua mente. A ferida precisa de cuidados imediatos. Precisa...

Calla olha para baixo e sua mão para no ar. A ferida já foi tratada. Alguém — Anton? — cortou sua blusa no meio, parando pouco antes de ela ficar indecente. A pele exposta está empapada com folhas de ervas que cobrem a ferida. Limparam todo o sangue de seu peito. Só a camisa rasgada revela vestígios de seu tormento, embora esteja seco há muito tempo, o tecido tingido de um forte vermelho-amarronzado.

Um senso de leveza domina seu estômago. A mesma vertigem suspensa de olhar para baixo no prédio mais alto de San-Er, exceto pelo fato de que está olhando para o próprio corpo.

— Você devia ter me deixado morrer — diz.

Anton revira os olhos, empurrando o copo para as mãos dela.

— E perder a sua ajuda? Isso seria incrivelmente tolo. — Ele se levanta da cadeira, espreguiçando-se. Há pouco espaço para se movimentar, mas mesmo assim ele gira e começa a andar pelo quarto, alongando o pescoço para um lado e para o outro. — Você ficou inconsciente por quase um dia. Agora somos quinze jogadores restantes, talvez menos desde que os últimos clipes passaram quando assisti na vitrine de uma barbearia. Peguei seu bracelete e corri com ele por aí toda vez que disparou.

Anton enfia a mão no bolso e, ao encontrar o bracelete, o joga de volta para ela. O fecho prateado pousa com um baque pesado ao lado da mão dela. Calla olha para a tela. Nada parece diferente. Anton poderia tê-lo esmagado, arrancado o chip. Poderia ter feito qualquer coisa nas horas em que ela esteve inconsciente.

Ele poderia tê-la deixado morrer.

Calla se levanta com esforço, balançando as pernas na lateral da cama e colocando o copo de volta na mesinha. Enquanto isso, Anton volta à cadeira, apertando os lábios.

— Espero que reconheça — diz quando ela continua em silêncio — que você foi estúpida pra cacete no templo.

Os olhos dela se erguem depressa. Ela pisca, enroscando os dedos nos lençóis. Calla não pode dizer nada para se defender. Ela sabe disso. Ela o observa, e cada pequeno detalhe que em algum momento deixou escapar se desenrola entre eles, um após o outro, culminando neste momento: ela com um rasgo no peito porque se recusou a saltar quando poderia tê-lo feito com facilidade.

Anton se aproxima. Ele ergue a mão, acariciando seu rosto, afundando os dedos em seu cabelo. Não é o mesmo gesto suave de quando ela estava dormindo. Ele não está tentando confortá-la, está a segurando com firmeza para poder ver direito, como um investidor que coloca seu prêmio sob a luz.

— Você é uma coisinha selvagem e assustadora, sabia disso? — pergunta, com um tremor na voz.

— Você descobriu? — pergunta Calla em resposta.

É inacreditável o suficiente para que esteja além da compreensão. Algo que ninguém teria imaginado antes do massacre em Er e que ninguém considerou depois, embora tenham especulado sobre todas as outras possibilidades.

Todas exceto uma.

Anton solta o ar lentamente.

— Este é o corpo de Calla Tuoleimi — sussurra —, mas você não é a Calla, é?

A menina não come há dias.

Os recursos do vilarejo se esgotaram, e as plantações da estação murcharam. Ela escuta os adultos sussurrarem sobre haver algo errado com o solo, mas não sabe o que isso significa. Só sabe que há algo roendo seu corpo por dentro. Que está muito *cansada* o tempo todo, e passar horas brincando com galhos e gravetos sob as árvores amareladas não resolve o problema.

Quando os invasores chegam, ela é uma das primeiras a avistá-los. Os cavaleiros em seus cavalos, as espadas amarradas nos cintos. Um batalhão carrega tochas, colocando fogo nas casas, deixando as chamas envolverem a fachada de todas as lojas, devorarem cada carroça de madeira, antes que qualquer um possa pensar em escapar.

A menina grita. Ela grita sem parar, mas ninguém a escuta. Não até as chamas terem consumido tudo, não até o vilarejo estar cercado daqueles que se declaram agentes do palácio, agindo em favor do reino de Talin. *Não se preocupem,* declaram, *porque todos aqui agora são cidadãos de Talin, e estarão sob a proteção de dois grandes reis.*

As cinzas caem durante dias. As cinzas entopem os pulmões da menina até que ela sequer consiga sentir fome, porque existe apenas uma dor ardente subindo por seu esôfago. Se alguém perguntar, ela não sabe dizer como perdeu os pais, irmãos, amigos. Se foi a invasão do palácio que os tomou ou se já haviam partido antes. Sua memória está confusa demais; sua mente é jovem demais. Tudo de que se lembra é o antes e o depois.

A menina está dormindo do lado de fora de uma pequena loja na noite em que escuta sobre a visita da família real, que chegará em breve. Suas pernas estão cobertas de mordidas de insetos, as roupas tão desfiadas que as bainhas se tornam fios soltos. Os donos da loja saem para esvaziar baldes de água, despejando-a nos degraus sem conferir antes se há algum vagabundo ali. A menina corre a tempo de não ser atingida pela água, mas, de qualquer forma, os donos estão entretidos em uma conversa.

— A família real de Er — dizem. — Eles querem nos trazer presentes, nos aceitar em seu reinado.

Eles bufam, mas não olharão os dentes de um cavalo dado. Quando as portas da loja batem atrás deles, a menina também não pensa muito acerca disso, porque quando foi que um presente já chegou para ela? Quando foi que *qualquer coisa* já foi feita para ela?

Na vez seguinte em que escuta sobre a família real, eles já estão no vilarejo. Viajaram semanas de carruagem para chegar ali, a fronteira mais distante do que é agora a extremidade de Talin. Os moradores ainda se consideram a outra parte da fronteira, o ponto mais próximo em que alguém pode parar antes que a terra se misture com as montanhas íngremes à distância. Porém, se falarem isso em voz alta, os soldados sacarão suas espadas, então eles mantêm as bocas fechadas. Ficam em silêncio e viram a cabeça discretamente na direção das montanhas toda vez que lhes questionam sobre sua lealdade.

Presentes chovem sobre a multidão. Comida, sapatos, joias. As pessoas comemoram, e é difícil dizer o quanto é encenação e quantos foram de fato conquistados por tão pouco, quando nem tinham nada para começo de conversa.

A menina não se junta às multidões. Ela fica perto de um campo, a uma rua de distância, cutucando uma poça de lama com um graveto. É por isso que escuta o farfalhar se aproximar. É por isso que está sozinha, sem nenhum outro par de olhos por perto para testemunhar quando outra menina se aproxima, bem-vestida e com certa formalidade em seu caminhar, semicerrando os olhos para a poça.

Uma princesa, pensa ela imediatamente.

— O que você está procurando? — pergunta a princesa. Ela está usando roupas tão bonitas. Seda cor-de-rosa nas mangas, que descem quase até o chão. Um corpete dourado que reluz ao sol. A tiara circular ao redor de seus cabelos é adornada com tantas gemas que brilha a cada mínimo movimento. — Essa poça é funda. Cuidado para não cair aí dentro.

A menina não sabe como responder. Até o jeito de falar da princesa é algo diferente: cada palavra é enunciada de uma forma que este vilarejo nunca escutou antes. A queimação em seu estômago retorna. Frenética, irritada e inflamada. Pão não é o suficiente. Pequenos presentes uma vez na vida, quando eles podem se dar ao trabalho de fazer a viagem até a fronteira, não são suficientes.

Ela quer mais. Precisa de mais.

A menina olha para cima.

Ela quer ser *a princesa*.

O vento vem rodopiando das montanhas. A menina deixa cair o graveto na poça, mas não o vê afundar até o fim. Naquele momento, só consegue sentir os punhos se cerrarem com força, a coluna formigando, um tremor desesperado percorrendo cada centímetro de sua pele.

Seus olhos se abrem. De alguma forma, ela está a três passos de distância. Uma dor horrenda domina todas as outras funções de seu corpo — revirando-se, rolando, rasgando cada uma de suas células.

Então, lentamente, a dor desaparece. As sensações voltam: a seda sob seus dedos, o pinicar dos sapatos.

Ela pisca. Uma, duas vezes. Ao seu lado, há um corpo, os braços caídos na grama e as pernas esparramadas de maneira torta.

Quando ela chuta o próprio corpo de nascença para a poça, o receptáculo mergulha direto na lama, perfeitamente enterrado debaixo da água e fora de vista.

ooooo

Calla abre os olhos. Não percebera que os havia fechado. Às vezes, em seus sonhos, ainda se lembra da outra língua que era falada no que agora é a Província de Rincun. Eles alternavam entre duas, uma para as pessoas que vinham de todos os cantos de Talin, outra apenas para os moradores. Mas, assim como suas outras memórias, esta se move e se desfigura no momento em que tenta tocá-la, e o conhecimento lhe escapa como água pelo ralo.

— Eu tinha 8 anos — diz, rouca. Ela se afasta, jogando o corpo para trás até se desvencilhar da mão de Anton. — Agora tenho 23. Você precisa entender; eu a tive por mais tempo do que *ela* a teve. Mas, se eu deixar este corpo...

— Não é possível que ela ainda esteja aí dentro depois de quinze anos — retruca Anton.

— Talvez esteja. Ninguém consegue me invadir há quinze anos. Talvez seja porque eu ainda estou duplicada.

Anton balança a cabeça, como se a ideia em si fosse totalmente ridícula.

— É porque você é forte. Ninguém conseguia me invadir no meu corpo de nascença.

— Você não tem como saber isso.

— Tenho *sim* — insiste Anton. — Se você não perde a sanidade depois de invadir um corpo forte, então o conquistou como receptáculo. A maioria dos ocupantes dormentes desaparece depois de cinco anos, que dirá dez. Que dirá *quinze*.

— *A maioria* — enfatiza Calla. — Mas, quando estamos falando de sangue real, tudo vale.

Se a verdadeira princesa ainda permanece depois de todo esse tempo, se a verdadeira princesa tomar o corpo de volta assim que ela sair, então esta Calla fica sem nada. Por que quem é ela, senão Calla? Ela sequer se lembra de seu nome verdadeiro. Não se lembra de nada da vida em que nasceu. Ela se lembra apenas da princesa que roubou.

— Este corpo é tudo o que eu tenho. — Calla se levanta depressa. Seu ferimento dói, mas ela engole a careta, puxando a camiseta para cima a fim de esconder as folhas. — Eu era tão jovem que sequer esperavam que eu lembrasse o meu... o número de identidade de *Calla*. O tutor o recitou para mim quando eu disse que havia esquecido, porque eles jamais imaginariam que uma criança conseguiria saltar aos 8 anos, muito menos invadir sua princesa igualmente jovem.

Anton pega seu braço. Ela o olha de um jeito distante.

— Pare — pede ele. — Sente-se.

— Eu tenho que ir.

— Ir aonde? Você está machucada.

Para qualquer lugar que não seja aqui, pensa. Sem armas nas mãos, apenas a pele nua, precisando enfrentar elementos árduos como o calor do lado de fora e a empatia de Anton do lado de dentro.

— Solte meu braço — ordena ela.

Anton franze a testa.

— Você está sendo teimosa.

Teimosa. Como se isso fosse apenas uma discussão fútil, um debate para ver se deveriam trocar o canal da televisão em vez de desfazer sua vida toda.

— E daí? — retruca Calla, brava. — Por que você se importa?

Por vários segundos, Anton fica em silêncio.

— Você ficou louca? — pergunta ele finalmente. — Eu sou apenas mortal, Calla. É óbvio que me importo com *você*.

Um zumbido apavorante surge nas orelhas dela. Talvez seja o ferimento, desligando seu sistema. Ou talvez seja o mecanismo antifalhas em seu coração, disparando todos os alarmes sempre que surge o risco de ela se machucar.

— Me solte imediatamente — ordena de novo. — Preciso informar August. Você não vai me impedir de fazer isso, vai?

— August não pode te ajudar. — Há certa súplica nos olhos de Anton. — Ele é tão impotente quanto o resto de nós.

Outra brisa sopra para dentro do quarto. A cortina dança para cima e para baixo.

— Ele pode me ajudar mais do que você — diz Calla.

Finalmente, Anton solta seu braço, deixando o rosto inexpressivo. Assim que está livre para se mexer, Calla sai do apartamento dele e coloca o bracelete. Ela não olha para trás e não hesita nem por um único momento enquanto desce correndo as escadas e atravessa o Nevasca. Se parar, a ficha vai cair. A fragilidade consumirá suas entranhas. Os olhos vulneráveis dele voltarão com toda força à sua mente. August tinha razão. Ela nunca deveria ter concordado com essa aliança. Inscreveu-se para jogar e matar um rei, nada mais.

— Recomponha-se — diz Calla para si mesma.

É bom que não esteja indo direto até August, pois ele veria imediatamente a estranheza em seu rosto e brigaria com ela — e com razão, porque o Príncipe August é perfeito e nunca cometeu um erro, ao contrário de todo o resto de San-Er.

Calla abaixa a cabeça conforme avança pelo burburinho do entardecer na cidade, costurando por fachadas de lojas e tomando atalhos à medida que lhe aparecem à frente. Ela entra de súbito no Restaurante Magnólia, saltando por cima da catraca. Embora Calla não tenha apego às suas antigas criadas e cuide da segurança delas por motivos egoístas, por motivos de autopreservação, um calor de alívio lhe percorre as veias no momento em que vê Chami em seu corpo restaurado, falando agitada com Yilas ao balcão.

Os joelhos de Calla enfraquecem. Ela mal consegue se segurar no canto de uma das mesas. O gesto chama a atenção de metade do restaurante e, quando Chami se vira, Calla dá um gritinho ao vê-la. Yilas também resmunga alto, avançando e correndo em sua direção.

— *Ah*, você está bem! Você está bem, está bem, graças aos céus...

Para alguém que raramente expressa um pingo de emoção, aquelas poucas exclamações de Yilas são o equivalente a um discurso caloroso.

— Você tinha dúvidas? — pergunta Calla.

Ela sorri, mas sua cabeça está girando. Começa a ver Yilas e Chami duplicadas, triplicadas.

— Sim! — diz Yilas, irritada. — Da última vez que te vi, você estava cercada. Não consegui voltar lá para dentro.

— Um menino trouxe Yilas de volta para cá — acrescenta Chami. — Pedi para ele ficar aqui até você chegar, mas aí foi ficando tarde e precisei mandar ele embora com um pouco de comida. O *que* aconteceu?

Um branco brilhante começa a contornar a visão de Calla. Começa a machucar, uma pontada afiada que se espalha da base de sua cabeça até a testa. Calla ergue a outra mão até lá e sente a pele queimar.

— Yilas não contou? — pergunta, apertando com mais força a beirada da mesa. Se ela resistir, vai passar. Se ficar firme, a sensação com certeza vai desaparecer. — Os Crescentes do Templo Sepulcral estão fazendo experimentos com *qi*. Coisa esquisita. Não chegue perto deles.

— Meu irmão veio me encontrar bem quando... — Yilas agarra o ombro de Calla. — *Merda*. Você está sangrando.

Os ouvidos dela zumbem mais alto do que antes, abafando o barulho do restaurante. Calla respira fundo, tentando clarear os sentidos, mas nada parece responder. Ela aperta a mesa com tanta força que pode acabar arrancando um pedaço na tentativa de sentir algo em seu corpo. Não funciona. Ele está desligando.

— Pegue um pedaço de papel — balbucia —, papel... e caneta. Pegue uma caneta.

Algo farfalha. Pode ser Chami correndo para buscar os materiais, ou pode ser sua própria imaginação, seus sentidos finalmente se desprendendo do mundo.

— Ei... ei... você vai...

Nada entra em suas orelhas; nada é visível através de seus olhos. Calla solta a mesa e conta um, dois, três segundos, balançando-se sobre os próprios pés. Ela sente a boca se mexer. Sente a língua rolar para recitar uma série de números, para sussurrar, rouca:

— Ligue para August. Peça para ele... ele... desligar meus sinalizadores de localização...

Ela finalmente cai de joelhos, e as instruções são interrompidas. Antes que Chami e Yilas possam se debruçar sobre ela, preocupadas, antes que possam confirmar que entenderam, Calla tomba de lado e fecha os olhos para descansar.

20

August lhe dá dez dias. Embora Calla não tivesse certeza de que ele ajudaria, ele desliga seu bracelete. Ou ao menos o coloca em modo de espera, para que ela continue nos jogos, mas sem sinalizadores várias vezes ao dia, enviando-a em uma perseguição por San-Er como os outros jogadores. Os clipes notaram sua ausência. Os apresentadores chamaram a atenção para o número estático de Cinquenta-e-Sete, sem se mover no placar enquanto o restante a alcança e a ultrapassa. Oitenta-e-Seis agora está na liderança, lutando as próprias batalhas pela cidade, sempre na linha direta das câmeras de segurança. Eles imaginam que ela esteja escondida. Se alguém conhece os caminhos de San-Er bem o suficiente, supõem os apresentadores, talvez possa ficar livre dos sinalizadores, mantendo-se afastado dos outros participantes. Eles criam hipóteses. Uma mãe doente. Um colapso mental. Uma briga com Oitenta-e-Seis — que está brandindo suas facas com mais agilidade e esforço a cada dia, o que não ajuda a dissipar os boatos de que os dois tiveram uma briga de amantes. Não importa. Desde que o bracelete de Calla continue ativo, não há motivo para eliminá-la dos jogos.

Eles só não conseguem entender por que ela se esconderia.

Ela fica no apartamento de Chami e Yilas, em cima do restaurante, com lençóis puxados até o pescoço e suando para que a febre vá embora. O tilintar de pratos, os trechos de fofoca entre idosos, o sibilar de bitucas de cigarro enfiadas em xícaras de chá… Tudo flutua até o quarto, harmonizando com seus sonhos delirantes. No quarto dia, a febre passa, e ela consegue se movimentar sem repuxar a ferida. No sexto dia, uma casca protetora se forma, e não há mais sangue escorrendo pela lateral de seu corpo. Seu *qi* é forte — o que a ajuda a sarar mais depressa do que uma pessoa comum. Ainda assim, ela continua escondida debaixo das cobertas, as pernas dobradas contra o peito e o queixo apoiado nos joelhos. Yilas sobe algumas vezes ao dia para conversar e, embora Calla esteja exausta demais para responder, ela sabe que Calla está ouvindo. Ela fala sobre os jogos, sobre como estão progredindo. Fala sobre o que estava vasculhando logo antes de ser raptada no Templo Sepulcral, sobre como havia encontrado capturas de telas que indicavam que alguém nas Sociedades Crescentes estava acompanhando a localização dos jogadores. Yilas diz que desde então Matiyu deixou o templo. É certo que há algo peculiar acontecendo lá, e ele é esperto o suficiente para não se meter com isso, não importa quanto dinheiro ele ganhava trabalhando para eles.

Na oitava noite, depois que Chami e Yilas se retiraram para o quarto, a pesada televisão da cozinha exibe os clipes do dia. Calla perambula até lá, com um cobertor sobre a cabeça e uma xícara de chá nas mãos, a qual está segurando há tanto tempo que já esfriou. Quando Yilas não está fazendo um relatório direto nos ouvidos de Calla, Chami tenta cuidar dela como a criada que costumava ser. Pelo tempo que Calla estiver disposta a ficar sentada e imóvel, Chami escova seu cabelo liso e escorrido, voltando à antiga rotina do palácio. Mas Calla normalmente balança e bagunça tudo em minutos, dispensando Chami para que vá preparar o jantar. Chami traz pratos decorados com comida e xícaras de chá fumegantes, perfeitas para beber. Porém, a cada vez, Calla não os pega até que horas tenham se passado. Ela precisa esperar que a comida esteja mais adequada para o corpo em que irá colocá-la: gelado e miserável.

Os clipes estão passando as imagens do dia. Com os pés descalços e a noite escura ao redor, Calla se aproxima cada vez mais, até estar bem na frente da caixa desajeitada. Ela se ajoelha em frente ao balcão. Seu nariz está a um fio de cabelo da tela grossa. A televisão está no mudo, mas ela consegue escutar cada cena, combinando o ressoar de metal e os gritos agudos do lado de fora da janela com a tela que pisca e brilha, a luz branca e azul projetando sombras dentro do apartamento silencioso, a luz branca e azul derramando-se sobre seu rosto.

Ela ergue a mão até a tela. Antes que possa tocá-la, os clipes mudam, mostrando uma luta entre dois jogadores em um beco. Os dedos dela recuam até o peito em vez disso, circulando a ferida agora livre de curativos e com permissão para respirar através da camisa fina de algodão.

— Anton — sussurra, reconhecendo os movimentos.

A faca dele corta uma linha reta e precisa, da garganta ao estômago. Ele é tão ágil que o outro jogador não parece sentir nada antes de desmoronar no chão.

É possível que ela ainda esteja delirando com resquícios de febre. Que seu cérebro esteja apodrecendo por dentro como resultado desse comportamento mole, esperando o corpo se costurar de volta para funcionar. Enquanto sua cabeça queimava e o coração sangrava, ela não conseguia pensar em nada a não ser na dor. De alguma forma, foi pior quando a ferida começou a melhorar, porque então sua mente *podia* vagar, e foi o que fez, indo até aquele porão no templo, a faca em seu peito, Pampi acima dela. Isso não deveria ter acontecido. Ninguém *jamais* deveria ficar acima dela. Que lição do palácio lhe escapuliu? De que treino se esqueceu durante todos aqueles anos escondida? Pela primeira vez desde que se tornou Calla Tuoleimi, ela se sentiu *impotente*, e isso não é permitido.

Os clipes mudam para uma tela com o placar de letalidades. Nove jogadores continuam nos jogos. Os números de Calla caíram para a quarta posição. Mas não importa. Primeiro ou quarto, ainda é o sobrevivente final que é coroado vencedor, que aperta a mão do rei. Os números são uma parte diferente dos jogos, um mero entretenimento para as massas que acompanham todos os anos e assistem o sangue correr.

Esqueça o renome e o placar. Ela está jogando para ganhar. O que mais importa além de garantir que todas as outras pessoas morram?

Ela cerra os punhos; seus pulmões se apertam. Anton volta à tela, e desta vez olha direto para a câmera de vigilância, arrancando a máscara e sorrindo. Agora que estão se aproximando dos jogadores finais, San-Er começará a fazer apostas. Poupanças de vidas inteiras e bens pessoais se acumulam nos cassinos, pois por que o vencedor dos jogos deveria se divertir sozinho quando o assunto é uma recompensa monetária? Aqueles que conseguirem identificar o vencedor final com tanta confiança quanto estão dispostos a apostar também terão sua parcela de lucros. Anton deve estar liderando as apostas. Ele irradia promessas de vitória, irradia... poder.

É disso que se trata essa atração por Anton Makusa, diz Calla para si mesma. A cozinha murmura ao redor dela — canos de água se acomodam e ratos correm pelas paredes de gesso —, e Calla não consegue parar de observá-lo nesses clipes, rasgando a escuridão de San-Er com o casaco esvoaçando atrás. Poder absoluto. Um poder sem amarras, sem oscilações, um poder que a atrai, que a tem atraído desde o começo, quando ele a convenceu de que seria útil trabalharem juntos. E agora ela sente que há espinhos crescendo debaixo de sua pele, pois está perdendo o controle sobre o próprio poder enquanto Anton serpenteia por aí como um príncipe rival, alguém que poderia entrar correndo na sala do trono e fazer exatamente o que Calla tem planejado há cinco anos.

Eu odeio você, pensa, sem hesitar. Segundos depois, sua mente se impõe, gagueja, conclui: *Espere, eu não quis dizer isso,* então o ódio só cresce. Ela o odeia por sua força, o que não faz o menor sentido, não quando concordou em se aliar porque queria usar essa mesma força. Mas é a única forma de justificar o calor que queima sua garganta, de explicar porque vê-lo lutar faz sua nuca formigar e seu rosto corar.

— Eu odeio você — diz em voz alta.

Os jogos só permitem um vencedor. A morte dele está fadada a acontecer pelas mãos dela, ou a dela pelas dele. Calla não quer morrer. Então este ódio tornará mais fácil dar o golpe final.

— Calla?

A cozinha se inunda com uma luz súbita e Calla estremece, colocando uma das mãos sobre os olhos. Ela pisca rápido por alguns segundos, ajustando-se aos bulbos do teto, e só então abaixa o braço e se levanta dos azulejos frios da cozinha. Yilas está à porta, uma das mãos na cintura e a outra no interruptor.

— O que você está fazendo ajoelhada no escuro?

— Rezando — responde Calla com facilidade.

Parte mentira, parte brincadeira. Parte verdade, mas totalmente deslocada.

Yilas ergue uma sobrancelha. Seus olhos se desviam para o que está à frente de Calla: a tela passando um comercial.

— Para a televisão?

Calla está olhando para o aparelho, mas não o vê. Ela fica de pé na cozinha, mas não sente nada: o piso de cerâmica sob seus pés descalços e o balcão melado sob seus dedos se dissipam no nada.

— Para a televisão — confirma Calla, solene — e os deuses dentro dela.

21

Foi a jogadora número dois, reportou Calla ao telefone. *Eles a chamaram de Pampi, e ela era da Sociedade Crescente. A atual líder do Templo Sepulcral, inclusive.*

Uma pequena garoa da tarde consegue respingar na rua, aumentando as poças que se acumulam no chão irregular. August desvia delas com cuidado, puxando um chapéu baixo sobre o cabelo. Não houve tempo para encontrar um novo corpo hoje. Ele está andando por aí com o próprio rosto, flexionando os dedos a cada minuto para ajustar seus anéis. San sussurra por sua atenção: um vendedor de brinquedos grita do canto e uma prostituta traça os dedos por seu peito quando ele passa, mas August os ignora em favor do templo à frente, observando os membros da Sociedade Crescente saírem depressa.

Ela fez uma coisa inacreditável, continuou Calla. *Usou o* qi *para golpear pessoas sem tocá-las*. Uma pausa. *Outro homem fez a mesma coisa no dia das sirenes de enchente. Aquele que saltou sem luz.*

August mal podia acreditar. Eram muitas informações de uma só vez a serem investigadas. *Você tem certeza de que era* qi?

Eu conseguia sentir. Não me pergunte como, porque eu não sei. Mas, debaixo do templo, há pilhas de cadáveres que têm alguma coisa a ver com isso.

Houve outra pausa ao telefone. *Mais uma coisa. Yilas... Lembra-se dela? Antes de ser nocauteada, ela encontrou um punhado de papéis no Templo Sepulcral. Disse que pareciam capturas de tela da vigilância dos jogos. De dentro do palácio.*

A voz de Calla sumiu, cansada demais para continuar, e August desconectou a linha, deixando-a descansar. Não parecia que ela se preocupava muito com as Sociedades Crescentes e seu uso do *qi* para além dessas anomalias, mas as engrenagens giravam na mente de August. Sua primeira atitude foi conferir os registros dos jogos, procurando por uma lista de cada jogador que fora sorteado. Logo no topo, no número dois, estava Pampi Magnes, seguida por uma série de números que formava sua identificação.

Porém, quando August inseriu o número no sistema de San-Er, não encontrou nada. Um fantasma. O único registro era de uma *funcionária* da sala de vigilância do palácio, o que explicava o alerta de Calla sobre o Templo Sepulcral ter acesso à localização dos jogadores. August havia puxado gravações de segurança e dados de empregados para confirmar se era a mesma mulher, só que ela não *existia*, então como havia se inscrito nos jogos *e* conseguido emprego dentro do palácio?

O trabalho de um infiltrado.

August entra no Templo Sepulcral. Sua cabeça ainda está girando. Este templo está fazendo experimentos com *qi*, permitindo que movam pessoas sem tocá-las. Que saltem sem luz. Sem ver um corpo antes. Isso lhes dá a habilidade de flutuar pelas cidades gêmeas, matando participantes dos jogos e incitando a febre *yaisu* sem serem pegos pelas câmeras de vigilância.

Ele sempre suspeitou de que não fosse uma invasão estrangeira, mas anarquia interna, vinda diretamente do grupo que sempre quis que o palácio caísse. Agora ele só tem uma pergunta.

August para no salão principal. Ninguém o impediu de entrar, e ninguém pergunta o que está fazendo ali. Alguém, entretanto, o observa. Quando ele olha ao redor, vê uma mulher de olhos vermelhos, sentada ao lado de um dos altares e sorrindo para ele.

Se as Sociedades Crescentes estão tentando semear a anarquia em San-Er, como foi que, para isso, conseguiram acesso aos jogos, ao palácio?

August não vai até Pampi Magnes. Ele dá meia-volta e escolhe um caminho aleatório para o interior do templo. Pelo canto do olho, vê a mulher franzir a testa, como se esperasse que ele a confrontasse. Ela está bem-vestida e não parece ter nenhum ferimento visível, o que significa que provavelmente trocou de corpo desde que encontrou Calla. Ninguém que enfrenta Calla sai sem algum tipo de sangramento ou hematoma.

August adentra os corredores do templo, indo cada vez mais fundo, até que chega a um pequeno recesso em que o altar de uma única divindade está apoiado no canto, iluminado por um semicírculo de velas. Não há mais nenhuma luz aqui, só o brilho da falsa devoção.

— Vossa Alteza.

Pampi o seguiu, é claro.

August olha por cima do ombro.

— Olá. Ouvi muito sobre você nos últimos dias.

— É mesmo? — Isso chama a atenção dela, que se aproxima devagar, praticamente flutuando sobre os sapatos reluzentes. — Me conte mais.

— Escutei menções a corações arrancados e saltos rápidos. A *qi* sendo usado de formas que os deuses nunca planejaram para nós. — O altar continua firme quando August se ajoelha em frente a ele. As chamas das velas, entretanto, dançam, como se houvessem pressentido a perturbação. — Me diga, os deuses desceram pessoalmente e te mostraram como se faz? — Ele pinça o pavio de uma vela, apagando o fogo. — Ou foi um mortal, que aproveitou para oferecer um falso número de identidade?

Uma risada leviana e discordante emana de Pampi. Soa fria aos ouvidos; treinada, ensaiada.

— Você não vai encontrar o que quer aqui — responde.

Um baque ecoa pelo templo.

August está ficando sem paciência.

— Alguém colocou você naquela sala de vigilância. Alguém te deu uma identidade falsa. *Quem?*

— Os deuses nos deixam saltar para que sejamos livres — continua Pampi. — Em vez disso, o reino decide nos prender, nos engaiolar. Não aceitaremos mais isso. A muralha cairá, o trono será destruído...

— Não vou perguntar de novo. — Ele flexiona a mão. Isso é tolice. Não há paz na anarquia. Só há paz em um bom reinado, o que August pode oferecer. — Quem colocou você no palácio?

Um suspiro suave. Embora August não estique o pescoço para olhar, sabe que Pampi está bem atrás dele agora. As velas tremulam com a respiração dela.

— Você deve saber, Príncipe August, que seu reinado está chegando ao fim.

Ela não lhe dará um nome. Mas isso já é o suficiente para August. A recusa significa que o nome existe: há um traidor no palácio. Sua missão acabou.

— Você está enganada — diz August. — Meu reinado ainda nem começou.

Ele pressiona um dos anéis. Quando a lâmina surge repentinamente, o som baixo de arrastar é o único alerta antes que August se levante depressa e deslize os nós dos dedos pela garganta de Pampi, cortando uma perfeita linha vermelha.

Sua boca se abre de espanto. Não há tempo para saltar, não há tempo para conjurar quaisquer habilidades sobrenaturais que ela venha cultivando dentro das paredes deste templo. Ela tomba de lado, o sangue escorrendo da garganta como uma torneira aberta. Em segundos, Pampi fica imóvel, o rosto cinza e pálido e a expressão congelada, os olhos vermelhos imóveis.

No fim desta busca desesperada por poder, Pampi continuou humana, e humanos sempre podem morrer.

Os deuses nos deixam saltar para que sejamos livres.

August balança a cabeça.

— Não existem deuses neste mundo. — Ele estica o braço para fechar os olhos dela. — Apenas reis e tiranos.

Naquela décima manhã, Calla levanta cedo. Mal pode ver o que está à frente quando vai, na ponta dos pés, até a porta do apartamento. O dia não raiou ainda, e o mundo está coberto por um manto nebuloso. Com uma careta, ela puxa o casaco emprestado de Yilas sobre os ombros e apalpa os bolsos para conferir se sua adaga está em segurança. Sua espada foi perdida. Há poucas chances de que consiga recuperá-la no Templo Sepulcral sem entrar em conflito com os Crescentes de novo. Ela não tem permissão para voltar à loja de armas e adquirir outra, então vai ter de se virar com a adaga enferrujada que Chami guardou de seus dias no palácio, contrabandeada de alguma estranha rede de mulheres que vendem adagas cegas.

É melhor que nada.

O ar lá fora está mais gelado do que Calla esperava. As portas do Restaurante Magnólia se fecham atrás dela, e a vidraça frígida bate contra seu braço e lhe dá aquele último empurrão de que precisa para avançar. Ela ficou tanto tempo fechada dentro do apartamento que a estação mudou perceptivelmente, e o frio do inverno penetra o ar úmido e abafado de sempre. Ele desaparecerá em algumas horas, assim que San-Er começar a fervilhar de novo e o remanescente da noite se transformar no início da manhã, mas é o primeiro sinal da mudança que se aproxima.

— Certo — diz em voz baixa. — Acho que estamos de volta.

Ela ajusta o bracelete e começa a caminhar. Sua ferida cicatrizou o suficiente para que possa se movimentar sem ter muito cuidado. Sua blusa é justa, colada na pele, grossa e dura assim como as calças. A água de um cano pinga em seu pescoço, e a umidade se espalha pela gola. Uma loja ergue a porta de segurança, e o rápido rolar dos painéis sobre si mesmos soa enquanto Calla passa. Ela mal ergue a cabeça para espiar o lugar. *Perigoso*, percebe com certo atraso, qualquer um poderia tê-la atacado de lá de dentro. Ainda assim, continua andando.

Talvez esteja apenas enferrujada demais depois de mais de uma semana sentada sem fazer nada. Não importa o quanto tente reunir forças, Calla não consegue sentir nada: não sente a curiosidade que tinha como princesa no palácio de Er, quando permitiam que saísse por algumas horas; não sente a insignificância que tinha como fugitiva procurada, vasculhando os mercados atrás de comida. Ela segue furtiva pelas ruas e chega à beirada de San, onde o mar golpeia as rochas. Ali, belisca o antebraço, dizendo a si mesma: *Acorde.*

Um farfalhar.

Num piscar de olhos, o bracelete de Calla começa a tremer.

Ela se esquiva, só que já levou um golpe da corrente no ombro, e sibila quando o metal queima uma linha por seu braço. Calla percebe que baixou demais a guarda. A este ponto dos jogos, pode não precisar estar no topo do placar, mas isso não significa que pode *morrer.*

— Onde é que você estava se escondendo? — grita o outro jogador.

Seu corpo é esguio e alto, o cabelo tingindo de um amarelo opaco. É como se houvesse tentado ficar loiro como August, mas o descolorante não aderiu direito porque ele usou químicos mais baratos. Ele avança, e Calla captura um vislumbre de seu bracelete à luz do nascer do sol. A tela diz **19**.

Ela evita a chicotada seguinte das correntes, que passa a dois centímetros de sua bochecha. Se houvesse acertado, poderia tê-la deixado cega. Ele é rápido. Esta não parece ser uma luta que ela possa contornar com facilidade.

— Eu estava em um sofá confortável, obrigada por perguntar.

A corrente desce de novo. Desta vez, Calla a pega, enrolando-a duas vezes no pulso e puxando-a o mais forte que consegue. Dezenove antecipa o movimento e solta a corrente depressa antes que o puxão possa atingi-lo. Em vez disso, é Calla quem perde o equilíbrio, cambaleando dois passos para trás. Há uma nova arma em suas mãos, mas ela está desequilibrada, o que é uma abertura o suficiente para Dezenove investir em sua direção, lançando ambos direto para a beirada das pedras. Metade do corpo de Calla está pendurada.

Merda.

Ela está *mesmo* fora de forma.

— Como você liderou os jogos por tanto tempo? — Dezenove torce o nariz. — Patético.

Ele dá um soco. Calla desvia a cabeça para o lado. Se essa luta houvesse acontecido antes de seu ferimento, ela teria encontrado sua vantagem há tempos. Naquele momento, mal consegue ter energia para alcançar a faca em seu bolso. Está tão cansada. Seu corpo sarou, mas o *qi* não.

Mexa-se, pede a si mesma. *Mexa-se ou ele vai...*

O punho de Dezenove se arqueia para trás: um último golpe para nocauteá-la e jogá-la no mar. Talvez ela aguente. Talvez possa nadar de volta até o topo.

Então ele cai, afastando-se dela, e tomba nas pedras abaixo com um duro baque na água.

Calla sequer se mexeu. Ela pisca, permitindo que os sentidos retornem. Um rostinho familiar com olhos violeta aparece em seu campo de visão.

— Ele acertou você?

Calla se levanta, apoiando-se nos cotovelos, e limpa o suor da testa.

— Por que você está em todo lugar que eu vou, Eno?

Eno dá de ombros, enfiando as mãos nos bolsos enquanto Calla fica de pé com esforço. Ela pega a corrente descartada de Dezenove, testando seu peso no braço, e a coloca no ombro, adotando a arma. Quando Eno estica os braços para tentar inspecionar as pequenas lâminas no final, Calla estapeia seus dedos para afastá-lo.

Ele recua, fechando a cara.

— Por que você desapareceu? — pergunta. — Onde está Anton?

Calla não responde. Ela se afasta depressa das pedras, reentrando em San por um vão entre dois prédios. Embora o espaço seja tão estreito que ela precisa virar de lado para passar, Eno dispara logo atrás, correndo em seu encalce.

— Os outros jogadores estavam tentando a tática de vocês — continua ele quando Calla permanece em silêncio. — Eles viram o quanto era eficiente se aliar, só que não está funcionando tão bem para os outros. Dezenove tinha um parceiro semana passada, até matá-lo na frente do coliseu. Ouvi dizer que houve uma discussão sobre a velocidade a que ele estava andando.

Calla sai do beco apertado, entrando em uma rua principal que é larga o suficiente para um carrinho com café da manhã ser empurrado. Ela pega um pequeno saco de papel ao passar. Eno corre para ficar ao seu lado, acompanhando o ritmo.

— Eno — diz ela, abrindo o saco e jogando pedaços de *bao* na boca —, obrigada pela ajuda, mas você pode ir embora agora.

Ele a ignora.

— Não, sério. Onde está Oitenta-e-Seis? Não me diga que vocês realmente brigaram?

Suas mãos amassam o saco. Quando ela vai dar outra mordida no *bao*, o formato redondo e macio está desfigurado pela força de seus dedos.

— Algo assim.

Calla vira subitamente à direita em um beco mais estreito, em direção ao sul da cidade. Ela passa por uma janela encardida que dá para o quarto de alguém, e a seguir por outra com uma combinação de sombras que espia pelo vidro quebrado, revelando um banheiro molhado. Ela espera que Mao Mao esteja bem, mas sabe que o gato deve estar se divertindo como nunca escondido nas paredes de seu quarto.

Eno continua a segui-la. Ele soca umas das caixas de controle pela qual passam, causando uma chuva de faíscas azuis na passagem escura antes de grunhir e correr para longe dos cabos.

— Você não vai procurar por ele? — insiste.

— Por que — Calla respira fundo — eu faria isso?

Eno franze a testa. Suas pernas estão trabalhando com o dobro da velocidade para acompanhar os passos dela. Batidas distantes começam em outro beco, o que significa que a cidade está despertando de fato.

— Porque vocês eram aliados, e aliados resgatam uns aos outros.

— Ah, ele não está em *perigo*.

Calla quase ri com a ideia. Ela nunca viu Anton em perigo, nem uma única vez. Mesmo no templo, ele tinha como escapar. Foi a recusa *dela* em saltar que os manteve confinados naquela sala, cercados por Crescentes. E, mesmo assim, ele não fugiu. Manteve-se fiel à aliança que fizeram.

Tolo. Como podem alegar ser aliados enquanto participam de um jogo em que só um pode vencer? É a vida dele ou a dela, e nenhum sentimentalismo é o suficiente para permitir que ambos alcancem seus objetivos. Ela não voltou para o lado dele, apesar de estar quase recuperada e de volta aos jogos. Ele deve estar esperando notícias dela, que ela mantenha a barganha que fizeram de conquistar os jogos em sintonia até que fossem os dois finalistas.

Calla precisa ficar longe dele. Não pode continuar sendo boazinha, nem agindo como aliada dele até o fim. Esta era para ser apenas uma colaboração temporária, para que enfrentassem um ao outro mais cedo na arena.

Porém, depois do jeito que Anton Makusa olhou para ela, com a mão mergulhada em seus cabelos e o olhar traindo um sussurro de devoção, ela não consegue suportar a ideia de matá-lo.

Calla olha para a intersecção que se aproxima: o coliseu se ergue no canto antes de desaparecer de vista, bloqueado de novo pelos prédios. É lá que acabarão, e o dia fatídico se aproxima depressa, dado o número de jogadores restantes. Ela pode convencer a si mesma de que talvez outro jogador vá tomar a vida de Anton antes que os jogos se reduzam a dois, mas ele se mostrou bom demais para ser derrotado por qualquer outro. Se for para ele morrer, então Calla confia apenas nas próprias mãos.

Por Talin, ela vencerá os jogos, e a cabeça do Rei Kasa irá rolar.

Eno solta um grunhido repentino, tropeçando em um cano enterrado. O braço de Calla é ágil. Ela pega o cotovelo dele e o ergue antes que possa cair.

— Valeu — sussurra ele, limpando as roupas com um gesto exagerado quando Calla o solta, tentando disfarçar o que aconteceu.

Talvez seja apenas um truque da luz, mas seus lábios parecem tremular, um rápido sinal de medo, que desaparece em seguida.

— Eno. — Ela lhe dá um empurrão firme no ombro, nem que seja apenas para aliviar a reprovação em sua voz. — Você deveria arrancar o chip do seu bracelete. Abandonar os jogos. Sua vida vale mais que isso.

Ela espera que ele contra-argumente ou bata o pé. Em vez disso, a expressão de Eno vacila e, naquele momento, Calla tem certeza de que não se enganou. Foi medo o que viu antes. Ele não demonstra a teimosia de alguém que recusa o colete salva-vidas lançado em sua direção. Está tomado de alívio, vendo a bandeira vermelha do resgate balançando à distância.

Esse tempo todo, será que ele estava apenas esperando o comando de outra pessoa? Nunca lhe haviam dito que sua vida era algo que ele tinha permissão para preservar?

— É... — diz Eno em voz baixa. — Talvez eu faça isso.

Calla aperta os lábios. Há um ronco profundo acima, como um trovão que se aproxima. Nenhum trecho do céu é visível daqui, então é impossível dizer se uma tempestade se aproxima até que a água comece a cair torrencialmente. Mesmo assim, algo no ar começa a cheirar a violência.

Um bipe soa de seu cinto. Calla desengancha o pager e observa uma mensagem de August deslizar pela tela.

`Bem-vinda de volta. Número 6 perto da muralha, na Rua da Pedra Dourada.`

— Certo. — Ela inclina a cabeça para Eno, na direção da muralha da cidade. — Até fazer isso, quer me ajudar?

22

Talvez seja a carga elétrica que se acumula no ar conforme eles se aproximam da muralha, mas a energia de Calla começa a voltar, reunindo-se em seu peito e fluindo para os membros.

Ela ergue um dedo, pressionando-o contra os lábios para silenciar Eno. Há uma distinção bem clara acerca de onde termina a cidade e onde começa a muralha. Os prédios na beirada de San param em fileira. Além disso, há um largo trecho de grama amarelada: uma clareira que costumava ter pilhas de computadores descartados e de cada item perdido e indesejado que era retirado das cidades, se não houvesse como reaproveitá-los.

A muralha só chega à altura do sexto andar dos prédios mais próximos. Do lado de fora, qualquer observador com olhos atentos poderia espiar as janelas mais altas e ver os civis de San-Er em sua rotina.

Eno para logo atrás do ombro de Calla, os dois aguardando no final da Rua da Pedra Dourada.

— Era de se esperar que houvesse mais sol aqui — diz ele, piscando para as nuvens. — Talvez céus azuis sejam só um mito.

— Céus azuis existem — murmura Calla em resposta. É do que ela mais se lembra da parte rural de Talin: o azul infinito, estendendo-se para o horizonte até tocar o chão verde. — Só que tem fábricas demais poluindo San-Er.

Porém, Eno apenas franze a testa.

— Por que estamos aqui?

— Era para ter outro jogador por perto. Mas não estou vendo ninguém.

Eles andaram meio devagar, então é possível que o jogador tenha ido embora. Mesmo assim, não pode ter ido muito longe, especialmente se não sabe que está sendo caçado.

— Fique parado e seja meus olhos — diz Calla. Ela corre o olhar pela muralha. — Vou dar uma volta para procurar.

— Ficar parado? — grita Eno atrás dela, embora Calla já esteja avançando depressa pela grama feia. — Você não queria minha *ajudaaa?*

A última parte se transforma em um choramingo, alto o suficiente para a voz de Eno ecoar por toda a clareira. Calla se vira, apontando um dedo em alerta.

— Fique de vigia. Seja um bom menino.

Ela se aproxima da escada enferrujada e a chacoalha vigorosamente para se certificar de que está presa com firmeza. Quando se convence de que não vai se soltar da parede nos próximos minutos e jogá-la para a morte, ela apoia uma perna e começa a subir, alçando-se dois degraus por vez.

Sua ascensão é rápida. Metade, três quartos, então o topo. Ela para ali, as mãos apertadas no final da escada. Embora tenha subido para ter uma visão melhor dos arredores dentro da muralha, fica subitamente encantada com a vista do lado de fora: a grama que se estende até onde os olhos alcançam, os picos e vales que brilham no horizonte.

Seu bracelete pesa na pele, opaco sob a luz cinzenta. As nuvens estão ficando cada vez mais escuras e, quando outro estrondo de trovão ressoa à distância, Calla quase solta a escada, pega de surpresa. Sua pele se arrepia. A primeira gota de chuva cai, aterrissando pesadamente em sua bochecha.

Quando se tornou Calla, ela ganhou um poder imensurável, a capacidade inacreditável de moldar o mundo como quisesse. Ela nunca pensou em tudo o que perdeu.

— *Ei!*

Com um pulo de espanto, Calla se vira, encarando San de novo. Eno. Não consegue mais vê-lo, embora seu grito de pânico tenha ecoado pela muralha.

— Eno?

Ela se lança pela lateral da escada, optando por deslizar até lá embaixo pelo cano em vez de perder tempo degrau por degrau. Sua mão está dentro da jaqueta, onde enfiou as correntes que roubou, mas, no momento em que seus pés tocam o chão firme, ela ouve um assobio no ar. Calla balança a corrente para a frente, bloqueando por pouco uma faca arremessada para atingir seu rosto.

Duas pessoas correm em sua direção. Suas mangas estão arregaçadas até os cotovelos. Nada de bracelete.

O quê?

Ela se esquiva por pouco, girando para a esquerda, e escapa do golpe de espada do outro atacante. Um homem com um piercing no lábio. Calla se endireita. Será que isso é coisa do Templo Sepulcral? Estão atrás dela ou de Eno?

Não há tempo para pensar. Calla avança para pegar a faca que jogaram nela, pisando com força no cabo para que a arma gire no ar e aterrisse em sua palma.

— Eno? — grita de novo.

Sem resposta. *Onde* está ele? Ela gira depressa e lança a lâmina, cravando-a direto no olho do homem. Calla não o espera cair no chão. Antes que ele tenha tombado, ela joga a corrente para cima e chicoteia com força o segundo homem, os elos de metal colidindo com a nova arma cega que ele saca. A ponta da corrente se enrola rápido na pseudofaca. Um puxão firme e a arma escorrega. Assim que o segundo homem se abaixa, tentando recuperá-la, Calla chicoteia a corrente de novo, enrolando-a no pescoço dele. Ela o puxa com um único movimento ágil.

— Quem é você? — pergunta, fervilhando de raiva. Assim que o homem está perto o suficiente, ela estende a mão, apertando seu queixo com força. — *Quem é você?*

— Ninguém, eu não sou ninguém! — responde depressa, com lágrimas se formando nos olhos enquanto ele se debate contra os dedos dela. — Por favor, me deixe ir, me deixe ir...

— Você não é um jogador. — Calla puxa o homem e ele chuta o ar, tentando se levantar. Não adianta, a corrente continua ao redor de seu pescoço. Só é preciso outro puxão para segurá-lo com mais firmeza. — Por que me atacou? Você é da Sociedade Crescente?

— Não. — O homem arfa. — Não, nós fomos contratados por terceiros. Eu não tenho nada contra você, juro. Poupe a minha vida.

— Quem? — pergunta ela. Suas unhas se cravam fundo, rasgando a face do homem em cinco cortes úmidos. — Quem mandou você?

— Eu não sei!

Um giro de leve, uma tentativa de escapar. Calla solta o rosto dele, apenas para sacar a adaga de Chami do bolso.

— Por favor! — Ele tenta escapar da corrente. Suas pernas se debatem e deixam rastros no chão, enchendo as folhas amareladas de lama marrom. — Por favor, eu só aceitei um trabalho pago. A pessoa mandou caçar você. E é isso, é isso!

— Inútil! — grita Calla. — Totalmente inútil.

— Os olhos eram pretos! Foi tudo o que eu vi!

Por um segundo, Calla para. Ela sente a mão gelar, soltando de leve a corrente a ponto de o homem tentar dar uma guinada para cima.

Olhos pretos.

Uma rajada de fúria queima seu peito. Antes que perceba o que está fazendo, ela corta a garganta dele, a adaga cega encontrando a pele e rasgando-a de maneira crua. A incisão dentada e desigual abre suas veias e artérias mais grossas, fazendo jorrar sangue e vingança. Em segundos, o homem está imóvel, cercado por uma poça vermelho-escura. Seus olhos ficam opacos.

Calla recua, em choque. Ela respira com dificuldade.

Cada membro da realeza está fadado a enlouquecer cedo ou tarde, embriagado com o poder que tem nas mãos. Para Calla, principalmente, que se lembra como era ser impotente, o poder tem uma atração inimaginável, que a enfeitiça. Quando não toma cuidado, sente o veneno penetrar sua mente. Ela imagina como seria matar pelo trono e não por libertação. Imagina como seria tomar a coroa divina para si e nunca mais ter de ser fraca, imagina o reino todo — o *império* todo — ajoelhando-se à sua frente.

— Eno? — grita, despertando para o presente. — Eno, cadê você?

Ela recolhe a corrente nas mãos, chacoalhando o sangue do metal melado. A clareira próxima da cidade se tornou perturbadoramente quieta. Uma pontada de pânico aperta sua garganta, então vem o torpor — um terrível e doloroso torpor.

Calla não corre ou luta para procurar pelos arredores. Não grita de novo. Se não houve resposta da primeira vez, não é um mistério. Ela pode desejar o contrário o quanto quiser, mas entende San-Er bem demais, melhor do que entende a si mesma às vezes. Quando anda até o beco, não se surpreende ao encontrar o corpo de Eno.

Seus olhos vítreos encaram o céu. Há um ferimento na lateral da barriga, que se estende diretamente até o coração.

Calla se abaixa.

— Seu merdinha — murmura, e sua voz falha.

Aconteceria cedo ou tarde. Só pode haver um único vencedor.

Mas ele poderia ter arrancado o chip. Poderia ter escolhido a vida... uma vida miserável, suja, faminta, doente, dura, sentindo medo constante dos agiotas.

Calla sabe que a maioria daqueles que entram nos jogos não tem outra opção. O menino não era estúpido. Ninguém colocaria o próprio nome na loteria do rei se fosse fácil assim dar as costas para os jogos. Mesmo assim, havia uma parte dela que esperava que seria diferente, que haveria um terceiro caminho para Eno, com um saco de moedas e um cantinho confortável para se acomodar em Er. As cidades gêmeas oferecem a oportunidade de uma vida medíocre, e, para alguns, isso é o suficiente. Nas províncias, nem haveria uma opção. Elas estão divididas em dois extremos: ou destituição total de bens ou a opulência do palácio, reservada aos membros do conselho e vencedores dos jogos anteriores.

Mesmo assim, dentre todas as pessoas no reino, de San-Er às fronteiras, foi Calla quem invadiu uma princesa e criou um novo caminho para si. Do contrário, será que não teria acabado exatamente como Eno?

— Espero que você esteja entre os últimos — diz, abaixando suavemente as pálpebras dele até que estejam fechadas. — Eu espero...

Ela deixa as palavras morrerem, ousando olhar para a muralha lá em cima. Espera que contem a morte de Eno como uma letalidade dela nos jogos. Que a acrescentem às suas estatísticas. A culpa pode manchar suas mãos. A morte dele está em sua consciência para ser vingada.

Todos os responsáveis por esta miséria cairão, um a um.

Há um movimento no topo da muralha. Guardas. Calmamente, Calla fica de pé, acenando para eles por um breve momento antes de deslizar de volta para o interior dos prédios. Quando eles finalmente descerem pela escada, ela já estará longe. O corpo de Eno será responsabilidade do palácio.

Calla cerra os punhos com força e faz uma curva repentina. Ela pisa em um engradado e entra por uma porta aleatória, indo em direção ao telhado para atravessar San-Er por cima em vez de pelo chão. Está ensopada de sangue até os punhos. Suas mangas estão manchadas, assim como a barra da blusa.

Olhos pretos, disse o homem.

Ela só conhece duas pessoas nesta cidade com olhos pretos. August e Anton. E o Príncipe August precisa dela viva para fazer seu trabalho sujo.

Calla empurra a porta com força, quase a arrancando das dobradiças ao sair para o telhado. Suas botas golpeiam o cimento com força, e a jaqueta se ondula nas laterais de seu corpo. Ela não é mais uma mera participante dos jogos a caminho da próxima letalidade. Está marchando para a batalha.

A pessoa mandou caçar você.

Então chegou a hora.

Anton Makusa colocou um fim à aliança.

23

Trovões ressoam pelas cidades gêmeas. Quando Calla chega à Rua do Fosso, a chuva acabou de começar, e ela escapa por pouco da enxurrada, entrando rápido no Nevasca antes que as gotas atinjam o pavimento. Ela sobe as escadas batendo os pés e vira no patamar. Do lado de fora do apartamento de Anton, nem se dá ao trabalho de bater antes de entrar. Assim como das outras vezes, a maçaneta gira com facilidade, e ela abre a porta com o ombro.

Ela para à soleira. Espera. O sangue ferve debaixo de sua pele.

— Você voltou.

Calla gira, virando-se para encarar a cozinha. Ali na porta está Anton, com uma tigela na mão, que coloca na mesa assim que a vê. Ele veste um corpo novo, alto e esguio: o corpo de um lutador. Está vestido de preto, como se ela o tivesse pegado prestes a sair para aumentar as letalidades do dia. Uma intensidade vermelha e quente lhe sobe a garganta ao observá-lo. Ela está instável. Se não se conhecesse bem, acharia que havia acabado de virar dez *shots* seguidos antes de entrar.

— Por quê? — pergunta. — Por que você fez isso? Não podia dar o golpe pessoalmente?

Anton franze a testa.

— Do que está falando?

Calla arregaça as mangas e lhe mostra o sangue em suas mãos. Ela não tem a intenção de gritar, mas, quando abre a boca, as palavras saem em um volume de estourar os tímpanos.

— Os assassinos, Anton! Os malditos assassinos que você enviou para me matar. Eno está *morto*. Morto!

— Do que você…

O clarão de um relâmpago atravessa a janela da cozinha. Um raro momento de luz em uma cidade de escuridão. Cada canto do apartamento parece se iluminar, tingido de azul e contornado de branco. Quando a luz desaparece, Anton semicerra os olhos, como se ainda estivesse lutando contra o brilho.

— Eno está morto?

Calla não suporta a encenação dele. Será que ele está determinado a fingir ignorância? Eno não era amigo dele também?

— *Pare* — sibila ela. — Pare de mentir para mim.

Outro clarão de relâmpago, acompanhado por um trovão. Agora a chuva cai com força o suficiente para ser ouvida ao colidir com a lateral do prédio, e a água escorre pelas janelas que tremem contra as esquadrias.

— Eu não sei sobre o que estou mentindo! — exclama Anton.

A confusão permanece em sua sobrancelha, mas, quando ele ergue os braços, Calla captura, de relance, a tinta sob seu bracelete. Uma única lua crescente.

Ela solta o ar entre dentes cerrados. Aquele corpo veio das Sociedades Crescentes, o que significa que Anton acabou de vir de lá. O que ele estava fazendo? Organizando o assassinato dela? Mesmo que o mercenário tenha alegado não ser um Crescente, ela sabe que há pontos a serem ligados aqui, e faz a conexão mais rápida.

— Seu *traidor* — sibila.

Ela puxa a adaga limpa do bolso e investe contra ele.

Anton reage depressa, esquivando-se para o lado conforme seus olhos se arregalam. Com o novo golpe que Calla lhe direciona, ele parece perceber depressa que ela não esta levando a coisa na brincadeira. Ela dá uma cotovelada com força, atingindo o rosto dele. Anton chuta em resposta, acertando a barriga dela e colocando certa distância entre os dois quando Calla bate contra a parede, a cabeça derrubando um porta-retrato no chão. O vidro se estilhaça no mesmo instante em que outro trovão ressoa lá fora. Embora Calla se recupere depressa, apertando o cabo da adaga com os dedos, cada centímetro de sua mão formiga com desconforto. Seus dedos parecem duros e suas articulações doem. Eles lhe pedem para parar, mas ela não pode fazer isso. Já existe uma corrente que dispara como estática por seu corpo, respondendo à traição que ela sabia que estava por vir. Um sofrimento devastador zumbe em seus ossos, injetando raiva líquida entre suas costelas.

— Eu não sei que ideia você enfiou na cabeça — diz Anton, arfando. Ele limpa o canto da boca. Há uma mancha de sangue e a pele incha de leve com o golpe dela. — Mas entendeu tudo errado.

Calla inspira. Ela gira a adaga, ajustando os dedos ao redor do cabo.

— Não importa — diz. — Acho que chegamos ao fim da nossa aliança.

Ela percorre a distância entre eles e golpeia. Pouco antes de a adaga fazer contato com a lateral do pescoço dele, Anton pega seu pulso, desviando os olhos depressa da arma para Calla. Ele ainda parece espantado; a surpresa emoldura o formato grande de seus olhos.

— Fácil assim? — pergunta.

Ele torce o pulso dela. Contra a vontade de Calla, a dor ativa um nervo que a faz soltar a arma. A adaga quica no chão. Assim que ela ergue o outro punho para lhe dar um soco, Anton se abaixa e desvia do golpe. O zíper de metal da jaqueta dele arranha o punho de Calla ao passar rapidamente, mas, antes que ela possa se recompor, Anton torce o outro pulso até que o braço dela esteja arqueado atrás das costas. Em um piscar de olhos, ele a esmaga contra a parede, pressionando o corpo contra o dela para mantê-la imóvel. O gesso treme. Há um prego saindo da parede, provavelmente onde o porta-retrato costumava estar. Conforme a mente de Calla espirala, ela se pergunta se bateu a cabeça com força demais e é por isso que não consegue colocar um único pensamento em ordem.

— Calla — chama ele, o hálito quente contra o pescoço dela. — Pare com isso.

— Por quê? — sibila ela. — Seria só adiar o inevitável.

Ela dá um chute para trás, e a bota faz contato o suficiente com a perna dele para empurrá-lo. No momento em que encontra uma deixa mínima, ela gira, usando as costas da mão para estapeá-lo, atingindo seu queixo. Antes que ele possa se recuperar, ela chuta de novo e o acompanha até o chão — certificando-se de ele *fique* no chão — e se posiciona firmemente sobre seu corpo assim que ele tomba de costas. O piso abaixo deles está frio. O linóleo da sala de estar de Anton está coberto de papéis e caixas, que se espalharam por todas as direções durante a luta. Conforme os dois ficam imóveis, os objetos perturbados se acomodam, parando também.

Anton Makusa está vulnerável. A garganta exposta, o coração a desafiando.

Agora ele pertence a ela.

Calla inspira fundo. Uma de suas mãos está apoiada no peito dele enquanto a outra encontra a faca que caiu no chão. Assim que fecha os dedos ao redor do cabo, ela ergue a adaga no alto, imaginando como seu arco descerá. Ela pode sentir o coração dele debaixo de seu toque: o medo e algo mais.

— Calla — diz Anton de novo, o desespero escapando de sua voz.

Calla quer dilacerá-lo. Porque ela o tem totalmente à mercê, imobilizado como uma presa, mas tudo o que ele consegue fazer é olhar para ela daquele jeito.

— Nem tente — sibila Calla.

— O quê? — Os olhos dele percorrem o rosto dela. As pupilas estão muito dilatadas, e Calla não vê o roxo usual que circula suas íris pretas. Em uma tentativa de mantê-lo no chão, ela pressiona seu quadril violentamente, e então consegue *senti-lo*, consegue precisar com exatidão por que a pulsação dele martela contra o pescoço. — O que eu estou tentando?

A hesitação rasteja por ela; o ar fica preso em sua garganta, e o coração batuca uma canção de guerra igualmente ensurdecedora. Então, ela afasta tudo com um pensamento brutal. Se se livrar dele, então pode se livrar deste desejo perturbador que sente também.

Sua mão desce rápido, a lâmina corta o ar. A adaga mergulha dois centímetros, ameaçando descer até o coração dele, até que Anton pega seu braço, impedindo-a de fazer qualquer estrago. Anton murmura um xingamento e afasta a mão dela. Calla mal tem tempo de fazer uma careta de dor. Ele se levanta com uma velocidade assustadora, batendo a cabeça contra a dela e arrancando a adaga do peito no mesmo movimento. O mundo de Calla rodopia, a cabeça latejando com o golpe. Essa pausa é o suficiente para Anton virar o jogo. A faca dela agora está nas mãos dele, e seu joelho a segura no chão. Ele está arfando, sem fôlego, quando apoia o braço ao lado dela. Ela batalha para respirar quando ele pressiona a adaga contra sua garganta.

— É isso mesmo que você quer, Calla? — sussurra ele. Há gotas quentes e regulares de sangue caindo da ferida em seu peito. Elas pingam, uma a uma, sobre Calla, enquanto ele está acima dela, marcando sua pele e formando um padrão de manchas espalhadas em suas roupas. Ele não está mais olhando nos olhos dela. Conforme as janelas tremem e o prédio todo vibra com o rugido cada vez mais alto do vento, ele está olhando para sua boca. — Você *quer* lutar comigo?

Ela não quer. É claro que não. Mas desde quando isso importa?

Anton se inclina para perto, afundando mais a lâmina. Ele está protelando a coisa, deixando a ameaça sussurrar contra o pescoço dela, deixando o destino decidir quando a pele dela se rasgará. Será que está esperando por um apelo? Que ela implore pela própria vida? Calla não o fará. Se morrer aqui, morrerá com honra.

Ainda assim, ele não dá o golpe final. O cômodo brilha com outro relâmpago. Talvez a perda de sangue tenha atrasado o ataque dele. Anton parece bêbado. Sua mão, antes sólida, de repente se torna instável.

Calla pressiona o corpo contra a lâmina, só para testar a força com que ele a segura. A faca continua em seu pescoço, mas *Anton* hesita.

Não é a perda de sangue que faz a mão dele falhar. É ela.

— Sim— sussurra Calla. — Quero você morto.

E ela se mexe de novo, não para o lado, não para se afastar da adaga. Ela ergue o queixo, aproximando o rosto, e o beija.

As paredes ao redor rugem com o barulho, com o *staccato* da chuva. No início, Anton tem gosto de sangue. Então os lábios dele se abrem, e o indício de algo doce atinge a língua de Calla, passando entre eles naquele segundo em que ele relaxa. A lâmina desliza para longe da garganta dela.

Assim que a faca desaparece, Calla o empurra com força. Eles se separam abruptamente, e a adaga tilinta no chão. Anton recua, inspirando de súbito. Calla é ágil ao se levantar. No bolso da jaqueta, ainda tem aquela corrente.

Ela a enrola no pescoço dele num piscar de olhos. O metal cruza à frente dele, e as mãos dela apertam cada extremidade, prontas para puxar. Bastaria um gesto rápido. Então Anton não seria mais seu problema, e estaria eliminado dos jogos. Não há para onde saltar aqui. Ninguém ao redor para ele ocupar.

Calla firma as mãos. Anton a observa. Apenas a observa, mesmo quando sua vida está ameaçada, mesmo quando tem a oportunidade de encontrar uma saída.

— Vá em frente — diz, calmo. — Me mate. Seja a princesa assassina que eles dizem que é.

— Você acha que está me insultando? — Calla aperta a corrente com mais força. Embora a garganta dele deva estar se fechando, tornando o ato de respirar insuportável, Anton não faz nada para se soltar. — Você enviou assassinos para me matar. Pelo menos tenho coragem de vir *eu mesma* atrás de você.

— Se não acredita em mim, então não tenho nada a dizer. — A mão dele sobe rápido e segura o pulso dela. Ela não sabe se são as mãos dele que estão cobertas de sangue, espalhando o vermelho entre eles, ou se os braços dela já estavam ensanguentados assim antes. — Mas você *acredita*, Calla. Eu posso ver que acredita em mim. Por que está fazendo isso?

Porque é assim que precisa terminar. Ela sempre repete para si mesma que haverá apenas um vencedor nos jogos. Seria tolice pensar o contrário.

Seus dedos se afrouxam minimamente.

Ela é uma tola.

— Você me beijou só para me distrair? — continua ele. — Ou por que queria?

O coração dela está prestes a rasgar seu peito, martelando para abrir caminho a fim de sair e espirrar sangue por todo lugar que vai. Ela odeia que ele insista em fazer essas perguntas. Calla nunca teve o luxo de considerar o que *quer*. Sempre é o que precisa ser feito. Querer é algo perigoso. Querer é...

Ela solta a corrente, que cai ao redor dele. O peso é maior de um dos lados e arrasta o outro, enrolando-se no chão como uma serpente. Anton age imediatamente, não para aproveitar a chance de virar o jogo mais uma vez, mas apenas para envolver o rosto dela com as duas mãos. Os lábios dele encontram os dela de novo com uma energia brutal, e Calla responde com a mesma ferocidade, abandonando a cautela e a razão. Ela puxa a gola da camisa dele e sente o melado do sangue sob a palma. O cheiro se espalha quanto mais eles se mexem, metálico e violento. Está nas roupas deles, na pele, no chão, mas Anton não presta atenção no ferimento. O vermelho só se espalha quando Calla arranca totalmente a camisa dele, o corte evidente mesmo sob a luz fraca.

— Anton — alerta ela.

— Deixe — diz ele, tirando a jaqueta dela e empurrando-a para o chão.

As costas dela batem no piso, que está frio quando ela passa a própria blusa ensanguentada por cima dos ombros, mas há apenas uma pausa ínfima antes que os lábios dele estejam na garganta dela, as mãos dela no cabelo dele, as dele apertando a cintura dela. É como se ele estivesse tentando fixá-la no lugar, com medo de que Calla mude de ideia e saia correndo a qualquer segundo. Mas então uma das mãos de Anton começa a descer mais, traçando um caminho pelo quadril dela, os dedos tocando o cós da calça. A boca dele flutua perto da dela de novo, e Calla captura seu lábio inferior, puxando-o com os dentes e resistindo à tentação de *mordê-lo* quando sua pele se enche de arrepios. Ela nunca, nem uma única vez, se sentiu fora de controle desde que se tornou Calla Tuoleimi, mas isso chega perto. Chega ainda mais perto do que qualquer outra coisa quando a barriga dela se flexiona sob o toque dele, os dedos estudando depressa o umbigo de Calla, depois mais para baixo, movendo-se para dentro da calça, deslizando entre suas pernas. Por instinto, Calla puxa o cabelo dele, e os olhos dela se abrem, a cabeça se inclina para trás.

— Merda — sussurra, porque não tem mais nada a dizer; todos os pensamentos lhe escapam.

Anton, despreocupado, passeia com a boca pelo maxilar dela, chegando ao espaço atrás da orelha. Seus dedos pressionam com mais força, encontrando um ritmo junto a ela, e tudo acontece de uma vez, atropelando os sentidos de Calla. Um trovão soa lá fora, quase a assustando a ponto de sair do transe em que está mergulhando. Ela não consegue suportar, não consegue lidar com todas as sensações de uma só vez conforme tenta se apertar contra ele. Por algum instinto primitivo, ela coloca a mão sobre o peito de Anton e pressiona o corte que fez, o próprio coração perigosamente disparado.

— Dói? — questiona, mas ela mal consegue falar, pois está sem fôlego, se contorcendo.

Anton faz uma careta, e sua mão fica mais lenta, mas ele não para. Seus olhos estão semicerrados, e a boca roça a dela de novo, apenas para sussurrar, acima do barulho da chuva:

— Tudo o que você faz dói, princesa.

O chão parece tremer, e toda a estrutura do prédio chacoalha com os trovões que se aproximam cada vez mais. Calla inspira, tentando controlar sua pulsação desenfreada.

— Então me machuque também — sugere.

Anton recua, apoiando-se nos braços esticados, um de cada lado dela. Seu corte parou de sangrar. Ele pisca para ela. Há uma mancha vermelha na bochecha dele, e outra descendo pelo pescoço. Quando ele fica de joelhos, Calla se levanta do piso também, apoiada nos antebraços para observá-lo.

Anton balança a cabeça. É um movimento súbito, mal visível se um relâmpago não houvesse iluminado brevemente a sala. Sem olhar, ele toca o tornozelo dela, abre o zíper da bota e a arranca. Faz o mesmo com a outra. O olhar de Calla o acompanha intensamente quando, a seguir, ele chega ao cós da calça dela. Sem hesitar, ela ergue o quadril.

Um sorriso quase imperceptível repuxa os lábios dele.

— Obrigado por ser tão cooperativa.

— Não vá se acostumando.

— Jamais.

Escuta-se o som de couro atingindo o chão. Calla inspira e expira depressa. Quando Anton se coloca entre seus joelhos erguidos, ela o deixa. Quando ele se inclina e beija sua coxa, sua cintura, a curva de seus seios, subindo até estarem se encarando de novo, ela o deixa, esperando o golpe final. Talvez não haja um. Talvez seja apenas isso.

— Eu não envici ninguém — diz ele, tão baixo que a voz é abafada pelo rosnar da tempestade lá fora, e ela só consegue escutar porque estão perto.

Quando Calla afasta uma mecha de cabelo dos olhos dele, seu olhar é completamente envolto pelas sombras da sala, e ela não consegue ler nada exceto o que ele lhe mostra. Também não consegue saber se ele não pretende machucá-la quando coloca as mãos ao redor de sua garganta. Ela está quase febril de delírio, da dor de seu estômago aos dedos do pé, querendo jogar a autopreservação no lixo se isso significar o alívio. Mas Anton não comprime sua garganta. O que deveria ser um aperto mortal se torna apenas uma carícia, e ele se inclina para beijá-la, com mais suavidade do que das outras vezes.

— Eu sei — responde Calla, no mesmo tom.

Ela fecha os olhos, as mãos descendo pelas costas dele, as unhas contornando os músculos. Há algo feroz zumbindo dentro de seu peito, e ela precisa resistir à tentação de atacá-lo quando desce as mãos, sentindo o quanto ele está duro. Ela vai enlouquecer.

A mão dele acaricia seu rosto de novo. Ela consegue escutar a provocação na voz dele.

— Algum problema?

— Você é cruel. — Calla arfa. — Arranque essas calças e *me foda.*

Ele atende ao pedido. Há uma pausa conforme Anton tira as roupas e se aproxima, como se estivesse esperando, avaliando a resposta dela. Este é o corpo de outra pessoa, mas, em San-Er, esse detalhe é tão normal quanto saltar. Quando se trata deste tipo de uso, corpos são apenas acessórios, descartados e utilizados conforme a necessidade.

Calla o puxa para perto, sibilando. Deve parecer impaciente, porque Anton ri antes de se pressionar dentro dela com um movimento rápido, a mão puxando o quadril dela para cima e a boca pressionando a dela, gemendo em sua língua. Um suspiro de Calla — provavelmente, possivelmente. Há uma sensação percorrendo suas coxas, um zunido se espalhando por cada membro. Ela move os quadris a cada movimento, erguendo as pernas para se enganchar ao redor dele. Anton não se apressa, e ainda assim uma pressão impaciente emana do centro dela, embaralhando sua mente a cada gesto. Ela sabe que está deixando marcas nele, as unhas cravando-se fundo, e pela intensidade dos dedos dele em seus quadris, Anton deixará uma série de danos também. Que deixe. Que ele marque sua pele de forma permanente com a memória do que é a agonia divina.

— Calla — murmura Anton quando suas bocas se separam por um momento —, eu não vou machucar você. Eu me recuso.

Uma promessa colossal naquela cidade. Depois de tudo ter sido jogado ao chão, os dois ainda usam os braceletes.

Calla o beija de novo para que pare de falar. Anton parece perceber o que ela está fazendo, porque coloca a mão em sua garganta a fim de segurá-la e deixa de se mexer. Calla quase o mata bem ali.

— *Anton.*

— Isso foi um gemido? — pergunta ele, sorrindo. — É a primeira vez que uma princesa implora com um gemido para mim.

Porém, apesar da provocação, a mão dele serpenteia para baixo conforme se pressiona dentro dela mais uma vez, de novo e de novo. Ele se movimenta contra o quadril dela, e ela acompanha cada gesto até estar arqueada no chão frio, o corpo congelando de prazer. Calla percebe vagamente a tempestade lá fora, as janelas tremendo com o ataque da chuva, as esquadrias de madeira chacoalhando. Mas aqueles elementos em fúria não são nada comparados com o que cresce cada vez mais dentro dela, atingindo o ápice quando Anton também fica tenso e os músculos de seu braço se flexionam ao sustentar o peso acima dela.

Por um momento, não existe o mundo exterior. O restante da cidade deixa de ser relevante. Toda San-Er poderia desaparecer num piscar de olhos, e Calla não se importaria.

Anton sussurra o nome dela. Relaxa contra ela, então rola de lado, um braço ainda preso ao redor do quadril dela. Com um suspiro, Calla dá um beijo no rosto dele, quase casto dado o que acabaram de fazer, e ele sorri, fechando os olhos suavemente.

Calla acorda mais tarde naquela noite, com uma ponta do lençol enrolada em sua cintura nua. Eles foram para a cama em algum momento, e foi exatamente quando começaram tudo de novo, pois Calla tinha um limite de tolerância ao chão frio.

A tempestade parou. Está quieto fora do apartamento, uma calmaria momentânea depois que a chuva esvaziou as ruas e espantou as pessoas para dentro de casa. Além disso, a hora fez com que os carrinhos de comida fossem guardados e as portas das lojas puxadas para baixo, a fim de que seus donos descansem, mergulhando San-Er no silêncio. Calla ergue a cabeça, olhando para os raios de luz filtrados pelas venezianas: o vermelho da boate próxima, que deixa o letreiro aceso mesmo depois de suas pistas de dança se apagarem; o azul da sirene de emergência da Rua do Fosso, que está sempre ativada, girando num alarme mudo. Quando ela se apoia no cotovelo, sua visão se apura, focando um objeto perto do armário. Ela não havia notado antes, quando entraram emaranhados no quarto. Agora, reconhece sua espada — aquela que deixou cair no Templo Sepulcral. Está apoiada na parede, em uma posição casual, a bainha polida e brilhando sob o neon fraco.

— Ah — sussurra Calla para a noite.

Ela se vira, olhando para Anton. Ele está de costas para ela, a respiração fazendo seu peito subir e descer em um sono profundo.

Ele voltou para buscar a espada dela. É por isso que está no corpo de um membro da Sociedade Crescente. Não porque estava tramando contra ela, mas porque queria encontrar a espada dela.

Calla lentamente volta a se afundar no travesseiro, o cabelo se espalhando pelo tecido macio. O letreiro mudou para um dourado brilhante — a boate responsável por esse show de luzes deve estar pagando altas contas de energia. Quando Anton se remexe no sono, Calla passa um dedo por sua coluna nua e se maravilha com o fato de ele não se assustar, como se houvesse baixado a guarda, mesmo sabendo que ela poderia enfiar uma espada em seu peito.

Ela poderia matá-lo ali, se quisesse. Só há os dois no apartamento. O resto de San-Er dorme dentro das próprias paredes. Ele não teria para onde saltar.

Mas ela não fará isso. Calla confia a própria vida a ele, e em troca gostaria de merecer a confiança dele também, de oferecer-lhe segurança em seu abraço.

De súbito, Anton se vira, trazendo o ombro para mais perto dela. Calla retira a mão com o susto, mas ele não reagiu ao toque dela. Não está acordado: apenas se ajustando até ficar de frente para ela, os olhos ainda fechados. Antes que Calla possa reagir, Anton a puxa para perto, procurando seu corpo entre os lençóis. Ele estica o braço firme e sólido em sua direção, envolvendo sua cintura.

Mesmo dormindo, ele a procura.

Gentilmente, Calla coloca os braços ao redor dele também, retribuindo o gesto. Há uma erupção de emoção em seu peito, um sentimento estranho, que se contorce em suas entranhas como uma infeção que se espalha depressa. Ela passa os dedos pelo cabelo dele e, quando o braço de Anton se aperta ao redor de sua cintura, uma lágrima desliza pela bochecha de Calla, caindo silenciosa no travesseiro. Seria mais fácil se ele a houvesse traído. Seria território conhecido, algo com que ela sabe lidar.

Calla consegue suportar a dor. O sangue. Mas isso... isso é de alguma forma tudo e nada dos dois de uma só vez, uma torção em sua própria alma.

Isso é ternura. E ela a teme mais do que qualquer coisa naquele reino entregue às moscas.

24

Os primeiros sinais da manhã entram preguiçosamente no quarto, penetrando com esforço pelas venezianas. Anton esfrega os olhos, virando-se na cama. Quando estica o braço, encontra o nada. Ele pisca para acordar, encontrando apenas lençóis onde antes estava Calla.

Ele se levanta depressa. Não foi um sonho, foi? Ela realmente esteve aqui.

Sua mão sobe até o coração, e ele solta o ar ao encontrar um ferimento retorcido e coagulado. Nunca imaginou que ficaria tão aliviado de confirmar um corte em si mesmo. Os resquícios de confusão abandonam sua mente anestesiada pelo sono e ele corre os olhos pela parede. A espada dela também sumiu: a que ele foi pego tentando recuperar no dia anterior, embora, felizmente, tenha invadido o corpo do Crescente que o viu antes que qualquer outra pessoa notasse.

Anton semicerra os olhos para o bracelete. Ele insere seu número de identidade, voltando o timer para 24 horas. Ele se pergunta quando disparará hoje e se deveria se levantar logo, antes que isso aconteça enquanto está em seu apartamento. Então se questiona se foi por isso que Calla foi embora.

Por que ela não o acordou?

O relógio na prateleira muda para 5h30. É cedo. A maioria dos estabelecimentos lá embaixo ainda não abriu, demorando-se naquele breve horário em que a noite já partiu, mas o dia ainda não chegou de fato. Anton encontra uma blusa limpa no guarda-roupa. Ele veste calças adequadas para o combate e os mesmos sapatos que vieram com este corpo. Quando vai até a sala de estar, suas roupas da noite anterior ainda estão descartadas no chão, mas as de Calla sumiram.

Ele abre a porta da frente. Uma rajada de vento frio entra, dançando enquanto ele fica de pé na soleira, pensando.

É estranho que não conheça Calla Tuoleimi há muito tempo, mas mesmo assim saiba exatamente aonde ir para encontrá-la. Ele não toma as escadas que descem até a rua. Em vez disso, pega as que sobem e empurra a porta que dá para o telhado. E, de fato, lá está ela, sentada bem na beirada, de costas para ele, uma perna balançando na lateral do prédio e a outra dobrada ao lado do tronco. Há um cigarro pendurado em seus dedos, o pulso apoiado no joelho. Mesmo relaxada na postura mais causal possível, ela parece uma princesa completa.

— Isso aí faz mal, sabia?

Calla se vira devagar, a expressão neutra ao examiná-lo. A luz da manhã brilha mais forte ali do que nas ruas, mas as nuvens são tão cinzas e pesadas quanto os sacos de lixo que se acumulam nas sarjetas. Outra tempestade flutua no horizonte.

— Faz, é? — pergunta Calla. — Não sabia.

A espada está de volta a seu quadril, pendurada no lugar ao qual pertence. Quando ela move a perna para dar lugar a ele, Anton se junta a ela sem precisar de outro incentivo.

— Terrível. — Ele a observa dar uma longa tragada. — Apodrece o *qi* e destrói sua saúde. É praticamente uma garantia de morte precoce.

Calla tira o cigarro dos lábios e, com a nuvem de fumaça ainda nos pulmões, se inclina para beijá-lo. Apesar de suas palavras, ele a deixa soprá-la dentro de sua boca, engolindo a toxina como se fosse o licor mais doce que já provou.

Assim que a fumaça se dissipa, Calla se afasta devagar, movendo os cílios pesados e escuros com um olhar indiferente. Os dedos continuam ao redor do queixo dele, e Anton a observa girar seu rosto para cá e para lá, estudando-o à luz instável do dia.

— Você tem medo de que este corpo tenha mudado desde ontem?

Calla franze a testa, sem se divertir com a pergunta.

— Não é impossível. Talvez Anton Makusa tenha ido embora e esta seja outra pessoa.

Ele revira os olhos, afastando a mão dela de seu rosto e entrelaçando os dedos de ambos antes que ela possa protestar. Os olhos de Calla estão aflitos, algo que não aconteceu na noite anterior. Anton acha que sabe o que é: uma laceração, um tormento. É como se aproximar de uma intersecção na rua, alternando com velocidade fatal entre uma e outra opção conforme se aproximam, sem poder voltar atrás.

— Você não é tão paranoica assim — diz Anton. Ele toca o interior do pulso dela com os lábios. — No que está realmente pensando, Calla?

Ela desvencilha o braço de maneira rude, e Anton pisca, surpreso. Uma das fábricas da região deve estar começando a funcionar, porque há fumaça subindo pelo vão entre os prédios, a névoa baixa se acumulando ao redor deles. É como se um golpe súbito lhe houvesse atingido a boca do estômago.

Sete anos sem Otta, e era de se pensar que ele havia melhorado nisso. Era de se pensar que deixar a juventude para trás significava crescer e superar essa necessidade de se prender com tanta força às pessoas que tem. Mesmo assim, o gesto de Calla faz sua pele formigar, como se houvesse levado um tapa na mão sem saber o que fez de errado.

— Você nunca tem a mesma aparência, Anton — diz ela em voz baixa.

Seus dedos remexem a manga da blusa, e o rosto está virado para o outro lado. O cigarro queimou até o fim, mas ela continua o segurando na outra mão, derrubando cinzas no parapeito.

Ele quer tirá-lo dali. Puxá-lo dos dedos dela e apertá-lo contra a própria pele, se isso for fazer com que ela olhe para ele.

— Por que isso importa?

Calla enfim solta a bituca.

— Eu não sei quem você é. — Os olhos dela finalmente focam seu rosto, cintilando com uma cascata de cores. O amarelo de ouro endurecido; a ponta queimada de um fio elétrico superaquecido. — Como posso confiar em você?

Um grito alto vem da rua lá embaixo, mas nenhum dos dois reage. São espelhos um do outro, uma cabeça inclinada para a direita e a outra, para a esquerda; um com a perna apoiada no peitoral e o outro com a perna esticada do lado de dentro. Efígies expostas na beirada do telhado.

Anton não entende. Ou acha que entende. Entende que ela esteja procurando por uma desculpa, e não quer que ela encontre uma. Calla, apesar de sua grandiosidade e confiança, está tão confinada quanto alguém sem o gene de saltar. Está tão presa à ideia de que seu corpo lhe dá poder que se esquece quem é a pessoa que está movimentando esse corpo.

— Você sabe quem eu sou. — Ele ousa esticar o braço de novo. Passa o dedo pela têmpora dela, colocando seu longo cabelo para trás. — Eu sou Anton Makusa. Não importa que corpo eu esteja vestindo.

O telhado hesita, e os canos borbulhantes param.

— Você precisa entender — diz Calla com calma — que, por essa mesma lógica, eu não sou nada. Ninguém. Não tenho nem um nome.

Anton bufa com desprezo. Ao ouvir esse som, Calla lhe lança um olhar sério, tomado de indignação, mas ele balança a cabeça antes de se explicar.

— Você é Calla Tuoleimi, se escolher ser.

— Não… — Ela interrompe a si mesma, bufando também. — Eu a *roubei*.

— Você *tem sido* ela há quinze anos. Ela é mais você do que qualquer outra pessoa. — A mão dele percorre seu rosto, sua pele macia e os ângulos bem definidos de suas bochechas. Ela deixa, e Anton sabe que ela percebe o exato momento em que ele cerra os dentes e endurece a voz. — Quem se importa se você a roubou? Você merece esse poder mais do que a garota que nasceu com ele. Esqueça seu nome e adote um título no lugar. *Calla*. Logo as pessoas o dirão da mesma forma que sussurram *Deus*.

Calla se vira devagar em sua direção. Ele quase se pergunta se deveria ter medo, se as mãos dela estão envolvendo seus ombros para jogá-lo do prédio. Felizmente ela está só passando os braços ao redor dele, puxando-o para perto até que possa apoiar o queixo em seu ombro.

— Calla — repete ela, acrescentando um tom de reverência. Ela solta um resmungo pensativo. — Você me reconheceria em outro corpo?

— Em qualquer corpo — promete Anton —, você ainda seria a mesma princesa assustadora.

Isso arranca uma risada dela, e o som envia ânimo por todo o corpo de Anton. Quando ela ergue o queixo para ver a expressão em seu rosto, ele não consegue deixar de pensar que está entregando mais de si do que deveria, mas não consegue se impedir de fazer isso.

Calla toca a beirada de sua orelha.

— Preciso contar uma coisa.

— É mais chocante do que a sua identidade?

— Não. — O prédio vibra debaixo deles. O restaurante no quinto andar ligou os exaustores industriais. — Eu entrei nos jogos para matar o Rei Kasa.

Anton não sabe se deveria estar surpreso. Havia imaginado que era algo assim. Por que outro motivo ela reapareceria em San-Er? Calla realizou sozinha o massacre mais ousado da história da cidade e conseguiu escapar. Poderia facilmente viver o resto de seus dias de maneira discreta, escondida.

— E isso exige vencer os jogos — adivinha ele. Ninguém do lado de fora do palácio tem acesso ao Rei Kasa de outra forma. Ele faz uma pausa. — Você gostaria que eu oferecesse meu coração em sacrifício?

Os olhos dela se estreitam, severos.

— Não seja ridículo.

— Que bom. Eu acharia um pedido um pouco excessivo.

Ele também não teria se inscrito nos jogos se não tivesse a necessidade de ganhar. Não teria feito nada disso a não ser que fosse a última opção possível.

Calla traça um caminho com o dedo, da orelha dele ao pescoço. A fumaça da fábrica diminui conforme as máquinas encontram seu ritmo, dispersando-se de maneira mais uniforme. Fica mais fácil respirar.

— Imagino que você não vá puxar o chip para desativar seu bracelete, não é?

San está despertando. As portas que dão para os telhados se abrem e se fecham conforme as pessoas saem e entram, mas não há com o que se preocupar. Poucos os reconhecerão como jogadores, e os outros competidores não terão como surpreendê-los em um lugar tão aberto.

Anton exala.

— Calla. Não posso.

Ela puxa a gola de Anton. Mas não é uma ameaça, de acordo com sua expressão neutra.

— Você a ama?

Não há dúvidas acerca de quem ela está falando. Otta Avia, a pessoa por quem ele está fazendo tudo isso. Será que ele a ama? Anton a ama da mesma forma que todo mundo ama lembranças da infância. Da mesma forma que ninguém consegue abandonar a primeira pessoa que realmente adorou.

— Isso vai mudar o final dos jogos? — retruca ele.

Uma imagem de Otta surge em sua mente. Não seu sorriso ardiloso no palácio, mas sua forma comatosa deitada em uma cama de hospital. Como ele pode abandonar o único dinheiro que a manterá viva?

Calla solta sua gola. A mão dela pende no próprio colo enquanto o queixo volta ao ombro dele. Anton não pode mais ver sua expressão.

— Imagino que não — diz ela. — Mas mesmo assim eu tenho uma ideia.

— Uma ideia?

— Para nós dois sobrevivermos e alcançarmos vitória nessas duas linhas de frente.

— Você quer o rei morto, eu quero o prêmio do vencedor — comenta Anton. É claro que ele quer que ambos sobrevivam, mas não ousa ter esperanças. — Para matar o rei, você precisa do prêmio do vencedor. Estou deixando passar alguma coisa?

— Sim. Kasa assiste ao Juedou da mesma sala do trono todos os anos. A localização dele está definida.

— E nós vamos invadir o lugar com armas em riste?

Calla se afasta com uma expressão exagerada.

— Posso terminar, Makusa? Ou você quer fazer o plano sozinho?

Anton não sabe ao certo se ainda ama Otta, mas acha que ama Calla. Ama seu pavio curto, suas palavras severas, até quando dirigidas a ele. Ama a adrenalina toda vez que ela transforma a testa franzida em um sorriso, ou quando o sorriso se transforma em um olhar bravo. Será que isso é amor? Não é como se ele houvesse realmente aprendido como seria o amor.

— Não, por favor. — Ele a puxa de volta. — Continue.

Calla resmunga algo em voz baixa, cruzando os braços. Anton não entende o que é, mas, como ela se acomoda nele de novo, imagina que não deve ser nada muito preocupante.

— *Nós* não vamos invadir nada — continua Calla. — *Eu* vou. Assim que chegarmos aos três últimos jogadores, eu puxo meu chip. Eles vão convocar o Juedou, chamar você para a arena de batalha. Você precisa jogar como se tudo estivesse normal, como se os jogos estivessem prosseguindo como em qualquer outro ano.

— E não estarão? — pergunta Anton, só para provocá-la.

— E *então* — diz Calla, ignorando-o —, eu vou até o Rei Kasa. O Juedou é sempre um dos dias mais movimentados do ano, praticamente um feriado municipal. A guarda do palácio estará amplamente dispersa, cercando a arena em vez do palácio em si. Eu conheço o lugar, a planta. Não preciso de uma vitória para matá-lo, só preciso de acesso.

Ele ama isso também. A confiança pura. A resolução na voz dela assim que enfia um objetivo na cabeça.

— Mesmo em dias assim, o palácio é altamente protegido.

— Eu tenho uma arma secreta.

Anton ergue as sobrancelhas. Há um novo manto de fumaça subindo, trazendo da fábrica o cheiro de cinzas e plástico queimado. Ele mergulha o nariz no cabelo dela, para que tudo o que possa sentir em vez disso seja algo doce e metálico.

— Não me diga que sua arma é você mesma.

— Você acha que eu sou tão convencida assim? — Antes que Anton possa dar sua resposta e arriscar ser empurrado do prédio, Calla diz: — É August. Eu tenho a cooperação dele, então com certeza ele consegue me colocar lá dentro.

August. Anton fica rígido. Calla deve sentir, porque endireita as costas, lhe lançando um olhar preocupado.

— Não sei se você pode confiar nele — diz Anton.

Ele escolhe as palavras com cuidado, tentando não trair sua dúvida completa. Com um resmungo curioso, Calla sobe a perna que estava na lateral do prédio e a apoia atravessada no colo dele.

— Confiável ou não, ele é uma ferramenta necessária. August não vai ajudar *você*, e é por isso que você precisa ganhar o prêmio de maneira honesta. Eu, entretanto... Se ele me esfaquear pelas costas, vai levar uma espada no coração também.

Anton faz uma careta.

— Isso não me tranquiliza muito.

— Bom... — Calla se inclina para ele, a boca a centímetros da sua, e ele inspira bem de leve para controlar o nó na garganta. — Ou tentamos isso, ou lutamos um contra o outro no coliseu. O que você prefere?

Anton tenta beijá-la em vez de responder. Calla recua, repuxando os lábios de maneira divertida.

— Anton.

Argh.

— Está bem, já entendi.

Isso não significa que ele goste do plano.

Os cantos dos lábios de Calla se curvam de verdade, recompensando-o com um sorriso completo. Apesar da determinação dela, o nó no fundo do estômago de Anton só aumenta, cada preocupação pesando graças ao fluxo de memórias. Ele sempre teve medo de August Avia ter poder sobre Talin. O Príncipe August vê um reino de brinquedo, pessoas a serem movidas para lá e para cá e pelas quais tomar decisões, sem perguntar antes do que precisam. O Príncipe August pisará em seus amigos se precisar de apoio para se elevar e espremerá como laranjas seus entes queridos mais próximos, usando-os até que não haja mais nada que possam oferecer. Seria típico dele apunhalar Calla pelas costas se a situação pedisse, porque August Avia trabalhou incansavelmente para se tornar August Shenzhi, para se tornar o herdeiro daquelas cidades ferventes, e nenhuma pessoa boa desejaria o poder tanto assim.

— O que vai acontecer quando isso der certo? — pergunta Anton depois de um momento. — Você vai assumir o trono?

Calla lhe lança um olhar incrédulo.

— Claro que não! O trono é de August.

— Eu tinha esperanças de que você não dissesse isso. — Ele balança a cabeça. — Por que dá-lo assim de mão beijada? O Palácio da União uniu San-Er em uma cidade única. Você é tão herdeira do trono quanto ele.

Essa linha de raciocínio parece surpreender Calla. Ela ergue os ombros, mantendo o pescoço aquecido sob a gola do casaco, a sobrancelha franzida enquanto medita sobre uma resposta.

— Porque eu não estou fazendo isso para governar — diz em voz baixa. — Só quero impedir o Rei Kasa.

— Impedi-lo?

Calla aponta para cima do telhado, para as ruas lá embaixo, para as cidades gêmeas e além.

— De continuar com tudo isso. Ele só se importa consigo mesmo e seu trono. Está sempre expandindo as fronteiras para que este reino tenha mais terras de onde cobrar impostos, as mesmas terras que ele se recusa a alimentar. Que bem faz um governante sem senso de responsabilidade? Vou eliminá-lo.

— Você não acha que August seria igual?

— Não seria — retruca Calla, confiante. Ela puxa os cadarços gastos de suas botas. — Eu o conheço.

Assim como Anton. Na verdade, ele pode argumentar que conhece o Príncipe August melhor do que ela. Só que não vale a pena discutir, porque, se Calla não for usar a coroa, então além de August assumir depois da morte de Kasa, não há outro candidato a não ser a anarquia em massa.

— Essa podridão é de Kasa — continua Calla, a voz firme. — E, quando ele sumir, nenhuma outra criança passará fome.

Anton a examina. Ela deve saber que isso não é realista. Calla Tuoleimi é esperta demais para ser enganada por uma lógica tão elementar, sensata demais para acreditar que um reino possa mudar simplesmente com a troca de um homem mortal por outro.

Mas talvez... Talvez ela só esteja exausta o suficiente para se deixar enganar. Ela olha para as cidades com tanto dever, carregando o peso do reino nas próprias costas por vontade própria. Permitir o ato heroico de August significa poupar-se da interminável e imensurável missão de vigiar; um salvador para substituir um tirano, a justiça restaurada desde que um único rei cruel suporte o fardo dos erros de toda a sua linhagem.

— Você quer impedir Kasa de deixar que outra criança passe fome? — pergunta Anton, lentamente. — Ou você quer puni-lo por ter deixado *você* passar fome?

Uma faísca de ira brilha nos olhos dela. Desaparece tão rápido quanto surgiu, porque Calla deve saber que essa não é uma acusação irracional, e Anton não está perguntando para desdenhar dela.

— Não pode ser as duas coisas? — responde Calla. Ela enfia o cadarço solto bem fundo na bota, apertando o nó antes que possa fazê-la tropeçar. — O reino está morrendo de fome. Meu objetivo é salvar Talin. — Os lábios dela se afinam. — Mas o rei de San e o rei de Er também me deixaram crescer na miséria, forçaram meu vilarejo a entrar em seu reino sem nos enxergar como pessoas. E, por isso, devem responder com a própria vida. Um já foi, falta o outro.

A porta do telhado bate com um estrondo. Uma criança chora lá embaixo. Dentro do corpo de Anton, seu coração protesta, temendo pela motivação inabalável que endureceu a voz de Calla Tuoleimi.

— Certo — diz ela de súbito, rompendo com a seriedade da conversa. Seu tom volta ao normal, o humor ressurgindo em seus modos. — Preciso encontrar August. — Ela começa a se levantar. — Não vá se meter em muita encrenca enquanto eu estiver...

Anton segura seu pulso, impedindo-a antes que possa se levantar. Embora seja um instinto básico que o impulsione, se procurar mais fundo, ele sabe que é medo: a possibilidade real de ela perambular para longe dele e Anton nunca mais vê-la.

— Ainda não — sussurra ele. — Pelo menos espere até o dia começar de verdade. Fique comigo.

Calla fica. Ele se indaga se é o primeiro a implorar assim para ela — não por falta de pessoas que queiram fazê-lo, mas porque a Princesa Calla Tuoleimi não deixa que cheguem perto o suficiente para tentarem. Lentamente, ela volta a se sentar no parapeito, as pernas do lado de dentro do telhado desta vez, firmes no chão sólido e sujo.

— Até o dia começar de verdade, e só até lá — alerta ela. A pele se franze na lateral de seus olhos. Ela está com ele desde a noite anterior, e Anton não a viu retocar a maquiagem, mas mesmo assim o delineador escuro em seus olhos continua intacto, repuxando-se nos cantos até terem uma aparência felina. — Como sugere que eu faça uso deste tempo ocioso?

Tecnicamente, o dia já começou de verdade. Os sons, os gritos, os choros: tudo que faz de San-Er o que é, erguendo-se num tom febril a cada minuto. Ainda assim, Anton fecha os olhos e escolhe ignorá-los, convidando Calla a fazer o mesmo.

— Me beije — pede. — Me beije e faça cada segundo aqui valer a pena.

Ele não precisa pedir duas vezes. Calla pressiona os lábios contra os dele, e o resto de San-Er desaparece, se dissipa no nada, mergulha no vácuo por pura força de vontade. Tudo o que Anton pode esperar é que isso seja o suficiente, que, desta vez, derrotar as cidades com um plano baseado no amor finalmente dê certo.

25

Pela primeira vez em cinco anos, Calla pisa no mercado do coliseu de San, mas não sentiu falta alguma disso. O fedor de peixes a atinge primeiro: salgados, espalhados em fileiras na entrada, os intestinos arrancados. Ela ajusta a máscara no nariz, tanto para esconder o rosto das câmeras de vigilância quanto para proteger as narinas do cheiro lancinante.

Meio-dia. Embora as nuvens estejam carregadas, o mercado está tomado de luz, e Calla quase tem dificuldade para abrir totalmente os olhos. Não está acostumada à claridade desobstruída atingindo o chão, a dar cada passo com facilidade e não às cegas. É estranho ver onde os pés devem ir em vez de escutar o batimento pulsante da cidade, pisar onde ela lhe diz para pisar, confiando em suas elevações e buracos.

Calla para e confere o bracelete. Nada de alertas ainda, mas não sabe se é sorte ou se August decidiu interrompê-los quando ela pediu para se encontrarem.

— Vai uma gostosura?

A voz soa assustadoramente próxima, e Calla gira, olhando por cima do ombro. Uma mulher idosa está perto demais para seu gosto, mas, antes que possa sacar uma arma, seus olhos descem para os braços da senhora. Visivelmente nus, nenhum bracelete, nenhuma arma, nenhuma tatuagem. Calla relaxa. A mulher, com as mangas arregaçadas até os cotovelos e os dedos cobertos de farinha, estica o braço e segura o pulso dela, provavelmente presumindo que a falta de resistência é um bom sinal.

— Temos dúzias de gostosuras aqui, qualquer coisa que quiser — continua a senhora, puxando-a até a frente da barraca. Mas posicionar Calla ali não é o suficiente: a mulher a pega pelos ombros e a inclina acima dos produtos também. — Vários bolos, bolinhos de arroz glutinoso...

— Sim, sim, vou levar alguns — interrompe Calla, apontando o queixo para a torta retangular e gelatinosa na frente da mulher.

Ela não consegue se lembrar da última vez em que comeu uma. Era um prato muito popular para o Palácio dos Céus. As províncias são cheias desses petiscos baratos, vendidos em carrinhos no meio da praça do vilarejo, onde um comerciante idoso fatia a torta em perfeitas porções retangulares com um pedaço de linha. Elas não podem ser cortadas com uma faca. A lâmina escaparia em todas as direções, escorregando pela massa gelatinosa até alguns pedaços estarem grandes como rochas e outros acabarem como meras migalhas. Essas tortas precisam de algo um pouco rústico.

A mulher se apressa até a parte de trás da barraca e estica a linha com força. Suas mãos são firmes ao cortar a torta numa grade perfeita de quatro por quatro, deslizando cada pedaço para longe dos outros enquanto oscilam trêmulos e brilham com a luz do bulbo pendurado acima do estande. Ela os envolve em papel-toalha. Calla caça um punhado de moedas no bolso e as oferece no momento em que a mulher lhe entrega a torta.

Calla pega a fatia. A mulher, enquanto isso, está paralisada.

— A senhora... — Calla olha para as moedas em seus dedos. — A senhora está bem? Isso não é o suficiente? Eu tenho mais, espere um pouco...

Ela despeja as moedas na mão que a mulher já havia estendido e volta a vasculhar o bolso. A mulher finalmente desperta de seu choque, sacudindo uma mecha de cabelos brancos do rosto antes de dizer, espantada:

— Não, não, isso é suficiente. É mais que suficiente.

Ah, é? Os preços realmente baixaram no mercado. Calla sequer está carregando muito dinheiro no bolso para começo de conversa.

E, mesmo assim, conforme a mulher encara as moedas que tem na mão, seus olhos começam a se encher de lágrimas.

— Ah, não *chore* — pede Calla, remexendo-se, desconfortável. — Se a senhora chorar, vou ter que esvaziar o bolso todo na sua mão. E não vai ser nada bom para o próximo cliente se a senhora ficar soluçando em cima da comida dele, molhando tudo, não é?

A inspiração seguinte da mulher é uma súbita risada, e ela seca os olhos. Atrás dela, um menino passa correndo, vestindo um par de luvas grossas e segurando um animal que se contorce, mas ele não presta nenhuma atenção nelas e segue em frente, cortando caminho por entre as outras barracas. Outra criança passa atrás dele segundos depois, com cabos e telas amontoados nos braços, mas, assim como o primeiro menino, desde que as questões do mercado não tenham nada a ver com eles, mesmo que haja uma vendedora chorando, a criança continua em frente, sem olhar duas vezes.

— Perdão. — A mulher funga. — Esta barraca vai fechar amanhã, então ficaremos sem dinheiro logo.

Calla pisca, confusa.

— Fechar? — pergunta. Seus olhos percorrem a fileira de barracas, os escultores de ferro, os inventores de bugigangas e os fazedores de *dumplings*. — Por quê?

Outra fungada. Pelo menos a mulher não está mais chorando.

— É que... Não vou incomodá-la com os detalhes, mas o conselho apresentou novas regras. Taxas mais altas e mudanças no regimento. Estão tentando se livrar de nós, não tenho dúvidas. Eles querem esvaziar o mercado, expulsar os negócios antigos e trazer seus conhecidos. Mas quem vai acusá-los disso?

Eu vou, pensa Calla imediatamente. *Não se preocupe. Eu vou.*

Um *bum* súbito soa da barraca ao lado, e ela se vira depressa. É só uma estante que tombou, mas seu olhar captura a figura ao lado. Um rosto desconhecido, mas um conjunto familiar de olhos pretos com uma expressão fria e indiferente. É o Príncipe August, causando uma comoção e esperando Calla notá-lo. Sem confirmar se ela realmente identificou quem ele é, August dá meia-volta e começa a se afastar.

Ela xinga baixinho e dá uma grande mordida na torta gelatinosa que comprou. Então, limpando as mãos, pega o restante das moedas no bolso e as coloca sobre o estande da mulher.

— Fique com elas, a senhora precisa mais do que eu. E não ouse chorar. Engula essas lágrimas agora mesmo.

A senhora só consegue assentir, fazendo um esforço valente de obedecer à ordem. Calla faz uma saudação e se mescla à multidão para seguir August. Ela precisa balançar a cabeça para todos os outros vendedores que gritam e esticam os braços para chamar sua atenção, embora ela hesite a cada passo, se perguntando se todos têm a mesma história. Centenas e centenas montam suas barracas aqui ao nascer do sol, então só embalam tudo quando as multidões parecem diminuir. O mercado nunca fica completamente vazio, apenas o suficiente quando o sono atrasado não vale uma venda. Há inúmeras pessoas ali, à mercê de qualquer decisão que o palácio queira tomar. Milhares de outras, espalhadas pelos prédios de San-Er.

Calla ergue a cabeça. As torres do palácio se elevam acima de todo o resto em San, pairando sobre as barracas como uma atalaia cheia de premonições. Tijolos revestidos de ouro e espirais de madeira polida interrompem os muros do coliseu, fazendo o Palácio da União parecer algum tipo de milagre que cresce dos mais feios vãos. Ela vê movimento na sacada mais próxima. Alguém — Galipei, provavelmente — está na sala do trono, mantendo os olhos em August.

Calla para ao lado do primo, que analisa um estande de jornais. A seleção é esparsa. O papel tem ficado cada vez mais fora de moda desde que as televisões se tornaram mais acessíveis, e mesmo aqueles que não têm como pagar por uma preferem ficar do lado de fora de uma barbearia para assistir aos *clipes*.

— Bem... — começa August. Seus olhos se desviam brevemente para ela, então de volta aos jornais. Devagar, ele pega um e finge lê-lo. — É melhor que isso valha o meu tempo.

Uma nuvem desliza pelo céu, deixando passar um raio de sol mais brilhante. Calla faz uma careta visível, ganhando tempo ao olhar para cima e erguer a mão sobre o rosto.

— Preciso de ajuda. — Não tem por que enrolar quando August sabe que ela quer algo. — Acho que tem outro jeito de seguir com nosso plano.

August vira o corpo todo. Em um giro ágil e preciso, ele está olhando para ela, o jornal farfalhando em suas mãos.

— Como é que é?

— Eu...

Calla faz uma pausa. Naquele segundo, cada variante de sua ideia soa ridícula aos próprios ouvidos, cada sugestão fica presa e se enrola em sua língua. O suor se forma na parte inferior das costas, e só fica ainda mais melado contra sua blusa com o movimento da multidão atrás dela.

Me deixe ficar com ele, ela quer dizer. *Me deixe ter somente isso.*

Ela ainda consegue sentir a pressão dos lábios de Anton beijando-a em despedida antes de deixar o telhado. Ela consegue sentir o aperto no coração, aquele martelar constante no fundo da mente quando olhou para ele, sabendo que não há muitas possibilidades diferentes de como as coisas podem acabar. Ele a olhou com uma expressão tão despreocupada, como se tudo o que Calla dissesse lhe agradasse apenas por ser ela a pronunciar as palavras. Calla não sabe ao certo se merece isso. Se for preciso, se o objetivo final deles exigir que sacrifiquem tudo, será que ela o fará?

— Tenho uma proposta alternativa para tirar Kasa do trono — diz ela, engolindo em seco com força. — Se eu desistir dos jogos, posso dar o golpe final durante o Juedou. Ele estará na sala do trono. Só preciso que você me dê acesso ao palácio.

A expressão de August se contorce.

— Isso é totalmente desnecessário. Na verdade, é procurar problema onde não precisamos de um. Atenha-se ao plano original. Espere ser coroada vencedora e dê o golpe dentro do palácio.

Enquanto Calla batalha por uma resposta adequada, um vendedor tromba de repente com seu braço, distraindo-a. Ela olha brava por cima do ombro, fazendo contato visual com duas garotas que caminham juntas, e ambas param imediatamente ao vê-la. Embora Calla faça pouco caso da situação e vire de volta para a frente, está escutando bem o suficiente para ouvir uma delas sussurrar:

— Essa não é Cinquenta-e-Sete? A que não salta?

Calla gira de novo. As duas continuam andando, mas não param de conversar. Suas vozes planam ao redor como se o objeto da fofoca não estivesse a poucos metros de distância.

— Quem é aquele com ela? Oitenta-e-Seis?

— Talvez. É triste, mas eles provavelmente vão acabar lutando um contra o outro.

As garotas são engolidas pela multidão, desaparecendo dentro do mercado. Calla respira depressa. Às vezes, esquece que esses jogos são televisionados, que ela vive, mesmo que desfocada e de forma granulada, em cada televisão de San-Er, por puro entretenimento. Enquanto ela sangra, luta e arrisca a vida para entrar naquele palácio, o restante das cidades gêmeas vê apenas um jogo. Ou ela é boa o suficiente para conquistar a vitória, ou morrerá ao som da torcida.

— Você não está me escutando — explica, com cuidado, empurrando as palavras entre os dentes quando finalmente organiza os pensamentos. — Eu... eu não quero matar todos os jogadores.

Ela não merece *uma coisa* egoísta? Algo como Calla, não como a princesa, ou como a jogadora Cinquenta-e-Sete. Tem vontade de fazer a pergunta em voz alta, mas já sabe a resposta de August. O nobre Príncipe August, o menino de ouro.

Ele lhe lança um olhar sério. Com isso, ela sabe que ele já escutou exatamente o que Calla se recusa a dizer.

— Anton — adivinha ele. — Você está com o coração mole por Anton. — August dobra o jornal que tem nas mãos e o devolve ao estande. — Achei que você fosse mais esperta do que isso, mas imagino que devia tê-la afastado dele antes.

Calla pisca.

— Me afastado... — Seu eco inconformado morre no ar. O rosto de Eno surge em sua mente. — Foi *você*. Você enviou assassinos atrás de mim.

O Príncipe August não se dá ao trabalho de negar, nem parece ter qualquer vergonha em admitir.

— Você estava ociosa havia muito tempo. Eu precisava que voltasse à ativa.

Eno, que perambulava atrás dela com um brilho nos olhos, convencido de que Calla tinha como mantê-lo a salvo. Ele poderia ter puxado o chip do bracelete a qualquer instante e deixado os jogos. Calla deveria ter arrancado a maldita coisa e exigido que ele encontrasse um lugar seguro para dormir, e, mesmo que ele a odiasse nesse momento, teria salvado sua vida.

— Que lógica passou pelo seu cérebro minúsculo? — sibila ela. — Cortar minha garganta e deixar meu *qi* flutuante fazer seu trabalho sujo?

— Eles não teriam matado você, Calla. É bem treinada demais para eles. Eram meras ameaças no seu caminho.

Calla investe contra ele e o agarra furiosamente pela gola, sem se importar se fará um escândalo. O resto do mercado mal olha para eles. August, enquanto isso, semicerra os olhos e ergue o queixo na direção da sacada do palácio. É tanto um alerta quanto uma ameaça. Ele pode não reagir, mas há alguém à espreita nas sombras que o fará.

— Achei que estivéssemos cooperando. — O punho de Calla se fecha com mais força. — Em vez disso, você está me *testando*.

— Estou *lembrando* você. Este não é só mais um ano dos jogos. Isto é alta traição ao trono, e você está passeando por aí como se não fosse uma questão de vida ou morte. Lembre-se por que estamos trabalhando. Sua determinação não pode falhar.

Como ele ousa falar da determinação dela. Calla quer golpear seu rosto, sentir os nós dos dedos fazerem um contato nauseante com os ossos dele. Se não soltar o primo no próximo segundo, Galipei descerá em sua defesa, então realmente haverá problemas. Calla quase deseja que aconteça. Que uma luta comece e ela possa explodir, chamar a atenção das duas malditas cidades gêmeas. Destruir tudo em seu caminho, derrubar todos os prédios até estar cercada por destroços, e então talvez o reino finalmente se reconstrua sem a miséria que cada governante egoísta lhe trouxe.

Mas Calla lentamente solta a gola de August, voltando a abaixar os braços nas laterais do corpo e controlando a raiva. Não agora. Não ainda. August alisa a camisa, indiferente.

— Verei o Rei Kasa morto nem que seja a última coisa que eu faça — declara ela com calma.

Se não fosse pelo tremor em seu maxilar, seria impossível saber o que fervilha dentro dela naquele momento. Ela sabe que August o vê, mas ele finge que não.

— Ótimo. Então você também aceitará meu lembrete, espero, de que devemos destronar Kasa custe o que custar. E isso inclui seguir o plano com maiores chances de sucesso. Não concorda?

Calla se vira na direção do palácio. Ela corre os olhos pelo topo do muro do coliseu e se pergunta com que rapidez alguém poderia escalá-lo.

— Não confunda minha tolerância com fraqueza, August — diz em voz baixa. — Não se esqueça de com quem está falando. Você se acostumou a dar ordens por aí, eu sei. Dia após dia, as pessoas precisam fazer o que manda, porque você é o príncipe herdeiro, e elas não podem ofender tal homem. — Seus olhos se voltam para ele. — Mas eu sou Calla Tuoleimi. — A mentira não parece mais uma mentira. — Sou uma princesa que sacrificou o próprio trono por este reino. Você não manda em mim.

Um instante se passa. August balança a cabeça.

— Não estou mandando em você — retruca. — Estou lhe dizendo enfaticamente que é um erro tentar encontrar uma alternativa quando esta é uma tarefa muito simples.

Não tem como vencer essa discussão. August não permitirá seu plano; Calla não deseja seguir o dele. Tudo o que podem fazer é se encarar, nenhum dos dois disposto a ceder. August pode fazer ameaças, mas serão em vão. Antes de colaborarem em uma traição, talvez ele pudesse forçá-la. Agora, sangue demais foi derramado entre eles. Toda essa evidência caótica, rastreável... O fedor das mortes que ele causou em favor dela, manchando as próprias mãos. August tem tudo a perder, e Calla tem seu senso de justiça.

— Podemos continuar esta discussão outro dia — diz ela, finalmente. — Ainda temos tempo até o Juedou.

August fica em silêncio por um bom tempo, cercado pela aura amarga do próprio desgosto. Em vez de concordar ou discordar, ele semicerra os olhos na direção de um relógio digital dentro da barraca e diz:

— Me encontre perto da muralha amanhã ao pôr do sol. Preciso de sua ajuda com uma coisa.

A mudança de assunto faz Calla piscar, confusa. Ela se esforça para encontrar sentido nas instruções. Engraçado... A barraca está vazia há algum tempo agora. Ela não sabe quando seu dono foi embora, abandonando os jornais para que qualquer um possa pegá-los.

— Que tipo de ajuda?

— Tem algo estranho acontecendo. Não quero usar a guarda real.

— Algo estranho?

— Sim — responde August, frio. — Relacionado aos supostos intrusos em San-Er, que talvez não sejam sequer intrusos.

Calla solta um resmungo pensativo, então olha para seu bracelete.

— Está bem. — Ela cutuca o estande de jornais e se afasta. — Não vou mantê-lo aqui por mais tempo. Amanhã, é...

— Mais uma coisa — interrompe August. Ele continua olhando para a barraca, falando em voz baixa. Calla observa sua nuca e suas mãos unidas às costas. Ninguém mais no coliseu pode escutá-lo além dela, e mesmo assim ele abaixa o tom. — Preste atenção, Calla Tuoleimi. Quando se trata de Anton Makusa, não é amor. É obsessão.

Um rubor quente se espalha pelo pescoço e pelo peito dela. Calla mantém a expressão neutra frente a palavras tão ousadas, embora sua pele dance de novo com a urgência de atacar, de usar a violência quando sabe que as palavras falhariam. August pode vencê-la em cada discussão que provoca. Mas ela ainda pode despedaçá-lo em retaliação: pode fatiar qualquer um que lhe diga o que não quer ouvir.

— O que — sibila — você sabe sobre amor?

Calla dá meia-volta e vai embora, a garganta queimando. Falou com tanta veemência, que não deixou dúvida alguma de que achava que August estava dizendo tolices. Mesmo assim, conforme abre caminho pelo coliseu e emerge de dentro de seus muros para a escuridão das ruas de San, as palavras dele ecoam atrás dela, acompanhando-a por todo o caminho de volta a Anton.

26

Galipei leva a gola da camisa ao nariz, inspirando profundamente. Não consegue dizer se é sua imaginação ou se o cheiro estéril do hospital realmente o acompanhou de volta ao palácio. Ele seguiu as instruções de August: veneno suficiente foi derramado no acesso intravenoso de Otta Avia para que seu coração pare logo, sem nenhum motivo aparente exceto que San-Er faz corações pararem regularmente.

— Está feito — diz, quando August finalmente vem ficar ao seu lado.

O palácio está um redemoinho de atividades, pois os detalhes finais do banquete estão sendo organizados. Tudo o que resta preencher são os vasos e os lugares. O palácio não envia uma comitiva atrás de flores até o minuto em que os dois jogadores finais são convocados: uma tentativa de garantir que as pétalas não murchem e as folhas continuem cheias e verdes. É sempre uma variedade de botões vermelho-brilhantes da Província de Gaiyu, onde as árvores os exibem em abundância, descendo pelos galhos como sinos do vento. Se Galipei fosse um camponês irritado, cortaria cada árvore só para ser uma pedra no sapato do palácio.

O olhar de August é penetrante ao se virar para ele, como se houvesse escutado mais do que aquelas duas palavras simples, como se pudesse escutar os pensamentos traidores de Galipei. Qual é o problema? Foi ele quem os colocou ali para começo de conversa.

— Morta?

Uma dupla de guardas passa. O salão de entrada parece um rio em movimento, entrando pela esquerda, saindo pela direita. Só August e Galipei estão parados perto da mesa de madeira ao centro, onde está a estátua de uma criatura sobre uma toalha bege.

— Ainda não. Mas logo estará. A partir de amanhã à noite, o corpo todo vai colapsar.

August afina os lábios e um indício de impaciência cruza seu rosto. Mesmo assim, não havia mais nada que Galipei pudesse ter feito. A morte é fácil de se convocar em San-Er, embora também não se possa sair por aí ofendendo-a.

Galipei toca o pulso de August. É um gesto rápido, nada além da ponta de seu dedo fazendo contato com a pele exposta de seu príncipe, logo abaixo do punho da camisa.

— Relaxe. A coroa logo será sua.

Há seis jogadores restantes.

Calla gira a adaga nas mãos, observando o metal reluzir e brilhar sob a luz artificial. Na tela da televisão, no canto do restaurante, uma emissora começa a passar uma reprise dos clipes para o público da manhã, e Calla cerra os dentes, a adaga ficando imóvel. Antes que possa cravar a lâmina na mesa, a mão de Anton se estica e pega seu pulso. A outra mão está fechada ao redor do tornozelo dela, que está com as pernas jogadas sobre o colo dele.

— Princesa, por favor, contenha-se.

— É, não nos faça comprar uma mesa nova — observa Yilas. Ela se aproxima por trás, trazendo um bule de chá fumegante em uma das mãos e uma bandeja de tortinhas de ovos na outra. Quando coloca as tortinhas brilhantes na mesa, a crosta amarela do recheio balança com o movimento, batendo contra as beiradas firmes da massa. — Aqui está sua comida, Anton Makusa.

Anton ergue uma sobrancelha.

— Obrigado. E você não precisa usar meu nome completo.

— De nada, Anton Makusa. Bom apetite, Anton Makusa.

Yilas vai embora, tirando a caneta de trás da orelha. O restaurante está vazio, já que acabou de abrir, então ela não se preocupa em ser cuidadosa com o nome que está jogando por aí. Na verdade, parece bastante entretida.

— Ignore-a. — Calla coloca a adaga sobre a mesa. — Ela gosta de ser uma peste.

— Ela me lembra uma criada do palácio.

— Porque ela *foi* minha criada. — Calla se serve de uma xícara de chá, erguendo os olhos quando as portas do restaurante se abrem e um grupo de pessoas entra. Elas parecem compenetradas em sua conversa, sem olhar ao redor ao inserir seus números na catraca, então é improvável que sejam uma ameaça. Apenas civis comuns, animados com o fato de os jogos do rei estarem se aproximando da batalha final. — Eu me pergunto quem foi que eliminou Setenta-e-Nove.

A imagem dele piscou na tela como parte da contagem de mortes da noite anterior, mas sem atribuição a outro jogador. Talvez tenha sido sua própria equipe de segurança, cansada de receber ordens. Talvez tenha sido alguém do palácio, após finalmente perceber sua jogada engraçadinha.

— Desde que ele não seja mais problema nosso... — diz Anton, colocando uma tortinha na boca.

Mas Calla apenas murmura *hum* baixinho, observando as folhas rodopiarem em seu chá. Há um gosto amargo em sua boca, e não é porque Yilas perdeu as habilidades de fazer uma boa infusão. Seis jogadores. Isso pode acabar no dia seguinte se forem rápidos. Porém, August ainda não concordou com o plano dela. Calla está ficando sem tempo.

— Talvez seja hora de começarmos a evitar os sinalizadores.

As sobrancelhas de Anton pulam para cima.

— *Evitar?* Não queremos pôr um fim nisso?

— Sim. — Ela força a resposta a sair, séria. — Mas nos nossos termos. Do contrário, vamos acabar os dois na arena.

Há um bipe súbito no cinto de Anton, e a atenção dele se desvia; qualquer resposta que tivesse na ponta da língua se perde. Ele olha para o pager. Calla o vê engolir em seco.

— Preciso ir. Encontro você depois.

Agora é a vez dela se surpreender.

— Como é que é?

Ele desengancha o pager e pressiona um botão para apagar a tela.

— O hospital está me chamando. Não vai demorar. Preciso ver Otta.

Otta. Aquela por quem ele está arriscando a vida. Aquela que o faz se recusar a desistir dos jogos, mesmo quando seria tão *fácil* se ele simplesmente eliminasse a si mesmo e deixasse Calla entrar na arena com outro jogador. Apesar de se esforçar muito, Calla não tem como impedir o alerta de August de ressoar incessantemente em sua cabeça.

Preste atenção, Calla Tuoleimi. Quando se trata de Anton Makusa, não é amor. É obsessão.

Anton desliza para fora do sofá. Ela se vira e o segura pela manga quando ele se levanta, fazendo com que pare. Alguma sombra escura pressiona a garganta dela, transformando seu sangue em bile ácida. Ele lhe pertence agora, e a mais ninguém.

— Eu amo você — diz Calla, a declaração serpenteando para fora de sua língua e caindo no espaço entre eles, tão vermelha quanto seus lábios e tão afiada quanto sua espada.

Como tudo o que ela brande, suas palavras são uma arma.

Um sorriso repuxa os lábios de Anton, embora ele pareça confuso.

— Que momento estranho você escolheu para dizer isso, mas eu também amo você.

O alívio a percorre como um balde de água fria, apagando as chamas que queimavam suas costelas. Mas não é o suficiente. Calla inclina a cabeça de lado, deixando uma mecha de cabelo escapar de trás da orelha.

— Quanto?

— *Quanto?* — Anton alisa o cabelo dela de volta ao lugar. — Só há miséria em um amor que pode ser mensurado e calculado.

Ela pega a mão dele e a aperta com força. Do balcão do restaurante, Yilas a observa com certa preocupação.

— Não posso ter curiosidade em saber até onde vai seu amor?

Anton ri e gentilmente se desvencilha da mão dela.

— Você teria que encontrar novos céus e uma nova terra, do contrário jamais encontraria um fim. — Desta vez, quando ele dá um passo para longe, ela sabe que não pode segurá-lo de novo. — Encontro você mais tarde, princesa.

Ele sai do restaurante, enganchando o pager de volta no cinto. Calla o observa ir, os dentes cerrados.

Ao primeiro sinal de perigo seriam as vidas deles contra as de todo o resto. Você se lembra de Otta, não lembra?

— Por que você não a supera? — sussurra ela em voz alta.

É claro que não há resposta. O restaurante apenas lhe oferece mais um rangido da catraca, trazendo mais clientes.

27

No fim da tarde, o céu se torna escuro e traz uma nova tempestade, o que significa que Calla atravessa os becos com mais dificuldade do que o comum, tateando os arredores com as mãos para se certificar de que não vai tropeçar em um saco de lixo.

Ela olha para o pager, chegando à seção da muralha onde deve ajudar. Pouco antes de sair totalmente do beco, espia apenas com a cabeça, avaliando a cena com cuidado. À frente, Galipei e August a esperam, com um número considerável de guardas.

— Achei que você não quisesse usar a guarda do palácio — murmura Calla em voz baixa.

Não consegue imaginar por que ele precisa dela ali. Seu bracelete não disparou um único sinalizador de localização hoje, mesmo que a noite esteja prestes a cair. Talvez a sala dos jogos esteja distraída.

A mão de alguém se fecha em seu ombro. Calla pula, a espada já parcialmente sacada, antes que o estranho sussurre depressa:

— Que lindo dia de sol está hoje!

A mão de Calla solta a espada.

— Pela última vez, Makusa, pare de aparecer de fininho atrás de mim.

— Não tenho outra escolha. Você queria que eu viesse *batendo os pés* pelo caminho enquanto tentamos não ser mortos pelos outros jogadores?

Anton coloca o rastreador de volta no bolso. Calla havia se esquecido de que ele ainda o tinha, seguindo o bracelete dela aonde quer que fosse.

— Bom — ela inclina a cabeça —, imagino que não.

O novo corpo que ele está vestindo também parece ter sido arrancado do distrito comercial: um banqueiro jovem, um contador ou um consultor estratégico recém-formado, que trabalha para as poucas empresas que sobreviveram por tempo o suficiente em Er para formar um legado. As roupas dele são tão novas que ainda há um brilho no tecido de algodão.

— Como está Otta?

Ela observa a reação dele. Um leve franzir da testa. A curva dos lábios está rígida de preocupação.

— Ela está bem. O hospital não sabe o que tem de errado, só sabe que os sinais vitais dela estão uma bagunça. Fui chamado como contato de emergência.

Calla não tem muito o que responder. Ela lança um olhar para a muralha de novo e vê que o grupo da realeza ainda está debatendo entre si. Uma discussão acalorada. Uma nuvem de chuva mais densa desliza acima deles, e Galipei Weisanna não parece perceber, pois está mais envolvido em fazer gestos frenéticos para August.

Um toque frio acaricia sua testa. Quando Calla o ignora, Anton pega seu queixo, virando o rosto dela em sua direção com uma força gentil.

— Por que está tão emburrada?

A sobrancelha de Calla se arqueia. O tom leve dele é uma máscara, uma compensação excessiva por outra emoção que não quer que ela veja. Ela o conhece agora, querendo ou não.

— Somos competidores em um jogo que exige assassinatos. Eu acho que você deveria parecer mais emburrado.

— Ah, não faz diferença — retruca Anton com facilidade. — Os jogos continuam quer você jogue emburrada ou não. — Ele se inclina para perto e, quando Calla arqueia o pescoço, ele corre os lábios pela lateral de sua garganta. — Já que estamos cara a cara com o perigo, o mínimo que podemos fazer é nos divertir.

Calla olha para além do beco de novo. Eles ainda estão discutindo. As nuvens de chuva estão ficando cada vez mais carregadas conforme o sol começa a se pôr, mas não parece que a tempestade vai começar agora. Em vez disso, os céus inflam com o movimento, como um balão se enchendo até o limite.

— Péssimos escrúpulos — sussurra ela, e desliza a mão pelo torso dele, mergulhando-a na jaqueta e alisando o tecido da camisa branca. — Espero que você saiba que seu príncipe herdeiro espera a trinta metros de distância.

— Ele pode ir se foder — diz Anton, e Calla não acha que ele está brincando.

— Soa como traição.

Anton pressiona os lábios com mais força na base do pescoço dela e sobe as mãos até seus quadris.

— Foder com certeza não é traição. Na verdade, deveria ser encorajado.

Pequenos calafrios descem pela coluna dela. Calla fecha os olhos.

— Ah, é?

— Especialmente para a realeza. Evita que eles se tornem entediantes e acomodados. — Todo o corpo dele está pressionado contra o dela agora. — Talvez contra uma parede, com...

— *Hum-hum.*

Anton congela. Calla suspira, reconhecendo o som e a pessoa que o provocou. Ela empurra Anton de leve, e ele se afasta devagar, a testa já se franzindo.

— Olá, August — diz Calla agradavelmente, como se ele não houvesse acabado de pegá-la numa atividade rebelde em um beco. Ela alisa a jaqueta. — Precisa de alguma coisa?

— Sim — responde August. Ele não parece feliz. — Se você for até Galipei, ele irá instruí-la. Anton Makusa, podemos conversar um minutinho?

August logo se afasta, forçando passagem entre eles e avançando até o final do beco. Calla pisca. A testa franzida de desgosto de Anton se retorce e a mais pura confusão cruza seu rosto, antes que ele engula em seco para escondê-la.

— Imagino que sim — diz com firmeza.

Ele dá um apertão de leve no ombro de Calla, então segue August.

Com um pequeno resmungo baixo, Calla dá meia-volta para ir até Galipei.

Anton cruza os braços, esperando que August diga o que precisa naquele minutinho. O príncipe herdeiro de San não se encaixa ali em meio ao lixo podre. Mesmo em um corpo chique e roubado, Anton se acostumou totalmente com as larvas e a sujeira, mas August assume a postura de alguém que está prestes a se infectar com dez doenças diferentes só de tocar uma superfície com a mão.

O Príncipe August não fala por um bom tempo.

— Como você está? — pergunta finalmente.

Anton quase começa a rir.

— Não me diga que você me chamou de lado só para perguntar *isso*.

Quando August se vira para encará-lo, o brilho em seus olhos é perigoso.

— Está bem. Não. Eu chamei você de lado para perguntar com que frequência tem visto Otta.

Otta? Anton fica sério depressa, recuando um passo e esbarrando em um dos sacos de lixo.

— De que importa? Ela está em coma numa cama de hospital.

— Responda a pergunta, Anton.

Algo aconteceu. Do contrário, August não estaria agindo como o irmão mais novo responsável depois de sete anos. Anton ergue o braço. Ele agarra um punhado do próprio cabelo e o aperta. Pode mudar de corpos a cada esquina, mas não parece conseguir se livrar dos hábitos antigos, e August traz todos eles à tona, começando pelos tiques nervosos.

— Uma vez a cada quinze dias. — Ele se força a parar de remexer no cabelo. — Por quê?

— Antes de ela pegar a febre *yaisu* — um grito vem do topo da muralha, mas ambos o ignoram —, qual foi a última coisa que Otta te disse?

Anton não gosta nada disso. Achou que estava sendo puxado de lado para falar sobre os jogos, sobre Calla, sobre qualquer coisa com a qual August poderia ter um problema naquele exato momento. Mas agora parece um interrogatório sobre o passado e, como Anton mal consegue imaginar *por que* está sendo interrogado, ele teme que possa ter sido deixado de fora de alguma coisa. Otta *deveria* ter lhe contado algo importante? Algo que no fim ocultou dele? E será que August acreditará se ele disser isso?

— Para esperar por ela perto do Canal Rubi se nós nos separássemos quando estivéssemos fugindo do palácio — responde, sincero. — Estávamos decididos a ir embora, mesmo que *você* tenha dado para trás.

August não morde a isca. Ele franze as sobrancelhas, pensativo e em silêncio, até que um grito ainda mais alto vem da muralha e assusta a ambos. De imediato, os dois correm até a entrada do beco. Alguém está lutando. O tilintar de metal ecoa pela clareira.

— Calla? — grita Anton.

A mão de August é ágil, segurando Anton.

— Não interfira.

— O *quê?* Me solte, seu...

— É encenado. Número Seis é um dos meus. Eu o coloquei nos jogos como um sistema antifalhas, e ele está sendo atacado por mercenários agora. Calla está lutando com os atacantes. Tudo o que preciso fazer agora...

August o empurra para o lado e continua andando. Completamente chocado, Anton o segue, observando-o apertar o passo antes de correr para a cena. Correr também não combina com ele. Era de se imaginar que um príncipe jamais devesse verter uma gota de suor.

Anton saca as facas, para o caso de precisar delas à mão. É um gesto desnecessário: August corre à frente de Número Seis e lhe dá uma ordem, abafada pelo barulho das espadas. Calla, enquanto isso, trava um combate com uma figura misteriosa de preto, mas, assim que vê August, recua a lâmina. Sua boca se abre, talvez com a intenção de gritar uma ordem para ele se afastar. Ela não tem a chance. Seu oponente se vira de costas e investe contra o príncipe em vez disso.

Qual é o joguinho de August?

Calla não se intromete. Quando Anton se vira para procurar Galipei, perguntando-se como é que o *guarda-costas* de August está reagindo à cena, descobre que ele está imóvel também. O restante da guarda do palácio é outra história. Eles avançam com expressões apavoradas sob as máscaras e, quando a figura ergue alto a espada, bem acima da cabeça de August...

A voz de Leida Miliu ressoa como um trovão pela clareira, ecoando debaixo das nuvens carregadas apesar de ser abafada pelo tecido.

— Vaire, *não!*

A figura de preto para. Um longo segundo se passa, no qual nada pode ser ouvido ou sentido além do vento que ganha força aos poucos. Quando a figura retira a máscara do rosto, arrancando o quadrado todo até ser uma bolinha esmagada em seu punho, não é para Leida que olha, à espera de mais ordens. É para August.

Leida cambaleia para trás. Quem quer que seja o sujeito, não é o rosto que ela esperava ver. O homem à frente deles, a espada abaixada de maneira pacífica, como se não estivesse golpeando meros segundos antes, tem olhos rosa-escuros.

— Por que você achou que era Vaire? — pergunta August, tranquilo, assumindo o tom de uma conversa casual.

— Eu...

Leida olha para ele, e então de volta para o homem. Seu olhar finalmente para sobre Calla, cujos dedos apertam a espada com mais força.

O silêncio domina a clareira. Então, sem aviso algum, Galipei coloca uma venda nos olhos de Leida, anunciando:

— Leida Miliu, você está presa.

Há algo perigoso naquele momento. Calla não sabe o que é, mas, ao observar a guarda do palácio cercar Leida e forçá-la a se ajoelhar, seus sentidos estão gritando para que vá embora. Do contrário, acabará envolvida em algo que não lhe diz respeito. A espada parece pesada em sua mão. O peso não diminui quando a devolve à bainha.

Ela vê Anton esperando perto do beco, os olhos arregalados. Ele não viu o começo da luta, nem as instruções rápidas e sussurradas de Galipei para Calla, antes de empurrá-la para lutar com o outro jogador. Ele definitivamente não viu o redemoinho caótico quando outra figura surgiu das sombras e começou a atacar os dois; do contrário, teria se perguntado por que Calla estava se segurando na luta.

As instruções de Galipei foram simples: *Não mate ninguém. Nenhum de nós está em perigo. É alguém fingindo ser um daqueles "camponeses intrusos" que estão atacando jogadores. Só enrole e faça a coisa parecer convincente até August voltar.*

Calla puxa a máscara com mais força, firmando-a ao redor do nariz e da boca. Ela não espera August dispensá-la, nem faz contato visual com Galipei ao passar.

— Ei! — grita August mesmo assim. A primeira sílaba do nome dela quase lhe escapa dos lábios, mas então ele olha os guardas e visivelmente se contém. — Aonde você vai?

Calla acena para ele. Quando alcança Anton, puxa-o pelo cotovelo. Não é com a própria segurança que está preocupada. É com a dele. Cada momento que se demoram ali, à vista de August, é um instante em que o príncipe pode revelar um dos milhares de planos que tem na manga, sem consultar as pessoas envolvidas primeiro, forjando uma luta só para que possa pegar seu culpado.

— Você está sozinho nessa, Vossa Alteza. Sabe como me encontrar para fazer negócios.

Ela desliza a mão para a de Anton e tira ambos do campo de visão deles, afastando-se da muralha de San-Er.

28

— Você armou para mim!

August não se dá ao trabalho de negar. Ele se inclina contra as grades da cela, os braços cruzados à frente do peito. Ao seu lado, Galipei aguarda, preparado. Nenhum outro guarda teve permissão para acessar as celas, sequer outro Weisanna, para o caso de Leida tentar saltar. Eles estão em um terreno incerto com Leida Miliu agora, observando-a no canto da cela com a venda arrancada, as pernas dobradas para cima e os braços apoiados nos joelhos. Depois de tudo o que Leida ensinou aos membros da Sociedade Crescente, quem sabe o que mais ela aprendeu a fazer? Talvez realmente possa invadir um Weisanna.

— Você é uma tola — diz August. Já que todas as outras celas estão vazias, ele não tem medo de continuar: — Eu já tinha planos para destronar Kasa. Eu já estava *resolvendo* isso. Por que você achou que precisava interferir?

Leida flexiona as mãos. A maior parte do glitter ao redor de seus olhos já saiu. Os poucos pontinhos remanescentes são fracos em sua pele, fazendo o rosto parecer manchado e com hematomas.

— Você não está planejando destroná-lo — responde ela em voz baixa. — Você está planejando substituí-lo. Vai assumir o trono e nada vai mudar.

August bufa, afastando-se das barras.

— Você acha que *eu* deixaria o povo morrer de fome? Acha que *eu* daria banquetes quando as províncias sofrem com uma seca atrás da outra?

— Acho que você resolveria a situação por um ano ou dois. — A voz dela continua fraca. — Acho que você taparia os buracos que viu surgir enquanto o Rei Kasa estava no trono: alimentar o povo, demitir os membros do conselho que não governam bem suas províncias. Então outros buracos surgiriam. As províncias mais distantes vão querer independência. San-Er vai querer que a muralha caia. E você, não. Você achará que é inútil.

— Pare.

Leida não para.

— Os anos passarão. Você começará a se ressentir daqueles que insistirem em suas demandas. Irá puni-los, privá-los de recursos e comida. A pobreza virá. O equilíbrio mudará de novo. Antes que você perceba...

— *Cale a boca*! — grita August. — É sério.

— ... será um tirano, exatamente como Kasa. Pode ser que nem leve anos. Pode ser questão de horas depois de ele ser deposto, quando você sentir o poder na ponta dos dedos e perceber que seus exércitos farão tudo o que você disser, desde que esteja usando a coroa.

Leida finalmente para quando Galipei bate com força nas grades da cela, fazendo tremer a parede toda com um tilintar metálico. Ela não parece assustada, apenas cansada: seus olhos se estreitam, focados no chão.

— De todas as pessoas próximas de August, *você* deveria conhecê-lo melhor! — grita Galipei.

— Exatamente, Galipei. Eu *conheço* August. — Ela estica uma das pernas, girando o tornozelo na bota. — Eu poderia ter incitado um golpe aberto, mas não o fiz. Por que acha que me dei ao trabalho de montar essa fachada, treinando um templo inteiro de Crescentes para usar táticas de *qi* que foram há muito esquecidas nos livros do palácio? Por que inventar uma história sobre invasores sicanos? O plano nunca foi colocar a sua cabeça debaixo de uma espada. Eu queria que este reino tombasse aos poucos, em silêncio. Queria começar diminuindo o poder da monarquia.

— Isso não é independente de mim — retruca August, severo. — Eu *sou* a monarquia.

— E poderia abdicar dela. Mas não o faz. Acha que pode consertar isso ao tomar o poder? — Leida balança a cabeça. Está sorrindo, embora a expressão não tenha humor algum. — Ou você está enganando a si mesmo, ou está tentando enganar todos os outros. Nenhum rei é altruísta. Nenhum trono se constrói num chão sem sangue. Não pode existir a liberdade até que a coroa seja destruída.

August se vira para ir embora. Não tem interesse em discutir isso. Parece que perdeu Leida no meio do caminho, e não desperdiçará tempo tentando trazê-la de volta. Ele alisa os punhos da jaqueta, firmando o metal que segura a manga no lugar.

— Quando minha mãe morreu, ela me fez prometer que eu serviria o povo, não o reino. — Leida ergue a voz, escolhendo aumentar o tom apenas quando August começa a andar. O eco ressoa nas paredes de pedra, perseguindo-o como um animal selvagem. — O *povo*, August. A guarda não foi formada para conquistar terras e território. Os Weisanna não nasceram para proteger um monarca mesquinho das consequências da própria ganância.

August continua andando. Galipei vai logo atrás.

— Metade das províncias em Talin tem suas próprias línguas. Sabia disso? *Você sabia disso?* Elas não querem seu reinado benevolente, querem *liberdade!* Não somos mais um reino. Faz tempo que somos um império, e será culpa sua se não reconhecer isso!

A voz dela é cortada de súbito quando August e Galipei emergem das celas, batendo a porta de segurança atrás deles. Os dois trocam olhares, mas nenhuma palavra é dita enquanto seguem pelo corredor. August assente para os guardas que estão posicionados à distância, sinalizando que podem retomar a vigilância.

Ele continua em silêncio mesmo quando os guardas não podem mais ouvi-lo. Por todos os salões e corredores do palácio, as solas duras de seus sapatos fazem um som trovejante, que batucam ritmados pelo chão. Aos próprios ouvidos, cada passo harmoniza cuidadosamente com seus batimentos firmes e regulares.

Leida nunca sairá daquela cela. Nunca.

— Faz uma hora que você está encarando essa parede.

August mal reage à voz de Galipei, sem dar sinais de tê-lo ouvido. Seus olhos estão fixos no reluzente papel de parede dourado de seu escritório, o rosto voltado para a janela aberta por onde o ar morno da tarde flutua. Ele está pensando na captura de Leida, na facilidade com que ela se deixou ser levada. Mas não é esse o detalhe que o prende: é Calla.

— Eu desativei Seis dos jogos — diz, em vez de dar uma resposta. — Chegamos a cinco jogadores.

— Ah, então vamos só dizer coisas aleatórias agora? — provoca Galipei. — Está bem. Meu primo de segundo grau dividiu a guarda do palácio em novas unidades, para o caso de haver mais colaboradores de Leida infiltrados.

A atenção de August se volta de repente para ele.

— Tem um vácuo se abrindo no poder?

— Não, não se preocupe. — Galipei se inclina para se recostar na mesa, cruzando as pernas na altura do tornozelo. — Os líderes de cada unidade simplesmente reportarão a você agora, imagino. A não ser que você se oponha.

— Não. Não me oponho.

Uma perturbação barulhenta entra pela janela. Estão esvaziando o mercado lá embaixo, preparando o coliseu para o Juedou que se aproxima. As barracas no centro podem funcionar até o último minuto, mas as que ficam nos círculos mais distantes devem sair para que o palácio coloque as cordas da plateia. Uma batalha final precisa de espectadores. Que graça têm os jogos do rei se não forem testemunhados por todos, saindo direto dos clipes para a realidade?

— Você continua meio pensativo.

August une as mãos à frente da barriga. Há um nó que se contorce ali. Essa sensação desconcertante não é nova, mas está mais forte naquele dia. Cinco jogadores restantes. Falta pouco para os jogos chegarem ao fim, para Calla assumir seu título vitorioso, para ser trazida ao palácio e realizar o plano de August.

Ela *precisa* realizar o plano dele.

— Estou preocupado — admite ele.

Galipei descruza os tornozelos e se afasta da mesa. Ele se aproxima de onde August está sentado e se abaixa ao lado dele, até estarem olho a olho.

— Com Calla — adivinha.

August assente.

— Ela está apegada demais a Anton. Acha que pode evitar matá-lo. — Ele inclina a cabeça para trás, apoiando o pescoço na poltrona. — Pode ser que ele a mate em vez disso, e então como ficaremos?

A pergunta é retórica, mas Galipei a considera mesmo assim.

— Você disse que Calla propôs um plano diferente.

— Não vai funcionar. Especialmente agora que a guarda do palácio está com os nervos tão à flor da pele. É impossível que ela passe por eles e chegue a Kasa.

— Ela pode saltar. Ela tem sangue real e é forte.

August suspira. Por algum motivo, Calla Tuoleimi sempre se recusou a saltar. Ele costumava achar que ela sofrera uma lavagem cerebral com os ensinamentos do palácio, mas, pelo que August viu, Calla nunca levou as outras regras a sério. Ela contrabandeava comida para suas criadas quando achava que ninguém estava olhando; era designada para lidar com acusações de roubos pequenos em Er e dava de ombros, indiferente, quando alegavam que pilhas de reivindicações haviam desaparecido. Sua recusa em saltar é um mistério, mas August imagina que não importa muito. Se alguém pudesse saltar até a sala do trono, matar o Rei Kasa e viver para contar a história, já o teria feito há muito tempo. O rei tem vários Weisanna ao seu redor o tempo todo. A única solução seria saltar para dentro do próprio Kasa e usar as mãos para cortar a própria garganta, mas August duvida que até ele mesmo tenha essa habilidade.

— Não vai funcionar — repete. — Nada vai funcionar, a não ser o plano inicial: Calla vence os jogos e a trazem para cumprimentar um rei disposto a recebê-la.

Ninguém espera por ela. Com o rosto coberto por uma máscara, ela se passa por mais uma na multidão. E, até onde o restante de San-Er sabe, a

Princesa Calla Tuoleimi está morta. Número Cinquenta-e-Sete é só uma civil que respeita as regras e joga de corpo e alma pelo maior prêmio monetário do rei.

O volume do mercado lá fora diminui, com a maioria de seus grupos retirada para abrir espaço. Galipei batuca os dedos no braço da poltrona, refletindo a questão. August, por outro lado, já pensou em tudo o que havia para pensar. Ele considerou cada possibilidade e chegou a uma conclusão.

— Ela vai me desobedecer. Eu conheço a minha prima.

Galipei ergue os olhos, sério, cerrando os dentes.

— Quer que eu ponha um fim nisso?

Depois de uma pausa, August assente.

Em sincronia, os braceletes de Calla e Anton começam a tremer.

Com um pulo, eles se levantam dos degraus de entrada da loja onde estavam descansando, as armas erguidas em segundos, olhando rapidamente ao redor. Mas não há nada em suas telas. Nenhuma direção, nada no visor que indique o quão perto o jogador que se aproxima está. Os dois braceletes vibram contra a pele deles, primeiro de leve, depois tão frenéticos que Calla quer arrancar o negócio fora.

— Finalmente — diz Anton. — Estava começando a achar que essas coisas estavam quebradas...

— Anton, sua direita!

Calla avança para bloquear o martelo que desce sobre ele. O jogador surgiu do nada, pulando da varanda no segundo andar, logo acima da loja. Com um empurrão violento, ela desvia o golpe. A lâmina de sua espada assobia no ar quando ela a traz para perto do peito de novo. Calla inspira. Anton está recuperando a postura de ataque. Ela olha para trás e, com um único assentir, ele investe pela esquerda, erguendo as facas enquanto Calla se abaixa, mirando as pernas do outro jogador. Ela não consegue se lembrar dos números que ainda faltam. Número Trinta-e-Três? Quinze?

O martelo desce, e Calla deixa o golpe acertá-la, atingindo com força seu ombro, para que Anton tenha uma abertura e enfie a faca nas costas do jogador. O adversário grunhe, curvando-se onde foi ferido. O braço inteiro de Calla está dormente, mas é fácil transferir a espada para a mão esquerda, é fácil fazer o corte, embora um pouco mais desajeitado que o usual, e forçar o jogador a cair de joelhos, abrindo um rasgo em sua coxa.

— Garganta — diz ela, arfando. — A garganta.

Anton corta a garganta do homem. O sangue jorra longe, pintando pontinhos em seu rosto e decorando o pescoço de Calla como se fosse uma arte abstrata. O jogador dá o último suspiro, tombando de lado. Calla também solta o ar.

— Essa foi por pouco — comenta Anton. — Eles estão ficando rápidos demais.

— Estamos quase no fim — responde Calla sem fôlego, fechando os olhos para descansar. Eles ardem terrivelmente, como se houvessem secado por completo durante a luta. — Faz sentido que os melhores jogadores tenham chegado até aqui.

— Como ele durou tanto com um martelo? Como se mata alguém com... *ai!*

Os olhos de Calla se abrem de súbito ao ouvir o grito abafado. Ela pisca para clarear a visão, bem a tempo de ver alguém arrastar Anton para longe, com um pano amassado sobre sua boca e um braço ao redor de seu torso.

— *Anton!*

Um golpe forte atinge a parte de trás da cabeça dela. E, sem chance alguma de revidar, Calla cai no chão, batendo a testa no concreto.

∞∞∞

As pálpebras dela se abrem lentamente. Estão pesadas como aço, mais pesadas do que se alguém as houvesse costurado.

Calla tosse. Ela consegue se virar de lado. Uma das mãos se estende para a frente e mergulha numa poça suja. A outra continua estirada debaixo dela, segurando o concreto. Ela está exatamente onde caiu, ou talvez uns sessenta centímetros para a esquerda. Algum pedestre provavelmente a chutou para fora do caminho quando ela o estava bloqueando.

Há um zumbido em sua cabeça.

Anton. Onde está Anton?

De forma desajeitada, Calla se levanta, e seus pulmões queimam com o esforço. Ela tosse de novo, então não consegue parar, como se o peso em seu peito estivesse tentando sair à força. Tenta se lembrar do que viu naquela fração de segundo antes de Anton ser levado. Alguém alto, bem-vestido. Uma jaqueta grossa, comprada com muitas moedas.

Alguém contratado pelo palácio. Só pode ser.

Ela se vira para sair do beco e entra em uma rua um pouco mais larga. Um homem com um saco de farinha no ombro desvia para o lado quando ela avança, então quase tropeça ao se virar para fitá-la. Calla leva um segundo para atribuir a reação dele ao sangue que está pingando de seu corpo. Sua gola está encharcada. Assim como seus dedos, manchados de vermelho até o pulso. Por quanto tempo ficou desacordada? Com certeza não mais do que meia hora, já que a viscosidade metálica não secou ainda. Com certeza não o suficiente para Anton estar com sérios problemas.

O que ela teme, na verdade, não é que ele esteja em perigo. Calla não teme que o tenham levado para matá-lo, mas sim para salvá-lo. Para mantê-lo vivo até que os outros jogadores sejam eliminados, para que Calla não tenha outra opção a não ser lutar com ele na arena, para que não possa puxá-lo pela manga e escondê-lo, guardá-lo em algum lugar seguro enquanto ela dilacera o Rei Kasa.

— Eu sei que isso é coisa sua, August — murmura baixinho. A caminho do palácio, ela saca a espada apesar do movimento nas ruas. — Isso é coisa sua, e você vai responder pelo que fez.

Os civis de San-Er a notam e começam a se afastar. Deve ser uma baita visão: ela está exatamente como aparece nos clipes. Agora que os jogos estão chegando ao fim e restam tão poucos jogadores, não há mais por que ser discreta, não há motivo para andar furtivamente pelas cidades com medo de um encontro. Todos devem vê-la. Todos devem se encolher e sair correndo de seu caminho e de seu objetivo.

Os olhos de Calla focam o consultório de um dentista à sua esquerda. Ela faz uma breve pausa e tenta disfarçar, fingindo que observa as dentaduras na vitrine. Não foram elas que chamaram sua atenção. Foi o borrão refletido no vidro.

Calla se abaixa depressa. A estrela ninja se crava na vitrine em vez de em seu crânio, quebrando o vidro. Em segundos, outra se une à primeira, e Calla gira para se esquivar, o coração martelando na garganta. Sua espada já está sacada. Precisa apenas erguê-la enquanto corre os olhos pela multidão espantada.

De onde está vindo o ataque? Ela aperta com mais força a empunhadura. Não tem certeza se restam três ou quatro jogadores. Se restam três, estão chegando ao momento final dos jogos.

Em vez de se arriscar e procurar o atacante no meio da multidão, ela dá meia-volta e começa a correr na direção contrária.

As estrelas ninja a seguem imediatamente. Uma raspa seu braço, outra corta sua bota, outra quase atinge em cheio suas costas quando ela dobra uma esquina e se pressiona contra a parede. Por um perigoso momento, ela não consegue ver nada, mergulhada na escuridão debaixo de um varal cheio de roupas. Então seus olhos se ajustam à luz do beco, e Calla lentamente espia da esquina.

Desta vez, não precisa procurar quem a atacou. A mulher está bem no meio da rua, querendo ser vista. Ela sorri e acena de leve.

— Que merda é essa? — murmura Calla em voz baixa.

A mulher não se mexe.

Lentamente, Calla sai do beco.

— O que você quer? — grita.

A mulher não fala nada. Ela acena de novo, mas desta vez com o outro braço, revelando seu bracelete, onde o número **12** brilha no visor. Rios de pessoas fluem ao redor dela por conta de sua inércia, mas ela não lhes dá atenção. Elas resmungam e desviam. *Ei, será que você pode sair do caminho?*, perguntam, mas a mulher apenas olha fixo para Calla. Quando Calla dá outro passo em sua direção, vê os olhos dela.

Prateado Weisanna.

Com um grito mudo de espanto, ela gira depressa e tenta correr de novo, mas a mulher está perto demais. Chega de estrelas ninjas; ela simplesmente se atira contra as costas de Calla e a joga no chão, batendo contra um banquinho de madeira que algum vendedor ambulante abandonou ali.

— Me mate — sibila a mulher. — Me mate e jogue os jogos direito.

Calla chuta para se afastar, virando de barriga para cima. Tão rápida quanto ela, a mulher a prende no chão de novo, com os joelhos em suas pernas e os dedos apertando ferozmente seus ombros. A dor é agonizante e forma hematomas em seu corpo. Quando Calla estica o pescoço, tentando erguer a cabeça do cascalho afiado, vê uma câmera de segurança acima delas, e outra a menos de noventa centímetros de distância. As pessoas querem o espetáculo. Os clipes querem capturar cada golpe final.

— Eu não sei se é você, Galipei — sibila Calla —, mas isso é perverso.

— Me mate — pede a mulher, como se não a houvesse escutado.

As mãos dela se fecham ao redor do pescoço de Calla em um único movimento, os dedos pressionados contra suas vias respiratórias. Embora isso seja um esquema forjado, embora ela *saiba* que August decidiu interferir, o pânico martela em seus ossos; sua língua está presa e os pulmões imploram por ar.

Pontinhos roxos rodopiam em sua visão. Ninguém vai socorrê-la, nem uma única pessoa entre as centenas ao redor. Elas assistem como se houvesse uma tela as separando. Assistem como se isso já fosse a reprise de algum programa, armazenado nos sistemas de dados das empresas de vídeo e pronto para rodar de novo quando um novo cliente fizer a compra.

Calla estica o braço para pegar a espada. Seus dedos encontram a empunhadura. Em seu último segundo de consciência, ela dá o golpe, enfiando a espada na barriga da mulher.

A jogadora fica tensa. Sua cabeça se levanta, e os dedos de aço se afrouxam ao redor da garganta de Calla. Há apenas satisfação no rosto da mulher. Era exatamente isso o que ela queria.

Calla a empurra, e o final de um grito escapa de sua garganta machucada. Ela não se surpreende quando uma luz ofuscante corta o ar à sua frente, voando para a multidão. Não se surpreende quando a mulher tomba com os membros espalhados no cascalho, a cabeça girando para o céu, e revela, na morte, olhos que são marrom-escuros em vez de prateados.

— Por favor — sussurra Calla. — Por favor, não seja...

Seu bracelete começa a apitar. No momento em que o som ecoa pela noite, ela sabe que a súplica foi em vão. É o mesmo tom afiado e destoante que toca todo ano em uníssono, transmitido diretamente do palácio, interrompendo os programas de televisão e os âncoras dos noticiários para trazer uma mensagem importante.

O anúncio dos dois últimos finalistas. Os jogos chegaram ao Juedou, o grande final.

Ela olha para o visor do bracelete. O texto corre devagar, como que para enfatizar cada palavra. Por todas as telas de San-Er, fotos de Anton e Calla congeladas dos clipes aparecem lado a lado, assim como seus números.

```
Parabéns, 57! Seu competidor é o número 86. Favor
dirigir-se ao coliseu imediatamente.
```

— Não! — Calla deixa a cabeça cair nas mãos. — *Merda.*

29

O coliseu surge grandioso adiante. Quanto mais ela olha, mais ele se desfigura em uma forma abstrata, perdendo todo o significado. Suas luzes estão mais brilhantes; as multidões densas já estão reunidas, e o murmurinho de conversas é audível mesmo à distância.

Um pé na frente do outro. Um corte depois do outro. Isso é tudo o que precisa ser feito. Tudo o que pode ser feito.

Calla respira fundo, trêmula. Ela força caminho pela multidão, passando pelos portões do coliseu e se mesclando à plateia. Eles não prestam atenção nela, não a olham por tempo o suficiente para perceber que ela mesma é um dos jogadores pelos quais estão esperando. Ela avança. Continua avançando até chegar às cordas que delimitam a fronteira entre espectador e jogador.

As mãos de Calla tocam o veludo. A sensação é tão fria quanto a morte.

Em um movimento ágil, ela passa por baixo e está do outro lado, a bainha da espada quicando contra sua perna. Sem as barracas, o coliseu parece absolutamente imenso. Suas pegadas na areia grossa são apenas pequenos pontinhos na enorme arena de batalha. Ela é uma figura solitária. Metade de seu rosto está mascarado e a outra metade semicerra os olhos furiosamente para o palácio, cercado por todos os lados pelos espectadores.

Calla está em um impasse consigo mesma.

O Rei Kasa precisa morrer, e ela não ganhará acesso a ele a não ser que seja a vencedora desta luta.

Só pode haver um vencedor, mas ela não quer matar Anton.

Cada célula deste corpo esquecido, roubado, não quer matar Anton.

A sacada do palácio se agita em movimento. Calla avança a passos largos. Parece que todo o coliseu está inclinado em sua direção, como se a própria estrutura se envergasse a cada passo seu. Ela sabe que são as pessoas, que a atenção e a movimentação delas faz parecer que as paredes estão se fechando ao seu redor, mas, mesmo assim, fantasia que o coliseu criou pernas e fugiu, levando a arena e os jogos violentos consigo.

Calla para debaixo da sacada. Segundos depois, August sai e se inclina sobre o parapeito.

— Olá.

— O que foi que você fez? — pergunta Calla, furiosa.

August abre as mãos sobre o parapeito. Ele se parece muito com um príncipe herdeiro, o cabelo brilhando à luz, os trajes brancos sem uma única mancha. Abaixo dele, Calla poderia ser uma camponesa outra vez, lançada de volta ao corpo da menina de quem o resto do reino, incluindo ela mesma, já se esqueceu. Suas mãos estão ensanguentadas, sua testa tem um hematoma. Seu cabelo está uma bagunça, assim como suas roupas — rasgadas, furadas e amassadas.

— O que é mais importante para você, Calla? — questiona ele. — Seu amante ou o reino?

Calla não diz nada.

— Você não consegue me responder — continua August. — Então eu escolhi por você.

Ele aponta para a frente. Calla se vira. Na ponta mais distante do coliseu, uma figura se abaixa para passar pelas cordas de veludo, parecendo confusa. Calla quase não reconhece Anton, mas então ele tropeça ao se aproximar, e ela o identifica pela jaqueta que estava usando mais cedo naquele dia.

Anton ergue uma das mãos sobre os olhos, ajustando-os à luz da arena. Hematomas cobrem a pele de sua bochecha e o maxilar. Embora ele continue andando, mal parecendo entender onde está e como chegou ali, ele de fato saca as facas, puxando-as de dentro da jaqueta.

— Pergunte a si mesma, prima. — A voz de August flutua até ela com mais suavidade, cada palavra entregue como um veneno gentil. — Se você se recusar a matá-lo, será que ele vai se recusar a matá-la? Vencer por Otta é importante o suficiente para arriscar a vida de vocês dois?

Ele se afasta, recuando para as sombras da varanda. Embora não diga em voz alta, a pergunta que ele não fez a alcança mesmo assim.

Esse tempo todo, será que Otta foi mais importante para ele do que você?

Calla cerra os punhos. Ela começa a avançar para o centro da arena.

— BEM-VINDOS! — diz uma voz forte, ressoando pelo coliseu. Ela não sabe de onde vem. Não sabe a quem pertence. Só sabe que deve estar acompanhando os clipes, transmitidos para todo espectador que não pode testemunhar a luta presencialmente. — BEM-VINDOS À ARENA DA BATALHA FINAL. NÚMERO CINQUENTA-E-SETE. NÚMERO OITENTA-E-SEIS. PREPAREM-SE!

Do outro lado da arena, Anton começa a se movimentar mais depressa. A expressão dele é de choque, as sobrancelhas unidas em espanto. Ele espera até estar perto de Calla. Então para, erguendo os braços para indicar que se rende.

— Princesa! — grita.

Calla o amaldiçoa em nome de cada um dos deuses antigos, porque apenas olhar para ele faz a pele, o sangue e as entranhas dela arderem como se estivessem sendo dilaceradas. Não é preciso uma lâmina para abrir um coração. Só um olhar suave.

— Eles te levaram — diz Calla. A voz dela falha. Ela precisa gritar para ser ouvida, as palavras abafadas pela máscara, mas o tom não importa. O resto do coliseu não pode escutá-la: o som desaparece no vasto espaço e é pisoteado na areia vermelha antes de reverberar até o lado de fora. — Eles te levaram, e eu não tive como impedir.

Anton balança a cabeça. Há um roxo fraco ao redor de seu pescoço, como a queimadura de uma corda, que o marca ao lado dos arranhões desiguais em seu rosto. Eles devem ter amarrado um saco em sua cabeça para evitar que ele saltasse até que o trouxessem ao Juedou. Devem ter planejado isso na intenção de forçar as mãos dela.

— Não importa. — Anton avança. — Calla, nós podemos ir embora. Podemos abrir caminho pela multidão, correr para a muralha e fugir.

Uma raiva amarga rasteja pela garganta dela. Ele deveria ter puxado o chip do bracelete e deixado os jogos antes de virem parar aqui, um contra o outro na arena. Porque ele sabe que ela não pode ir embora. Não fugirá antes de completar sua tarefa.

— COMECEM A BATALHA FINAL.

— É tarde demais, Anton — diz Calla, sacando a espada. — É tarde demais para nós.

Algo está se partindo em seu peito. De acordo com toda regra conhecida, o *qi* é tão incorpóreo quanto a luz, sacrossanto demais para ser sentido por um humano qualquer, conhecido apenas em conceito e nunca em percepção. Mas, naquele momento, Calla acha que consegue sentir o dela. Ele está se partindo ao meio, tornando-se dois seres separados com duas almas separadas. Uma metade é um inferno, uma raiva profunda e visceral que tem queimado ali dentro desde que Talin cavalgou até seu vilarejo. As chamas são o combustível de seus ossos, soprando vida para seu corpo junto com o primeiro ar que inspira toda manhã. A outra metade é uma brisa solitária, que busca por uma distração, um oásis, um escape. Não quer salvar o mundo; quer mais momentos no escuro da noite, olhando para o neon que entra pelos vãos da veneziana, envolta nos braços de alguém.

Calla golpeia. Anton grita, como se não esperasse que ela fosse de fato atacar. Como se não pudesse compreender que estão lutando — lutando de verdade, com milhares e milhares de testemunhas que gritam por sangue, que gritam para saciar uma fome diferente em seus estômagos.

— Este não é o único jeito — diz Anton. Suas palavras saem entrecortadas, sem fôlego enquanto ele bloqueia o golpe seguinte de Calla. Ela mirou suas costelas, mas, com o bloqueio rápido dele, só conseguiu fazer um corte superficial. Mesmo assim, o primeiro sangue a escorrer é o suficiente para causar um urro da multidão. — Não precisamos seguir as regras deles.

— Precisamos *sim*.

Calla cerra os dentes com força, e eles rangem quando metal atinge metal, quando a espada dela colide com a curva onde as duas facas em formato de lua crescente de Anton se encontram.

Ela recua e chuta, mas Anton apenas reage em defesa, agarrando seu tornozelo e fazendo-a perder o equilíbrio. Calla cai, e seus cotovelos batem na areia de cascalho pelo mais breve segundo antes de ela rolar e se erguer de novo, as duas mãos ao redor da empunhadura da espada. Inspira. Para frente. Expira. Um golpe à esquerda. Anton para quando ela para, ataca quando ela ataca, mas, a cada tilintar do metal, Calla escuta a voz de August entrando e saindo de suas orelhas, manchando seus pensamentos. Ela não consegue parar de lutar agora.

Anton bloqueia seu golpe, inclinando sua espada para baixo. Enquanto isso, as facas dele atingem a parte de trás dos braços dela, e Calla grita, quase deixando cair a arma quando um corte profundo rasga sua jaqueta e o sangue aparece.

— Calla, isso não terá fim. — Ele arfa. — Olhe para nós. Já lutamos antes. Somos páreo um para o outro. Estaremos os dois mortos antes do fim do dia.

Eu sei, pensa ela. *Você vai morrer. Mas, assim que eu lidar com o Rei Kasa, vou segui-lo.*

— Eu amo você — diz Calla em voz alta. Ela ataca com a espada, usando ainda mais força. Rompe o bloqueio que Anton faz com as facas e corta sua coxa. O rasgo é fundo. — Eu amo você, então isso é um favor. Vou poupá-lo do fardo de ter que dar o golpe final em mim. Eu assumo o fardo.

Os lábios de Anton se afinam. Embora a arena esteja barulhenta e transborde agitação, Calla captura o exato momento em que os olhos dele ficam sombrios.

— Isso é ridículo! — grita ele. — Você não vai assumir fardo nenhum. Me mate, Calla, mas diga a verdade. Me mate porque ama mais o seu reino.

Ela fica imóvel. Anton ataca, e ela quase tomba de joelhos, levando o golpe direto no peito. Ele controlou o ataque. Não era para ser uma investida letal, era só para machucar.

— Você não sabe do que está falando — diz ela.

Anton faz outro corte.

— O que Talin já fez por você? — pergunta. Ao menos desta tentativa Calla se esquiva, deixando a jaqueta receber a maior parte da lâmina. A onipresente voz do coliseu elevou seu tom ao narrar a luta. — Por que merece seu amor?

— O reino não precisa fazer nada por mim. — Sua respiração está ficando ofegante. Calla está cansada. Mas consegue encontrar uma abertura. Sabe que consegue. Todo oponente tem um ponto fraco, costumava lhe dizer o palácio. Ele irá revelá-lo em algum momento, abrindo o escudo para receber um golpe mortal. — O amor não é algo a ser merecido. Ele é dado livremente.

Os olhos de Anton se erguem depressa. Ele olha para o palácio, para a gloriosa estrutura que se assoma sobre eles no escuro, iluminada por trás pelo brilho do coliseu.

— Minha querida princesa. Você luta para mudar quem está sentado no trono. Mas temo que isso não irá conquistar o que você pensa.

Talvez não seja tão fácil depois que o Rei Kasa cair. Mesmo assim, é um começo. É mais do que qualquer outro em San-Er já conseguiu fazer.

Calla se inclina para trás, colocando o peso nos calcanhares. Desta vez, ela não investe imediatamente. Segue o olhar de Anton, vendo August na beirada da varanda de novo. Ele apoia os cotovelos no parapeito, os ombros duros de tensão, as mãos unidas. Está esperando. Esperando que Calla termine o que disse que faria. O que prometeu que faria.

Ela se vira e bloqueia August de seu campo de visão.

Então solta a espada.

— Não consigo fazer isso — diz, rouca.

Lágrimas inundam seus olhos, mais lágrimas do que já deixou cair em anos. Elas escorrem por seu rosto em abundância, fluindo com toda a dor que fora reprimida.

A audiência está agitada de comoção. Espectadores se pressionam contra a corda de veludo, inclinando-se o mais perto que ousam chegar, tentando capturar quaisquer palavras que estejam sendo trocadas. Acima, Calla acha que percebe movimento: câmeras flutuando sobre suas cabeças por causa dos clipes. Ela bloqueia tudo. Bloqueia tudo da mente e cai de joelhos, exausta demais para se manter de pé.

As facas de Anton caem de suas mãos. Ele avança devagar, com cautela, até estar diretamente à frente dela. Ambos estão manchados de sangue, velho e novo.

— Calla — diz, ajoelhando-se também.

Seus braços sobem para abraçá-la.

Calla se inclina para ele, e a arena, a transmissão, o constante zumbido das cidades gêmeas... tudo desaparece. Ela o aperta com força e se permite ter aquele instante, aquele adiamento momentâneo, descansando a bochecha no calor do ombro dele.

— Está tudo bem. — Ele pressiona os lábios na orelha dela. — Eu acredito em nós. Acredito que há outra saída.

Calla solta o ar, trêmula, descendo a mão pela coluna dele. Durante todos esses anos, escondendo-se nos cantos escuros de San-Er, ela nunca buscou uma saída: estava buscando um caminho para voltar.

— Anton — sussurra. Todo oponente tem um ponto fraco, costumava lhe dizer o palácio. — Eu sinto muito.

Isso é o que lhe ensinaram depois: como atingir um coração por trás, desde que a arma seja longa o suficiente.

Ela deixa a adaga deslizar pela manga e crava a lâmina.

O metal mergulha até a empunhadura, e Calla se afasta.

Anton não se mexe. Sua expressão está chocada, paralisada, mas ele não parece surpreso. Ele devia saber que essa era a pessoa a quem escolheu amar. Devia saber desde quando a assistiu nos jogos pela primeira vez, sem empatia por aqueles que tombaram por sua espada. Devia saber quando descobriu sua identidade verdadeira, porque um passado como aquele exige vingança, abre um buraco profundo demais para ser preenchido com qualquer outra coisa que não seja rios de sangue.

— Calla — repete.

Desta vez, a dor em sua voz a corta mais fundo do que qualquer adaga pelas costas poderia, mas ela a suporta; ela a suporta enquanto a respiração dele fica mais fraca, e os olhos se erguem e buscam desesperados por algum tipo de ajuda.

Nenhuma virá.

— Sinto muito — sussurra ela. Suas mãos o agarram pelas laterais, sobre a mancha vermelha que se espalha cada vez mais. — Sinto muito, sinto muito.

Os olhos de Anton se fecham. Por um segundo, ele parece ter ficado imóvel, transformado em uma estátua. Então tomba, e, quando Calla o pega, segurando a cabeça dele perto de si, sua respiração já parou.

— *Anton.*

Ela o coloca no chão. Age como se estivesse enfeitiçada. Por vários longos segundos, pressiona a mão contra o peito dele, acreditando que ele deve estar fingindo. Mas a palidez cinza já está se mostrando, a rigidez de um corpo com o *qi* extinguido.

Anton Makusa está morto. Ela realmente o matou.

Ao seu redor, de todos os lados, o coliseu começa a celebrar, primeiro com uma magnitude humilde, depois num tom fervoroso. Espectadores agarram uns aos outros e berram a plenos pulmões, delirantes com o final dos jogos. O Juedou foi vencido. Os jogos do rei têm um vencedor.

Número Cinquenta-e-Sete, a estrela dos placares.

Calla não consegue respirar. Consegue apenas fechar os olhos, sentir o peso do mundo esmagando suas costas.

Eles urram clamores a Cinquenta-e-Sete, a sobrevivente final de um grupo de oitenta e oito, cada um dos quais deu sua vida por aquele exato momento. Eles gritam louvores ao espetáculo que os ajuda a esquecer todo o resto em San-Er, à jogadora coberta de sangue que se ajoelha à sua frente em penitência.

As multidões não sabem. Elas apenas aclamam, pensando que este é simplesmente mais um ano dos jogos chegando ao fim. Um frio penetra os ossos de Calla. Um lençol de aço invisível, revestindo seu coração, seu peito, preparando-a para um último golpe. As multidões não perdem sua exuberância. O barulho só aumenta quando Calla se levanta, de alguma forma conseguindo se sustentar sobre pés que não consegue sentir.

Eles não sabem que estão aclamando sua princesa perdida, a responsável pelo maior massacre de Er, que voltou para terminar a violência.

Os olhos de Calla se abrem de repente, o amarelo-real brilhando.

30

Tudo acontece como se ela estivesse em um sonho.

E ela sonhou com isso repetidas vezes. Acontece exatamente como imaginou. Os guardas entram na arena, formando um caminho para ela até o Palácio da União. Esticam os braços, direcionando-a para a frente, depois através das portas, e subindo as escadas da ala principal. O interior do palácio se desdobra para ela. Paredes douradas, parapeitos banhados a ouro. Salões inteiros que são maiores que alguns prédios escolares, torres que se erguem até os céus. Seus sapatos afundam no carpete macio. Seu cabelo empapado de sangue se enrola nos ombros. Eles sempre deixam os vencedores encontrarem o rei em seu estado deplorável, imediatamente após a batalha final, como que a fim de enfatizar a brutalidade dos jogos. O Rei Kasa quer ver como seu povo sangrou por ele em apreço à sua patronagem.

Eles abrem as portas para um salão. Uma longa mesa foi posta: um banquete completo com pessoas já circulando pelas beiradas, algumas sentadas em suas cadeiras.

Calla não vê August em lugar algum. Mas vê Galipei, de pé no canto, observando-a quando entra. A máscara dela continua firme ao redor do nariz e da boca, embora o tecido agora tenha um gosto desagradável, manchado e sujo. Se ela o remover, o Rei Kasa pode reconhecer seu rosto, então não arrisca. Ela espera no salão.

Espera pelo momento em que as outras portas se abrem e o Rei Kasa entra, com a coroa no topo da cabeça.

A respiração para no nariz de Calla, queimando quando ela se recusa a soltá-la. Ele parece mais velho do que ela se lembrava — doente, mal. Ela não consegue acreditar que uma pessoa possa representar tanto: um homem que parece prestes a cair de joelhos a qualquer momento é a fonte de todo o sofrimento do reino.

— A vencedora deste ano — declara o Rei Kasa, a voz ecoando pelo salão do banquete e calando os outros convidados. — Olhei sua ficha agora mesmo. Número Cinquenta-e-Sete, Chami Xikai. Como se sente por ter chegado até aqui?

Calla precisa de um momento para pensar numa resposta digna.

— É tudo com o que eu sempre sonhei.

O Rei Kasa dá uma risadinha. Ele gesticula para os guardas à parede, e é Galipei quem se aproxima, segurando uma prancheta que entrega ao rei.

— Seu prêmio — diz o Rei Kasa. — Quando aceitá-lo, o banquete começará. Tudo em honra a você.

— Obrigada — diz Calla, neutra.

O Rei Kasa estende a prancheta. A outra mão dele se abre para cumprimentá-la. Calla a aceita, apertando com força e determinação.

Quando o Rei Kasa começa a puxá-la de volta, ela não deixa. Quando ele tenta de novo, a mão livre dela tateia o próprio corpo e saca a espada da bainha.

— Tio — diz ela —, não está me reconhecendo?

Os olhos dele se arregalam, mas ela já golpeou: um arco sólido, uma pancada precisa de metal contra osso. A cabeça dele cai, tombando a certa distância do corpo e rolando até a mesa do banquete, fazendo a elite gritar de terror absoluto ao se levantar depressa.

O corpo dele desaba. O pescoço continua jorrando sangue como uma fonte escarlate decorativa.

Calla sabe que deveria sentir algo a mais naquele momento. Algum senso de vitória; aquilo pelo que vem trabalhando há anos foi conquistado.

Mas tudo o que sente é um vazio.

Calla olha para cima. Galipei ainda a encara sem nenhuma expressão particular no rosto, e não faz nada para limpar o sangue espirrado em seu corpo. O que lhe resta agora? Tudo o que ela pode fazer é esperar ele agir, esperar ele pôr um fim aos gritos que ecoam sem parar pelo salão do banquete.

— Prendam-na — comanda Galipei, finalmente, aos outros guardas.

Não há uma única nota de convicção na ordem, mas os guardas não se importam muito. Eles estão apenas gratos por terem algo a fazer enquanto o salão está um pandemônio e correm para cercá-la, segurando os braços dela atrás das costas.

Ela não resiste quando a levam embora. Olha por cima do ombro, assistindo à poça de sangue aumentar cada vez mais. Esta é a última conquista exterior que o Rei Kasa fará: o espírito de sua vida, espalhando-se pelas tramas de seu delicado carpete.

Se Calla tivesse essa capacidade, talvez tivesse rido. Um golpe de sua espada. Um mero golpezinho.

Ela mal pode acreditar que o regicídio foi a parte mais fácil de tudo aquilo.

Em algum lugar em San, há uma perturbação no necrotério do hospital.

Mais cedo, eles colocaram uma paciente sem batimentos ali — enfiaram-na com o resto dos mortos até os corpos poderem ser processados e incinerados. Não deram importância alguma a isso, nem designaram uma enfermeira para conferir por que parecia que o corpo continuava queimando de dentro para fora, embora estivesse passando pela febre *yaisu* há sete anos — já não deveria ter terminado há tempos? De que servira o suporte à vida?

Com um estremecer e uma onda de *qi*, Otta Avia abre os olhos para o mundo de novo. Todos os vidros do necrotério se estilhaçam; todos os corpos próximos implodem, espirrando entranhas enegrecidas nas paredes. No centro da cena sangrenta, Otta se levanta depressa da maca, inspirando o ar, desesperada.

As enfermeiras que entram correndo quase desmaiam. Olham chocadas para Otta. Mal acreditam quando ela abre a boca para tentar falar.

— O palácio — fala, rouca, trêmula em seu avental fino. — Me levem até o Palácio da Terra. *Agora*.

31

A porta da cela chacoalha violentamente, acordando Calla. Com a visão ainda embaçada, ela se vira na direção das grades, esfregando os olhos até o mundo ficar nítido. A realidade a atropela. A arena. Anton. O Rei Kasa, sua cabeça rolando com tanta facilidade.

Calla fecha os olhos de novo, tentando se agarrar aos resquícios do sono do qual emergiu. O mundo era melhor lá. Se cair de volta no sonho agora, talvez não sinta essa agonia que dilacera seu peito. Talvez sinta menos frio e possa parar de tremer até a alma.

Sapatos ecoam pela cela, então o farfalhar de roupas. Dedos, que seguram de leve seu ombro, chacoalhando-o com firmeza.

— Princesa Calla, pode por favor acordar?

— Não — murmura, sua voz arranhando a garganta.

— Precisam de você — continua Galipei. — Eu não quero ser obrigado a arrastá-la.

Lenta e relutantemente, Calla deixa a cela tomar forma ao seu redor de novo, olhando as paredes cinzas e o bulbo solitário no teto baixo.

— Eu estava sonhando.

— Sonhando? — Galipei também olha ao redor. Seu uniforme está impecável, o colarinho passado e envolvendo perfeitamente o pescoço. Ninguém diria que ele estava coberto de sangue no dia anterior. — Com o quê?

Calla engole em seco. À distância, alguma outra cela está sendo aberta, e o tilintar metálico de suas barras ecoa alto no espaço subterrâneo.

— Eu sonhei que havia um imperador Anton — sussurra ela, quase inaudível. Centelhas do sonho lhe voltam à mente com uma infinidade de cores, com joias e tronos e coroas de ouro. — Me deixe cochilar de novo para vê-lo.

— Certo. De pé, vamos.

Galipei a puxa pelo ombro e a arranca de sua cama na prisão. Ela cambaleia atrás dele sem muita resistência, avançando com um pé atrás do outro conforme passam pelas outras celas, pelos outros prisioneiros com seus trapos rasgados e tornozelos acorrentados. Eles não se dão ao trabalho de gritar atrás dela conforme passa. Tornaram-se submissos por exaustão, nada além de uma pilha de ossos amontoada ao pé de uma cama ou sobre lençóis sujos, encarando tudo com olhos vazios. Será que August irá libertá-los? Será que iniciará a libertação dentro do palácio primeiro, ou estenderá a mão para as províncias, começando pelas beiradas antes de voltar a San-Er?

Calla tropeça nos degraus que dão para a saída.

— Ei, ei! — exclama Galipei imediatamente. — Não tente nenhuma gracinha.

— Por que eu tentaria? — pergunta Calla com cuidado, endireitando-se e equilibrando-se de novo. Ela bate a poeira das mãos. — Achei que August só precisasse de mim aqui até assumir o poder.

— Bem, sim — murmura Galipei. Ele lança um olhar por cima do ombro, então continua, incitando-a a seguir. — É só que nunca vi você tropeçar antes. Perdoe-me se fiquei desconfiado.

Eles saem da passagem, caminhando por um conjunto de portas que os guardas seguram abertas, os olhos fixos em Calla conforme ela é empurrada para a frente. A claridade brilha através de uma janela do palácio, formando um desenho de quatro painéis no carpete vermelho. Sob os sapatos pesados de Calla, o chão parece prestes a ceder. Como se, ao pisar um pouquinho forte demais, o revestimento macio fosse se romper em dois, abrindo um buraco no palácio para que ela caísse até o fundo.

— Há uma primeira vez para tudo — diz em voz baixa, e deseja que o palácio se despedace *mesmo* aos seus pés.

O chão deveria lhe fazer um favor, abrir-se numa fenda e engoli-la inteira, esmagar seus pulmões até que pare de respirar, tapar seu nariz e boca com detritos e poeira. O Rei Kasa está morto. Seu papel naquilo tudo acabou. A luz de saída de seu mundo está acesa, piscando em neon como aquelas que iluminam cada corredor de hospital. Ela está pronta para se unir ao amante que colocou na cova.

A mão de Calla se remexe inquieta enquanto continua a seguir Galipei. *Aqui não*, decide, afrouxando os dedos ao afastá-los do corpo. Ela engole em seco e descansa também a língua na boca, longe dos dentes afiados, as veias pulsando como se soubessem como seria fácil rasgá-las com uma mordida.

Quando August for coroado, irá libertá-la. Ela deixará as cidades gêmeas e continuará andando até os confins de Talin, até ver o mar de verdade. Não quer as costas rochosas de San-Er. Em outros lugares, falam de areia e pedras lisas, polidas. Lá ela pode fazer sua escolha. Pode derramar o próprio sangue, correr uma lâmina pelo braço e deixar as praias ficarem vermelhas com um gradiente que se espalhará pela areia dourada. Ela pode ser levada pela água, varrida para a imensidão do mundo. Não importa como. Desde que o mar a arraste. Desde que a leve para Anton.

Galipei para em frente a portas largas e bate uma única vez. Antes que Calla consiga vasculhar a memória para descobrir que parte do palácio é esta e quem ele a está levando para ver, as portas se abrem. Uma dúzia de criadas do palácio está de pé ali, com toalhas e roupas prontas nas mãos. Elas a puxam para dentro, os dedos firmes, murmurando entre si.

Calla deixa que a examinem sem protestar. August já deve ter tomado o poder agora, já deve ter enviado instruções para que o palácio se prepare para a cerimônia de coroação, convidando os civis de San-Er a testemunhar uma nova escolha divina quando a coroa for colocada sobre sua cabeça. De qualquer forma, as pessoas dentro do palácio sempre foram leais a ele. Não deve ter havido nenhuma dissidência. Ela se pergunta se ele também confirmou o retorno dela.

— Então esta é a Princesa Calla — diz uma das criadas. Aí está sua resposta. É claro que August correria para fazer o anúncio, a fim de garantir ao povo que tal violência só poderia ser esperada de alguém que já era uma fora-da-lei. — Ela parece meio morta.

Uma alma valente para ter coragem de dizer isso na presença de Calla. Ou talvez a senhora que falou não tenha hesitado por ser a verdade: Calla mal tem forças para ficar de pé, muito menos para se sentir ofendida.

— É culpa dela mesma. Nós não fizemos nada com ela lá embaixo — responde Galipei. Ele levanta a mão, então para, vacilante. Um instante depois, ele a desce sobre o ombro de Calla. — Sua Alteza a quer pronta em uma hora. A senhora consegue?

A criada bufa.

— Sim. Isso não é uma preocupação.

Galipei retira a mão. Ele pigarreia, como que para confirmar com Calla que irá se afastar, mas ela sequer olha em sua direção. Assim que os passos dele se perdem à distância, ela apenas encara a mulher ao seu lado. Ela é baixa e robusta, o cabelo branco puxado em um coque apertado. Quando pega Calla pelo pulso, sua mão é surpreendentemente firme.

As outras criadas abrem caminho conforme ela é empurrada para o amplo salão de banho. Elas se dispersam para abrir as torneiras, preparar as roupas, ativar o vapor. Afastam-se e avançam depressa; são silenciosas quando devem ser, e gritam instruções para lá e para cá quando a questão exige deliberação. Calla é passada de mão em mão: de uma estação à outra, as vestes arrancadas e a pele esfregada até ficar vermelha. Ela tenta identificar seus rostos sem que se mesclem uns aos outros, mas há algo acerca do uniforme do palácio que faz todos os serventes se misturarem. Se não podem ser distinguidos entre si, não podem perder a vida por um único erro. Quando August assumir o trono, será que ele destruirá o palácio? Será que dispensará os serventes, dar-lhes novos empregos, dizer aos membros do conselho que ninguém mais os servirá dentro daquelas paredes, que eles deverão aprender a limpar os próprios traseiros sujos?

Talvez ela esteja dando crédito demais a August. Não consegue imaginar qual será o próximo passo dele. Talvez devesse ter perguntado, mas os dois estavam tão focados em um objetivo mútuo — o Rei Kasa morto e esquecido —, que o que viria a seguir mal parecia importar.

Talvez isso *tenha sido* um erro.

Calla faz uma careta de súbito quando um dos panos de limpeza afunda com força em suas omoplatas. A criada não para, mesmo quando Calla lhe lança um olhar irritado. Elas não a temem. Veem o sangue seco nas linhas de sua mão, polvilhado na base de seu pescoço, e o limpam sem hesitar.

— Por aqui, princesa.

A criada idosa voltou, dando ordens às outras. Enrolada em robes, Calla é empurrada para fora do salão de banho e para dentro de um quarto, enfiada em frente a um longo espelho reluzente. O vidro é claro o suficiente para que cada grão de poeira seja visível no reflexo, acumulando-se ao redor da cabeça dela como uma auréola ao perturbar a almofada da cadeira. Ela mal se reconhece — se é que esse corpo já foi reconhecível. As maçãs do rosto altas e os olhos amarelos profundos. Cercada pelo excesso de cortinas vermelhas e estátuas douradas nas paredes. Calla passa as mãos pela madeira lisa da penteadeira e se maravilha com a densidade do móvel, como se tivesse 8 anos de novo e fosse recém-chegada ao palácio, querendo manter a farsa de ser uma princesa, mas incapaz de reprimir o espanto que corrói sua garganta como uma doença. Ela passa os pés descalços pelo felpudo tapete retangular que contorna a sala, mergulhando os dedos nas tramas enquanto as criadas dão forma ao seu cabelo molhado, desembaraçando os nós e as placas de sangue ao simplesmente arrancar tudo.

A senhora pigarreia.

— Aqui no palácio — diz, falando direto com Calla agora —, nós tínhamos te dado um codinome. Assim o rei não saberia que estávamos falando de você, da queda de Er e de como custaria tão pouco para que San sofresse o mesmo destino.

Ela pega o cabelo de Calla e começa a trançá-lo, enrolando uma corrente frouxa nas mechas escuras. O metal reluz no espelho, brilhando com gemas escondidas.

— *Glória do Pai Dela* — continua. — Até onde o Rei Kasa sabia, era uma menina de algum vilarejo das histórias folclóricas que as pobres criadas amavam muito. Uma menina do campo que havia conquistado grandes feitos como filha e seria lembrada para sempre. Lembrem-se de Glória do Pai Dela. Lembrem-se de seu sacrifício. Lembrem-se de que devemos continuar em frente, até que ela volte. As elites do palácio achavam que você era alguma deusa, alguma divindade menor para quem orávamos em nossos altares. Mas você estava lá fora, você era real e pulsava com sangue, espreitando pela cidade.

Calla tenta cutucar a trança quando a criada a prende no topo de sua cabeça, mas a mulher faz um muxoxo e estapeia sua mão, então fixa a mecha circular da base de seu crânio ao topo da testa.

— Enfiei uma espada no meu pai — responde Calla em voz baixa. — Não foi glória nenhuma para ele quando eu tirei sua vida e seu poder.

— Não foi para o seu pai que você trouxe glória. Foi para o seu berço, para o reino que te gerou. Talin. Você fez o que nós precisávamos.

A criada dá um passo para trás. As outras que se moviam agitadas ao redor param também, admirando a coroa que se formou com o penteado, nem uma única mecha fora do lugar. Calla fecha o punho nas dobras da roupa, apertando o tecido com os dedos. O que aconteceria se elas soubessem? Que seu pai não era seu pai de verdade, que o rei em Er não era ninguém para ela, que o fogo que queima em seu peito foi aceso em um vilarejo apodrecido e faminto, nas fronteiras mais distantes de Talin?

Com certeza a considerariam menos valente. Se soubessem que não foi um membro da realeza que se voltou contra o próprio sangue, apenas uma menina que encontrara poder e o tomara sem misericórdia. Elas pensariam que era seu dever, que qualquer pessoa em sua posição deveria ter feito exatamente o mesmo.

A criada leva um pincel ao rosto dela, passando-o em sua bochecha pálida.

— Você tem alguma sugestão?

Calla leva um momento para perceber que a mulher está se referindo à maquiagem. Pincéis e pós foram trazidos para perto de seu alcance.

— De que adianta? — pergunta Calla, distante. Sua voz ainda arranha a garganta. — Imagino que ninguém olhará para mim.

— Pelo contrário, todos olharão para você.

Elas borrifam algo em seu rosto. Calla fecha os olhos. Não pode deixar as lágrimas correrem de novo, ou jamais irão parar.

— Não precisamos mais usar um codinome — diz a criada com suavidade. Sua voz é quase inaudível com o murmurinho das outras atrás dela, com o pesado farfalhar das cortinas que são abertas. — Cada ala do palácio está tomada por conversas sobre a princesa. Ou melhor, ninguém mais te chama de princesa.

O pincel pressiona seu rosto com força. Calla acolhe a sensação. A dor penetra direto nos ossos, formigando com um arrepio.

— E do que me chamam?

Sua bochecha resiste à pontada ardente. Há um desenho decorativo ali, um redemoinho da linha de seu maxilar à lateral da sobrancelha. Quando abre os olhos, ela está olhando para outra pessoa no espelho, para uma Calla que nunca foi exilada de Er, para uma Calla que passou os últimos cinco anos entre estas paredes, cercada pela opulência e modelada à imagem do poder.

As mãos da criada se fecham em seus ombros. Ela os pressiona, apertando a pele que já foi esfoliada até a carne.

— *Matadora de Reis* — sibila. — Faça jus ao título.

Mais rápido que um piscar de olhos, elas colocam Calla de pé de novo, enfiando-a em uma camisa feita de seda branca e calças de um material que parece o céu noturno sem poluição. Três corredores, quatro, cinco... Uma curva, duas pequenas escadarias, então uma porta, arqueada com uma moldura dourada que termina a milímetros do teto. Elas entram, e a sala do trono se revela à sua frente, lotada de bugigangas e com uma brisa que sopra pelas portas abertas da varanda.

Foi tolice de Calla pensar que poderia ter conseguido acesso a esta sala se o palácio estivesse distraído com a arena. Seria impossível. Como August disse, nunca houve uma alternativa ao plano inicial, ao plano que executaram.

Calla entra. Eles lhe deram botas novas, menores do que as que usava antes. Seus passos são mais delicados. Para além da varanda, as massas já se reuniram. Ela consegue escutá-las gritando por August, berrando suas bênçãos.

— August?

Ela corre os olhos pela sala do trono. Não o vê de primeira. Ele está no lado mais distante, quase no canto, olhando para uma pintura a óleo que pende do papel de parede brilhante. Somente quando olha de novo é que Calla percebe as costas de seu manto dourado, misturando-se ao restante da sala.

Não há dúvidas de que ele é da realeza. De que pertence a este lugar, não importa onde tenha nascido.

— Princesa — sussurra alguém sobre seu ombro, e Calla se vira.

O servente acena para ela com a cabeça e aponta para um objeto que aguarda sobre uma almofada — a coroa do rei. O direito divino dos reis: nada além de duas pontas de metal entrelaçadas. Se havia uma quantidade exorbitante de *qi* dentro desta coroa que escolhia seu governante, Calla não consegue sentir nada.

— August — chama de novo.

Ela quer que isso termine. Quer que ele seja coroado e declarado rei, para que possa perdoá-la. Para que ela fique livre dos jogos, livre de San-Er, livre de Talin. Eles a chamam de Matadora de Reis e pedem para que faça jus ao título, mas ela já o fez. August é o mais adequado para governar. Calla fez sua parte. Ela dará a ele o poder de que precisa para consertar este reino.

August se afasta do quadro. Ele aperta as mãos às costas, então gira rápido, os olhos correndo para encontrar os dela do outro lado da sala do trono. Ela esperava alegria. Esperava orgulho. Em vez disso, quando seus olhares colidem, encontra uma fúria quase incontida, e que é poderosa o suficiente para que Calla tenha um sobressalto em meio à confusão de sua mente, se perguntando se fez algo de errado.

Antes que possa questioná-lo, August já a alcançou, a expressão amenizada. A testa dele está coberta de dourado, e seus olhos pretos parecem dois vácuos sem cor. Talvez Calla esteja imaginando tudo. Não está exatamente com a cabeça no lugar.

— Você está pronto? — pergunta ela.

— Pronto.

Calla cerra os dentes com força. Solta o ar.

— Está bem.

Ela sai primeiro para a varanda, e a multidão se agita vigorosamente. Calla tenta não hesitar diante de toda a atenção. O sol está se pondo, o céu tingido por um brilho laranja — o que é raro naqueles dias, com as nuvens tão grossas. Cada civil lá embaixo é banhado por um tom estranho, como se suas peles estivessem em chamas, a multidão inteira prestes a entrar em combustão ao riscar de um fósforo.

August também sai para a varanda, e a multidão realmente vai à loucura. *August, August, August,* cantam. Mas, em meio aos gritos, há outro nome a ser ouvido. *Calla.*

Esqueça seu nome e adote um título no lugar, dissera Anton. Calla. Calla. Calla. *Logo as pessoas o dirão da mesma forma que sussurram* Deus.

Calla afasta o pensamento antes que possa assombrá-la.

Vou implorar pelo seu perdão em qualquer vida após a morte que nos aguarde, pensa ela no crepúsculo que desaparece. *Espere por mim. Eu vou mostrar a mesma violência a mim mesma, se isso for nos colocar em posição de igualdade de novo.*

Calla se vira para o servente atrás dela e tira a coroa da almofada. A sensação é dolorosamente gelada sob seus dedos. Mesmo assim, sua mão é firme quando ergue alto a coroa, quando a coloca na cabeça de August.

Os dois fazem uma pausa em antecipação. Eles esperam. Por alguma intervenção divina, por um raio que os atinja dos céus.

Nada acontece.

Ele foi aceito.

A coroa aceitou o mais novo governante de Talin. A respiração de Calla sai em um longo suspiro.

— O rei está morto — grita para a multidão. Sua voz não vacila. Quando estende uma das mãos para August, ele é ágil, colocando sua palma sobre a dela, para que Calla a erga bem alto. — Vida longa ao rei!

Vida longa ao rei, repete a multidão, e Calla acha que consegue escutar o clamor vindo de trás também, dos serventes que esperam na sala do trono, dos guardas de vigia no corredor lá fora. De novo e de novo, eles se repetem: *Vida longa ao rei, vida longa ao rei, vida longa ao rei por 10 mil anos!*

— Este dia será lembrado em nossa história por um bom tempo — diz Calla em voz baixa, falando apenas com August conforme a multidão continua clamando. — O dia em que o palácio parou de transbordar sangue, e o filho adotivo se ergueu de suas sarjetas.

O vento sopra com força em seu rosto. Rodopia ao redor de seu pescoço, perturbando o cabelo que foi arrumado de maneira tão meticulosa.

— Sim — diz August.

Calla lhe lança um olhar severo. Desta vez, ela sabe que não está imaginando nada. Não está imaginando a raiva que acompanha os dedos que apertam com força sua palma.

— August.

Ela faz uma careta, tentando soltar a mão.

— Será lembrado — continua ele, como se não a houvesse escutado. — E que lindo dia de sol está hoje para garantir essa longevidade na memória deles.

Calla congela. O ar escapa depressa de seus pulmões. Cada músculo de seu corpo trava, e sua mente paralisa completamente enquanto a multidão grita em coro abaixo deles. San-Er desaparece, e os clamores e louvores ficam cada vez mais distantes até não serem mais do que um ínfimo grunhido. Tudo o que ela consegue sentir é uma pressão imensa na mão, esmagada sob os dedos de aço de seu novo rei.

A noite está caindo. No palácio, as luzes elétricas são ativadas, cada bulbo se acendendo um após o outro. A coroa brilha. Seu metal se mistura ao cabelo loiro, formando uma imagem familiar. Mas então aquele que a usa se vira para Calla, permitindo que ela enfim veja seus olhos — que realmente os veja.

Não foi August Shenzhi, o príncipe herdeiro por direito, que Calla colocou no trono.

Foi Anton Makusa.

AGRADECIMENTOS

Desejos Imortais é meu primeiro livro adulto, e também o primeiro que escrevi enquanto adulta — a meu ver, pelo menos, porque crescer é complicado e o limite está em algum lugar ambíguo entre fazer 21 anos, se formar na faculdade e, sei lá, conversar sobre impostos por diversão. Então quero começar agradecendo à passagem do tempo, o que sei que é uma maneira incrivelmente estranha de iniciar meus agradecimentos, mas, por mais que eu sempre reclame de ser adulta porque é difícil, eu precisava deste novo estágio na minha vida para escrever esta história específica.

Obrigada à minha agente, Laura Crockett, a quem dediquei este livro. Por acreditar em mim quando eu era uma adolescente desconhecida enviando uma proposta de releitura de *Romeu e Julieta*. Por sua empolgação crescente depois, quando eu disse em um e-mail: "Acho que tenho uma trilogia inspirada em *Antônio e Cleópatra*...". Parece que muita coisa mudou nos anos entre a minha estreia para jovens adultos e a minha estreia para adultos, na vida e no mercado editorial, mas seu apoio como minha incentivadora nunca falhou.

Agradeço, sempre, a Uwe Stender, Brent Taylor e todos da TriadaUS. Agradeço à minha editora, Amara Hoshijo, principalmente por sua incrível habilidade de ler uma frase incoerente que escrevi e de alguma forma entender o que eu quis dizer para me ajudar a consertá-la. Agradeço a toda a equipe da Saga and Gallery, especialmente Joe Monti, Lauren Carr, Bianca Ducasse, Tyrinne Lewis, Alexandre Su, Caroline Pallotta, Lisa Litwack, John Vairo e Kathryn Kenney-Peterson. Agradeço a toda a minha equipe da Hodder & Stoughton, em especial Molly Powell, Natasha Qureshi, Kate Keehan e Callie Robertson. Agradeço a todos da Hachette Aotearoa New Zealand, principalmente a Tania Mackenzie-Cooke e Sacha Beguely. Muito obrigada também a todas as equipes de todos os países que estão trabalhando para colocar *Desejos Imortais* nas prateleiras. E também um muito, muito obrigada a todos que de alguma forma deixaram suas impressões digitais neste livro, porque eu simplesmente sei que a maldição de esquecer de alguém nos agradecimentos irá me atingir.

Agradeço à minha família e aos meus amigos, que são a alegria que me mantém firme quando meus textos tentam lutar comigo no ringue. (O que ocorre bastante.) E ao meu gato, por ser a inspiração para Mao Mao. Obrigada aos livreiros, aos bibliotecários e às pessoas que promovem livros, em todos os lugares. Obrigada aos blogueiros, *bookstagrammers* e *BookTokers*. Obrigada a Halsey, por escrever *I am not a woman, I'm a god*, e me dar uma música tema para tocar repetidas vezes enquanto eu escrevia este livro. Enfim, obrigada aos meus leitores, quer tenham me acompanhado desde os meus livros para jovens adultos, quer seja este o primeiro livro meu que leem. Como sempre, eu não teria conseguido sem vocês.

UMA CONVERSA COM CHLOE GONG

As cidades gêmeas de San-Er, que servem de cenário para *Desejos Imortais*, são inspiradas na Cidade Murada de Kowloon, da década de 1990, em Hong Kong. Você pode nos contar mais sobre esse lugar, que não existe mais, e como o descobriu?

Eu adoro trabalhar com eras históricas que trazem uma sensação bem específica para os leitores, o que provavelmente não é uma surpresa para quem está familiarizado com meus livros anteriores. Foi durante uma das minhas pesquisas bizarras no ensino médio, daquelas em que uma coisa leva à outra (provavelmente enquanto eu desviava a minha atenção de algum trabalho da escola, o que acontecia com frequência), que eu li sobre a Cidade Murada de Kowloon pela primeira vez e descobri que havia continuado a ser um território governado pela China mesmo enquanto Hong Kong estava ocupada pelos britânicos no século XX. A cidade praticamente não tinha leis, porque a polícia chinesa não conseguia entrar e a polícia britânica não se dava ao trabalho, o que levou ao contexto de suas infames e perigosas condições de vida. (Também não foi uma cidade murada durante boa parte de sua existência, já que não havia muro, mas o nome pegou porque o território começou como um forte militar chinês.) Sem regras, os cortiços ficaram cada vez mais densos e os prédios eram perigosamente ampliados para acomodar a população crescente do enclave. Porém, as fronteiras da Cidade Murada de Kowloon eram pequenas, confinando o território todo a 2,7 hectares — o que significa que havia um limite para o quanto se podia expandir, antes que a luz do sol não mais penetrasse até o chão e que cada rua se tornasse um minúsculo beco. A certo ponto, foi a cidade mais densa do mundo, mas, apesar dos crimes e da sujeira, relatos dizem que havia um verdadeiro senso de comunidade entre as pessoas que viviam suas rotinas ali. Isto é, até a cidade ser destruída na década de 1990. Quando pesquisei mais, senti que a Cidade Murada de Kowloon era um lugar diferente de qualquer outro no mundo, em qualquer período histórico. Eu queria trabalhar com essa atmosfera única para criar um universo similar, em que uma instituição falida cria condições caóticas (minha San-Er é muito, muito maior, mas tão densa quanto), e a seguir investigar os efeitos de um lugar assim em seus habitantes, individualmente.

O relacionamento entre Anton e Calla pode ser chamado de muitas coisas: amor, obsessão, fraqueza ou até perigo. Como foi criar e explorar uma relação tão tumultuosa? Houve algum clichê específico que a atraiu ou que você quis subverter?

Embora eu diga que *Desejos Imortais* tenha sido inspirado em *Antônio e Cleópatra,* a peça de Shakespeare, o que eu realmente quero dizer é que foi inspirado nos *personagens* Antônio e Cleópatra. Eu tinha muito mais proximidade e carinho pelo material de Shakespeare quando escrevi *Prazeres Violentos,* uma releitura de *Romeu e Julieta,* mas, com *Desejos Imortais,* o que eu mais queria era que o relacionamento codependente e obsessivo entre Calla e Anton fosse o coração pulsante por trás da história. Colocar o romance deles no papel foi a parte mais divertida de escrever este livro. Eu me lembro de ler *Antônio e Cleópatra* no segundo ano da faculdade, para uma disciplina sobre Shakespeare, e ficar completamente encantada com a velocidade com que esses personagens iam de declarar seu amor eterno um ao outro em um ato a fervilhar de raiva no seguinte, presumindo que haviam sido traídos. O drama! A angústia! O espetáculo! Quando os dois são líderes em lados opostos de uma guerra feroz pelo poder, faz sentido que cada movimento que façam em direção ao outro seja sentido com uma intensidade dez vezes maior, e as consequências disso são muito mais amplas do que um personagem qualquer. Em minha adaptação, Anton e Calla são competidores em um jogo em que só um pode vencer — e como você pode confiar em alguém nessas circunstâncias, não importa o quanto queira?

Desejos Imortais tem ares de um clássico conto de "inimigos a aliados hesitantes a amantes", o que normalmente aparece em personagens numa dinâmica de lados opostos, mas, como eu já havia feito isso em *Prazeres Violentos,* queria levar essa dinâmica ainda além (ou seja, mais apimentada) ao escrever para adultos. Sob os moldes dos voláteis Antônio e Cleópatra de Shakespeare, por que se satisfazer com inimigos a amantes quando você pode ter inimigos a amantes a inimigos a amantes a inimigos a...

∞∞∞

A habilidade de tomar o corpo de outra pessoa usando *qi* gera várias oportunidades para enganar e para fazer astutos jogos de poder. Os experimentos de Pampi dão indícios de uma expansão dessa habilidade. Sem grandes revelações, você pode nos contar como o *qi* pode evoluir e ser usado nos dois livros seguintes da trilogia?

Com certeza haverá uma expansão desse poder, e é uma das coisas pelas quais estou mais ansiosa conforme a trilogia segue. O que eu mais gosto acerca de uma série é o efeito de se inflar como um balão que dispara depois do primeiro livro, seja pelo sistema de magia ou pela criação do universo. Eu quero que *Desejos Imortais* introduza o leitor à missão única de Calla no mundo denso e frenético de San-Er, enquanto todo o resto existe à margem. E, quando ela perde a visão limitada de sua missão, de súbito o mundo começa a crescer também. Os dois livros seguintes irão explorar *o que* exatamente é o salto entre corpos, e como as pessoas podem tê-lo utilizado antes de San-Er erguer a muralha para separar a capital das províncias. No capítulo 11, Yilas diz que saltar não é mágica, é apenas *qi* — resta saber se isso é verdade ou não, porque o que é mágica afinal? Conforme a série avança, certos personagens vão começar a aprender a usar seu *qi* de maneiras que só saberão chamar de mágica, e as consequências serão grandes.

∞∞∞

A escolha entre seus desejos pessoais e o dever para com o país e seu povo assombra Calla quando ela percebe o que sente por Anton. Ela também precisa fazer sacrifícios pesados que considera necessários (por exemplo, os outros jogadores, aqueles cujos corpos eles ocupam) para consertar um sistema quebrado. Como isso a afeta enquanto personagem? Ela vê a si mesma como um monstro, ou talvez como uma ferramenta necessária para a justiça?

Há um trecho em *Antônio e Cleópatra* que me fascina. Cleópatra diz: "Os ágeis comediantes / Atuarão de modo atemporal como nós, e apresentarão / Nossas festividades alexandrinas; Antônio / Será trazido bêbado ao palco, e eu verei / Um garoto guinchando como Cleópatra, minha grandeza / Na forma de uma prostituta" (Ato 5, cena 2). Na época de Shakespeare, Cleópatra era de fato interpretada por um garoto, porque as mulheres não podiam atuar, então ela está descrevendo o que um membro da plateia está vendo no palco, mas não exatamente. Eu sempre volto a esse trecho, porque cria tantas camadas em um instante só: Cleópatra despreza o ator que a interpretará como uma prostituta cômica, e mesmo assim os atores que participaram dessa produção provavelmente levaram a encenação de seus elementos dramáticos muito a sério. Ela é um garoto guinchando; ela não é um garoto guinchando. Antes que eu escreva aqui uma tese inteira — porque é provável que eu consiga preencher mais dez páginas com análises —, acho que essa fala captura o que faz de Cleópatra uma das personagens mais complexas de Shakespeare de uma maneira bem autorreferencial. Ela sabe como a história romana irá representá-la, mas de alguma forma existe em um espaço entre atender essa representação e desafiar essa caricatura. Eu com certeza fui influenciada por esse espaço nebuloso ao criar Calla Tuoleimi. Queria a complexidade de alguém incrivelmente autoconsciente, mas, mesmo assim, que fosse empurrada em direção a ser quem se espera que um membro da realeza seja. De um lado, há o seu dever de destruir a monarquia. Do outro, há Anton, o egoísmo e o poder. No fim, Calla é apenas mortal — quanta tentação alguém consegue suportar até não conseguir mais resistir ao chamado? Enquanto ela vê a si mesma como uma ferramenta da justiça em *Desejos Imortais*, eu realmente amo o final deste livro, porque coloca *tudo* pronto para ser questionado, e assim ganho a chance de construir mais camadas para a personagem de Calla ao longo da série.

A HISTÓRIA CONTINUA NO PRÓXIMO LIVRO DA TRILOGIA

Este livro foi impresso nas oficinas gráficas da Editora Vozes Ltda.,
Rua Frei Luís, 100 – Petrópolis, RJ.